rororo

Das virtuose Porträt einer Ehe, geschrieben von einem Autor, der bereits jetzt zu den Klassikern der amerikanischen Moderne zählt. Erotisch, witzig, stilistisch elegant, ist «Lichtjahre» der Roman einer Generation, die die Grenzen ihres Glücks entdeckt.

«Brillant ... voller Wahrheit» (Edna O'Brian)

Informationen über den Autor finden Sie am Ende des Textes.

James Salter

Lichtjahre

ROMAN

Deutsch von
Beatrice Howeg

Rowohlt Taschenbuch Verlag

Die Originalausgabe erschien 1975
unter dem Titel «Light Years»
bei Random House, New York

Veröffentlicht im Rowohlt Taschenbuch Verlag GmbH,
Reinbek bei Hamburg, März 2000

Umschlaggestaltung any.way,
Barbara Hanke / Cathrin Günther
(Foto: ZEFA)
Satz Galliard PostScript, PageOne
Gesamtherstellung Clausen & Bosse, Leck
Printed in Germany
ISBN 3 499 23183 2

EINS

1

Wir schießen über den schwarzen Fluß, das flache Wasser ist glatt wie Stein. Kein Schiff, kein Ruderboot ist zu sehen, nicht ein einziges Weiß. Das Wasser ist zerfurcht, aufgebrochen vom Wind. Diese große Meeresbucht ist weit, endlos. Der Fluß ist brackig, blau vor Kälte. Er zieht verschwommen unter uns dahin. Die Seevögel hängen über ihm, sie kreisen, verschwinden. Wir schnellen über den weiten Fluß, ein Traum aus der Vergangenheit. Die Tiefen bleiben hinter uns, der Grund bleicht die Oberfläche, wir jagen an den Untiefen vorbei, an wintergelagerten Booten, verlassenen Stegen. Und auf Flügeln wie die Möwen steigen wir in die Höhe, drehen uns um, blicken zurück.

Der Tag ist weiß wie Papier. Die Fenster sind eisig. Die Steinbrüche liegen verlassen, die Silbermine verschüttet. Der Hudson ist von ungeheurer Weite hier, weit und ruhig. Ein dunkles Land, ein Land der Störe und Karpfen. Im Herbst war er silbern von Shadfischen. Oben zogen die Gänse in langen, sich wandelnden Keilen dahin. Die Flut strömt vom Meer herein.

Die Indianer suchten, so sagt man, einen Fluß, der «in beide Richtungen fließt». Hier fanden sie ihn. Der Salzkeil dringt bis zu fünfzig Meilen ins Land; manchmal erreicht er Poughkeepsie. Früher gab es hier riesige Austernbänke, Robben im Hafen, in den Wäldern unerschöpfliches Wild. Dieser große Gletscherbruch mit seinen einladenden Buchten, Uferstände von wildem Sellerie und Reis, dieser majestätische Fluß. Die Vögel ziehen, aufgereiht wie Perlen, auf waagerechter Flugbahn vorüber. Sie scheinen langsam heranzukommen, dann werden sie schneller, schießen wie Pfeile über einem dahin. Der Himmel hat keine Farbe. Ein Gefühl von Regen hängt in der Luft.

All das hier gehörte einmal den Niederländern. Dann, wie so vieles andere, den Engländern. Der Fluß ist ein Spiegel. Er hält nur Stille, eine glitzernde Kälte. Die Bäume sind kahl. Die Aale schlafen. Die Fahrrinne ist tief genug für Hochseeschiffe; wenn sie wollten, könnten sie die Städte im Landesinnern in Erstaunen versetzen. In den Marschen gibt es Schildkröten und Krebse, Reiher, Bonapartemöwen. Von den oberen Städten fließen Abwässer in den Fluß. Der Fluß ist dreckig, aber er reinigt sich selbst. Die Fische sind betäubt; sie treiben mit den Gezeiten.

Am Ufer stehen Steinbauten, die nicht mehr in Mode sind, und zugige, schmucklose Holzhäuser. Es gibt noch Anwesen von früher, Überreste des großen Grundbesitzes vergangener Tage. Nah am Wasser steht ein großer viktorianischer Bau, die Ziegel weiß gestrichen, mit hoch darüber ragenden Bäumen und einem von einer alten Mauer umgebenen Garten, darin ein zerfallenes Gewächshaus mit schmiedeeisernen Verzierungen rings um das Dach. Ein Haus am Fluß, für die Nachmittagssonne zu tief gelegen. Statt dessen durchflutete es die Morgensonne, das von Osten her kommende Licht. Mittags erstrahlte es in voller Pracht. Es gibt Stellen, an denen die Farbe dunkel geworden ist, kahle Stellen. Die Kieswege lösen sich auf; Vögel nisten in den Schuppen.

Wir schlenderten im Garten, aßen die kleinen bitteren Äpfel. Die Bäume waren trocken und knorrig. In der Küche brannte das Licht.

Ein Auto kommt die Einfahrt herauf, zurück aus der Stadt. Der Fahrer geht ins Haus, nur für einen Moment, bis er gehört hat, was passiert ist: Das Pony ist ausgebrochen.

Er ist wütend. «Wo ist sie? Wer hat die Tür offengelassen?»

«Mein Gott, Viri. Ich weiß nicht.»

In einem Raum mit vielen Pflanzen, einer Art Wintergarten, leben eine Eidechse, eine braune Schlange, eine schlafende Schildkröte. Die Eingangsstufe ist hoch, die Schildkröte kann nicht heraus. Sie schläft mit eingezogenen Beinen auf dem Kies. Ihre Nägel sind elfenbeinfarben, sie rollen sich nach innen, sie sind lang. Die Schlange schläft, die Eidechse schläft.

Viri hat den Mantelkragen hochgeschlagen und stapft den Hügel hinauf. «Ursula!» ruft er. Er pfeift.

Das Tageslicht ist erloschen. Das Gras ist trocken; es knarzt unter den Sohlen. Den ganzen Tag hat die Sonne nicht geschienen. Den Namen des Ponys rufend, dringt er bis in die hintersten Ecken vor, bis zur Straße, zu den anliegenden Feldern. Überall Stille. Es beginnt zu regnen. Er sieht den einäugigen Hund, der einem Nachbarn gehört, eine Art Husky mit grauer Schnauze. Das Auge ist vollkommen geschlossen, versiegelt, mit Fell bedeckt, als wäre es nie dagewesen, so lange hat er es schon verloren.

«Ursula!» ruft er.

«Sie ist hier», sagt seine Frau, als er zurückkommt.

Das Pony steht an der Küchentür, ruhig, dunkel, und frißt einen Apfel. Er berührt seine Lippen. Es beißt ihn beiläufig sanft ins Handgelenk. Seine Augen sind schwarz, glänzend, mit den langen, verrückten Wimpern einer betrunkenen Frau. Das Fell ist dicht, der Atem sehr süß.

«Ursula», sagt er. Ihre Ohren stellen sich kurz auf, vergessen dann. «Wo warst du? Wer hat deinen Stall aufgemacht?»

Sie interessiert sich nicht für ihn.

«Hast du gelernt, wie man das macht?» Er berührt eines ihrer Ohren, es ist warm, fest wie ein Schuh. Er führt sie zum Stall, dessen Tür weit offensteht. Draußen vor der Küche tritt er sich den Schmutz von den Schuhen.

Überall brennt Licht: ein riesiges, erleuchtetes Haus. Tote Fliegen, groß wie Bohnen, liegen hinter den Samtvorhängen, an manchen Ecken wölbt sich die Tapete, das Fensterglas verzerrt. Sie leben in einer Art Vogelhaus, einer Bienenwabe. Das Dach ist aus dickem Schiefer, die Zimmer sind wie Läden. Dieses Haus läßt keinen Ton nach außen dringen; im Dunkeln ist es wie ein Schiff. Drinnen kann man, wenn man genau hinhört, alles wahrnehmen: Wasser, leise Stimmen, das langsame, gleichmäßige Nachgeben des Holzes.

Im Hauptbadezimmer mit seinen Flecken, Schwämmen, teefarbenen Seifen, Büchern und wassergewellten Ausgaben der *Vogue* weicht er in Ruhe vor sich hin. Das Wasser reicht ihm über die Knie; es dringt bis in die Knochen. Auf dem mit Teppich ausgelegten Boden steht ein Korb voll glatter Steine, ein leeres Glas von tiefstem Blau.

«Papa», rufen sie durch die Tür.

«Ja.» Er liest die *Times.*

«Wo war Ursula?»

«Ursula?»

«Wo war sie?»

«Ich weiß nicht», sagt er. «Sie ist spazieren gewesen.»

Sie warten auf mehr. Er ist ein Geschichtenerzähler, ein Mann der Wunder. Sie horchen auf Geräusche, erwarten, daß die Tür gleich aufgeht.

«Aber wo war sie?»

«Ihre Beine waren naß», verkündet er.

«Ihre Beine?»

«Ich glaube, sie war schwimmen.»

«Also, Papa, wirklich.»

«Sie hat versucht, an die Zwiebeln auf dem Grund zu kommen.»

«Da gibt's keine Zwiebeln.»

«O doch.»

«Ehrlich?»

«Genau da wachsen sie.»

Sie erklären es einander vor der Tür. Es ist wahr, beschließen sie. Sie warten auf ihn, zwei kleine Mädchen, auf dem Boden kauernd wie Bettler.

«Papa, komm raus», sagen sie. «Wir wollen mit dir reden.» Er legt die Zeitung beiseite und sinkt ein letztes Mal in die Umarmung des Badewassers.

«Papa?»

«Ja.»

«Kommst du raus?»

Das Pony fasziniert sie. Sie haben Angst vor ihm. Sie sind immer kurz davor loszurennen, wenn es einen unerwarteten Laut von sich gibt. Geduldig, still steht es in seinem Stall; ein grasendes Tier, es frißt stundenlang. Seine Nüstern umgibt ein Kranz feiner Haare, seine Zähne sind braun.

«Die Zähne hören nie auf zu wachsen», hat der Mann, der sie ihnen verkauft hat, gesagt. Er war ein Trinker, seine Kleider waren zerrissen. «Sie wachsen immer nach und schleifen sich immer wieder ab.»

«Was würde passieren, wenn sie nichts fressen würde?»

«Wenn sie nichts fressen würde?»

«Was würde mit den Zähnen passieren?»

«Seht zu, daß sie frißt», sagte er.

Sie beobachten sie oft; sie horchen auf das Mahlen ihrer Kiefer. Dieses mythische Tier, man riecht seinen Duft im Dunkeln, ist größer als sie, stärker, klüger. Sie sehnen sich danach, sich ihm zu nähern, seine Liebe zu gewinnen.

2

Es war im Herbst 1958. Ihre Kinder waren sieben und fünf. Das Licht ergoß sich auf den schieferfarbenen Fluß. Ein weiches Licht, Gottes Muße. In der Ferne schimmerte die neue Brücke wie eine Feststellung, wie eine Zeile in einem Brief, die einen aufhorchen läßt.

Nedra war in der Küche bei der Arbeit, ihre Ringe hatte sie beiseite gelegt. Sie war hochgewachsen, beschäftigt; ihr Nacken war bloß. Wenn sie innehielt, um mit gesenktem Kopf ein Rezept zu lesen, war sie überwältigend in ihrer Konzentration, ihrer Hingebung. Sie hatte ihre Armbanduhr an, ihre besten Schuhe. Unter der Schürze war sie für den Abend gekleidet. Es kamen Leute zum Essen.

Sie hatte die Stiele der Blumen, die auf der hölzernen Anrichte ausgebreitet waren, gekürzt und angefangen, sie zu arrangieren. Vor ihr lagen Schere, hauchdünne Käseschachteln, französische Messer. Auf ihren Schultern lag Parfum. Ich werde ihr Leben von innen nach außen beschreiben, von seinem Kern aus, auch das Haus, Zimmer, in denen sich Leben gesammelt hatte, Zimmer im morgendlichen Sonnenschein, die Böden bedeckt mit Orientteppichen, die ihrer Schwiegermutter gehört hatten, aprikosenfarben, rot und braun, Teppiche, die, obwohl sie abgenutzt waren, das Sonnenlicht zu trinken und seine Wärme in sich aufzunehmen schienen; Bücher, duftende Blütenblätter, Kissen in den Farben von Matisse, Dinge wie funkelnde Wahrheiten, von denen viele, hätten sie alten Völkern gehört, für das kommende Leben in die Grabstätten gelegt worden wären: durchsichtige Würfel aus Kristall, Hirschhornteile, Bernsteinperlen, Schachteln, Skulpturen, hölzerne Kugeln, Illustrierte, in denen sich Fotografien von Frauen befanden, mit denen sie sich verglich.

Wer putzt dieses große Haus, wer schrubbt die Böden? Diese Frau – sie tut alles, sie tut nichts. Sie trägt ihren sandfarbenen Pullover, schlank wie eine Gerte, die langen Haare zusammengebunden, das Feuer prasselt im Kamin. Ihr wahres Interesse gilt dem Kern des Lebens: Mahlzeiten, Bettücher, Kleidung. Alles andere hat keine Bedeutung; es wird irgendwie erledigt. Sie hat einen breiten Mund, den Mund einer Schauspielerin, aufregend, strahlend. Dunkle Flecken in ihren Achselhöhlen, Minzduft in ihrem Atem. Sie ist von Natur aus extravagant. Sie macht spontane Einkäufe, geht zu Bendel's, als würde sie Freunde besuchen, rafft fünf oder sechs Kleider zusammen und betritt eine Kabine, ohne sich die Mühe zu machen, den Vorhang ganz zuzuziehen; während sie sich auszieht, erhascht man einen flüchtigen Blick, schlanke Arme, schlanker Leib, ein kleiner Slip. Ja, sie schrubbt Böden, sammelt schmutzige Wäsche auf. Sie ist achtundzwanzig. Ihre Träume hängen noch an ihr, schmücken sie; sie ist selbstsicher, ruhig, man denkt bei ihr an langhälsige Tiere, an Wiederkäuer, vergessene Heilige. Sie ist vorsichtig, es ist schwer, sich ihr zu nähern. Ihr Leben liegt im verborgenen. Man bekommt sie nur durch den Rauch und die Unterhaltung von vielen Abendessen zu sehen: Essen auf dem Lande, Dinner im Russian Tea Room, dem Café Chauveron zusammen mit Viris Kunden, im St. Regis, im Minotaur.

Es kamen Gäste mit dem Auto aus der Stadt, Peter Daro und seine Frau.

«Um wieviel Uhr kommen sie?»

«Gegen sieben», sagte Viri.

«Hast du den Wein aufgemacht?»

«Noch nicht.»

Der Wasserhahn lief, ihre Hände waren naß.

«Hier, nimm das Tablett», sagte sie. «Die Kinder wollen vorm Kamin essen. Erzähl ihnen eine Geschichte.»

Sie stand einen Moment lang da und begutachtete ihre Vorbereitungen. Sie schaute kurz auf die Uhr.

Die Daros trafen in der Dunkelheit ein. Man hörte die Autotüren schwach zuschlagen. Ein paar Augenblicke später standen sie mit strahlenden Gesichtern an der Eingangstür.

«Hier ist ein kleines Geschenk», sagte Peter.

«Viri, Peter hat Wein mitgebracht.»

«Gebt mir eure Mäntel.»

Der Abend war kalt. In den Räumen spürte man den Herbst. «Das ist eine schöne Fahrt hierher», sagte Peter, während er sich die Kleidung glattstrich. «Ich liebe diese Strecke. Sobald man die Brücke überquert hat, ist man mitten im Wald, alles stockfinster, und die Stadt ist verschwunden.»

«Es ist fast urtümlich», sagte Catherine.

«Und man ist zu dem schönen Haus der Berlands unterwegs.» Er lächelte. Was für eine Selbstsicherheit, welche Siegesgewißheit liegt in den Zügen eines Mannes um die Dreißig.

«Ihr seht wunderbar aus, ihr beide», sagte Viri.

«Catherine ist ganz vernarrt in dieses Haus.»

«Genau wie ich», lächelte Nedra.

Novemberabend, immer gleich, klar. Geräucherte Bachforelle, Hammelfleisch, ein Endiviensalat, auf der Anrichte ein entkorkter Margaux.

Das Essen wurde unter einem Druck von Chagall aufgetragen, der Meerjungfrau über der Bucht von Nizza. Die Signatur war wahrscheinlich unecht, aber wie Peter schon früher gesagt hatte, was machte das für einen Unterschied, sie war ebensogut wie Chagalls eigene, vielleicht sogar noch besser, mit genau dem richtigen Schuß Lässigkeit. Und der Druck, dieser in reiner Nacht treibende Engel, war schließlich nur einer von Tausenden, von denen sich die meisten nicht einmal durch irgendeine Signatur auszeichneten, echt oder unecht.

«Mögt ihr Forelle?» fragte Nedra, die Platte in der Hand haltend.

«Ich weiß nicht, was ich lieber mag, sie zu fangen oder sie zu essen.»

«Du kannst sie also wirklich fangen?»

«Es gab Zeiten, da hab ich mich das auch gefragt», sagte er. Er nahm sich eine großzügige Portion. «Wißt ihr, ich hab schon überall geangelt. Forellenangler sind eine Sorte für sich, einsam, wunderlich. Nedra, das schmeckt köstlich.»

Er hatte schütteres Haar und ein glattes, volles Gesicht, das Gesicht eines Erben, eines Mannes, der für den Trust einer Bank arbeitet. Aber in Wirklichkeit war er den ganzen Tag auf den Beinen, ständig Gauloises rauchend, die er aus verkrumpelten Päckchen angelte. Er hatte eine Galerie.

«So hab ich Catherine erobert», sagte er. «Ich habe sie mit zum Angeln genommen. Eigentlich hab ich sie zum Lesen mitgenommen; sie saß mit einem Buch am Ufer, während ich Forellen fing. Hab ich euch die Geschichte erzählt, wie ich in England angeln war? Ich fuhr zu einem kleinen Fluß, es war einmalig. Das war nicht der Test, das ist der berühmte Fluß, den jahrelang ein Mann namens Lunn verwaltete. Sagenhafter alter Mann, typisch englisch. Es gibt ein wunderbares Foto von ihm mit Pinzette, wie er gerade Insekten sortiert. Der Mann ist eine Legende.

Ich war in der Nähe von einem Gasthaus, einem der ältesten in England. Es heißt ‹The Old Bell›. Ich kam an diese wirklich schöne Stelle, und da waren zwei Männer, die saßen am Ufer und waren nicht gerade glücklich darüber, daß da noch jemand auftauchte, aber da sie Engländer waren, taten sie natürlich so, als hätten sie mich nicht einmal gesehen.«

«Peter, entschuldige bitte», sagte Nedra. «Nimm dir noch etwas.»

Er bediente sich.

«Nun gut. Ich sagte: ‹Wie geht's? – ‹Schöner Tag›, sagte der eine. ‹Ich meine, wie läuft das Angeln?› Langes Schweigen. Schließlich sagte einer: ‹Sind n'n paar Forellen hier.› Noch mehr Schweigen. ‹Eine da drüben beim Felsen›, sagte er. ‹Wirklich?› – ‹Ich hab vor n'ner Stunde gesehen›, sagte er. Wieder langes Schweigen. ‹Großes Ding.›»

«Hast du den gefangen?» fragte sie.

«Oh, nein. Die Forelle war ein alter Bekannter von ihnen. Du weißt ja, wie das ist; du warst doch schon in England.»

«Ich war noch nirgendwo.»

«Ach, komm schon.»

«Dafür habe ich aber schon alles *gemacht*», sagte sie. «Das ist wichtiger.» Ein breites Lächeln erschien über ihrem Weinglas. «Oh, Viri», sagte sie. «Der Wein ist wunderbar.»

«Der ist gut, nicht wahr? Wißt ihr, es gibt ein paar kleine Geschäfte, wo man – erstaunlicherweise – wirklich guten Wein bekommt, und gar nicht mal teuer.»

«Woher hast du den hier?» fragte Peter.

«Du weißt doch, wo die 56. Straße ist ...»

«Bei der Carnegie Hall.»

«Genau.»

«Da an der Ecke.»

«Die haben ein paar sehr gute Weine.»

«Ja, ich weiß. Wie heißt doch gleich der Verkäufer? Da gibt's einen bestimmten Verkäufer ...»

«Ja, mit Glatze.»

«Der versteht nicht nur was von Weinen; er kennt auch ihre Poesie.»

«Er ist fabelhaft. Jack heißt er.»

«Genau», sagte Peter. «Netter Mann.»

«Viri, erzähl von der Unterhaltung in dem Laden», sagte Nedra.

«Das war woanders.»

«Ich weiß.»

«Das war in der Buchhandlung.»

«Komm schon, Viri», sagte sie.

«Ich hab nur zufällig was mit angehört», erklärte er. «Ich war auf der Suche nach einem Buch, und da waren diese beiden Männer. Der eine sagte zum andern», er machte perfekt ein Lispeln nach, «‹Sartre hatte recht, wissen Sie.›»

«‹Ach ja?›» Er machte den anderen nach. «‹Womit denn?› – ‹Genet ist ein Heiliger›, sagte er. ‹Der Mann ist ein Heiliger.›»

Nedra lachte. Sie hatte ein volles, nacktes Lachen. «Du kannst das so gut», sagte sie zu ihm.

«Nein», wehrte er vage ab.

«Du machst das perfekt», sagte sie.

Dinner auf dem Land, der Tisch gedrängt voll von Gläsern, Blumen, allen erdenklichen Speisen, Dinner, die in Tabakrauch enden, einem Gefühl von Leichtigkeit. Behagliche Dinner. Die Unterhaltung kommt nie ins Stocken. Diese beiden sind etwas Besonderes, sie leben füreinander, sie verbringen ihre Zeit lieber mit ihren Kindern, sie haben nur ein paar Freunde.

«Wißt ihr, nach einigen Dingen bin ich richtig süchtig», begann Peter.

«Wie zum Beispiel?» sagte Nedra.

«Nehmen wir die Biographien von Malern», sagte er. «Wunderbar, die zu lesen.» Er dachte einen Moment lang nach.

«Frauen, die trinken.»

«Im Ernst?»

«Irische Frauen. Die mag ich besonders.»

«Trinken die?»

«Trinken? Alle Iren trinken. Ich war mit Catherine schon auf Einladungen, wo große Damen der irischen Gesellschaft vornüber in ihre Teller gekippt sind, total betrunken.»

«Peter, das glaube ich nicht.»

«Die Bediensteten achten gar nicht auf sie», sagte er. «Es wird da ‹die Schwäche› genannt. Die Gräfin von – wie war doch gleich ihr Name, Liebling? Mit der wir solche Probleme hatten – um zehn Uhr morgens betrunken. Eine ziemlich dunkle Dame, verdächtig dunkel. Ein paar von denen sehen so aus.»

«Was meinst du mit dunkel, den Teint?»

«Schwarz.»

«Wie kommt das denn?» fragte Nedra.

«Tja, wie ein Freund von mir sagen würde – weil der Graf einen so großen Schwanz hatte.»

«Du weißt ja wirklich eine Menge über Irland.»

«Ich würde gern dort leben», sagte Peter.

Eine kleine Pause. «Was gefällt dir von allem am besten?» sagte sie.

«Am besten von allem? Machst du Witze? Es gibt nichts auf der Welt, was ich lieber täte als einen Tag lang angeln gehen.»

«Ich steh nicht gern so früh auf», sagte Nedra.

«Man braucht nicht früh aufzustehen.»

«Ich dachte.»

«Nein, wirklich nicht.»

Die Weinflaschen waren ausgetrunken. Die Farbe ihrer Leere war wie die Farbe in Kirchenschiffen.

«Man muß Stiefel tragen und all so ’n Zeug», sagte sie.

«Nur wenn man Forellen fängt.»

«Die laufen voll Wasser, und dann ertrinken die Leute.»

«Manchmal», sagte er. «Du weißt nicht, was dir entgeht.»

Sie griff sich an den Hinterkopf, so als hörte sie nicht länger zu, löste ihr Haar und schüttelte es nach hinten.

«Ich habe ein phantastisches Shampoo», erklärte sie. «Es kommt aus Schweden. Ich kaufe es bei Bonwit Teller's. Es ist wirklich einmalig.»

Sie spürte den Wein, das weiche Licht. Ihre Arbeit war getan. Den Kaffee und Grand Marnier überließ sie Viri.

Sie saßen auf den Sofas am Kamin. Nedra ging zum Plattenspieler. «Ich muß euch was vorspielen», sagte sie. «Ich sag euch, wenn's kommt.»

Eine Platte mit griechischen Liedern begann. «Es ist das nächste», erklärte sie. Sie warteten. Die leidenschaftliche, klagende Musik schlug ihnen entgegen. «Also. Das Lied handelt von einem Mädchen, dessen Vater sie mit einem ihrer netten Verehrer verheiraten will ...»

Sie bewegte die Hüften. Sie lächelte. Sie streifte sich die Schuhe ab und saß mit angezogenen Beinen da.

«... sie aber will nicht. Sie will den Stadttrinker heiraten, weil er sie jede Nacht leidenschaftlich lieben wird.»

Peter beobachtete sie. Es gab Momente, in denen sie alles zu offenbaren schien. In ihrem Kinn war ein Grübchen, klargestochen, kreisrund. Ein Zeichen von Intelligenz, von Nacktheit, das sie wie ein Juwel trug. Er versuchte, sich Szenen vorzustellen, die sich in diesem Haus abspielten, aber er wurde durch ihr Lachen daran gehindert. Ihr Lachen hob auf, was sie gesagt hatte, es war ein Kleidungsstück, das sie zurücklassen konnte wie abgestreifte Strümpfe, wie einen Bademantel am Strand.

Sie saßen zurückgelehnt in den weichen Kissen und redeten bis Mitternacht. Nedra trank reichlich, hielt immer wieder ihr Glas zum Nachschenken hin. Sie war mit Peter in ein separates Gespräch vertieft, als stünden sie beide sich am nächsten, als könne sie ihn vollkommen verstehen. Jedes Zimmer, jeder Winkel hier gehörte ihr, die Löffel, die Stoffe, der Boden unter den Füßen. Es war ihr Reich, ihr Serail, in dem sie barfuß gehen konnte, in dem sie mit nackten Armen schlafen durfte, mit ausgebreitetem Haar. Als sie gute Nacht sagte, schien ihr Gesicht bereits gewaschen, als wäre sie schon allein. Der Wein hatte sie müde gemacht.

«Wenn du das nächste Mal heiratest», sagte Catherine, als sie mit ihrem Mann nach Hause fuhr, «solltest du jemanden wie sie heiraten.»

«Was soll das heißen?»

«Keine Angst. Ich mein nur, daß es offensichtlich ist, wie sehr dir so was gefallen würde ...»

«Catherine, sei nicht albern.»

«... und ich finde, du solltest es ausprobieren.»

«Sie ist einfach eine sehr großzügige Frau. Das ist alles.»

«Großzügig?»

«Ich meine das im Sinne von überströmend, üppig.»

«Sie ist die egoistischste Frau auf der Welt.»

3

Er war Jude, ein sehr eleganter Mann, ein sehr romantisch aussehender, ein Hauch von Müdigkeit lag in seinen Zügen, intelligente Züge, um die ihn jedermann beneidete, sein Haar war spröde, er war merkwürdig nachlässig gekleidet – das heißt nicht übermäßig gepflegt: ein fehlender Knopf, ein schmutziger Manschettenrand. Er hatte einen leicht säuerlichen Atem wie der eines Onkels, dem es nicht mehr so gut geht. Er war klein. Er hatte weiche Hände und keine, wirklich fast überhaupt keine Ahnung von Geld. Die Notwendigkeit, Geld zu haben, ja, die kannte er zur Genüge, aber ob er welches hatte, war purer Zufall, wie Regen, es kam, oder es kam nicht. Er war bar jedes wirklichen Instinkts.

Seine Freunde waren Arnaud, Peter, Larry Vern. Jeder Freund ist auf andere Art und Weise ein Freund. Arnaud war sein engster, Peter sein ältester.

Er stand wartend vor dem Ladentisch, sein Blick glitt über farbige Stoffballen.

«Haben wir für Sie schon einmal Hemden angefertigt, Sir?» fragte eine Stimme, eine sichere Stimme von großer Weisheit.

«Sind Sie Mr. ...?»

«Conrad.»

«Mr. Daro hat mir Ihren Namen gegeben», sagte Viri.

«Wie geht es Mr. Daro?»

«Er hat Sie mir sehr empfohlen.»

Der Ladenbesitzer nickte. Er lächelte Viri zu, das Lächeln eines Kollegen.

Drei Uhr nachmittags. Die Tische in den Restaurants haben sich geleert, der Tag beginnt zu verblassen. Ein paar Frauen schlendern zwischen den weiter entfernten Auslagen des Geschäfts, sonst ist alles ruhig. Conrad hatte einen leichten Akzent, den man anfangs schwer einordnen konnte. Er wirkte weniger fremd als auf gewisse Weise sehr speziell, ein Zeichen vollendeter Manieren. Es war ein Wiener Akzent. Es lag eine tiefe Weisheit darin, die Weisheit eines Mannes, der Diskretion bewahren konnte, der vernünftig, ja sogar bescheiden und für sich allein speiste, der die Zeitung Seite für Seite las. Seine Fingernägel waren gepflegt, sein Kinn gut rasiert.

«Mr. Daro ist ein sehr angenehmer Mann», sagte er, als er Viris Mantel entgegennahm und ihn behutsam neben dem Spiegel aufhängte. «Er hat ein ungewöhnliches Merkmal. Sein Hals ist siebzehneinhalb.»

«Ist das viel?»

«Von den Schultern aufwärts könnte er ohne weiteres ein Preisboxer sein.»

«Seine Nase ist zu fein.»

«Schulteraufwärts und kinnabwärts», sagte Conrad. Er nahm Viris Maße mit der Sorgfalt einer Frau, die Länge der Arme, Brust, Taille, den Umfang der Handgelenke. Jede Ziffer notierte er auf einer großen, vorgedruckten Karte, einer Karte, die, wie er sagte, immer aufgehoben würde. «Ich habe noch Kunden von vor dem Krieg», sagte er. «Sie kommen noch immer zu mir. Dienstags und donnerstags; das sind die einzigen Tage, an denen ich hier bin.»

Er legte seine Musterbücher auf den Ladentisch und öffnete sie, wie man eine Serviette auseinanderfaltet. «Sehen Sie sich diese mal durch», sagte er. «Das ist nicht alles, aber es sind die besten.»

Die Seiten enthielten kleine Quadrate aus Stoff, Zitronengelb, Magenta, Cocoa, Grau. Es gab Stoffe mit Streifen, Batiken, ägyptische Baumwolle, die so dünn war, daß man durch sie hindurch hätte lesen können.

«Der hier wäre gut. Nein, vielleicht doch nicht ganz das richtige», entschied Conrad.

«Wie wär es mit dem hier?» sagte Viri. Er hielt ein Stückchen Stoff in der Hand. «Wäre das zu aufdringlich, ein ganzes Hemd, meine ich?»

«Auf jeden Fall besser als ein halbes Hemd», sagte Conrad. «Aber lassen Sie mich mal sehen ...» Er dachte nach. «Der wäre fabelhaft.»

«Oder dieser hier», sagte Viri.

«Ich sehe schon – zwar kenne ich Sie erst ein paar Minuten, aber man merkt gleich, daß Sie ein Mann von eigenem Geschmack und genauen Vorstellungen sind. Ja, wirklich, keine Frage.»

Sie waren wie alte Freunde; ein tiefes Verständnis war

zwischen ihnen aufgekommen. Die Falten in Conrads Gesicht waren die eines Witwers, eines Mannes, der sich sein Wissen verdient hatte. Sein Auftreten war respektvoll, aber selbstbewußt.

«Probieren Sie diese Kragen», sagte er. «Ich werde Ihnen ein paar wundervolle Hemden machen.»

Viri stand vor dem Spiegel und begutachtete sich in verschiedenen Kragen, langen, spitzen, Kragen mit abgerundeten Enden. «Der hier ist nicht schlecht.»

«Etwas zu schmal für Sie», meinte Conrad. «Wenn ich mir erlauben darf.»

«Selbstverständlich. Allerdings, da wäre eine Sache», sagte Viri, während er den Kragen wechselte. «Die Ärmel. Ich habe gesehen, daß Sie dreiunddreißig aufgeschrieben haben.»

Conrad konsultierte die Karte. «Dreiunddreißig», bestätigte er. «Ganz genau. Das Meßband irrt nicht.»

«Ich hab es lieber, wenn sie nicht so lang sind.»

«Das ist nicht lang. Vierunddreißig wäre lang.»

«Und zweiunddreißig?»

«Nein, wirklich. Das wäre komisch», sagte Conrad. «Was bringt Sie dazu, bei den Ärmeln zum Grotesken zu neigen?»

«Ich hab's gern, wenn ich meine Knöchel sehe», sagte Viri.

«Mr. Berland ...»

«Glauben Sie mir. Dreiunddreißig ist zu lang.»

Conrad drehte seinen Bleistift um, radierte.

«Ich begehe ein Verbrechen», sagte er und zog einen halben Zoll ab.

«Ich versichere Ihnen, sie werden nicht zu kurz sein. Ich mag keine langen Ärmel.»

«Mr. Berland, ein Hemd ... aber ich glaube, ich muß Ihnen das nicht erst sagen.»

«Natürlich nicht.»

«Ein schlechtes Hemd ist wie die Geschichte von einem hübschen Mädchen, das nicht verheiratet ist und eines Tages schwanger wird. Es ist nicht das Ende der Welt, aber eine ernste Sache.»

«Wie steht es mit der Brusttasche? Ich mag es, wenn sie recht tief ist.»

Conrad sah gequält aus. «Eine Tasche», sagte er. «Wofür um alles in der Welt brauchen Sie eine Tasche? Die ruiniert das ganze Hemd.»

«Nicht völlig, oder?»

«Wenn ein Hemd schon etwas zu kurze Ärmel hat und obendrauf noch eine Tasche ...»

«Die Tasche soll ja nicht auf den Ärmeln sitzen. Ich habe sie mir eigentlich eher dazwischen vorgestellt.»

«Was soll ich sagen? Wozu brauchen Sie eine Tasche?»

«Für meinen Bleistift. Ich muß immer einen Bleistift bei mir haben», sagte Viri.

«Aber doch nicht dort. Also das», sagte er und deutete auf einen Kragen, den Viri angelegt hatte, «das ist wirklich ein schöner Kragen, finden Sie nicht auch?»

«Ist er hinten nicht zu hoch?» Er drehte den Kopf zur Seite, um besser sehen zu können.

«Nein, ich denke nicht. Aber wenn Sie wollen, können wir ihn ein wenig herunternehmen – sagen wir, einen viertel Zoll.»

«Ich will Ihnen wirklich keine Umstände machen.»

«Nein, nein», versicherte ihm Conrad. «Keineswegs. Ich mache nur einen kleinen Vermerk ...» Er schrieb, während er sprach. «Die Details sind alles. Ich habe schon Kunden gehabt ... einmal hatte ich einen Mann, der stammte aus einer ziemlich bekannten Familie der Stadt, politisch sehr einflußreich. Er hatte zwei Leidenschaften. Hunde und Uhren. Er besaß große Mengen von beiden. Jeden Tag schrieb er die genaue Uhrzeit auf, zu der er ins Bett ging und wieder aufstand. Seine linke Manschette wurde einen halben Zoll weiter gearbeitet als die rechte, wegen seiner Armbanduhren, versteht sich. Die meisten davon Vacheron Constantins. Ein viertel Zoll hätte allerdings auch genügt. Seine Frau, die sonst in jeder Hinsicht eine Heilige war, nannte ihn Doggy. In sein Monogramm war das Profil eines Schnauzers eingearbeitet. Ich hatte auch schon Kunden – ohne Namen nennen zu wollen, aber sagen wir, vom Schlage eines Lepke Buchalter. Sie wissen, wen ich meine?«

«Ja.»

«Gangster. Na ja, Sie wissen ja, daß Gangstermode oft zum allgemeinen Chic geworden ist, aber diese Männer waren zweifelsohne phantastische Kunden.»

«Haben sie viel Geld ausgegeben?»

«Ach, Geld ... abgesehen vom Geld.» Conrad machte eine ausladende Bewegung. «Geld war kein Problem. Sie waren einfach glücklich, daß sich jemand ihnen widmete, daß jemand versuchte, sie gut anzuziehen. Verzeihen Sie, aber was machen Sie beruflich?»

«Ich?»

«Ja.»

«Ich bin Architekt.» Nach Verbrecherkönigen klang das ein wenig dürftig.

«Ein Architekt», sagte Conrad. Er machte eine kleine Pause, so als wollte er dem Gedanken erlauben, sich erst einmal zu setzen. «Sind irgendwelche Bauten in dieser Gegend von Ihnen?»

«Nein, nicht in dieser Gegend.»

«Sind Sie ein guter Architekt? Zeigen Sie mir einmal eins Ihrer Gebäude?»

«Das, Mr. Conrad, kommt ganz darauf an, wie die Hemden ausfallen.»

Conrad gab einen kleinen Laut der Zustimmung und des

Verständnisses von sich. «Was das angeht», sagte er, «kann ich Sie beruhigen. Ich bin jetzt dreißig, nein, einunddreißig Jahre im Geschäft. Ich habe ein paar sehr gute und ein paar schlechte Hemden gemacht, aber alles in allem hab ich's geschafft, mein Handwerk vollständig zu erlernen. Ich kann zu mir sagen: Conrad, du hast zwar – unglücklicherweise – keine richtige Schulbildung genossen, deine Finanzen sind ein wenig mager, aber eine Sache ist unbestritten: Du verstehst etwas von Hemden. Von einer Manschette zur andern, wenn ich so sagen darf. Also, wann bin ich hier?»

«Dienstags und donnerstags.»

«Ich wollte Sie nur mal prüfen», sagte Conrad.

Sie wählten einen Stoff aus, der wie Federn gemustert war, Federn aus dunklem Grün, Schwarz, Permanganat, einen anderen in der Farbe von Hirschleder und einen dritten in Königsblau.

«Sie finden nicht, daß das Blau zu blau ist?»

«Ein Blau kann nicht zu blau sein», sagte Conrad. «Wie viele sollen wir Ihnen machen?»

«Na, eins von jeder Sorte», sagte Viri.

«Drei Hemden?»

«Jetzt habe ich Sie enttäuscht.»

«Ich werde nur enttäuscht sein, wenn sie nicht zu Ihren Lieblingshemden gehören», sagte Conrad. Er klang ein wenig resigniert.

«Ich werde Ihnen viele neue Kunden schicken.»

«Da bin ich mir sicher.»

«Einen werde ich Ihnen gleich nennen. Ich weiß nicht, wann genau er hereinschauen wird, aber sehr bald.»

«Dienstags oder donnerstags», mahnte Conrad.

«Natürlich. Sein Name ist Arnaud Roth.»

«Roth», sagte Conrad.

«Arnaud.»

«Sagen Sie ihm, daß ich mich freue und ihn erwarte.»

«Sie erinnern sich doch an seinen Namen?»

«Ich bitte Sie», protestierte Conrad. Er war wie ein Patient, der zu lange Besuch gehabt hatte; er schien irgendwie erschöpft.

«Sie werden ihn sehr unterhaltsam finden», sagte Viri.

«Sicher.»

«Wann werden die Hemden fertig sein?» sagte er, während er seinen Mantel anzog.

«In vier bis sechs Wochen, Sir.»

«So lange?»

«Wenn Sie die Hemden sehen, werden Sie überrascht sein, wie schnell sie gemacht wurden.»

Viri lächelte. «Es war mir eine große Freude, Mr. Conrad», sagte er.

«Die Freude war ganz meinerseits.»

Die Straße war dicht gedrängt mit Menschen, die Sonne schien noch hell; die ersten Pendler, gut gekleidet, eilten zu frühen Zügen. Er genoß den Straßentumult, als er in der treibenden Menge ging. Er wußte in diesem Moment, wonach all diese Menschen strebten. Er verstand die Stadt, die überfüllten Straßen, Herbsttage, die wie Messer in den obersten Fenstern blitzten, Geschäftsleute, die aus den Drehtüren des Sherry-Netherland strömten, den windgefegten Park. In einer Telefonzelle wählte er eine vertraute Nummer.

«Ja, hallo», sagte eine Stimme gelangweilt.

«Arnaud ...»

«Hallo, Viri.»

«Hör mal, was haben wir heute? Dienstag. Ich will, daß du dich am Donnerstag mit jemandem triffst. Du wirst mir bis ans Ende deines Lebens dankbar sein.»

«Wo bist du? In einem Puff?»

«Wie geht doch gleich die Geschichte von den zwölf absolut reinen Männern, die für die Welt von essentieller Bedeutung sind?»

«Sag mir schon die Pointe.»

«Nein, das hier ist eine Art Scholem-Alejchem-Geschichte. Diese zwölf Männer – du mußt die Geschichte doch kennen – sind über die ganze Welt verstreut. Niemand weiß, wer sie sind, aber wenn einer von ihnen stirbt, wird er sofort durch einen andern ersetzt. Ohne sie würde die Zivilisation zusammenbrechen, wir würden im Chaos versinken, im Verbrechen, in völliger Desillusion.»

«Das ist wahrscheinlich schon passiert, es sind nur noch vier oder fünf übrig.»

«Ich hab einen getroffen.»

«Darum geht's also.»

«Sein Name ist Conrad.»

«Conrad? Machst du Witze? Das ist ein Betrüger.»

«Nein, ich meine einen anderen Conrad. Du mußt ihn kennenlernen.»

«Du weißt, was das letzte Mal dabei rausgekommen ist, als du das gesagt hast?»

«Laß mich nachdenken.»

«Ich habe fünfhundert Dollar in einen Film investiert.»

«Ah ja, ich erinnere mich.»

«Conrad, sagst du? Was soll der Kerl mir denn Gutes tun?» Viri beobachtete den Straßenverkehr, dessen Geräusche gedämpft zu ihm drangen und der das Metall unter seinen Füßen vibrieren ließ, sein Blick wurde von den glänzenden Autos in die Ferne gezogen.

«Er wird dir ein paar Hemden machen.»

4

Der Winter kommt. Eine bittere Kälte. Der Schnee knirscht mit traurigem vollem Klang unter den Sohlen. Das Haus ist von Weiß umgeben. Stunden des Schlafes, die

Luft kühl. Wunderbarer Schlaf, ist der Tod so warm, so wohlig? Er ist kaum wach; beim ersten Licht taucht er einen Moment lang auf, wie instinktiv, begraben, verloren. Seine Augen öffnen sich einen Spalt wie die eines Tieres. Einen Moment lang entgleitet er den Träumen, er sieht den Himmel, das Licht, nichts bewegt sich, man hört keinen Laut. Die Stunde, die die letzte Stunde ist, die Kinder schlafen, das Pony steht still in seiner Box.

Der Fluß war zugefroren. Sie erfuhren es am Telefon.

«Ist er wirklich zugefroren?»

«Ja», versicherte man ihm. «Die Leute laufen Schlittschuh.»

«Das machen wir auch.»

Unten hinter der Brücke erstreckten sich am Uferrand weite glatte Eisflächen, einige Leute waren schon draußen, Männer in Mänteln, gegen die Kälte warm eingepackte Frauen. Sie liefen in blendendem Sonnenlicht, Schals um den Hals gewickelt, sie riefen einander zu, die Knöchel der kleinsten Kinder knickten um wie Papier. Weit draußen in der Fahrrinne war der Fluß grau, die Schattierung von zerbrochenem Eis. Es ging ein Wind, ein kalter Wind, der die Fingerspitzen verbrannte. Das kleine Mädchen, das nur ein Bein hatte, war da. Sie war drei, sie hatte Krebs, man hatte ihr das Bein abgenommen. Davor war sie unsichtbar gewesen. Danach, auf Krücken, begann sie zu leuchten; sie brauchte sehr lange, wenn sie auf dem Gehweg an einem vorbeiging, oder sie saß im Auto, außerstande, es zu verlassen, ihr kleines Gesicht bewegungslos im Profil. Sie hieß Monica. Sie hatte zwei Brüder, ihre Zähne waren klein, sie lächelte nie. Sie war die Märtyrerin einer verzweifelten Familie; sie haßten sich, wenn sie ungeduldig mit ihr waren. Sie wohnten in einem häßlichen Haus, es hatte die Farbe von Frostbeulen, ein Backsteinhaus mit ein paar kahlen Büschen an den Hausecken. In der stechenden Kälte zog ihr Vater sie in einem großen runden Aluminiumbehälter über das Eis. Sie saß ernst da, sagte nichts, hielt sich mit ihren Handschuhen am Rand fest.

«Hallo, Monica», riefen sie ihr zu. Sie kreisten um sie herum und winkten. Sie schien es nicht zu sehen; sie war regungslos wie eine alte Frau, die schon zu lange gelebt hat. «Halt dich fest», riefen sie ihr zu. «Halt dich ganz fest.»

Ihr Vater war barhäuptig. Viri kannte ihn nur vom Sehen. Er arbeitete für eine Versicherungsgesellschaft und fuhr jeden Tag in die Stadt. «Halt dich fest, Moni», sagte er ihr. Er setzte zu einer großen Kurve an. Die Schale schwang herum, kippte ein wenig.

«Halt dich fest», riefen sie.

Stimmen durchkreuzten die Luft, Rufe, das Kratzen von Schlittschuhen. Niemand konnte sich daran erinnern, daß man jemals so weit hinauslaufen konnte; das Eis war noch eine halbe Meile vom Ufer fest. Ein paar Leute hatten am Ufer Lagerfeuer angezündet und standen um sie herum, wärmten sich, noch in Schlittschuhen. Hunde versuchten, auf dem Eis herumzurennen.

Nedra war nicht mitgekommen. Sie war in der Küche. Das Feuer brannte. Sie hatte warme Milch in eine Schale gegossen, und der Welpe trank mit kurzen, unbeholfenen Zungenbewegungen, die Milch leuchtete in seinem Maul auf. Er hatte ein rotbraunes Fell, wie ein Fuchs, mit weißem Bauch. Seine Bewegungen waren unsagbar tapsig.

«Das schmeckt dir, was?» sagte sie. Sie berührte sein weiches Fell, während er unter ihrer Hand trank. «Hadji», sagte sie. «Du wirst einmal ein großer, starker Mann werden. Du wirst bellen und bellen.»

Viri kam vom Schlittschuhlaufen herein und rieb sich die Hände. Im Flur hinter ihm zogen sich die Kinder die Mäntel aus.

«Ich hab ihm einen Namen gegeben.»

«Sehr gut. Welchen?»

«Hadji», sagte sie.

«Hadji.»

«Paßt er nicht zu ihm?»

«Doch. Was bedeutet er?»

«Was bedeutet schon irgendwas?»

Hadji leckte die leere Schale aus. Sie klapperte auf dem Boden.

«Wir haben das kleine Mädchen mit dem einen Bein gesehen.»

«Monica.»

«Ja.»

«Wirklich traurig, das.»

«Ich kann sie gar nicht ansehen. Es macht mich so mutlos.»

«Es war doch eisig kalt.»

Am frühen Nachmittag aßen sie Birnen mit heißer Schokolade. Das Licht hatte sich verändert. Die Sonne war hinter ein paar Wolken verschwunden; der Tag hatte keine Quelle mehr. Viri spielte mit ihnen ein arabisches Spiel mit Bohnen. Am Ende ließ er sie gewinnen.

«Gibt es noch Schokoladensauce?» fragte er.

«Ich mach noch welche», sagte Nedra.

Auf dem Fluß schienen die Möwen auf dem Wasser zu stehen. Das Eis war nicht zu sehen. Ihr Spiegelbild war dunkel; man konnte die schwarzen Striche ihrer Beine erkennen. Im Zimmer ein Baldachin aus Musik, ein Tablett mit drei Tassen, weiße Zuckerwürfel in einem Schälchen, viele Bücher.

Ihr Leben ist geheimnisvoll, es ist wie ein Wald; von weitem sieht es wie eine Einheit aus, man kann es begreifen, beschreiben, aber wenn man näher kommt, beginnt es sich zu trennen, sich in Licht und Schatten aufzulösen, die Dichte blendet einen. Hier drinnen gibt es keine klaren

Formen, nur unendliche Facetten, die sich überallhin ausbreiten: fremdartige Geräusche, einfallendes Sonnenlicht, Laub, umgestürzte Bäume, kleine Tiere, die beim bloßen Geräusch eines knackenden Zweiges flüchten, Insekten, Stille, Blumen.

Und all dieses, das voneinander abhängt, das eng verwoben ist, all dies ist trügerisch. Im Grunde gibt es, wie Viri sagt, zwei Arten von Leben. Es gibt das, von dem die Leute glauben, daß man es lebt, und es gibt das andere. Es ist dieses andere, das Probleme macht, dasjenige, das wir gerne zu Gesicht bekommen würden.

«Komm her, Hadji», sagt er.

Der Hund, in dem bereits alles Wissen, aller Mut, alle Liebe steckt, sieht wachsam, aber unverständig auf.

«Komm her», sagt Viri. Er greift nach ihm. Der Hund duckt sich nicht; er fügt sich und läßt sich aufnehmen.

«Du bist also ein Hirtenhund, hm? Wo ist denn dein Schwanz geblieben? Was ist damit passiert? Du weißt nicht mal, was ein Schwanz ist, wie? Du denkst, ein Schwanz ist etwas, das an einem Ende einer Kuh runterhängt. Jetzt hör mir mal gut zu, Hadji. Das erste, worüber wir uns unterhalten müssen, ist die Sauberkeit. Unsere Toilette ist im Haus, deine ist draußen. Die Bäume ...»

«Er weiß doch gar nicht, was er mit einem Baum anfangen soll, Viri.»

«Du weißt nicht, was du mit einem Baum anfangen sollst? Dann eben der Rasen, als Anfang. Danach kleine Steine, die Hausecken, Stufen, und dann – dann ein Baum. Du wirst einmal ein richtig großer Hund werden, Hadji. Du wirst bei uns wohnen. Wir werden mit dir zum Fluß gehen. Wir werden dich zum Meer mitnehmen. Au, deine Zähne sind aber scharf!»

Er schlief in einem Obstkorb, auf dem Rücken wie ein Bär. Eines Morgens war große Aufregung im Haus. Franca sah es als erste. «Er hat sein Ohr aufgestellt! Sein Ohr ist hoch!» rief sie.

Sie kamen alle angelaufen, um es sich anzusehen, während er dasaß, ohne etwas von seinem Triumph zu ahnen. Aber am Nachmittag hing es wieder herunter.

Er wurde intelligent, stark, er kannte ihre Stimmen. Er war nicht aus der Ruhe zu bringen, er war klug. In seinem dunklen Auge konnte man eine Schar von Tieren sehen – Pferde, Mäuse, Rinder, Wild. Sie nannten ihn Frosch. Er lag mit nach hinten ausgestreckten Beinen auf dem Boden. Er beobachtete sie, den Kopf auf die Pfoten gelegt.

5

Das Leben besteht aus Wetter. Das Leben besteht aus Mahlzeiten. Picknicks auf einem blaukarierten Tuch, auf dem Salz verschüttet worden ist. Dem Geruch von Tabak. Brie, gelben Äpfeln, Messern mit Holzgriffen.

Es besteht aus Fahrten in die Stadt, täglichen Fahrten. Sie ist wie eine Bauersfrau, die auf den Markt geht. Sie fuhr für alles in die Stadt, die Straßen begeisterten sie, winterliche Straßen, aus denen hier und da Dampf aufstieg. Sie fuhr den Broadway entlang. Die Bürgersteige hatten weiße Flecken. Sie kaufte nur in bestimmten Läden Essen ein; sie war ihnen treu, anspruchsvoll. Sie parkte ihr Auto, wo es ihr gerade paßte, an Bushaltestellen, im Parkverbot; die Dringlichkeit ihrer Besorgungen schützte sie. Das Auto war ein kleines Cabriolet, aus dem Ausland, grün und im Gegensatz zu anderen Dingen vernachlässigt.

Es war Januar. Sie fuhr früh in die Stadt, es war ein kalter Tag, die Straßen waren vereist, die Tauben drängten sich in den Rs einer FURNITURE-Leuchtreklame. Die Stadt ist eine Kathedrale der Besitztümer; ihr Weihrauch sind

Träume. Sogar die von ihr Ausgestoßenen können nicht fort. Eine alte Frau saß vor einem Türeingang, die Jahre hatten ihr Gesicht gezeichnet, ihr Haar hing wirr herab, ein häßliches Weib ohne Zähne. Sie hatte ein Tier auf dem Schoß, seine Augen tränten, seine Schnauze war grau. Sie senkte den Kopf, die Wange an die des kleinen Hundes gelegt, saß sie still und verlassen da. Einen Häuserblock weiter war es ein heruntergekommener Mann, der sich auf den Knien fortbewegte, sein Gesicht war so dreckig, so rot, daß es von Wunden übersät zu sein schien. Seine Kleider waren zerlumpt und mit Erbrochenem befleckt. Er mühte sich ab, sah an sich herab in seine Hose, als suchte er nach Blut, ohne auf die Passanten zu achten. In den Theaterfoyers standen Zwerge, dicke Männer, Finanziers mit mürrischen Gesichtern, Frauen mit schwarzen Strümpfen, in Pelzen. Sie hatten Ringe an ihren alternden Fingern, Goldfüllungen im Mund.

Sie ging ins Museum, ins Büro ihres Mannes, in ein Geschäft auf der Lexington Avenue, wo sie bei den Kunstbüchern stand, groß, nachdenklich, eine Frau mit langen Beinen, einem anmutigen Hals, einer bloßen Andeutung der Falten des folgenden Jahrzehnts auf der Stirn. In einem unscheinbaren Restaurant aß sie ein Sandwich. Sie zog ihren Mantel aus. Darunter trug sie einen irischen Pullover, unauffällig, weiß, darüber Halsketten aus Bernstein und gefärbten Kernen. Allein sitzende Männer sahen sie an. Sie aß in aller Ruhe. Ihr Mund war breit und intelligent. Sie hinterließ ein Trinkgeld. Sie verschwand.

Am frühen Winterabend fährt sie am Columbia Circle vorbei. Der Verkehr ist zäh, aber es geht voran. Die Lebensmittelgeschäfte sind überfüllt, das Aufblitzen des Hochbahnzuges über ihr wirft blaue Schatten, ein Licht wie bei Hinrichtungen im Morgengrauen. Heimwärts auf den langen, sich windenden Straßen, gezogen von anderen Autos. Als sie den Fluß überquert hatte, waren die Bäume bereits schwarz. Sie flog dahin, fuhr nur auf der Überholspur, schneller als erlaubt, müde, glücklich, voller Pläne. Ihre Augen brannten. Auf dem Sitz hinter ihr lagen die weiß-orangenen Tüten von Zabar's, auf dem Boden lagen Benzinquittungen, Strafzettel, nie geöffnete Post, Rechnungen. Die Straße führt an den mächtigen Klippen der West Bank entlang; den größten Teil der Strecke sieht man weder ein Haus noch ein Geschäft, nichts außer der langgestreckten Galaxie von Ortschaften auf der anderen Seite des Flusses, die im Dunkeln zu leuchten beginnen.

Sie verläßt den Highway und gelangt ins Hinterland, die Tümpel des kleinen Lebens, Häuser, die ihr vollkommen vertraut sind, ohne daß sie die leiseste Ahnung hätte, wer in ihnen lebt, geparkte Autos, die sie wiedererkennt, an der Ecke ein Postamt, ein Laden, der die Stadtzeitungen verkauft, der Holzzaun von Nachbarn, die Lichter von daheim.

«Was machen die Kinder, Alma?» fragt sie. Der Hund springt um sie herum. «Hallo, Hadji. Sei ruhig.»

Sie malen oben Bilder, sagt die Frau aus Jamaika. Sie hat ihnen vorgelesen; sie war mit ihnen spazieren.

«Einen prächtigen Hund haben Sie da», sagt sie. «Einen guten Hund.»

«Ja, nicht wahr?»

«Und wie er bellen kann.»

Ihre Töchter kommen die Treppe herunter. Mama, rufen sie. «Ich hab euch was mitgebracht», sagt sie und kniet sich im Mantel hin.

«Was?» sagen sie. «Dein Gesicht ist aber kalt.»

«Eure sind warm. Was habt ihr denn gemacht?»

«Wir basteln», sagt die Jüngere. «Was hast du uns mitgebracht?»

Sie nennt ein französisches Gebäck, das sie lieben, LU's.

«Mhhm. Lecker!»

«Was bastelt ihr denn?»

«Wir bauen einen ägyptischen Tempel», sagt Franca. «Komm und schau ihn dir an.»

«Wir haben aber kein Gold mehr», ruft ihre Schwester. Sie nennen sie Danny. Ihr Name ist Diane.

«Könnt ihr ihn runterbringen?» fragt Nedra. «Bringt ihn in die Küche. Ich mach mir Tee.»

6

«Bruce Ettinger ist ein wirklich schöner Mann», flüsterte Nedra

«Welcher ist er?»

«Er steht da drüben in der Ecke. Er ist sehr groß.»

Viri sah hinüber.

«Du findest, *der* sieht gut aus?»

«Warte, bis er lächelt.»

Die Räume waren voller Menschen. Es waren Leute da, die sie kannten, und Leute, die sie hätten kennen können. Schöne Frauen, gewagte Kleider.

«Er hat ein Lächeln wie ein Gangster», sagte Nedra.

Eve war auf der anderen Seite des Zimmers in einem dünnen weinroten Kleid, das die zarten Konturen ihres Bauches nachzeichnete. Sie war blaß, elegant, ein wenig nuttig. Sie sah schlecht; sie konnte kaum erkennen, mit wem sie sprach. Sie trug Kontaktlinsen, aber nicht auf Partys. Der Mann ihr gegenüber war kleiner als sie. Hinter ihnen hing ein Gemälde, das aussah wie ein urwüchsiger Dschungel: blau, violett, meergrün.

«Es paßt zu deinem Hemd», sagte Nedra.

«Nicht mal Bruce Ettinger hat so ein Hemd.»

«Keine Frage. Du hast das beste Hemd. Eindeutig das beste Hemd.»

«Ich glaub auch.»

«Aber er hat das beste Lächeln.»

«Ich hol dir was zu trinken», sagte er.

«Nichts zu Starkes.»

Sie durchquerte langsam das Zimmer, ihr Gesicht weniger angeregt als das anderer Frauen. Sie ging hinter den Leuten vorbei, um sie herum, nickte, lächelte. Sie war eine Frau, bei deren erstem Anblick sich alles veränderte.

«Saul Bellow ist hier», erzählte ihr Eve.

«Wo? Wie sieht er aus?»

«Gerade eben war er noch im Flur.»

Sie konnten ihn nicht finden.

«Ich glaub nicht, daß ich irgendwas von ihm gelesen habe.»

«Arthur Kopit ist hier», sagte Eve.

«Der kann noch nicht mal schreiben.»

«Er ist sehr witzig.»

«Bruce Ettinger ist hier», sagte Nedra.

«Wer?»

«Ein Mann, der keine schönen Hemden hat.»

«Hemden. Hast du die Hemden gesehen, die Arnaud sich hat machen lassen?»

«Viri hat ihn da hingeschickt.»

«Wirklich?»

«Sind sie schön?»

«Er schläft sogar in ihnen.»

In dem Moment kam Arnaud auf sie zu, herzlich, nicht aus der Ruhe zu bringen, die Schultern mit etwas besprenkelt, das wie Puder aussah. In jeder Hand hielt er ein Glas.

«Hallo, Nedra», sagte er. Er beugte sich vor, um sie zu küssen. «Hier, mein Schatz», sagt er zu Eve. «Wo ist Viri?»

«Er ist hier.»

«Wo?»

«Du wirst ihn schon erkennen», sagte Nedra. «Er trägt genau dasselbe Hemd wie du.»

«Ah, du bist neidisch.»

«Überhaupt nicht», sagte Nedra. «Ich finde, du hast schöne Dinge verdient ...»

«Weißt du, ich bin schon immer ein Bewunderer von dir gewesen.»

«Ich mein, schließlich hast du uns ja auch schon.» Sie lächelte ihn an, ein wissendes, direktes Lächeln, das ihre weißen Zähne entblößte.

«Das ist wahr», sagte er. «Da kommt Viri.»

«Sie hatten keinen Cinzano. Ich hab dir statt dessen einen süßen Wermut mitge ...» Er redete nicht zu Ende; Arnaud umarmte ihn. «Halt, halt, du verschüttest meinen ganzen Drink! Paß auf, du zerknitterst mein Hemd!» rief er.

«Du bist wirklich ziemlich stark», sagte er, als Arnaud ihn losgelassen hatte.

«Er ist stark wie ein Stier», sagte Eve.

Arnauds Kraft war die von Männern, die einen überraschen – Mathematiklehrer, Zahnärzte. Er hatte den Zenit seiner Stärke schon überschritten, war vierunddreißig, hatte einen Bauch, rauchte zuviel. Er war unverbindlich, gerissen, tolpatschig. Er kannte phantastische Kartentricks.

«Ich hab früher gerungen», sagte er. «Bin gegen ein paar wirkliche Schwergewichte angetreten ...»

«Wo, auf dem College?»

«... manche von denen waren zwei Meter groß. Das einzige Problem ist, daß sie alle so schlecht riechen.»

Er trank. Er lächelte, wenn er trank; er spürte kaum eine Wirkung. Es machte aus ihm einen anderen Mann, einen Mann, dem man nichts anhaben konnte, der mitten im Strom des Lebens schwamm. Er war umgeben von Frauen in Goldkleidern, Frauen, die einmal Mannequins gewesen waren. Sie waren die Karyatiden einer bestimmten New Yorker Schickeria. Arnaud – mit seinem fahlen Teint, den Schuppen auf seinem Kragen – war ihr Liebling. Er war warm, respektlos, er liebte es, Geschichten zu erzählen.

«Kommt ihr euch den Film ansehen?» fragte der Gastgeber.

«Gibt es einen Film?» sagte Nedra.

«In ein paar Stunden», sagte deBeque. «Wir haben ihn in unserem Verleih; er ist noch nicht in den Kinos.»

«Kennst du Eve Caunt?» sagte Viri.

«Eve? Natürlich kenn ich Eve. Jeder kennt Eve.» Seine Augen waren blaß wie ein Glas Wasser. Sein Blick war sengend. «Die Hälfte der Leute hier kenn ich gar nicht», gestand er Viri. «Na ja, außer den Frauen; die Frauen kenn ich alle.» Er senkte die Stimme. «Ein paar von den Frauen hier sind ganz phantastisch, glaub mir.»

Er nahm Viri am Arm und führte ihn fort. «Ich würde gern mit dir reden», erklärte er. «Warte, da ist jemand, den du kennenlernen mußt.» Er griff nach einem entblößten Arm. «Das ist Faye Massey.»

Der schlechte Teint eines Mädchens aus gutem Hause. Ein tief ausgeschnittenes Kleid, an dem der wäßrig-starre Blick hängenblieb. «Du siehst gut aus, Faye», sagte er.

«Ist der Film so schlecht, wie ich gehört habe?»

«Schlecht? Der Film ist hinreißend.»

«Da hab ich aber was anderes gehört», sagte sie.

«Faye ist eine sehr interessante Frau», sagte deBeque und ließ seinen Blick wieder in ihren Ausschnitt gleiten. «Das meinen viele.»

«Hör auf», sagte sie.

«Ich finde, dieser Abend gehört den Frauen», sagte deBeque.

«Was meinst du damit?»

«Ihr seht alle so gut aus.»

Hinter den beiden sah Viri eine junge Frau, die auf der Seitenlehne einer Couch saß.

«Warum redest du immer in der Mehrzahl?»

«Das ist bei Männern ganz natürlich.»

«Was ist schon natürlich?» fragte sie. «Wir sind so weit davon entfernt, natürlich zu sein ... das ist das Problem.»

Viri wartete auf eine Gelegenheit, sich entschuldigen zu können. «Meinen Sie, daß Sie natürlich sind?» fragte sie ihn.

«Das tun wir doch alle, oder nicht?» sagte er. «Mehr oder weniger.»

«Denken Sie, was Sie wollen», sagte sie. «Aber nennen Sie mir nur einen einzigen.»

«Kennen Sie Arnaud Roth?»

«Wen?» Auf einmal lächelte sie, ein warmes, unerwartetes Lächeln. «Arnaud. Richtig. Ich mag ihn sehr», sagte sie. «Ich kenn ihn schon seit Jahren.»

Die Frau, die einen überwältigt, darf nichts Vertrautes an sich haben. Faye erzählte eine Geschichte von Arnaud. Er hatte sich ein Flugzeug gekauft; es flog nicht, sagte sie, war das nicht typisch? Es war in der Nähe eines Teiches abgestellt. Das Mädchen auf der Couch war aufgestanden und redete mit jemandem. Viri versuchte, sie nicht anzustarren. Er war bei Gesellschaften wie diesen, bei denen die Gespräche schnell und zynisch waren und die Begegnungen so distanziert wie in der Tanzstunde, immer hilflos. Gewöhnlich fand er bei jemand Groteskem Zuflucht, jemandem, der außer Konkurrenz war. Er widerstand gutaussehenden Gesichtern, er hatte gelernt, sie nicht anzusehen, aber hier war dieses unbekannte Wesen, dem er blindlings verfiel, dünn, mit vollen Brüsten, als wären sie eine Bürde. Sogar ihre Daumen waren knochig. Er verlor sie aus den Augen. Er konnte sich ihr Leben nicht einen Moment lang vorstellen. Hätte sie ihn angesprochen, hätte er kein Wort herausgebracht oder schlimmer, unnützes Zeug geredet, das er sofort bereut hätte, und das Bild des lächerlichen Durchschnittsmannes abgegeben, der nur für das taugte, was er war: ein Berufspendler, ein Familienoberhaupt. Aber das bin ich nicht, wollte er sagen, das bin ich in Wirklichkeit nicht. Na ja, sie war sowieso verschwunden. Sie war natürlich die Freundin von jemandem; Frauen wie sie waren nie allein.

«Wo warst du?» fragte Nedra.

Sie tranken; sie aßen mit den Tellern auf den Knien. Ein Kellner schenkte Champagner nach. Jemand spielte Klavier, kaum hörbar bei dem Lärm. Gerald deBeque saß neben einer jungen Japanerin. Seine Frau, die wahnsinnige Kopfschmerzen hatte, begann den Leuten zu sagen, daß es Zeit sei, zum Film zu gehen.

Sie fuhren in einem überfüllten Fahrstuhl hinunter und zogen in klirrender Kälte zu Fuß drei Blocks weiter zu einem Kino, halb gehend, halb laufend, standen schließlich im Eingang und warteten auf deBeque, der dem Aufseher dort sagen mußte, daß er sie einlassen sollte. Mehrere Leute hatten es auch so geschafft hineinzukommen.

«Mach schon, Viri», drängte Nedra. «Sag ihm, daß wir von der Party kommen.»

«Die andern warten doch auch.»

«Ich hasse warten.»

Sie sprach selbst mit dem Mann, als deBeque endlich auftauchte. «Gerald, dein Film ist schon halb vorbei», sagte sie. «Laß sie rein», rief er dem Aufseher zu. «Sie können alle rein.»

Viri blieb ein wenig zurück. Er berührte deBeque am Ellbogen.

«Gerald ...», sagte er.

«Ja?»

«Die Frau, die da bei dem Schild steht, die so dünn ist ...»

«Was ist mit der?»

«Sie trägt einen Ledermantel.»

«Ja, mit Gürtel.»

«Wer ist das? Kennst du sie?» sagte er beiläufig.

«Sie ist mit George Clutha gekommen. Sie heißt Kaya irgendwas ... hab's vergessen.»

«Kaya ...»

«Er sagt, daß sie mehr hält, als sie verspricht.»

Sie riefen ihn; sie waren schon auf halbem Weg den Gang hinunter.

«Sie ist auf der Suche nach einem Job», sagte deBeque.

«Ja, danke.»

«Viri.» Er ließ ihn nicht gehen. «Du kannst was Besseres finden.»

«Ich dachte nur, daß ich sie von irgendwoher kenne.»

Arnaud stand vor ihren Plätzen und winkte ihn heran. Es war ein kleines Kino, das früher mal einen guten Ruf gehabt hatte. Sie behielten ihre Mäntel an.

«Ich hab versucht, etwas über den Film rauszukriegen», sagte Viri. «Es geht um das sexuelle Erwachen einer jungen Frau.»

«Hätt ich mir denken können», sagte Nedra.

Arnaud gähnte. «Gerald spielt wahrscheinlich die Hauptrolle.»

Die Lichter blieben lange Zeit an. Die Leute begannen zu pfeifen und zu klatschen. Viri drehte sich um, als wollte er sehen, ob noch jemand käme. Er schien ruhig und entspannt. Er war verloren wie ein Hund, der hinter Autos herjagt.

«Ich hab das Gefühl, daß ich einschlafe, bevor der Film angefangen hat», murmelte Arnaud.

Schließlich wurde es dunkel, und der Film begann. Die vielen Einstellungen von einem jungen Mädchen mit offener Bluse, das durch Wege und Felder schlenderte oder in demselben unglaubwürdigen Aufzug in der Küche arbeitete, reichten nicht aus, die Zuschauer lange zu fesseln.

«Ist ja nicht gerade interessant», flüsterte Nedra.

Arnaud war eingeschlafen. Viri schwieg, unglücklich über die vage Verbindung zwischen der Heldin und dem Mädchen, das irgendwo verborgen zwischen den gelangweilten, hustenden Zuschauern saß. Wenn er sie wenigstens aus dem Augenwinkel ein, zwei Reihen vor sich sehen könnte. Er wollte sie unbemerkt anstarren. Es gibt Gesichter, die einen hörig machen, von denen man sich mit dem Gefühl losreißt, als würde man das Atmen selbst aufgeben. Morgen hab ich sie vergessen, dachte er; morgens ist alles anders, morgen bin ich wieder in der Wirklichkeit.

Als sie herauskamen, wartete draußen eine Menschenmenge, Leute, die die erste öffentliche Vorstellung um Mitternacht sehen wollten. Arnaud hatte den Mantelkragen hochgeschlagen wie ein Opernstar oder ein Glücksspieler. «Das Buch war besser», kommentierte er, als er durch die Menge ging.

«Ach ja? Was für 'n Buch denn?»

«Spar dir dein Geld», sagte er.

Sie kamen nach Mitternacht nach Hause, die lange, sich dahinziehende Straße lag im Dunkeln, Schnee säumte den Straßenrand. Die Babysitterin lag schlafend auf dem Sofa; ihre Züge waren weich und verwirrt, als Viri sie nach Hause brachte.

Sie legten sich in dem großen, kühlen Zimmer schlafen, ihre Kleider lagen auf dem Boden verstreut, das Fenster ließ nur einen Spalt eisige Luft herein.

«Gerald deBeque ist ein charakterloser Mensch», sagte Nedra. «Und der Film war absolut grauenvoll. Und es war niemand da, der mich interessiert hätte. Trotzdem hab ich mich amüsiert. Ist das nicht merkwürdig?»

Er antwortete nicht. Er schlief.

7

Es war ein Tag kalten Sonnenlichts, der Tag, an dem sechs Jahre zuvor seine Eltern gestorben waren. Er saß an seinem Schreibtisch. Seine zwei Zeichner arbeiteten über die weiten Flächen ihrer Tische gebeugt. Im Büro herrschte Stille, das hatte ihn zum Nachdenken gebracht; plötzlich war Ruhe eingekehrt. Sein Vater und seine Mutter lagen unter der Erde, braun wie die Reliquien von Heiligen, ihre Totenkleider vermoderten. Er war zweiunddreißig, allein auf der Welt. Träume und Arbeit.

Habe ich schon gesagt, daß er ein Mann war, der Talent hatte, wenn auch im kleinen Rahmen? Er wurde nach dem einen und vor dem anderen Krieg geboren – 1928, ein Jahr der Krise übrigens, ein Jahr auf dem Pfad des Jahrhunderts. Er wurde ungeachtet der schlechten Zeiten geboren, wie jedermann; das Krankenhaus gibt es nicht mehr, der Arzt ist im Ruhestand, er lebt jetzt im Süden.

Er glaubte an Größe. Er glaubte an sie, als wäre sie eine Tugend, als könnte er sie besitzen. Er hatte ein Gespür für Menschen, die unter der Oberfläche – wie ein großer Felsen oder ein Schatten – einen Schatz bargen, der entdeckt werden, der eines Tages ans Licht kommen würde. Er hatte ein klares, präzises Auge, was den Wert der Arbeit anderer Menschen betraf. Gegenüber seiner eigenen bewahrte er sich einen milden Respekt. In seinem Glauben, im Herzen seiner Illusionen, lebte das Bauwerk, das auf den Fotografien seiner Epoche zu sehen sein würde, das berühmte Gebäude, das er geschaffen hatte und an dem nichts, keine Kritik, kein Neid, nicht einmal Zerstörung etwas ändern konnte.

Er sprach natürlich mit niemandem darüber, außer mit Nedra. Jahr für Jahr verblaßte es mehr und mehr. Es verschwand aus seinen Gesprächen, aber nicht aus seinem Le ben. Es würde immer dasein, bis zum Schluß, wie ein großes Schiff, das aufgebockt vor sich hin rottete.

Er war beliebt. Er hätte es vorgezogen, verhaßt zu sein. Ich bin zu weich, sagte er.

«So bist du nun mal», erklärte Nedra. «Du mußt es dir zunutze machen.»

Er respektierte ihre Gedanken. Ja, dachte er, ich muß weitermachen. Ich muß ein Gebäude entwerfen, auch wenn es ein kleines ist, das niemand übersehen kann. Dann ein größeres. Ich muß Stufe um Stufe aufsteigen.

Ein vollkommener Tag beginnt mit dem Tod, mit dem Anschein des Todes, in vollständiger Kapitulation. Der Körper ist weich, die Seele ist entwichen, alle Kraft, sogar der Atem. Es gibt keine Energie mehr, weder für Gut noch Böse, die leuchtende Sphäre einer anderen Welt ist nah, sie umhüllt einen, die Äste der Bäume draußen zittern. Es ist Morgen, er erwacht langsam, als hätte die Sonne seine Beine berührt. Er ist allein. Es duftet nach Kaffee. Das braune Fell seines Hundes trinkt das brennende Licht.

Damit sich der Tag entfalten kann, muß er in seiner Bläue, in seiner Endlosigkeit den geheimen Plan, für den er lebte, verbergen und zugleich bewahren, unsichtbar wie Sterne am Tageshimmel.

Er wollte nur das eine, die Möglichkeit dieses einen: berühmt sein. Er wollte für das Menschengeschlecht von Bedeutung sein, was gibt es sonst, wonach man streben, worauf man hoffen kann? Er ging bereits bescheiden die Straße hinunter, als wäre er sich dessen, was kommen würde, gewiß. Er besaß nichts. Er besaß nur das sorgfältig zusammengestellte Gepäck bürgerlichen Lebens, schütteres Haar, durch das die Kopfhaut zu schimmern begann, seine makellosen Hände. Und Wissen; ja, er besaß das Wissen. Die Sagrada Familia war ihm so vertraut wie einem Bauern seine Scheune, die «neuen Städte» von Frankreich und England, Kathedralen, Gewölbe, Karniese, Ecksteine. Er kannte das Leben von Alberti, von Christopher Wren. Er wußte, daß Sullivan der Sohn eines Tanzlehrers gewesen war, Breuer Arzt in Ungarn. Aber Wissen schützt einen nicht. Das Leben verachtet Wissen; es zwingt es, im Vorzimmer zu sitzen, draußen zu warten. Leidenschaft, Energie, Lügen: das sind die Dinge, die das Leben bewundert. Dennoch, man kann alles ertragen, solange die ganze Menschheit zuschaut. Die Märtyrer beweisen es. Wir leben in der Aufmerksamkeit anderer Menschen. Wir wenden uns ihr zu wie Blumen der Sonne.

Es gibt kein vollkommenes Leben. Es gibt nur Fragmente. Wir kommen auf die Welt, um nichts zu besitzen, um alles durch unsere Hände rinnen zu sehen. Und doch, dieses Rinnen, diese Flut von Begegnungen, Kämpfen, Träumen ... man mußte gedankenlos wie eine Schildkröte sein. Man mußte entschlossen sein, blind. Denn was wir auch tun, selbst das, was wir nicht tun, hindert uns daran, das Gegenteil zu tun. Taten zerstören ihre Alternativen, das ist das Paradox. So daß das Leben aus Entscheidungen besteht, jede einzelne endgültig und von geringer Bedeutung, so wie Steine, die man ins Meer fallen läßt. Wir haben Kinder bekommen, dachte er; wir können niemals kinderlos sein. Wir waren bescheiden, wir werden nie wissen, wie es ist, verschwenderisch zu leben ...

Er fühlte sich nicht wohl. Das schwache Radio, das bei den Zeichentischen spielte, lenkte ihn auf merkwürdige Weise ab. Er konnte nicht denken, er war geistesabwesend, er trieb dahin.

Arnaud kam am späten Nachmittag vorbei. Er saß mit geschlossenem Mantel da. Er sah wie ein Weinbauer aus, wie ein Mann, der Land besitzt.

«Was ist los?»

«Ich hab bloß nachgedacht», murmelte Viri.

«Ich war heute mittag im Toque essen.»

«War es gut?»

«Ich werde dick», stöhnte Arnaud. «Lunch ist keine Mahlzeit; das ist Arbeit. Die dich auffrißt. Ich war mit einem sehr netten Mädchen essen. Du kennst sie nicht.»

«Wer ist sie?»

«Sie war so ... alles, was sie sagte, war so überraschend. Sie ist auf einer Klosterschule gewesen. Mit Matratzen aus Stroh.»

«Und das hat dich überrascht?»

«Weißt du, es gibt eine Art Erziehung, eine Art des Aufwachsens, die fatal ist, aber wenn man sie überlebt, ist sie das Beste, was es gibt. Das ist so, als wär man heroinsüchtig gewesen oder ein Dieb. Wir versuchen, zu viele Menschen zu retten, das ist das Problem. Du rettest sie, und was kommt dabei raus?«

«Erzähl mir, was hat sie noch so gesagt.»

«Es war nicht nur, was sie gesagt hat. Sie hat – und das war, was mir an ihr gefiel – sie hat genausoviel gegessen wie ich. Wir waren wie zwei Bauern, die einen Handel abschließen. Brot, Fisch, Wein – alles war da. Ich fing an, sie als den nächsten Gang zu betrachten. Und sie ist eine dieser Frauen, die ihre Kleider vollständig ausfüllen. Sie war – du kennst doch diese ‹veal and ham pies›, die sie in England machen? – sie war *en croûte*. Und das Allerinteressanteste: Sie hinkt.»

«Sie hinkt?»

«Sie kann nicht richtig gehen. Das gibt's nicht oft, eine Frau, die hinkt ... Louise de La Vallière hinkte. Louise de Vilmorin auch. Sie hatte Hüfttuberkulose.»

«Tatsächlich?»

«Ja, ich glaube. Was auch noch sehr apart ist, ist eine Frau, die leicht schielt.»

«Die schielt?»

«Nur ein bißchen. Und Zähne. Schlechte Zähne.»

«Alles drei auf einmal?»

«Nein, nein, natürlich nicht», sagte Arnaud. «Nicht bei derselben Frau. Man kann nicht alles haben.»

Es verbarg sich etwas in seinem Ausdruck, er hatte das Lächeln eines Mannes, der sich nicht verraten will. «Es ist schrecklich», seufzte er.

«Was?»

«Ich kann Eve das nicht antun. Ich kann sie nicht betrügen, nur weil ...»

«Sie hinkt.»

«Es wär einfach nicht richtig», sagte Arnaud. «Ich mein, sie kocht für mich. Sie hat einen wunderbaren Humor.»

«Und so gut sind ihre Zähne auch nicht.»

«Die gehen noch. Die sind nicht wirklich schlecht.»

Er rutschte auf seinem Stuhl hin und her und fand eine neue Position. Seine Kleider saßen ein bißchen eng.

«Es ist leicht, sich ablenken zu lassen», sagte er. «Eve ist gut für mich.»

«Sie liebt dich.»

«Ja.»

«Und du?»

«Ich?» Er sah sich um, als suchte er nach etwas, womit er sich beschäftigen könnte. «Ich liebe alle. Ich liebe deine Töchter, Viri. Ich mein das ganz im Ernst.»

«Na ja, das beruht auf Gegenseitigkeit.»

«Ich bin eifersüchtig auf sie. Ich bin auf euer Leben eifersüchtig. Es ist ein vernünftiges Leben. Damit will ich sagen, es ist harmonisch, und das Wichtigste von allem, es ist eng mit der Zukunft verbunden, wegen eurer Kinder. Ich meine, du weißt das sicher selbst, aber was für eine Bedeutung das jedem Tag gibt.»

«Warum hast du keine Kinder?»

«Ja. Na ja, zuerst, würd ich sagen, brauche ich eine Frau.

Und zu allem Unglück hast du auch noch die Frau, die ich gern hätte. Nedra hat keine Schwester, oder?»

«Nein.»

«Das ist wirklich zu schade. Ich würde gerne ihre Schwester heiraten. Obwohl das eigentlich wie Ehebruch wäre.» Seine Stimme hatte nichts Beleidigendes an sich. «Nein, du bist wirklich ein glücklicher Mann», sagte er. «Aber das weißt du ja. Also, wenn irgend etwas passieren sollte ...»

Viri lächelte.

«Nein, wirklich. Wenn dir irgend etwas zustoßen sollte ... deine Frau, deine Kinder, ich würde mich um sie kümmern. Ich würde deine Liebe fortsetzen.»

«Ich glaube nicht, daß irgendwas passieren wird.»

«Man weiß ja nie», sagte Arnaud gutgelaunt.

«Sag mal», fragte Viri, «warum kommst du nicht am Wochenende zu uns zum Abendessen raus?»

«Wunderbare Idee.»

«Du und Eve.»

«Das hab ich doch fast vergessen», sagte Arnaud plötzlich. Er suchte in seiner Tasche. «Ich habe ein Geschenk für Franca. Ich hab es bei Azuma gekauft. Es ist ein Froschring.» – «Warum gibst du ihn ihr nicht selbst?»

«Nein, nimm ihn mit. Ich möchte, daß sie ihn heute abend bekommt.»

«Ich werd ihr sagen, daß er von dir ist.»

«Sag ihr, daß er von Yassir Raschid ist, dem König der Wüste. Sag ihr, wenn sie jemals in Gefahr sein sollte, muß sie ihn nur zeigen, und sie wird im Schoße der Wüstenstämme Schutz finden.»

«Hör mal, Yassir, was hältst du von einem kleinen Scotch, bevor du verschwindest?»

«Es gibt drei Dinge, die man in der Wüste nicht verstekken kann», sagte Arnaud. «Ein Kamel, Rauch und ... weißt du was? Wir sehen zu viele Filme.»

«Auf Eis?» fragte Viri.

«Sie töten die Phantasie. Du hast doch sicher von blinden Märchenerzählern gehört. Mythen entstehen in der Dunkelheit. Das Kino kann das nicht. Hab ich dir nicht von dem Mädchen erzählt, mit dem ich essen war? Sie war wirklich in Ordnung. Weißt du, irgendwie ist das mit ihr das gleiche. Sie wird nie tanzen können. Darum ist die eigentliche Grazie, die eigentliche Musik in ihr.»

Es war Abend geworden. Das Licht war verschwunden. Die Straße draußen erzitterte von Bussen, von großen, vorbeirauschenden Wagen. Am Fluß entlang zog eine endlose Prozession, der sich Viri bald anschließen würde. Er würde sich mit ihr fortbewegen, mit müden Beinen, obwohl er nicht gelaufen war, mit leicht schmerzendem Nakken, allein auf dem Weg nach Hause, und die sich endlos wiederholenden Nachrichten anhören.

8

Wann immer es ging, stand Nedra im Sommer wie im Winter spät auf. Ihr eigentliches Ich blieb bis neun Uhr liegen, fing an sich zu rühren, streckte sich, atmete die neue Luft. Menschen, die lange schlafen, sind für gewöhnlich sehr eigenwillige Personen; sie sind nachdenklich und in sich gekehrt. Nedra hatte volles Haar, es schmiegte sich an sie. Sie trug es auf verschiedene Weise. Sie wusch es und ließ es feucht. Man denkt an die zehn, die zwanzig strahlenden Jahre ihres Aufstiegs. Sie ist eine Frau, deren gelassene Bemerkung die Atmosphäre eines Abendessens bestimmt; der Mann, der neben ihr sitzt, lächelt. Sie weiß, was sie tut, das ist der Kern der Sache; aber woher konnte sie das wissen? Ihre Handlungen wiederholen sich nicht. Sie inszeniert sich nicht. Ihr Gesicht ist elektrisierend – dieses plötzliche, explodierende Lächeln –, und doch, auf merkwürdige Weise gibt sie nichts.

Ihr Haar duftet nach Blumen. Der Tag ist windstill. Die Sonne steht noch unklar im Dunst, der Fluß glänzt von Licht.

Sie hat keine Freunde, sagt sie. Rae und Larry. Eve. Es fällt ihr schwer, Freundschaften zu schließen. Sie hat keine Zeit für Freunde, sie ist schnell enttäuscht. Dafür lieben sie die Ladenbesitzer, die Leute auf der Straße, die sie vorbeigehen sehen, wie sie in sich versunken in den Auslagen von Buchläden die schönen, schweren Kunstbände betrachtet, die italienische Ausgabe der *Vogue*.

«Richten Sie ihr aus, wie sehr wir sie mögen und vermissen», rufen die Männer aus, die das kleine Seifen- und Parfumgeschäft neben Bonwit's betreiben. «Wo ist sie? Seitdem sie auf dem Land lebt, bekommen wir sie gar nicht mehr zu sehen. Sagen Sie ihr, daß sie mal wieder vorbeikommen muß.» Sie lieben ihren hohen Wuchs, ihre Eleganz, ihre braunen Augen.

Sie interessiert sich für bestimmte Menschen. Sie bewundert eine bestimmte Art von Leben. Sie ist feinsinnig, hat einen klaren Verstand, manchmal spielt sie Leuten ganz gerne Streiche. Sie ist eine Frau, die intensiv liebt. Andererseits ist sie bei Dingen, die getan werden müssen, nicht zimperlich. Das alles steht in ihrem Traumbuch. Natürlich glaubt sie nicht daran, aber es amüsiert sie, und Teile des Buches treffen durchaus zu. Eve zum Beispiel ist sehr exakt beschrieben. Auch Viri ist gut getroffen.

Man möchte in die Aura, die sie umgibt, eintreten, angenommen werden, sie lächeln sehen, sie dazu bringen, daß sie diesem tiefen, ihr zugeschriebenen Hang zu lieben nachgibt. Kurz nachdem sie geheiratet hatten, vielleicht eine Stunde danach, hatte auch Viri diese Sehnsucht. Er besaß sie nun, ihre Verbindung hatte den kirchlichen Segen. Zugleich veränderte sich etwas in ihr. Sie wurde seine nächste Verwandte. Sie verpflichtete sich seinen Interessen und widmete sich ihren eigenen. Die verzweifelte, unerträgliche Liebe verschwand, und an ihre Stelle trat eine junge Frau von zwanzig Jahren, die dazu verurteilt war, mit ihm zu leben. Er konnte es nicht genau erklären. Sie war ihm entkommen. Vielleicht war es noch mehr; der Fehler, den sie, wie sie wußte, eines Tages begehen mußte, war endlich begangen worden. Ihr Gesicht strahlte Wissen aus. Eine farblose Ader, wie eine Narbe, lief senkrecht mitten über ihre Stirn. Sie hatte die Grenzen ihres Lebens akzeptiert. Es war dieser Schmerz, diese Befriedigung, die ihre Anmut ausmachten.

Im Sommer fuhren sie nach Amagansett. Holzhäuser. Blaue, blaue Tage. Sommer ist die Mittagszeit der Familie. Die Stunde der Stille, wenn der einzige Laut der von Seevögeln ist. Die Fensterläden sind geschlossen, die Stimmen gedämpft. Manchmal hört man das Klirren einer Gabel. Reine, leere Tage. Das Meer ist silbern, rauh wie Borke. Hadji hat ein Loch gegraben, in dem er mit zusammengekniffenen Augen liegt, Sand klebt an seiner Schnauze. Er liegt immer dem Meer zugewandt. Franca hat einen schwarzen Badeanzug. Ihre Beine sind kräftig, sie glänzen vom Wasser, aber sie hat Angst vor den Wellen. Danny ist mutiger. Sie geht mit ihrem Vater hinaus in die Brandung; sie schreien und lassen sich von den Wellen hereintragen. Franca kommt zu ihnen ins Wasser. Der Hund steht bellend am Strand.

Das Zischen der auslaufenden Wellen am langen Nachmittag, die breiten Streifen aus braunem Schaum, Seetang, den die Stürme heraufgespült haben, die Muscheln, die ausgebleichten Planken. Im Westen ist es diesig, ein breites, schimmerndes Nebelband, als würde es dort regnen.

Franca hat in den Dünen den ausgetrockneten Panzer eines Käfers gefunden. Sie bringt ihn zu Viri. Die leichte Hülle zittert auf ihrer Handfläche. Der Käfer hatte so etwas wie ein Horn.

«Guck mal, Papa.»

«Das ist ein Nashornkäfer», erklärt er ihr.

«Mama!» ruft sie. «Schau mal! Ein Nashornkäfer!»

Sie ist neun. Danny ist sieben. Diese Jahre sind endlos, aber sie bleiben nicht in der Erinnerung.

Viri schläft in der Sonne. Er ist braun, seine Fingernägel sind gebleicht. Montags fährt er mit dem Zug in die Stadt und kommt am Donnerstagabend zurück. Er pendelt zwischen diesem und einem anderen Glück hin und her. Er hat eine neue Sekretärin. Sie arbeiten zusammen in einer Art Euphorie, als gäbe es nichts anderes in ihrem Leben. Die Abgeschiedenheit und Gleichmütigkeit der Stadt im Sommer zieht sie in ihren Bann, wie ein langer Urlaub, wie eine Reise. Er kann ihre Liebenswürdigkeit kaum fassen, die Schönheit ihres Namens: Kaya Doutreau.

In seiner Nähe am Strand liegen zwei junge Frauen auf dem Bauch. Hinter ihnen, verstreut, Familien, Kleider, allein sitzende Männer. Es ist spät. Das Meer ist leer. Am Rand des Wassers gehen ein bärtiger junger Mann in Levis mit nacktem Oberkörper und ein Mädchen in einem sehr knappen Badeanzug spazieren. Sie unterhalten sich mit gesenkten Köpfen. Die neue Freiheit strömt aus ihnen heraus; ihr Leben scheint unendlich sinnvoll und süß.

Manchmal gegen Mittag sieht er sich und ein Kind in einem Schaufenster gespiegelt, sieht sie, als würde er in den Strom des Lebens blicken, zwischen Kuchen und Flaschen von Bordeaux. Sie stehen einen Moment lang da, den Rücken zur Straße. Sie haben fast all ihre Besorgungen erledigt. Ihr Gesicht schmiegt sich an seinen Arm. Sie sind sprachlos, vereint. Sie trägt einen Strohhut. Ihre Füße sind nackt. Er wird von einem Gefühl der Zufriedenheit überwältigt. Die Sonne füllt die sommerliche Kleinstadt.

Sie kehren zum Haus zurück. Das gedämpfte Geräusch zuschlagender Autotüren. Danny füttert neben der Küchenstufe das Kaninchen, ein schwarzes Kaninchen mit zwei weißen Pfoten und einem weißen Fleck auf der Brust; sie nennen es seinen Stern. Sein Maul bewegt sich hastig, wenn es frißt. Seine Ohren sind flach angelegt.

In den überquellenden Einkaufstüten findet Viri eine Karotte. «Hier», sagt er.

Sie schiebt sie durch den Maschendraht des Käfigs. Das Kaninchen nimmt sie zu sich wie ein mechanisches Spielzeug.

«Mittagessen mag er am liebsten», sagt sie.

«Was ist mit Frühstück?»

«Das mag er auch.»

«Wäscht er sich die Hände?»

Das Karottengrün verschwindet ruckweise in seinem Maul.

«Nein», sagt sie.

«Putzt er sich die Zähne?»

«Kann er nicht», sagt sie.

«Warum nicht?»

«Kein Waschbecken da.»

Danny ist weniger folgsam; sie hat einen eigenwilligen Charakter. Sie ist nicht so schön. Im Sommer verbirgt sich das hinter ihrer Magerkeit und braunen Haut. Sie geht mit einem Schwimmreifen ins tiefe Wasser, waghalsig, zappelnd wie ein Insekt. Es ist Morgen, die Brandung fällt vornüber, weiße Zähne zischen ans Ufer. Viri sieht im Sand sitzend zu. Sie winkt ihm zu, ihre Rufe werden vom Wind fortgetragen. Plötzlich versteht er, was es heißt, ein Kind zu lieben. Es überwältigt ihn wie die Zeile in einem Lied.

Morgen; das schwache Geräusch der Brandung im Wind. Seine sonnenverbrannten Töchter gehen über knarrende Dielen. Sie verbringen ihr Leben zusammen in einem Bund, der niemals enden wird. Sie gehen in den Zirkus, in Läden, zum überdachten Markt von Amagansett mit seinen überladenen Regalen und Früchten, zu Picknicks, Umzügen, zu Konzerten in von Bäumen umstandenen Holzkirchen. Sie betreten die Philharmonic Hall. Im Zuschauerraum wird es still. Sie haben ihre Plätze eingenommen, das Programmheft auf dem Schoß. Eine Symphonie anzuhören heißt, das Buch der Gesichter aufzuschlagen. Der Maestro tritt ein. Er konzentriert sich, steht unbeweglich da. Die großartigen, exotischen Anfangsakkorde von Chabrier. Sie gehen zu Aufführungen von *Schwanensee*, ihre bleichen Gesichter leuchten in der Dunkelheit des Grand Tier. Die weitläufige Rundung der Sitzreihen ist erleuchtet wie das Ritz. Ein gewaltiger Orchestergraben, groß wie ein Schiff, eine goldene Decke voller Lichtexplosionen, Lampen mit Pendants wie glitzerndes Eis. Der große Nurejew tritt aus dem Vorhang, verbeugt sich wie ein Engel, wie ein Prinz. Sie bitten einander um das Opernglas; sein Hals, seine Brust glänzen vor Schweiß, selbst seine Haarspitzen. Seine Hände spielen wie die eines Kindes mit den Quasten seines Umhangs. Das Ende von Aufführungen, das Ende von Mozart, von Bach. Die Soloviolinistin steht mit erhobenem Gesicht da, völlig erschöpft, die letzten Akkorde hallen noch nach wie von einer großen Liebe. Der Dirigent applaudiert ihr, das Publikum, die schönen Frauen, mit hocherhobenen Händen.

Sie verbringen ihr Leben zusammen, sie gehen an angelnden Jungen vorbei bis ans Ende des Piers, ein kleiner Aal hängt zusammengekrümmt am Haken. Das stumme Auge des Aals schreit auf, ein schwarzer Punkt in dem glatten silbernen Gesicht. Sie sitzen an dem Tisch, an dem ihr

Großvater ißt, Nedras Vater, ein Vertreter, ein Mann der Kleinstädte, mit gelbem Husten, die Camel-Zigaretten immer in Reichweite. Seine Stimme zittert, seine Augen sind trübe, er scheint sie kaum wahrzunehmen. Er bringt den Tod mit in die Küche; ein langes, vergeudetes Leben, der Kokon von Nedras eigenem, seine trockene Hülle, sein vergessener Ursprung. Er hat billige Schuhe und einen Koffer, der mit Mustern von Fensterrahmen aus Aluminium gefüllt ist.

Ihr Leben ensteht gemeinsam, ist miteinander verwoben, sie sind wie Schauspieler, eine Truppe hingebungsvoller Schauspieler, die nichts außer sich selbst kennen, außer den vielen Rollen aus alten, aus unsterblichen Stücken.

Der Sommer geht zu Ende. Es gibt neblige, kühle Tage, das Meer ist ruhig und weiß. Weit draußen brechen sich die Wellen mit langsamem, majestätischem Klang. Der Strand ist verlassen. Ab und zu schlendern Leute am Wasserrand entlang. Die Kinder liegen wie Hamster auf Viris Rücken; der Sand unter ihm ist warm.

Peter und Catherine kommen sie mit ihrem kleinen Sohn besuchen. Die Familien sitzen getrennt in der Einsamkeit und dem Nebel da. Peter hat einen Klappstuhl und trägt eine Yachtmütze und ein Hemd. Neben ihm stehen ein Kübel mit Eis, eine Flasche Dubonnet und Rum. Ein etwas unheimlicher, aber schöner Tag. Die feinen Nebelschwaden treiben über sie hinweg. Der August ist vorbei.

Während einer Gesprächspause erhebt sich Peter und geht langsam, ohne ein Wort zu sagen, ins Wasser, ein einsamer Badender, der in einem blauen Hemd weit hinausschwimmt. Seine Züge sind kraftvoll und gleichmäßig. Er schwimmt sehr gut, er ist ausdauernd. Nach einer Weile schließt sich Viri ihm an. Das Wasser ist kühl. Überall um sie herum ist Nebel, der gleichmäßige Rhythmus der Wellen. Weit und breit ist niemand zu sehen, nur ihre Familien am Strand.

«Es ist wie in der Irischen See», sagt Peter. «Da scheint nie die Sonne.»

Franca und Danny schwimmen zu ihnen hinaus.

«Es ist tief hier», warnt Viri.

Jeder der Männer hält ein Kind. Sie drängen sich dicht zusammen.

«Die irischen Seeleute lernen nicht schwimmen», erzählt ihnen Peter. «Nicht mal einen Zug. Das Meer ist zu mächtig.»

«Aber was, wenn das Schiff sinkt?»

«Sie falten die Hände über der Brust und sprechen ein Gebet», sagt Peter. Er macht es vor. Wie der geschnitzte Deckel eines Sargs versinkt er langsam im Wasser.

«Stimmt das?» fragen sie Viri später.

«Ja.»

«Sie ertrinken?»

«Sie geben sich in Gottes Hand.»

«Woher weiß er das?»

«Er weiß es eben.»

«Peter ist komisch», sagt Franca.

Und er liest ihnen vor, wie jeden Abend, als würde er sie begießen, als würde er die Erde zu ihren Füßen umgraben. Es gibt Geschichten, von denen er selbst noch nie gehört hat, und andere, die er schon als Kind kannte, diese Treppen, die für jeden da sind. Was ist die eigentliche Bedeutung dieser Geschichten, fragt er sich, dieser Wesen, die es nicht einmal mehr in unserer Vorstellung gibt: Prinzen, Holzfäller, ehrbare Fischer, die in Hütten leben? Er will, daß seine Kinder ein altes und ein neues Leben haben, ein Leben, das untrennbar mit allen vergangenen Leben verbunden ist, das aus ihnen erwächst, das über sie hinausgeht, und ein anderes, das neu, rein und frei ist, das weiter reicht als das uns schützende Vorurteil, als die Gewohnheit, die uns Form verleiht. Er will, daß sie sowohl Entbehrung als auch Heiligkeit kennen, die eine ohne Erniedrigung, die andere ohne Unwissenheit. Er bereitet sie auf diese Reise vor. Es ist, als hätte er nur eine Stunde Zeit, und in dieser einen Stunde muß aller Proviant gepackt, aller Rat erteilt sein. Er sehnt sich nach dem einen Satz, den er ihnen mitgeben kann, an den sie sich immer erinnern werden, der alles umschließt, der den Weg weisen wird, aber er kann den Satz nicht finden, er kann ihn nicht erkennen. Er weiß, er ist kostbarer als alles, was sie jemals besitzen könnten, aber er hat ihn nicht. Statt dessen badet er sie mit seiner gleichmäßigen, sinnlichen Stimme in den unbedeutenden Mythen Europas, denen des verschneiten Rußland, des Ostens. Die beste Erziehung sei, nur ein einziges Buch zu kennen, erklärt er Nedra. Reinheit entstehe so und der Sinn für Proportionen und das beruhigende Gefühl, immer ein Exempel zur Hand zu haben.

«Welches Buch?» sagt sie.

«Es gibt mehrere davon.»

«Viri», sagt sie. «Das ist eine bezaubernde Idee.»

9

Im Restaurant setzten sie sich so, wie er es am liebsten hatte, dicht beieinander übereck am Tisch. Die Falten im Leintuch waren frisch, der Raum war lichterfüllt.

«Hättest du gern etwas Wein?» fragte er.

Sie trug ein pflaumenfarbenes Kleid, ärmellos – der September ist warm in New York –, und eine silberne Halskette, die Blattwerk ähnelte, wie ein Schwarm von i. Er bemerkte alles an ihr, er nährte sich davon: ihre Zähne, ihren

Duft, ihre Schuhe. Der Raum war voll von Menschen, lief über von Stimmengewirr.

Auch er redete. Er erklärte zuviel, aber er konnte nicht anders. Ein Thema führte zum nächsten, regte es an, die Geschichte von Stanford White, wie die Stadt früher einmal ausgesehen hatte, Wrens Kirchen. Er erfand nichts; es strömte aus ihm heraus. Sie nickte und antwortete mit Schweigen, sie trank den Wein. Sie stützte sich mit den Ellbogen auf den Tisch; ihr Blick machte ihn schwach. Sie war wie gebannt, fast hypnotisiert. Sie war intelligent, das war das Besondere an ihr. Sie konnte Dinge aufnehmen, verstehen. Unter ihrem Kleid hatte sie, wie er wußte, nichts an; deBeque hatte ihm das erzählt.

Ihr Apartment gehörte einem Journalisten, der für ein Jahr verreist war. Bücher, gespitzte Bleistifte, säuberlich gestapeltes Holz für den Winter, alles, was man nur brauchen konnte. Da waren Ausgaben von *Der Spiegel*, weiße Kneissl-Ski. Sie schloß die Tür hinter sich und schob den Riegel vor. Von diesem Moment an, dieser ersten kühlen und trivialen Handlung, schien eine Art Film einzusetzen, ein stummer, fast flackernder Film mit albernen Sequenzen, der sie trotzdem in seinen Bann zog und wahr wurde.

An der Wand ihres großen Zimmers hingen Fotos von Freunden, von Schiffen, Partys, Nachmittagen in Puerto Marques. Da war ein Plastikradio, auf dessen Programmskala die großen Städte Europas aufgedruckt waren. *Die Odyssee* von Kazantzakis. Rotblaue Ränder von Luftpostumschlägen. Vaillands *Écrits Intimes.* Im Schlafalkoven ein in gehämmertes Silber gefaßter Spiegel, geschnitzte Vögel, eine handbedruckte Tagesdecke.

«Sieht aus wie in Mexiko», sagte Viri. Seine Stimme schien ihm zu entgleiten, sie war tonlos. «Sind das deine Ski?»

«Nein.»

Dann, ohne Veranlassung, küßte sie ihn. Er zog ihr die Schuhe aus, erst einen, dann den anderen, sie fielen auf den Boden und kullerten zur Seite. Ihre Füße waren aristokratisch, wohlgeformt. Das schwache Geräusch eines Reißverschlusses. Sie drehte sich um und hob die Arme.

Das breite Nachmittagsbett, das Dunkel zugezogener Vorhänge. Er flüchtete aus seinen Kleidern, sie fielen in einem Haufen auf den Boden. Sie lag wartend da. Sie schien ruhig, weit entfernt. Er berührte seine Stirn vor ihr, wie ein Diener, wie einer, der an Gott glaubt. Er konnte nicht sprechen. Er umschlang ihre Knie.

Es war ein Apartment, das nach hinten hinausging, auf Höfe mit noch belaubten Bäumen. Die Geräusche der Straße waren verstummt. Ihr Kopf war auf die Seite gedreht, ihre Kehle lag bloß. Das Neue an ihr ließ ihn ertrinken. Irgendwo in der Nähe des Bettes begann das Telefon zu klingeln. Dreimal, viermal. Sie hörte es nicht. Schließlich brach es ab. Sie erwachten viel später, schwach, vorerst in Sicherheit. Ihr Gesicht war noch von der Liebe geschwollen. Sie sprach in teilnahmslosem Ton.

«Wie gefällt dir Mexiko?»

Er antwortete ihr nach einer Weile. «Es ist eine schöne Stadt», sagte er.

Er ließ ihr ein Bad ein. In der Dunkelheit sah er sein Spiegelbild wie das eines anderen Mannes, ein triumphaler Anblick, der ihn festhielt, während das Wasser in die Badewanne stürzte. Sein Körper lag im Schatten. Er schien kräftig, wie der eines Boxers oder Jockeys. Er war kein Stadtmensch; mit einem Mal war er primitiv, fest wie ein Baum. Er hatte sich nach der Liebe noch nie so lebensvoll gefühlt. All die einfachen Dinge hatten eine Stimme gefunden. Es war, als stände er während einer großen Ouvertüre hinter der Bühne, allein im Halbdunkel, aber in der Lage, alles zu hören.

Sie ging an ihm vorbei, sie war nackt, ihre Haut streifte die seine. Er war von ihrer Erscheinung überwältigt, er konnte sie nicht im Gedächtnis behalten, er konnte nicht genug bekommen. Sie kümmerte sich nicht um seine Gegenwart. Ihre Nacktheit war dicht, unkindlich; ihr Hintern leuchtete wie der eines Jungen.

Sie glitt ins Wasser und band sich das Haar hoch. Er saß draußen, mit angezogenen Knien, zufrieden.

«Wie ist es?» fragte er.

«Als würde man ein zweites Mal miteinander schlafen.»

Seine Augen glitten über das geschmackvoll eingerichtete Apartment. Es gibt Frauen, die vorsichtig leben, berechnend, die nur einen Schritt tun, wenn sie sicheren Boden unter den Füßen haben. Sie war keine dieser Frauen. Da waren ihre Halsketten, die ungeordnet neben dem Spiegel hingen, ihre verstreuten Kleider, ihre Zigaretten. Er stellte den Fernseher an, ohne Ton. Ein ausländisches Fabrikat mit schönen satten Farben. Es war ihm, als wäre er woanders, in einer Stadt in Europa, in einem Zug. Er hatte diesen Raum betreten, in dem eine Frau auf ihn gewartet hatte, eine kluge Frau, die wußte, warum er gekommen war.

Sie stand an den Türrahmen gelehnt und beobachtete ihn, der weiße Streifen über Schoß und Hüften, die Handvoll dunkles Haar. Er sehnte sich danach, sie einfach nur anzustarren, aber er war dazu nicht frei genug. Er war irgendwie erschrocken, daß sie sich ihm hingegeben hatte. Er wußte, daß er sich auf sie gestürzt hatte wie ausgehungert.

«Glaubst du, ich sollte ins Büro zurückgehen?» sagte sie.

«Es wäre vielleicht besser, wenn wir nicht gleichzeitig zurückkämen.» Er nahm seine Uhr auf. «Mein Gott», murmelte er. «Es ist fast vier. Warum kommst du nicht gegen halb fünf? Sag, du bist beim Zahnarzt gewesen oder so.»

«Glaubst du, die merken was?»

«Ob die was merken?» sagte er. Er hatte langsam begonnen, sich anzuziehen. «Die haben wahrscheinlich schon längst was gemerkt.»

Er sah ihr zu, wie sie sich das Haar kämmte. Sie sah ihn im Spiegel; sie lächelte kaum. Es war ihr Schweigen, ihre Ergebenheit, die ihn überwältigten. Er hatte das Gefühl, daß sie nichts verlangte; daß sie alles zulassen würde. Er konnte sie nicht ansehen, ohne daran zu denken, ohne von Begehren erfüllt zu werden. Es war, als hätte sie sich verloren. Er hatte Angst, sie aufzuschrecken, ihr zu helfen. Es war, als hätte sie ihn noch gar nicht richtig gesehen. Wie lange konnte es dauern? Wie lange, bevor sie ihn durchschaute, seine Gedanken kannte? Er hatte Angst vor dem plötzlichen Funkeln einer Armbanduhr, dem Aufblitzen eines Lächelns, der Sonne auf der Radkappe eines Autos – jedem Ausdruck von Männlichkeit, der sie wecken könnte. Er wollte, daß sie immer weiter ihm gehörte, auch wenn er nicht daran glauben konnte, er wollte das Vertrauen spüren, auf dem alles beruhte. Er wollte, wenn auch nur für eine Stunde, unverwundbar sein, um sie zu bewundern, wie sie dalag, mit dem Gesicht nach unten, und zärtlich mit ihr reden wie mit einem Kind. Er legte ein Kissen unter sie, knickte es sorgfältig in der Mitte. Sie schwammen in Langsamkeit. Fünf Minuten schienen nötig, um zwischen ihren Beinen niederzuknien. Sie lag ausgestreckt unter ihm, seine Hände auf ihrem Körper, um ihn festzuhalten …

Sie trennten sich an der Ecke beim Museum. Sie wartete auf Grün. Die Gebäude, an denen er vorbeikam, schienen merkwürdig tot, die Straße leer, selbst im Sonnenlicht. Er drehte sich noch einmal nach ihr um. Plötzlich, er wußte nicht, warum – sie überquerte gerade allein die breite

Straße –, verflog seine ganze Unsicherheit. Er begann zu laufen und holte sie auf den Stufen des Museums ein.

«Ich komme doch mit», sagte er. Seine Stimme zitterte; allmählich kam er wieder zu Atem. «Es gibt einen Raum mit ägyptischem Schmuck, er ist wunderschön, ich wollte ihn dir zeigen. Weißt du, wer Isis ist?»

«Eine Göttin», sagte sie.

«Ja. Noch eine.»

Sie neigte den Kopf in einer Geste tiefer Zufriedenheit. Sie sah ihn an und lächelte. «Sie ist also auch eine, ja? Du kennst sie wohl alle.»

Er spürte ihre Liebe in aller Klarheit. Sie gehörte ihm, das wurde ihm klar. Er hatte sich nie glücklicher gefühlt, sicherer.

«Es gibt vieles, was ich dir zeigen möchte.»

Sie folgte ihm in die großen Galerien. Er lenkte sie am Ellbogen, er berührte sie oft, an der Schulter, an den Hüften. Am Ende würde sie ihn vergessen; sie würde die Siegerin sein.

Er fuhr in einer leuchtenden Dämmerung nach Hause. Die Schlußkurse der Börse wurden durchgegeben, die Bäume hielten den letzten Rest des Tages.

Nedra saß an einem Tisch im Wohnzimmer, um sie herum lagen Zettel verstreut. Sie schrieb etwas.

«Eine Geschichte», sagte sie. «War der Verkehr schlimm?»

«Nicht sehr.»

«Du mußt sie für mich illustrieren.» Sie war in einer merkwürdig gehobenen Stimmung. Neben ihrem Ellbogen stand ein San Raphael. Sie sah auf. «Willst du auch einen?»

«Ich nehm einen Schluck von deinem. Oder – ich trink doch einen.»

Sie schien ruhig, sorglos; sie wußte nichts, dessen war er sich sicher. Sie ging seinen Drink machen. Er verspürte Erleichterung. Er war wie ein Hase, der endlich sicher in seinem Bau ist. Er konnte sie kurz im Flur vorbeigehen sehen, und ein Gefühl ungeheurer Wärme stieg in ihm auf, eine Zärtlichkeit für ihre Hüften, ihr Haar, die Armbänder an ihren Handgelenken. In gewisser Weise war er ihr auf einmal ebenbürtig; seine Liebe war nicht allein von ihr abhängig, sie war umfassender, eine Liebe zu Frauen, die weitgehend unerfüllt blieb, eine unerreichbare Liebe, die sich auf dieses eine eigenwillige, mysteriöse Wesen konzentrierte, aber nicht nur auf dieses eine allein. Er hatte seinen Schmerz geteilt, ihn endlich gespalten.

Sie kam mit seinem Drink zurück und setzte sich in einen bequemen Sessel. «Wie war's? Viel Arbeit?»

«Ja, schon.» Er nippte an dem Drink. «Köstlich. Danke.»

«Und lief alles gut?»

«Mehr oder weniger.»

«Mhm.»

Sie wußte nichts. Sie wußte alles, der Gedanke schoß ihm durch den Kopf, sie war zu klug, um etwas zu sagen.

«Was hast du heute gemacht?» fragte er.

«Es war ein wunderbarer Tag, wirklich. Ich hab für Franca und Danny die Geschichte von dem Aal aufgeschrieben. Ich mag die Bücher, die sie in der Schule bekommen, nicht. Ich will ein eigenes machen. Laß sie mich dir vorlesen. Ich hol sie.» Sie lächelte ihn an, bevor sie sich erhob, ein breites, verständnisvolles Lächeln.

«Der Aal ...», sagte er.

«Ja.»

«Sehr freudianisch.»

«Und wenn schon, Viri, ich glaub an das ganze Zeug nicht. Ich finde es ziemlich einseitig.»

«Einseitig. Ja, einseitig ist es bestimmt, aber der Symbolismus ist unverkennbar.»

«Welcher Symbolismus?»

«Ich meine, es ist ganz offensichtlich ein Schwanz», sagte er.

«Ich hasse diesen Ausdruck.»

«Der ist doch harmlos.»

«Nein, ist er nicht.»

«Ich meine, es gibt schlimmere.»

«Ich mag ihn einfach nicht.»

«Was für einen magst du denn?»

«Welchen Ausdruck?»

«Ja.»

«Einen Unvergleichlichen», sagte sie.

«Einen Unvergleichlichen?»

«Ja.» Sie fing an zu lachen. «Er hatte einen großen Unvergleichlichen. Hör zu, was ich geschrieben habe.»

Sie zeigte ihm eine Zeichnung, die sie gemacht hatte. Nur um ihm eine Vorstellung zu geben; seine würden besser werden. «Nedra», sagte er. «Das ist wunderschön.»

Ein merkwürdiges schlangenartiges Wesen, mit eleganten Linien gezeichnet, lag in einem Nest aus Blumen.

«Was für eine Feder hast du genommen?» sagte er.

«Eine sensationelle Feder. Schau. Ich hab sie neu gekauft.» Er sah den Federhalter an.

«Man kann die Federn auswechseln», erklärte sie.

«Das ist ein wunderbarer Aal.»

«Jahrhundertelang», sagte sie, «wußte man nichts von ihnen, Viri. Sie waren ein absolutes Rätsel. Aristoteles hat geschrieben, daß sie geschlechtslos seien – keine Eier, keine Samen. Er meinte, sie würden ausgewachsen aus der Tiefe aufsteigen. Die Menschen haben das Tausende von Jahren geglaubt. «

«Legen sie denn keine Eier?»

«Das werd ich dir alles erzählen», versprach sie. «Ich habe heute den ganzen Tag an diesem Aal gezeichnet. Gefallen dir die Blumen?»

«Ja. Sehr.»

«Du kannst das viel besser als ich, deine werden bestimmt besser. Im übrigen hast du recht, der Aal ist schon was Männliches, aber Frauen verstehen das auch. Es fasziniert sie.»

«Davon hab ich schon gehört», murmelte er.

«Hör zu …»

Er war leer, entspannt. Die dunklen Fenster ließen das Zimmer hell erscheinen. Er war vom Meer heimgekehrt, von einer aufregenden Reise. Er hatte sich die Kleider glattgestrichen, das Haar gebürstet. Er war voller Geheimnisse, voller Täuschungen, die ihn wieder ganz gemacht hatten.

«Der Aal ist ein Fisch aus der Ordnung der *Apoden*», las sie vor. «Er ist braun bis olivgrün, an den Seiten gelb und hat einen hellen Bauch. Das Männchen lebt in Häfen und Flüssen. Das Weibchen lebt weit vom Meer entfernt. Das Leben der Aale war immer ein Mysterium. Niemand wußte, woher sie kamen, niemand wußte, wohin sie gingen.»

«Das ist ja ein Buch», sagte er.

«Ein Buch oder eine Geschichte. Nur für uns. Ich liebe die Beschreibungen. Sie leben im Süßwasser», fuhr sie fort. «Aber einmal in ihrem Leben, und nur dieses eine Mal, ziehen sie ins Meer. Sie unternehmen die Reise gemeinsam, Männchen und Weibchen. Sie kehren nie zurück.»

«Das entspricht natürlich den Tatsachen.»

«Aale schlüpfen aus Eiern. Danach werden sie zu Larven. Kaum einen Zentimeter lang und durchsichtig, treiben sie mit der Meeresströmung. Sie ernähren sich von Algen. Nach einem Jahr oder länger erreichen sie schließlich die Küste. Hier entwickeln sie sich zu richtigen kleinen Aalen, und hier, an den Flußmündungen, trennen sich die Weibchen von den Männchen und ziehen flußaufwärts. Aale sind Allesfresser. Sie ernähren sich von toten Fischen und Tieren, Krebsen und Krabben. Am Tag halten sie sich im Schlamm verborgen, und nachts fressen sie. Im Winter machen sie Winterschlaf.»

Sie nippte an ihrem Drink und las weiter. «Das Weibchen lebt jahrelang so, in Teichen und Flüssen, und dann, eines Tages im Herbst, hört sie mit einem Mal auf zu fressen. Ihre Haut färbt sich schwarz oder fast schwarz, ihre Nase wird spitzer, ihre Augen werden groß. Dann zieht sie flußabwärts zum Meer. Sie bewegt sich nachts fort, tagsüber ruht sie; mitunter durchquert sie Wiesen und Felder.»

«Und das Männchen?»

«Sie trifft auf das Männchen, das sein ganzes Leben nahe der Flußmündung zugebracht hat, und zusammen kehren sie zu Hunderttausenden an den Ort ihrer Geburt zurück, in das Meer der Algen, die Sargassosee. In unermeßlicher Tiefe paaren sie sich und sterben.»

«Nedra, das hört sich wie Wagner an.»

«Es gibt gewöhnliche Aale, Hechtaale, Schlangenaale, Spitzkopfaale, Aale jeglicher Sorte. Sie werden im Meer geboren, sie leben im Süßwasser, und sie ziehen ins Meer, um zu laichen und zu sterben. Findest du das nicht bewegend?»

«Doch.»

«Ich weiß nicht, wie ich es enden lassen soll.»

«Vielleicht mit einer schönen Zeichnung.»

«Oh, es wird auf jeder Seite eine Zeichnung geben», sagte sie. «Ich will, daß es voll von Zeichnungen ist.»

Seine Augen waren müde.

«Ich möchte blaßgraues Papier benutzen», sagte sie. «Hier, zeichne mal einen.»

Die Kinder kamen herunter.

«Einen Aal?» sagte er.

«Hier sind eine Menge Abbildungen von ihnen.»

«Dürfen sie sehen, was ich mache?»

«Nein», sagte sie. «Nein, es soll eine Überraschung sein.»

Sie aßen in einem chinesischen Restaurant, das am Wochenende immer überfüllt, an diesem Abend aber ziemlich leer war. Die Speisekarten waren abgegriffen und gingen an der Faltstelle schon auseinander. Er trank zwei Wodka und zeigte seinen Kindern, wie man mit Stäbchen ißt. Die Gerichte wurden auf den Tisch gestellt und aufgedeckt: Krabben mit Erbsen, geschmortes Huhn, Reis. Ein Doppelleben ist ganz natürlich, dachte er, während er sich eine Wasserkastanie nahm. Ein Doppelleben ist notwendig. Währenddessen redete er über China: Legenden von Kaisern, die steinernen Vergnügungsboote von Peiping. Nedra schien wachsam, still. Plötzlich wurde er vorsichtig, fast schweigsam, aus Angst, sich zu verraten. Da war etwas, das er übersehen hatte, er versuchte sich vorzustellen, was es sein könnte, etwas, was ihr durch Zufall aufgefallen war. Die Schuld des Unerfahrenen überlief ihn wie eine eingebildete Krankheit. Er versuchte ruhig zu bleiben, realistisch.

«Wollt ihr etwas zum Nachtisch?» fragte er.

Er rief den Kellner, der ein Namensschild an seinem Jakkett trug.

«Kenneth?» sagte Viri überrascht.

«Kennif», bestätigte der Chinese.

«Ah, ja. Kenneth, was haben Sie zum Dessert? Haben Sie Glücksplätzchen?»

«Oh, ja, Ssah.»

«Kumquats?»

«Keine Kumquat», sagte Kenneth.

«Keine Kumquat?»

«Nifts mehr», sagte er bedauernd.

«Dann also nur die Plätzchen», sagte Viri.

Er lag in einem frischen Pyjama im Bett und wartete. Seine Schuhe waren im Schrank, seine Kleider weggeräumt. Die Kühle des Kissens unter seinem Kopf, das Gefühl von Müdigkeit und Wohlbehagen, das ihn durchdrang – er untersuchte diese Dinge, als wären sie böse Vorzeichen. Er lag ergeben und erwartungsvoll da, bereit für den Schlag.

Nedra kam ins Bett. Er lag still da; er konnte die Augen nicht schließen. Ihre Gegenwart war das letzte Unterpfand von Weihe und Ordnung, wie jene großen Heerführer, die sich als letzte schlafen legten. Das Haus war still, die Fenster dunkel, seine Töchter lagen in ihren Betten. An Nedras Finger, irgendwo neben ihm, war ein goldener Trauring, vielleicht war der Finger tintenbefleckt, ein Finger, den er so gerne gestreichelt hätte, den er nicht zu berühren wagte.

Sie lagen nebeneinander im Dunkeln. In einer Schublade des Schreibtisches lag hinten ein Brief vergraben, aus einzelnen Wörtern zusammengesetzt, die aus Zeitungen und Zeitschriften ausgeschnitten waren, ein geklebter Liebesbrief, mit Witzen und leidenschaftlichen Vorschlägen, ein berühmter Brief aus Georgia, bevor sie geheiratet hatten, als Viri beim Militärdienst war, voll schmerzlicher Sehnsucht, allein. Im Gewächshaus nisteten Bienen, der Fluß fraß sich ins Ufer. Auf einer kleinen Spiegelkommode, in einer Schachtel mit vier kleinen Füßen, waren Halsketten, Ringe, ein Seestern, hart wie Holz. Ein Haus, so reich wie ein Aquarium, angefüllt mit dem Rhythmus des Schlafs, kraftlosen Gliedern, halb geöffneten Mündern.

Nedra war wach. Sie stützte sich plötzlich auf einen Ellbogen.

«Was ist das für ein unglaublicher Gestank?» sagte sie. «Hadji? Bist du das?»

Er lag unter dem Bett.

«Komm da raus», rief sie.

Er ließ sich nicht von der Stelle bewegen. Sie rief weiter ihre Kommandos. Endlich kam er mit angelegten Ohren hervor. «Viri», seufzte sie. «Mach das Fenster auf.»

«Ja, was ist?»

«Dein verdammter Hund.»

10

Marcel-Maas wohnte in einer nicht fertiggestellten Scheune aus Stein, die er zu großen Teilen selbst ausgebaut hatte. Er war Maler. Er hatte eine Galerie, die seine Arbeiten ausstellte, aber er war noch ziemlich unbekannt. Seine Tochter war siebzehn. Seine Frau – die Leute fanden sie merkwürdig – war in den letzten Jahren ihrer Jugend. Sie war wie ein schönes Essen, das man über Nacht stehengelassen hatte. Es war üppig, aber die Gäste waren fort. Ihre Wangen hatten zu zittern begonnen, wenn sie ging.

Ein dichter Bart, eine warzige Nase, Kordjacke, lange Schweigepausen: das war Marcel-Maas. Seine Bemühungen galten jetzt alle der Leinwand; die Fensterrahmen der Scheune blätterten ab, die Innenwände hatten Flecken. Er reparierte nichts, nicht einmal die undichte Stelle im Dach; er ging nur selten aus, er fuhr niemals Auto. Er haßte Reisen, sagte er. Seine Frau war eine einsame Stute auf der Weide. Sie wartete auf den Wahnsinn und graste ihr Leben dahin. Sie fuhr in die Stadt, zu Bloomingdale's, dem Gynäkologen, zu Geschäften für Künstlerbedarf. Manchmal sah sie sich nachmittags einen Film im Kino an.

«Reisen ist Unsinn», verkündete er. «Man sieht sowieso nur Dinge, die schon in einem sind.»

Er hatte seine Hausschuhe an. Sein schwarzes Haar hing wirr um seinen Kopf.

«Ich kann dir da nicht ganz zustimmen», sagte Viri.

«Diejenigen, für die eine Reise ein Gewinn wäre, die Sensibilität besitzen, die müssen nicht erst verreisen.»

«Das ist, als würde man sagen, diejenigen, für die eine Ausbildung von Nutzen wäre, brauchten gar keine», sagte Viri.

Marcel-Maas schwieg. «Du nimmst das zu wörtlich», sagte er endlich.

«Ich reise gern», bemerkte seine Frau.

Schweigen. Marcel-Maas ignorierte sie. Sie stand am Fenster, sah in den Tag hinaus und trank ein Glas Rotwein. «Robert ist der einzige Mensch, den ich kenne, der nicht gern verreist», sagte sie. Sie sah weiter aus dem Fenster.

«Wo bist du schon jemals gewesen?» sagte er.

«Das ist eine gute Frage, nicht wahr?»

«Du redest von etwas, wovon du keine Ahnung hast. Du hast darüber gelesen. Du hörst von diesen Ärzten und ihren Frauen, die nach Europa fahren. Bankangestellte fahren nach Europa. Was gibt's schon in Europa?»

«Wovon redest du überhaupt?» sagte sie.

Ihre Tochter erschien im Türrahmen. Sie hatte dünne Arme, einen sehnigen Körper, kleine Brüste. Ihre Augen waren von durchdringendem Blau.

«Hallo, Kate», sagte Viri.

Sie war damit beschäftigt, an ihrem Daumennagel zu kauen. Ihre Füße waren bloß.

«Ich sag dir, was es in Europa gibt», fuhr ihr Vater fort. «Den Schutt gescheiterter Zivilisationen. Nachtclubs. Flöhe.»

«Flöhe?»

«Jivan ist da», sagte Kate.

Nora Marcel-Maas drückte ihr Gesicht an die Scheibe, um hinauszusehen. «Wo?»

«Er ist eben gekommen.»

Sie hörten, wie die Vordertür aufging. «Hallo», rief eine Stimme.

«Wir sind hier drin!» rief Marcel-Maas.

Sie hörten ihn den Flur herunterkommen. Die Küche war der wärmste Raum der Scheune; das obere Stockwerk war nicht einmal beheizt.

Jivan war klein. Er war dünn, wie die Jungen, die man in Mexiko und in Ländern weiter südlich auf den Marktplätzen herumlungern sieht. Er war einer dieser Jungen, aber mit Manieren, mit neu gekauften Kleidern.

«Hallo», sagte er, als er hereinkam. «Hallo, Kate. Wie schön du geworden bist. Laß dich ansehen. Dreh dich mal.» Sie tat es, ohne zu zögern. Er nahm ihre Hand und küßte sie wie einen Strauß Blumen. «Robert, deine Tochter ist wunderbar. Sie hat das Herz einer Kurtisane.»

«Keine Bange. Sie wird bald heiraten.»

«Ich dachte, das wär nur auf Probe», beschwerte sich Jivan. «Oder etwa nicht?»

«Mehr oder weniger», sagte sie.

«Viri», sagte Jivan. «Ich hab dein Auto gesehen. Deshalb hab ich angehalten. Wie geht's dir?»

«Bist du mit dem Motorrad da?» fragte Viri.

«Soll ich dir noch eine Fahrstunde geben?»

«Ich glaube nicht.»

«Das war doch gar nichts, der kleine Unfall.»

«Ich würd es ja gerne noch mal probieren», sagte Viri. «Aber mir tun meine Rippen immer noch weh.»

Jivan ließ sich etwas Wein einschenken. Seine Hände waren klein, seine Nägel gepflegt, sein Gesicht glatt wie das eines Kindes.

«Wo bist du gewesen, in der Stadt?» fragte Marcel-Maas.

«Wo ist Nora?»

«Sie war eben noch hier.»

«Ja, ich bin gerade zurückgekommen», sagte Jivan. «Ich hab die Nacht dort verbracht. Ich war auf einer Art Empfang ... was Libanesisches. Es ist spät geworden, und da bin ich dageblieben. Wißt ihr, amerikanische Frauen sind wirklich merkwürdig», sagte er. Er setzte sich und lächelte höflich. Er erinnerte einen an Cafés und triste Restaurants, die nur die Unterhaltung erträglich machte. Er lächelte wieder. Er hatte kräftige Zähne. Er schlief mit einem Messer am Kopfende seines Bettes.

«Ich hab da diese Frau kennengelernt», sagte er. «Sie war die Exfrau von einem Botschafter oder so, blond, Mitte Dreißig. Nach dem Fest waren wir in der Nähe der Wohnung, wo ich schlafen sollte. Da gab es eine Bar, und ich hab sie – wirklich ganz sachlich – gefragt, ob sie nicht Lust hätte, mit mir noch einen trinken zu gehen. Ihr könnt euch nicht vorstellen, was sie gesagt hat. Sie sagte: ‹Ich kann nicht. Ich hab meine Tage.›»

«Hast du nicht langsam genug von denen?» sagte Marcel-Maas.

«Genug? Kann man je genug haben?»

«Für dich sind sie alle wie *Lucoum.*»

«Locoum», korrigierte Jivan. «*Rahat Locoum.* Das ist türkischer Honig», übersetzte er. «Macht sehr dick. Robert hört das Wort so gerne. Ich werd euch einmal etwas *Rahat Locoum* mitbringen. Dann wißt ihr, was es ist.»

«Ich weiß, was es ist», sagte Marcel-Maas. «Ich hab das schon oft gegessen.»

«Aber nicht das echte *Rahat.*»

«Das echte.»

Jivan war sein Freund, sagte Marcel-Maas immer. Er

hatte keine anderen Freunde, nicht einmal seine Frau. Er würde sich sowieso von ihr scheiden lassen. Sie war neurotisch. Ein Künstler sollte mit einer unkomplizierten Frau zusammenleben, einer Frau wie der von Bonnard, die ihm, nur mit Schuhen bekleidet, Modell stand. Der Rest würde sich ergeben. Mit dem Rest meinte er jeden Tag ein warmes Mittagessen, ohne das er nicht arbeiten konnte. Er setzte sich an den Tisch wie ein irischer Arbeiter, mit schmutzigen Händen, gesenktem Kopf; Kartoffeln, Fleisch, dicke Scheiben Brot. Er war schweigsam, er war kein Mann von Witzen; während er aß, wartete er, daß sich die Dinge von selbst lösten, daß sie zu etwas Unerwartetem und Interessantem wurden wie die Schicht feiner Bläschen auf dem Bein, wenn man badete.

«Wo ist deine Mutter, Kate?» sagte er. «Wo ist sie schon wieder hin?»

Kate zuckte mit den Achseln. Sie hatte die Gleichgültigkeit eines Botenjungen, eines Menschen, dem man nichts anhaben konnte. Sie hatte ungeheizte Schlafzimmer durchlebt, unbezahlte Rechnungen, ihr Vater hatte sie verlassen, er war wiedergekommen, hatte ihr wunderschöne Vögel aus Apfelholz geschnitzt, sie bemalt und auf ihr Bett gelegt. Als sie ein Kind war, hatte er viel Zeit mit ihr verbracht. Sie erinnerte sich an manches. Sie hatte in den Wellen von Farbe gelebt, die er ausgesucht hatte, von ihnen angestrahlt wie von der Sonne. Sie hatte seine zerrissenen Zeichenhefte auf dem Boden liegen sehen, mit Fußabdrücken quer über den Seiten, sie hatte ihn betrunken in ihrem Zimmer gefunden, ausgestreckt auf dem Boden, mit dem Gesicht auf den dicken Fichtenbrettern. Sie konnte ihn niemals verraten; es war unvorstellbar. Er bat sie um nichts. All die Jahre hatte er Prügel bezogen, vor ihren Augen, wie bei einer Schlägerei auf der Straße. Er beklagte sich nicht. Manchmal sprach er über Malerei oder darüber, die Bäume zu beschneiden. In ihm steckte die Heiligkeit eines Mannes, der nie in den Spiegel sah, dessen Gedanken brillant, aber unaussprechbar, dessen Träume grenzenlos waren. Jeden Pfennig, den er jemals verdient hatte, hatte er ihnen gegeben, und sie hatten alles verbraucht.

Ihr Freund in Kalifornien war Maler. Sie rauchten, tagelang ohne Unterbrechung, bei nicht endender Musik. Sie waren bis spät in die Nacht unterwegs, sie schliefen den halben Tag. Ihr Vater hatte sie nichts gelehrt, aber der Stoff, aus dem sein Leben bestand, war für sie der einzige, in dem sie sich wohl fühlte; sie trug ihn, wie sie manchmal seine alten Schuhe trug, er hatte sehr kleine Füße.

«Also, wo ist sie?» fragte er. «Wenn man arbeitet, kann man sie nicht loswerden. Aber wenn man sie braucht, verschwindet sie. Warum gehst du nicht und sagst ihr, daß Jivan hier ist?»

«Das weiß sie schon», antwortete Kate.

11

Jivan liebte Kinder. Sie zeigten ihm ihre Spiele, sie wußten, daß er sie schnell begriff. Er ließ sich nicht zu ihnen herab; er wurde selbst zum Kind. Er hatte Zeit dafür. Er verkörperte die einfachen Tugenden eines alleinlebenden Mannes. Er hatte Zeit für alles – fürs Kochen, für Pflanzen. Er wohnte in einem leerstehenden Laden, in dem früher einmal eine Apotheke gewesen war. Ein langes, heiteres Zimmer, das zur Straße hinausging, mit Bambus verhängte Fenster, die mit Pflanzen vollgestellt waren. Abends konnte man gerade so eben hineinsehen. Es sah wie ein Restaurant aus, in dem sich noch letzte Gäste aufhielten. An der Wand hing ein Rennrad. Ein weißer Schäferhund drückte die Schnauze still, ohne zu bellen, an die Türscheibe.

Er hatte Vögel in einem Käfig und einen grauen Papagei, der die Flügel spreizen konnte.

«Perruchio», sagte er immer. «Mach den Engel.»

Nichts.

«Den Engel, den Engel», sagte er. *«Fa l'angelone.»*

Wie eine Katze, die ihre Krallen ausstreckt, breitete der Papagei langsam seine Flügel und Federn aus. Sein Kopf drehte sich ins Profil und zeigte ein schwarzes, herzloses Auge.

«Warum heißt er Perruchio?» fragte Danny. Als sie versuchte, sich ihm zu nähern, rückte er Schritt für Schritt zur Seite.

«Er hieß schon so, als ich ihn bekommen hab», sagte Jivan. Er spielte mit ihnen Zwanzig-Fragen. Seine Ausbildung war die denkbar einfachste gewesen: Sie stammte aus Büchern. Er las keine Romane, nur Zeitschriften, Briefe, die Biographien großer Männer.

«Also», sagte er. «Seid ihr soweit? Ich hab einen.»

«Ein Mann», sagte Danny.

«Ja.»

«Der noch lebt.»

«Nein.»

Eine Pause, während sie die Hoffnung aufgaben, daß es einfach sein würde.

«Hatte er einen Bart?» Ihre Fragen waren immer indirekt.

«Ja, einen Bart.»

«Lincoln!» riefen sie.

«Nein.»

«Hatte er eine große Familie?»

«Ja, groß.»

«Napoleon!»

«Nein, nicht Napoleon.»

«Wie viele Fragen waren das?»

«Ich weiß nicht – vier, fünf», sagte er.

Er brachte ihnen Geschenke mit, Schachteln, in denen teure Seifen eingepackt gewesen waren, Miniaturkartenspiele, kleine griechische Glasperlen. Es dämmerte, als er zum Abendessen eintraf, seine Schuhe knirschten auf dem kühlen Kies, in der Hand hatte er eine Flasche Wein. Es wurde Herbst; man spürte ihn in der Luft.

Hadji lag auf der Seite im Schatten eines Busches, dessen dunkle Blätter ihn berührten.

«Hallo, Hadji. Wie geht's denn?» Er blieb auf ein paar Worte bei ihm stehen; als spräche er mit einer Person. Am Hinterteil des Hundes konnte man eine leichte Bewegung ausmachen, ein Wedeln des fehlenden Schwanzes. «Na, hältst du ein Nickerchen?»

Er betrat das Haus, selbstbewußt, aber zurückhaltend, wie ein Verwandter, der sich nichts herausnehmen würde. Er hatte Achtung vor Viris Bildung, seiner Herkunft, vor den Leuten, die er kannte. Er war sorgsam gekleidet, trug die grauen Hosen, die es in großen Ladenketten zu kaufen gab, ein Halstuch, ein weißes Hemd.

«Hallo, Franca», sagte er. Er küßte sie ganz natürlich. «Hallo, Dan.» Er lächelte, als er Viri die Hand entgegenstreckte. «Komm, gib mir den Wein», sagte Viri. Er begutachtete das Etikett. «Mirassou. Kenn ich gar nicht.»

«Ein Freund von mir aus Kalifornien hat mir den genannt», sagte Jivan. «Er hat ein Restaurant. Du weißt ja, wie Libanesen sind; wenn sie irgendwo hinkommen, suchen sie als erstes ein gutes Restaurant, und dann gehen sie nur noch dort und nirgendwo anders mehr hin. Daher kenn ich ihn. Ich war da immer essen. Als ich in Kalifornien war, bin ich jeden Abend da gewesen.»

«Es gibt Lamm zum Essen.»

«Zu Lamm müßte der sehr gut sein.»

«Möchtest du einen San Raphael?» fragte Nedra.

«Gerne», sagte er. Er setzte sich. «Also», sagte er zu Danny. «Was hast du so gemacht?» Er war weniger entspannt mit ihnen, wenn ihr Vater dabei war.

«Ich will dir zeigen, was ich gerade mache», sagte sie.

«Was denn?»

«Einen Wald.»

«Was für einen Wald?»

«Ich zeig ihn dir», sagte sie und nahm ihn bei der Hand.

«Nein», sagte Viri. «Bring ihn her.»

Beide Männer hatten fast die gleiche Größe, das gleiche Alter. Jivan hatte ein weniger sicheres Auftreten. Sie saßen da wie der Eigentümer eines großen Hauses und sein Gärtner. Der eine wartete, daß der andere ein Thema anschnitt, ihn zum Sprechen aufforderte.

«Es wird kalt», bemerkte Viri.

«Ja, die Blätter beginnen sich zu färben», stimmte Jivan zu.

«Es ist nicht mehr lange hin. Ich mag den Winter», sagte Viri. «Ich mag die Art, wie er über einen hereinbricht.»

«Wie geht's Perruchio?» fragte Franca.

«Ich bring ihm gerade bei, mit dem Kopf nach unten zu hängen.»

«Wie machst du das?»

«Wie eine Fledermaus», fügte Jivan hinzu.

«Das würd ich gern sehen.»

«Wenn er's gelernt hat.»

Nedra brachte seinen Drink.

«Danke», sagte er.

«Möchtest du noch etwas Eis?»

«Nein, so ist es genau richtig.»

Nedra war immer sehr schnell freundlich, schnell und leicht, oder überhaupt nicht. Jivan nippte an seinem

Drink. Er wischte das Glas unten ab, bevor er es hinstellte. Er besaß eine Umzugs- und Lagerfirma, recht klein. Sein Lastwagen war tadellos. Die Decken waren fein säuberlich gestapelt, die Kotflügel ohne eine Beule.

Mittags, zweimal die Woche, manchmal öfter, lag sie in seinem Bett in dem ruhigen, nach hinten gelegenen Schlafzimmer. Auf dem Tisch neben ihrem Kopf waren zwei leere Gläser, ihre Armbänder, ihre Ringe. Sie trug nichts; ihre Finger, ihre Handgelenke waren nackt.

«Ich liebe diesen Drink», sagte sie.

«Ja», sagte Jivan. «Komisch, daß man ihn sonst nirgends bekommt.»

«Wir trinken fast nichts anderes.»

Mittags, die Sonne an ihrem höchsten Punkt, die Türen fest verschlossen. Sie war verloren, sie weinte. Er bewegte sich in demselben, gleichmäßigen Rhythmus, wie ein Monolog, wie das Knarren von Rudern. Ihre Schreie waren endlos, ihre Brüste hart. Sie schleuderte Laute aus sich heraus wie eine Stute, ein Hund, eine Frau, die um ihr Leben rennt. Ihr Haar lag offen ausgebreitet. Er veränderte seinen Rhythmus nicht.

«Viri, mach doch das Feuer an, ja?»

«Das kann ich doch machen», bot Jivan an.

«Ich glaub, im Korb ist noch Kleinholz zum Anmachen», sagte Viri.

Sie sah ihn weit über sich. Ihre Hände verkrampften sich im Laken. In drei, vier, fünf tiefen Stößen, die die großen Meridiane ihres Körpers zu durchlaufen schienen, ergoß er sich in sie wie ein umstürzendes Glas Wasser. Sie lagen schweigend da. Eine lange Zeit blieb er liegen, ohne sich zu bewegen, wie auf einem Pferd im Herbst, hielt sich an ihr fest, erschöpft, träumend. Sie fielen gemeinsam in einen tiefen, gliederschweren Schlaf, aufgelöst. Ihre Brustwarzen waren größer, weicher, als wäre sie schwanger.

Das Feuer griff um sich, knisternd züngelte es zwischen den schweren Scheiten, Jivan kniete davor. Franca sah zu. Sie sagte nichts. Sie hatte schon das Wissen, wie eine Katze, wie jedes Tier; es pulsierte in ihrem Blut. Natürlich war sie noch ein Kind; ihre Blicke waren kurz, ohne Gewicht. Sie besaß keine Macht, nur deren Knospen, die Leere, wo sie erscheinen würde. Sie hatte schon gelernt, was es hieß, seinen Namen zu sagen und danach ganz natürlich eine Pause zu machen. Ihre Mutter mochte ihn, das wußte sie, und sie spürte in ihm eine Wärme, die nicht wie die ihres Vaters war, weniger vertraut, weniger selbstverständlich. Selbst wenn er sich mit Danny beschäftigte, wie jetzt, da er die Miniaturlandschaft betrachtete, die sie aus Fichtenzweigen und Steinen gebastelt hatte, waren seine Aufmerksamkeit und Gedanken nicht weit entfernt, da war sie sich sicher.

Nedra erwachte langsam zu traumähnlichen, federleichten Berührungen. Sie bemühte sich, an die Oberfläche zu kommen, wieder Herr ihrer Sinne zu werden. Es dauerte eine halbe Stunde. Die Nachmittagssonne fiel auf die Vorhänge, der Klang des Tages hatte sich verändert. Jivan hielt einen Arm hoch, wie um ihn bei Licht zu betrachten. Sie hielt ihren daneben. Sie starrten auf diese Arme mit einem vagen, gemeinsamen Interesse.

«Deine Hand ist kleiner.»

Ihre kam seiner wie zum Vergleich näher.

«Du hast schönere Finger», sagte er. Sie waren blaß, lang, zeigten die Knochen darunter. «Meine sind oben eckig.»

«Meine sind auch eckig», sagte sie.

«Meine sind eckiger.»

Lunch, Brandy, Kaffee. Sie liebte die Abgeschiedenheit dieses aufgegebenen Ladens, der auf einer Seite einer ansteigenden Straße lag. Sie war von einem Gefühl der Ruhe erfüllt, der Vollendung. Sie hatte Gutes empfangen, jetzt strahlte sie es aus wie ein Stein, den man am Abend für das Bett gewärmt hat. Sie verließ die Wohnung durch den Seiteneingang. Die Wurzeln der alten Bäume hatten den Gehweg aufgebrochen, riesige Bäume, die Stämme vernarbt wie Reptilien. Erst ein paar Blätter waren gefallen. Das Wetter war noch mild, die letzte Stunde des Sommers.

Jivan war leicht, er war belanglos. Er schätzte die schnöden Embleme der amerikanischen Mittelschicht, die Schuhe, pastellfarbene Pullover, Strickkrawatten. Sie nahm sein Auto, wenn ihres kaputt war. Er schalt sie, weil sie so nachlässig damit umging, wegen der Zeitungen, die überall herumlagen, der Beulen, die an den Seiten auftauchten. Sie lächelte ihn an, sie entschuldigte sich. Sie machte, was sie wollte.

Sein Ehrgeiz war es, ein wohlhabender Mann zu werden. Er hatte das Geschick dazu. Er war Eigentümer des Ladens, in dem er wohnte, er kaufte gerade ein Haus mit vier Hektar Land in der Nähe von New City. Er mehrte seinen Besitz still und geduldig wie eine Frau.

«Erzähl uns etwas von deinem Haus», sagte Nedra.

«Ja, wo genau liegt es?» fragte Viri.

Es sei nichts Besonderes, sagte Jivan, ein sehr kleines Haus, aber das Grundstück sei schön. Es sei wirklich eher ein Atelier als ein Haus. Allerdings gebe es einen Bach mit einer zerfallenen Steinbrücke.

Sie aßen zu Abend. Sie tranken den Mirassou. Franca trank ein halbes Glas. Ihr Gesicht sah in dem weichen Licht außergewöhnlich weise aus, ihre Züge schienen unzerstörbar.

«Besitz zu haben liegt dir im Blut, nicht wahr?» sagte Nedra. «Ich denke, es liegt an der Art, wie man erzogen wird. Aber im Blut ... da könnte auch etwas sein. Wißt ihr, ich erinnere mich an meinen Vater», sagte er. «Er sagte zu mir: ‹Jivan, ich will, daß du mir drei Dinge versprichst.› Ich war nur ein kleiner Junge, und er sagte: ‹Jivan, als allererstes versprich mir, daß du niemals spielen wirst. Niemals.› Ich mein, ich war sieben, acht Jahre alt. Und er sagte zu mir: Kein Glücksspiel, Junge. ‹Wenn du unbedingt spielen mußt›, sagte er, ‹dann nur mit dem König der Spieler. Du findest ihn auf der Straße, er ist nackt, er hat alles verloren, sogar seine Kleider.›

‹Zweitens› – ich malte mir in Gedanken immer noch diesen König aus, diesen Bettler, aber mein Vater redete weiter. ‹Zweitens, geh niemals zu Huren.› Entschuldige bitte, Franca. Ich war acht Jahre alt, ich wußte nicht mal, wovon wir überhaupt sprachen. ‹Niemals›, sagte er. ‹Versprich mir das. Aber falls du doch hingehen solltest, dann nur morgens; dann sind sie ungeschminkt, ohne Puder, dann siehst du, wie sie wirklich aussehen, verstehst du?› – ‹Ja›, sagte ich. ‹Ja, Vater.› – ‹Gut›, sagte er, ‹und die dritte Sache, hör genau zu: Streiche immer ein Haus, bevor du es verkaufst.›«

Er war dunkel, er war voller Geschichten, wie die Schlange aus der Sage; jeder weiße Zahn barg eine Geschichte, und jede Geschichte hundert weitere, sie steckten alle in ihm, ineinander verwoben schlummerten sie dort. Der Fremde, der von Legenden blitzt, kann nicht besiegt werden. Sind sie ihm einmal entwichen, verbinden sie sich mit der Luft, diese Hymnen, diese Witze, diese Lügen, sie werden eingeatmet, sie können nicht herausgefiltert werden. Er ist wie der Bug eines Schiffes, der Meere des Schlafes durchschneidet. Schweigen ist geheimnisvoll, aber Geschichten erfüllen uns wie die Sonne. Sie sind Fragmente, in denen Spiegelungen liegen wie Bruchstücke; sammelt man sie, so entsteht eine größere Form, die Geschichte der Geschichten erscheint.

«Mein Vater ist tot», sagte Jivan, «aber meine Mutter

lebt noch. Meine Mutter ist eine wunderbare Frau. Sie weiß alles. Sie hat ein Haus, einen kleinen Garten, nicht weit vom Meer. Jeden Morgen trinkt sie ein Glas Wein. Sie hat ihre Heimatstadt nie verlassen. Sie ist wie … wer war das gleich, Diogenes. In diesem kleinen Städtchen, mit seinen Bäumen auf dem Marktplatz, ist sie so glücklich wie wir im Herzen der größten Stadt.»

«Diogenes?» sagte Viri.

«Ja, ist das nicht der, der in dem Faß gewohnt hat?»

ZWEI

1

Am Morgen kam das Licht in aller Stille. Das Haus schlief. Die Luft darüber war schimmernd, endlos, darunter die feuchte Erde – man konnte diese Erde schmecken, ihre Reichhaltigkeit, ihre Schwere, in der Luft baden wie in einem Strom. Kein Laut. Die Käserinde war ausgetrocknet wie Brot. In den Gläsern hielt sich der schale Geruch von verschwundenem Wein.

Im leeren Eßzimmer hing die Vertreibung aus dem Paradies, ein Gemälde mit wilden Tieren und einem Wald wie von Rousseau, aus dem zwei Figuren traten, der Mann noch immer stolz. Die Frau war anmutig, nur halb von Scham erfüllt; sie war ehrfurchtslos, ihre Haut strahlte. Selbst bei frühem Tageslicht, das die prächtige Schlange ihrer Farben beraubte, die Bäume ihrer Früchte, konnte man sie erkennen, zumindest der Besitzer des Bildes, ihre Beine, die Kühnheit ihres Schamhaares, ihre Vitalität. Es war Kaya. Ihm war das nur durch Zufall aufgefallen. Eines Tages war sein Blick von der leuchtenden Oberfläche gefangengenommen worden, gedankenverloren, wie man von einer schadhaften Stelle auf einer Reliquie, einem weißen Gesicht in der Menge angezogen wird. Er hatte es wie zur Bestätigung entdeckt, als könnten Gegenstände sein Leben bezeugen.

An einer anderen Wand hing das berühmte Foto von Louis Sullivan in Mississippi, das in Ocean Springs, seinem Sommersitz, aufgenommen worden war. In weißem Hemd und Hosen, mit weißer Mütze, Schnurr- und Backenbart sah er aus wie der Kapitän eines Flußdampfers oder wie ein Schriftsteller. Er hatte eine lange Nase, feingliedrige Finger, und er lehnte fast geziert, posierend, an einem Baum.

Er würde kein Sullivan sein, kein Gaudí. Na ja, vielleicht Gaudí, der bis in jenes hohe Alter lebte, das man biblisch nennt, ein asketisches Alter, zerbrechlich, schwach, so streifte er durch die Straßen von Barcelona, ohne daß die Leute wußten, wer er war. Am Ende wurde er von einer Straßenbahn angefahren und einfach liegengelassen, niemand kümmerte sich um ihn. In der Kargheit und dem Gestank eines Hospitals, zwischen Kindern und armen Verwandten, ging ein einzigartiges, exzentrisches Leben zu Ende, ein Leben, das tosender war als das Meer, ein ewiges Leben, ein Leben, das man leicht aufgeben konnte, da es lediglich eine Hülle war; es hatte sich bereits verwandelt, war in Gebäude geflüchtet, in Kathedralen, in die Legende.

Morgen. Das erste Licht. Der Himmel hängt bleich über den Bäumen, er ist rein, geheimnisvoller denn je, ein Himmel, der die *Fedajin* taumeln läßt, der die Nacht der Astronomen beendet. In ihm glänzen, schwach wie Münzen an einem Strand, verblassend, zwei letzte Sterne.

Herbstmorgen. Die Pferde auf den nahe gelegenen Feldern stehen regungslos da. Das Pony hat bereits ein dichteres Fell; scheinbar zu früh. Seine Augen sind dunkel und groß, mit spärlichen Wimpern. Geht man nah heran, hört man das gleichmäßige Geräusch der Kiefer auf gemahlenem Gras, spürt den Frieden der Erde.

Er hat verbotene Träume; in ihnen sieht er eine verbotene Frau, begegnet ihr inmitten einer Gruppe anderer Männer. Im nächsten Augenblick sind sie allein. Sie ist liebevoll, zärtlich. Alles ist unglaublich real: das Bett, die Art, wie sie daliegt ...

Er wacht auf und sieht seine Frau auf dem Bauch liegen,

auf ihr die Kinder, eins auf ihrem Rücken, das andere auf ihrem Hintern. Sie schlafen auf ihr, schmiegen sich an sie. Ihre Anwesenheit spricht ihn frei, langsam wird er zufrieden. Diese Welt, die Vögel in ihrem Federkleid, das Sonnenlicht ... Sinn, zumindest für diesen Moment. Es tröstet ihn. Er fühlt sich warm, stark, erfüllt von unbezwingbarer Freude.

Was geht zwischen den beiden, diesem Paar, in den endlosen Stunden ehelichen Beisammenseins vor? Was findet seinen Weg, was fließt zwischen ihnen? Ihr Schlafzimmer war geräumig, mit Blick auf den Fluß und in Taillenhöhe beginnenden Fenstern mit Doppelflügeln, rautenförmig geschnittenen Scheiben, uneben und nach außen gewölbt, wie durch Hitze verzogen; hier und da fehlte eine Strebe, löste sich eine Raute aus ihrer weichen Bleifassung. Die Wände waren ein verblichenes Türkis, eine merkwürdige Farbe, die ihn nicht mehr störte. Hinter einer Flügeltür lag eine weiße Glasveranda, wie Leinen so weiß, in der ihr Hund mit den Füßen nach oben auf einer Korbbank schlief.

Ihr Leben bestand aus zwei Dingen: Es war erstens mehr oder weniger ein Leben – oder zumindest die Vorbereitung auf eines –, und es war zweitens eine Illustration des Lebens für ihre Kinder. Sie hatten das nie so klar ausgedrückt, aber sie waren sich darin einig, und diese zwei Versionen waren miteinander verknüpft – wenn die eine verdeckt war, kam die andere zum Vorschein. In jenen Jahren wollten sie, daß ihre Kinder das Unmögliche bekamen, nicht im Sinne des Unerreichbaren, sondern im Sinne des Reinen.

Kinder sind unsere Ernte, unsere Felder, unsere Erde. Sie sind in die Dunkelheit entlassene Vögel. Sie sind erneuerte Irrtümer. Und doch sind sie die einzige Quelle, aus der ein Leben geschöpft werden kann, das erfolgreicher, das wissender ist als unser eigenes. Vielleicht werden sie etwas tun, einen Schritt weiter gehen, den Gipfel erblikken. Wir glauben daran, an den Glanz, der aus der Zukunft strömt, aus Tagen, die wir nicht erleben werden. Kinder müssen leben, müssen triumphieren. Kinder müssen sterben; das ist eine Vorstellung, die wir nicht akzeptieren können.

Es gibt kein Glück wie dieses Glück: ruhige Morgen, Licht vom Fluß, das Wochenende liegt vor einem. Sie lebten ein russisches Leben, ein reiches Leben, ineinander verwoben, in dem das Unglück von einem, ein Mißerfolg, eine Krankheit, sie alle ins Wanken brächte. Es war wie ein Gewand, dieses Leben. Seine Schönheit lag außen, seine Wärme innen.

Für Francas Geburtstag hatten sie ein wundervolles Tischtuch aufgelegt, das Nedra selbst gemacht hatte, ein Dschungel aus Blumen, die sie aus Papier ausgeschnitten und dann Stück für Stück aufgeklebt hatte, die üppigsten Farne und Gräser, die man sich vorstellen konnte. Sie machte auch Einladungskarten, Spiele, Hüte. Es gab Kochmützen, Zylinder, blaugoldene Schaffnermützen mit darauf gemalten Namen. Über dem Tisch hing ein großer Pappmaché-Frosch, vollgefüllt mit Geschenken und Schokoladentalern. Viri spielte Klavier für ‹Die Reise nach Jerusalem›, peinlich darauf bedacht, nicht zu den nervösen Wanderern aufzublicken. Leslie Dahlander war da, Dana Paum, deren Vater Schauspieler war. Es waren insgesamt neun kleine Mädchen, keine Jungen.

Ein Kuchen mit orange Zuckerguß. Nedra hatte sogar Eis mit Vanillegeschmack gemacht, das so zäh war, daß es sich wie Sahnekaramel zog. Das Haus war wie ein Theater; tatsächlich gab es zum Abschluß des Tages eine Kasperlevorführung, bei der Viri und Jivan hinter der Bühne knieten, die losen Blätter des Textes zwischen sich, die schlaffen Hüllen der Puppen in der Reihenfolge ihres Auftritts sortiert. Die Kinder saßen auf Sofas, sie schrien und klatschten. Sie kannten das Stück auswendig. In ihrer Mitte saß Franca. An diesem Geburtstag schien sie schöner als je zuvor. Ihr Gesicht strahlte vor Freude, ihre weißen Zähne blitzten. Viri konnte durch einen Spalt am Bühnenrand einen Blick auf sie werfen. Sie hatte die Hände im Schoß. Sie saß aufmerksam da, hing an jedem Wort.

«Wo ist das Baby?»

«Warum? Hast du es nicht gefangen?»

«Gefangen? Was hast du mit ihm gemacht?»

«Na ja, ich hab es aus dem Fenster geschmissen, ich dachte, du kämst vielleicht gerade vorbei.»

Rufe des Entzückens. Franca strahlte, sie war größer als die Mädchen um sie herum. Sie war eindeutig der Star unter ihnen.

Die Autos kamen langsam die Einfahrt hinauf, um die erschöpften Gäste abzuholen, in den Fenstern gingen die Lichter an, Dunst erfüllte den Abend. Hadji lag ermattet zwischen Papier und Spielzeug. Endlich war Ruhe eingekehrt.

«Ein paar von den Kindern sind wirklich nett», gab Nedra zu. «Ich mag Dana sehr gerne. Aber ist es nicht merkwürdig – oder glaubst du, das ist nur, weil sie unsere sind –, Franca und Danny sind anders. Sie haben etwas ganz Besonderes. Ich weiß nicht, wie ich das beschreiben soll.»

«Jivan hat die Hälfte des Textes falsch gelesen.»

«Nein, das Puppenspiel war großartig.»

«Er ist auf Skaramuz getreten – aus Versehen natürlich.»

«Welcher ist das noch mal?»

«Der, der sagt: *Sie werden für meinen Kopf bezahlen, mein Herr.*»

«Ach, schade.»

«Ich kann ihn wieder reparieren», gestand Viri zu.

Das Zimmer war still, übersät mit Papierschnipseln. Die Erlebnisse des Tages hatten bereits glänzende Konturen bekommen. Der Frosch lag in Einzelteilen auf dem Tisch, beschädigte Ware, zerstört durch unzählige Schläge.

Sie würde bald das Abendessen machen. Etwas Leichtes: eine gekochte Kartoffel, kalten Braten, einen Rest Wein. Ihre Töchter würden benommen am Tisch sitzen, Ränder der Ermüdung unter den Augen. Nedra würde ein Bad nehmen. Wie diejenigen, die alles gegeben haben – Schauspieler, Athleten –, würden sie in jene Apathie sinken, die einen nur nach etwas Vollbrachtem erfüllt.

2

«Bist du glücklich, Viri?» fragte sie.

Sie steckten im Verkehr, versuchten, um fünf Uhr nachmittags quer durch die Stadt zu kommen. Der große mechanische Strom, von dem sie ein Teil waren, stockte an den Kreuzungen und wurde dann auf den großen Querstraßen fließender. Nedra lackierte sich die Nägel. An jeder roten Ampel gab sie ihm wortlos die Flasche und malte sich einen Nagel an.

War er glücklich? Die Frage war so aufrichtig, so sanft. Er träumte von Dingen, die sich, befürchtete er, nie erfüllen würden. Er wog sein Leben oft ab. Aber er war noch jung, die Jahre streckten sich vor ihm wie endlose Ebenen.

War er glücklich? Er nahm das offene Fläschchen. Sie tunkte vorsichtig den Pinsel ein, konzentriert auf ihr Tun. Sie hatte, wie er wußte, einen wachen Instinkt. Sie hatte die ebenmäßigen Zähne des Geschlechts, das Fäden durchbeißt, Zähne, die so sauber schneiden wie ein Rasiermesser. Ihre ganze Kraft schien sich in ihrer Gelassenheit zu konzentrieren, ihrem fragenden Blick. Er räusperte sich.

«Ja, ich glaube, ich bin glücklich.»

Schweigen. Die Wagen vor ihnen ruckten wieder an. Sie nahm das Fläschchen, damit er fahren konnte.

«Aber ist das nicht eigentlich eine blöde Idee?» fragte sie.

«Wenn man genau drüber nachdenkt, mein ich?»

«Das Glück?»

«Weißt du, was Krishnamurti sagt? Ob bewußt oder unbewußt, wir sind alle total egoistisch, und solange wir kriegen, was wir wollen, glauben wir, daß alles in Ordnung ist.»

«Kriegen, was wir wollen ... aber ist das Glück?»

«Ich weiß nicht. Ich weiß nur, daß nicht zu kriegen, was man will, einen auf jeden Fall unglücklich macht.»

«Darüber müßte ich erst mal nachdenken», sagte er. «*Nie* zu kriegen, was man will, das könnte einen unglücklich machen, aber solange die Möglichkeit besteht, es zu kriegen ...» Sie mußten nur die Zehnte Avenue erreichen, dann würde die Straße leer sein, frei vor ihnen liegen wie an einem Wochende; sie würden ungehindert und schnell auf die Autobahn kommen, nach Norden rasen. Die grauen, erschöpften Menschenmengen liefen an Zeitungskiosken vorbei, an Schlüsselläden, Banken. Sie saßen zusammengesunken an Tischen im Automatenrestaurant und aßen schweigend. Einbeinige Tauben, zerbeulte Autos, die zugezogenen Fenster endloser Apartments und über allem ein Herbsthimmel, glatt wie ein Kuppeldach.

«Es ist schwer, darüber nachzudenken», sagte sie. «Vor allem, wenn er auch noch sagt, daß Denken einen nie zur Wahrheit führen kann.»

«Was kann das schon? Das ist die eigentliche Frage.»

«Gedanken verändern sich andauernd. Sie sind wie ein

Strom, umkreisen Dinge, treiben. Denken ist Chaos, sagt er.»

«Aber was ist die Alternative?»

«Das ist sehr kompliziert», stimmte sie zu. «Es ist eine andere Art, die Dinge zu betrachten. Denkst du manchmal, du würdest gerne eine neue Art zu leben finden?»

«Es kommt darauf an, was du unter neuer Art verstehst. Ja, manchmal schon.»

Es war der Tag, an dem Monica starb, das einbeinige kleine Mädchen. Die Chirurgen hatten nicht genug herausgeschnitten, sie konnten nicht mehr herausschneiden. Die Schmerzen waren wiedergekommen, unsichtbar, als wäre alles umsonst gewesen. Dieser Schmerz war das Totengeläut. Danach kamen Fieber und Kopfschmerzen. Sie schwoll überall an. Sie fiel ins Koma. Es dauerte natürlich Wochen. Schließlich – es war abends, Viri brachte Holz herein, kleine Stückchen Borke hingen an seinen Ärmeln, seine Arme waren beladen: er stapelte die Holzscheite zu einem Stoß, einem Schutzwall, der den Winter über reichen würde – starb sie. Ihr Vater war noch bei der Arbeit. Ihre Mutter saß auf einem Klappstuhl, und ihr Kind hörte auf zu atmen. Innerhalb einer Sekunde war sie nicht mehr da. Sie war plötzlich leichter, viel leichter, sie lag da in einer Art erschreckender Bedeutungslosigkeit. Alles war von ihr gewichen – die Unschuld, das Weinen, die pflichtbewußten Ausflüge mit ihrem Vater, das Leben, das sie nie gelebt hatte. All diese Dinge haben ein Gewicht. Sie gehen vorüber, lösen sich auf, verwehen wie Staub.

Die Tage hatten ihre Wärme verloren. Manchmal gab es zur Mittagszeit wie zum Abschied ein, zwei sommerliche Stunden, die schnell verflogen. Auf den Ständen in nahe gelegenen Obstgärten lagen harte, gelbe Äpfel, gefüllt mit kräftigem Saft. Sie zerbarsten an den Zähnen, sie spuckten weiße Spritzer wie im Streit. Auf den entfernt liegenden Feldern, Seen naßfeuchter Erde weit außerhalb der Städte, hingen noch Tomaten an den Stauden. Auf den ersten Blick schienen es nur ein paar zu sein, aber sie waren versteckt, unter den Blättern verborgen; so hatten sie überlebt.

Nedra hatte einen Korb voll gesammelt. Viri zwei. Das Gewicht war erstaunlich. Sie waren wie nasse Kleider; sie waren schwer wie Orangen. Eine Familie von Ährenlesern, mit schmutzigen Gesichtern und von dieser letzten feuchten Erde geschwärzten Händen. Es war ein Feld in der Nähe von New City; der Farmer war ihr Freund.

«Pflückt die kleinen», sagte Viri zu seinen Töchtern.

Auch ihre Körbe füllten sich. Sie steckten die kleinen in ihre Taschen, die, die noch teilweise grün waren. Sie zogen die endlosen Reihen hinunter, liefen vor und zurück, ermüdeten, lernten sich zu bücken, zu arbeiten, die bloße Frucht in den Händen zu spüren. Sie riefen einander zu, manchmal saßen sie auf der Erde.

Endlich erreichten sie das Ende des Feldes. «Papa, wir haben ganz viele!»

«Laßt mal sehen.»

Sie standen neben dem Auto, um sie herum häuften sich Tomaten, noch schmutzig von der Erde, die Luft wurde kühl. Nedra sah aus wie eine Frau, die einmal reich gewesen war. Sie hielt die Hände vom Körper weg. Ihr Haar hatte sich gelöst.

«Was machen wir nur mit diesen ganzen verdammten Tomaten?» lachte sie. Ihr wunderbares Lachen, im Herbst, am Rande der Felder.

«Komm, Hadji», rief sie, «du dreckiges Vieh.» Seine Nase war mit Erde verschmiert. «Das war aber ein Tag, was?» sagte sie.

Ihre Fingernägel waren schwarz, ihre Schuhe verkrustet. Sie stellten die Tomaten in den unbeheizten Vorraum der Küche, als Jivan in der Dämmerung vorfuhr.

3

«Es gibt Dinge, die liebe ich an der Ehe. Ich liebe die Vertrautheit», sagte Nedra. «Sie ist wie eine Tätowierung. Du hast sie damals gewollt, du kriegst sie, sie wird dir in die Haut geritzt, du wirst sie nicht mehr los. Du denkst nicht einmal mehr an sie. Ich nehme an, ich bin sehr konventionell«, entschied sie.

«In manchen Dingen …»

«Wenn du Leute fragst, was sie sich wünschen, was würden die meisten von ihnen sagen? Ich weiß, was ich sagen würde: Geld. Ich hätte gerne Geld. Ich hab nie genug davon.»

Jivan sagte nichts.

«Ich bin nicht materialistisch, das weißt du. Na ja, wahrscheinlich doch, nehm ich an; ich mag schöne Kleider und Essen, ich mag keine Busse oder deprimierende Orte, aber Geld, Geld ist wunderbar. Ich hätte jemanden mit Geld heiraten sollen. Viri wird nie welches haben. Nie. Weißt du, es ist schrecklich, an jemanden gebunden zu sein, der dir niemals das geben kann, was du willst. Ich meine, die einfachsten Dinge. Wir sind wirklich nicht dazu geschaffen, zusammenzuleben. Und doch, weißt du, wenn ich sehe, wie er Puppen für sie macht, und sie sitzen da, die Köpfe dicht an seinem, und sind vollkommen versunken.»

«Ich weiß.»

«Er macht Puppen für das ganze *Elefantenkind.*»

«Ja.»

«Den Kola-Kola-Vogel, das Krokodil, einfach alles. Weißt du, er ist richtig begabt. Er sagt: ‹Franca …›, und sie sagt: ‹Ja, Papa.› Ich kann das nicht erklären.»

«Franca ist sehr schön.»

«Diese schreckliche Abhängigkeit von anderen, dieses Bedürfnis nach Liebe.»

«Das ist nicht schrecklich.»

«O doch, weil man gleichzeitig dem endlosen *Stumpfsinn* dieser Art von Leben ausgesetzt ist, der Langeweile, den Streitereien.»

Er rückte ein Kissen zurecht. Sie hob den Körper wortlos.

«Ohne Kuh keine Milch», sagte er.

«Ohne Kuh?»

«Du verstehst schon.»

«Wenn man Milch will, muß man die Kuh ertragen, den Stall, Felder, das ganze Zeug.»

«Ganz genau», sagte er.

Er bewegte sich ohne Hast, wie ein Mann, der den Tisch Teller für Teller deckt. Es gibt Zeiten, da ist man wichtig, und andere, da existiert man kaum. Sie spürte, daß er kniete. Sie konnte ihn nicht sehen, ihre Augen waren geschlossen, ihr Gesicht an das Laken gedrückt.

«Carezza.»

Er war ernst, hörte nichts. «Also gut», sagte er.

Er war langsam, konzentriert, wie ein Analphabet, der zu schreiben versucht. Er war sich ihrer nicht bewußt; er begann den Liebesakt, als wäre es eine Beschwörung. Die Langsamkeit, die Eindringlichkeit streckten sie förmlich nieder.

«Ja», murmelte er. Seine Hände waren auf ihren Schultern, auf der Rundung ihres Hinterns, mit einer Kraft, die sie hilflos machte. Das Gewicht, die Anmaßung waren überwältigend. Ihr Stöhnen begann lauter zu werden.

«Ja», sagte er. «Komm, schrei.»

Keine Bewegung war zu spüren, keine einzige, außer einer langsamen Dehnung, auf die sie wie auf einen Schmerz reagierte. Sie wand sich, schluchzte. Ihre Schreie waren gedämpft. Er tat nichts, dann mehr und mehr.

Danach fühlten sie sich, als wären sie meilenweit gelaufen. Sie lagen nebeneinander, sie konnten nicht sprechen. Ein leerer Tag, die Möwen über dem Fluß, Blau und sich spiegelndes Blau wie Schichten von Marienglas.

«Wenn du das machst», sagte sie, «habe ich manchmal das Gefühl, ich geh so weit, daß ich nicht mehr zurückkann. Ich fühl mich so, als wäre ich ...» Sie richtete sich plötzlich halb auf «Was ist das?»

Die Tür klapperte. Er horchte. «Das sind die Katzen.»

Ihr Kopf fiel zurück auf das Bett.

«Was wollen sie?»

«Sie wollen rein», sagte er. «Das ist ihr einer Ehrgeiz.»

Das Geräusch an der Tür hielt an.

«Laß sie rein.»

«Nicht jetzt.»

Sie lag da wie eine schlafende Frau. Ihr Rücken war nackt, ihre Arme lagen über ihrem Kopf, ihr Haar war offen. Er berührte diesen Rücken, als wäre er etwas, das er erworben hatte, als hätte er ihn zum ersten Mal entdeckt.

Sie könnte niemals ohne ihn sein, das hatte sie ihm gesagt. Es gab Zeiten, da haßte sie ihn, weil er frei war und sie nicht; er hatte keine Kinder, keine Frau.

«Du wirst nicht heiraten, oder?» sagte sie.

«Na ja, ich denk natürlich manchmal dran.»

«Du brauchst nicht zu heiraten. Die Frucht der Ehe besitzt du bereits.»

«Die Frucht. Die Frucht ist etwas anderes.»

«Du hast viel Zeit», beharrte sie. «Ich bin dumm. Ich habe dir verraten, wovor ich am meisten Angst habe.»

«Hab keine Angst.»

«Ich kann nicht anders. Ich kann dagegen nichts tun. Ich brauche dich.»

«Unser Leben liegt immer in der Hand anderer Menschen.» Ihr Auto stand vor der Tür. Es war Nachmittag, Winter, die Bäume waren kahl. Ihre Kinder waren in der Schule, schrieben in großen Buchstaben, zeichneten silberne und grüne Karten von den Bundesstaaten.

Viri kam in der Dunkelheit nach Hause, die Scheinwerfer verkündeten seine Ankunft, strahlten die Bäume an, das Haus, und erstarben wie verlöschende Sterne.

Die Tür schloß sich hinter ihm. Er kam aus der Abendluft herein, kühl und bleich, als käme er aus dem Meer. Selbst sein Haar war feucht und wirr. Er kam von seinen Zeichnungen zurück, von Diskussionen mit Bauherren. Er war müde, ein wenig zerknittert.

«Hallo, Viri», sagte sie.

Im Kamin brannte ein Feuer. Seine Kinder legten Gabeln auf den Tisch.

«Möchtest du einen Drink?» fragte sie.

«Ja.» Er küßte seine Töchter, eine nach der anderen. Er aß eine kleine grüne Olive, bitter wie Tee.

Sie bereitete den Drink. Sie mochte ihr Leben an diesem Abend, das konnte er sehen. Sie war voller Zufriedenheit. Es lag auf ihren Lippen, im Schatten ihrer Mundwinkel.

«Franca», sagte sie. «Hier, mach den Wein auf.»

Das Radio spielte. Die Kerzen auf dem Tisch waren angezündet. Die ersten Winternächte mit ihrer flutartigen Kälte. Von weitem sieht das Haus wie ein Schiff aus, dunkel, reglos, jedes Fenster lichterfüllt.

4

Robert Chaptelle war dreißig. Sein Haar wurde schon dünn, seine Lippen waren unnatürlich rot. Unter seinen Augen lag der blaue Schatten von Krankheit, Asthma unter anderem, das Asthma von Proust. Ein intellektuelles Gesicht, mit durchschimmernden Knochen. Er war ein Freund von Eve. Er hatte sie bei einem Dinner kennengelernt, bei dem er fast die ganze Zeit alleine dasaß. Sie versuchte sich mit ihm zu unterhalten; er sprach mit Akzent.

«Sie sind Franzose.»

«Woher wissen Sie das?» sagte er.

«Wie lange sind Sie schon hier?»

Er zuckte mit den Achseln. «Ja, es ist langsam Zeit zurückzugehen», stimmte er ihr zu.

«Ich meinte, wie lange Sie schon in Amerika sind?»

«Dafür gilt das gleiche», sagte er.

Er war voller Selbstmitleid, ein Versager. Er wandte sich vom Mißerfolg nicht ab; er war seine Adresse, seine Straße, sein einziger Trost. Sein Leben war von Intimität und Verrat geprägt. Von sich selbst schrieb er: extravagant, falsch. Er war unpraktisch, launisch, ein Sonderling. Er litt und liebte wie eine Frau; er erinnerte sich ans Wetter und an das Essen in Restaurants, Stunden, die wie eine zerrissene Halskette in einer Schublade waren. Er bewahrte alles auf, verkündete er, er bewahrte es hier und klopfte sich an die Brust.

Chaptelle war ein Name, der ursprünglich russisch gewesen war. Seine Mutter war in den zwanziger Jahren während des Bürgerkriegs nach Paris gekommen. Er hatte Beckett kennengelernt, Barrault, er hatte sie alle gekannt. Es gibt eine Art Selbstbewußtsein, die Mauern aus Eis durchbricht. Das soll nicht heißen, daß man sich nicht an ihn erinnerte; seine Intensität, die tiefen Ringe unter sei nen dunklen Augen, das Selbstvertrauen, das er wie einen Tumor mit sich herumschleppte, waren Dinge, die man nicht so einfach vergaß.

Sie sprachen über Schriftsteller: Dinesen, Borges, Simone de Beauvoir.

«Sie ist eine öde Frau», sagte er. «Sartre hingegen, Sartre hat *esprit.*»

«Kennen Sie Sartre?»

«Wir gehen in dasselbe Café», sagte Chaptelle. «Meine Frau, meine Exfrau, kennt ihn besser. Sie arbeitet in einer Buchhandlung.»

«Sie waren verheiratet.»

«Wir sind sehr gute Freunde», sagte er.

«Wie heißt sie?» fragte Eve.

«Wie sie heißt? Paule.»

Sie waren auf ihrer Hochzeitsreise in all die kleinen Städte gefahren, in denen Colette gewesen war, in den Jahren, als sie noch in Revuen tanzte. Sie reisten wie Bruder und Schwester. Es war eine *Hommage.*

«Wissen Sie, was es heißt, mit jemandem wirklich vertraut zu sein, sich bei jemandem sicher zu fühlen, der einen nie hintergehen wird, der einen nie zwingen wird, gegen seine Natur zu handeln? Zwischen uns war das so.»

«Aber es hat nicht gehalten», sagte Eve.

«Es gab andere Probleme.»

Als Nedra ihn zum ersten Mal traf, war er ruhig; er schien gelangweilt. Ihr fiel auf, daß seine Manschetten schmutzig und seine Hände sauber waren; sie erkannte ihn sofort. Er war Jude; sie wußte es in dem Moment, als sie ihn sah. Sie teilten ein Geheimnis. Er war wie ihr Mann; in der Tat schien er der Mann zu sein, den Viri in sich verbarg, das Negativbild, das irgendwie verschwunden war.

Er trank eine kleine Tasse Kaffee, in die er zwei Löffel Zucker rührte. Er war wie ein unverheirateter Sohn, der am Morgen heimgekommen war, der Sohn, der alles verloren hat. Er schniefte. Er hatte nichts zu sagen. Er war so leer wie jemand, der ein Verbrechen aus Leidenschaft begangen hat. Er war sein eigener Leichnam. Man konnte in ihm sowohl den Mörder als auch die halbnackt auf dem Boden zusammengesackte Frau sehen.

«Ihr Mann ist Architekt», sagte er schließlich.

«Ja.»

Wieder schniefte er. Er berührte sein Gesicht mit der Serviette. Er hatte Eve vergessen, das war offensichtlich; man mußte sie beide nur ansehen, um das zu erkennen.

«Ist er begabt?»

«Sehr», sagte Nedra. «Sie sind Schriftsteller.»

«Ich schreibe Stücke.»

«Bitte entschuldigen Sie meine Unwissenheit, aber sind von Ihren Stücken schon welche aufgeführt worden?»

«Aufgeführt? Sie meinen auf der Bühne?»

«Ja.»

«Noch nicht», sagte Chaptelle ruhig. Es war seine bündige Art, die einen überzeugte, sein Hochmut. «Könnte ich mir eine von Ihren Zigaretten borgen?»

Die Verzweiflung bestimmter Menschen ist so groß, daß man – selbst wenn sie nichts tun, selbst wenn sie schlafen – spürt, wie ihr Leben zerrinnt. Sie heben sich nichts für später auf. Es gibt keinen Grund dafür. Jede Stunde ist eine Art Erniedrigung, ein Versuch, alles wegzuwerfen.

Er drückte die Zigarette nach ein, zwei Zügen aus. «Ich schreibe Stücke, aber nicht für die Bühne, nicht für die Bühne von heute», sagte er. «Wissen Sie, wer Laurent Terzieff ist? Ich schreibe ein Stück für Laurent Terzieff. Er ist der größte Schauspieler, der in den letzten zwanzig Jahren aufgetaucht ist.»

«Terzieff ...»

«Ich gehe zu seinen Proben, niemand weiß, daß ich da

bin. Ich sitze in der hintersten Reihe oder ganz an der Seite. Bislang habe ich keinen einzigen Fehler an ihm entdeckt, keinen einzigen Makel.»

Er war begierig zu reden. Für das Gespräch mit bestimmten Menschen sind wir geboren, wir müssen nichts vorbereiten, die Sätze kommen wie von selbst, alles ist einfach da. Er fragte nach Theateraufführungen, die sie gesehen hatte. Er sagte ihr, wer die großen Autoren waren, er nannte die unbekannten Meisterwerke ihrer Zeit.

«Viri», sagte sie. «Ich habe einen ganz phantastischen Mann kennengelernt.»

«Ja? Wen?»

«Du kennst ihn nicht», sagte sie. «Er ist Schriftsteller. Er ist Franzose.»

«Franzose ...»

Einen Abend die Woche – als Entschuldigung nannte er Arbeit im Büro –, manchmal auch zwei, wann immer er konnte, blieb er bis spät in der Stadt. Langsam teilte sein Leben sich. Er schien unverändert, genau derselbe, aber das ist häufig alles, was man sieht. Die Erschütterung bleibt verborgen, sie muß einen gewissen Grad erreichen, bevor sie die Oberfläche durchbricht, bevor die Säulen nachgeben, die Fassaden bröckeln. Seine Leidenschaft für Kaya war wie eine Wunde. Er wollte sie jede Minute ansehen, berühren. Er wollte sie sprechen, vor ihr auf die Knie fallen, ihre Beine umarmen.

Er saß beim Feuer. Zwei gußeiserne Figuren, die Söldner darstellten, hielten die brennenden Scheite, ihnen zu Füßen die glühenden Kohlen. Nedra saß mit untergeschlagenen Beinen in einem Sessel.

«Viri», sagte sie. «Du mußt unbedingt dieses Buch lesen. Wenn ich fertig bin, geb ich es dir.»

Ein Buch mit malvenfarbenem Schnitt, der Titel in verblichenen Lettern. Sie begann ihm vorzulesen, während das Holz im Kamin leise knackte wie ferne Schüsse.

«Wie heißt es?» sagte er schließlich.

«*Das Irdische Paradies.*»

Er fühlte sich schwach. Die Worte machten ihn hilflos; sie schienen die Bilder zu beschreiben, die ihn überwältigten, die Stille des geliehenen Apartments, in dem sie schlief, die Breite des Betts, ihre makellosen, trägen Glieder.

Am Morgen verließ er früh das Haus. Die Sonne trat weiß hinter einem Dunstschleier hervor, der Fluß war fahl. Er fuhr die langen weichen Kurven, die Geraden, blind vor fiebriger Erwartung. Die große Brücke glänzte im Morgenlicht; dahinter lag die Stadt, weit wie das Meer, mit ihren Zügen und Märkten, ihren Zeitungen, Bäumen. Er dachte sich Zeilen aus, redete mit ihr, flüsterte ihr ins Ohr, *ich liebe dich wie die Erde, wie weiße Gebäude, Fotografien, den Mittag … ich bete dich an*, sagte er. Autos trieben neben ihm her. Er betrachtete sein Gesicht im Rückspiegel; ja, es war gut, es war ernst.

Er redete nicht mehr. Die Straßen der Stadt lagen verlassen da. In ihrer Reglosigkeit und Leere zeugten sie von der vergangenen Nacht, sie bekannten sich zu ihr wie ein müdes Gesicht. Er begann unruhig zu werden. Es war, als wäre er in einem Vorzimmer, das zu Räumen führte, in denen etwas Schreckliches geschehen war; er konnte es riechen wie Tiere das Schlachthaus. Plötzlich bekam er Angst. Er würde die Wohnung leer vorfinden. Es war, als hätte er vor einem Gebäude ihren Schuh liegen sehen; er konnte nicht ertragen, sich mehr vorzustellen.

Ein weißer Wintermorgen. Die Straße war kalt. Er schloß die Haustür auf und lief die Treppen hinauf. Vor ihrer Wohnung klopfte er leise an, ohne zu wissen, warum.

«Kaya?»

Nichts. Er klopfte wieder, vorsichtig, mehrmals. Plötzlich, als hätte ihn ein Schlag getroffen, verstand er. Es war so, sie hatte die Nacht woanders verbracht.

«Kaya?»

Er schloß die Tür auf und öffnete sie. Sie wurde abrupt von der Kette aufgefangen.

«Wer ist da?» sagte sie.

Er konnte sie nur erahnen, mehr nicht. «Viri.» Es folgte ein Schweigen. «Mach die Tür auf», sagte er.

«Nein.»

«Was ist los?»

«Es ist jemand hier.»

Einen Moment lang wußte er nicht, was er tun sollte, er konnte nicht denken. Es war früher Morgen. Er war krank, er starb. Die Wände, die Teppiche tranken sein Leben.

«Kaya», flehte er.

«Ich kann nicht.»

Er war wie gelähmt, weil er unschuldig war. Nichts hatte sich verändert, alles auf der Welt war noch an seinem Platz, und doch konnte er nichts wiedererkennen, sein Leben hatte sich aufgelöst. Ihre Nacktheit, späte Abendessen, ihre Stimme am Telefon – das war, was ihm blieb, wie Schnipsel, die sie zurückgelassen hatte. Er ging langsam die Treppe hinunter. Ich sterbe, dachte er. Ich habe keine Kraft mehr.

Er saß im Auto. Ich muß ihn sehen, beschloß er, ich muß sehen, wer es ist. Ein Postauto kam die Straße herauf. Leute gingen zur Arbeit. Er war zu nah an der Tür. Etwas weiter war eine Parklücke. Er ließ das Auto an und fuhr dahin.

Plötzlich kam jemand aus dem Haus, ein Mann mit rundem Gesicht, einem Aktenkoffer, er trug einen Lodenmantel. Nein, unmöglich, dachte Viri. Im nächsten Moment kamen zwei weitere Männer heraus – sollte das Ganze eine Farce werden? – und dann noch einer. Er war fünfzig; er sah aus wie ein Anwalt.

Er saß im Büro, außerstande zu denken. Seine Zeichner trafen ein. Alles in Ordnung? fragten sie. Ja. Ihre breiten, glatten Tische strahlten schon Sonnenlicht ab. Sie hängten ihre Mäntel auf. Es war, als hätten die weißen Telefone, die Stühle aus Chrom und Leder, die angespitzten Bleistifte ihre Bedeutung verloren; sie waren wie Dinge in einem Geschäft, das geschlossen hat. Sein Blick glitt in betäubender Stille darüber, einer Stille, die undurchdringbar war, obwohl er in ihr sprach, nickte, Gesprächen zuhörte.

Um zehn kam sie ins Büro. «Bitte, ich kann jetzt nicht reden», sagte sie.

Sie trug einen engen, gerippten Pullover in der Farbe von Packkartons; ihr Gesicht war weiß. Als sie durch den Raum ging, war er sich ihrer Beine bewußt, des Klangs ihrer Absätze auf dem Boden, der Knöchel in ihren Handgelenken. Er konnte sie nicht ansehen, alles an ihr, was er gekannt hatte, was er berührt hatte, verblaßte.

Er ging noch vor Mittag zu einem Termin. Er rief sie aus einer Zelle an, sobald er aus dem Haus war. Seiten waren aus dem Telefonbuch gerissen. Die Tür ließ sich nicht schließen.

«Kaya», sagte er. «Bitte. Was meinst du, du kannst nicht reden?»

Sie schien hilflos.

«Ich brauche dich», sagte er. «Ich kann nichts ohne dich tun. O Gott», sagte er leise. Seine Augen füllten sich mit Tränen. Er konnte ihr nicht sagen, was er empfand. Er war wie ein Flüchtling. «O Gott, ich kenn diese Frau ...»

«Hör auf»

«Ich bin für sie ins Gefängnis gegangen, meine Rippen

kommen schon durch. Ich hab mein Leben aufgegeben …»

«Wie sollte ich wissen, daß du kommst?» sagte sie. «Warum hast du mich nicht angerufen?» Sie begann zu weinen. «Hast du denn überhaupt keinen Verstand?» stieß sie hervor.

Er hängte auf. Er wußte ganz genau, daß Reden sinnlos war, daß es einen Moment gegeben hatte, da er sie mit aller Kraft hätte schlagen müssen. Aber er war keiner dieser Männer. Sein Haß war schwach, blaß, er konnte nicht einmal sein Blut in Wallung bringen.

Zehn Minuten später entschuldigte er sich bei seinem Auftraggeber und lief hinaus, um sie noch einmal anzurufen. Er versuchte, ruhig zu sein, ohne Angst.

«Kaya.»

«Ja.»

«Laß uns uns heute abend treffen.»

«Ich kann nicht.»

«Dann morgen.»

«Ja, vielleicht morgen.»

«Bitte. Versprich es mir.»

Sie gab ihm keine Antwort. Er bat sie.

«Ja. In Ordnung», sagte sie schließlich.

Er konnte nicht zurück ins Büro. Er ging statt dessen zu ihrer Wohnung und klingelte an der Tür. Keine Antwort. Er ließ sich ein. Eine Kälte war über ihn gekommen, eine tiefe Kälte wie der Schock nach einem Unfall. Die Sonne schien. Im Radio wurde das Wetter durchgegeben, die Nachrichten.

Das Bett war nicht gemacht, er konnte sich ihm nicht nähern. In der Küche standen schmutzige Gläser, ein Eisbehälter, in dem nur noch Wasser war. Er ging zum Schrank. Er war umgeben von ihren Sachen, sie schienen dünn, ohne Substanz. Mit zitternder Hand schnitt er aus einem herabfließenden dunklen Kleid, dem schönsten, das sie besaß, das Herz heraus. Er hatte Angst, daß sie zurückkommen und ihn dabei überraschen könnte; er hatte keine Erklärung, er wußte nicht, wohin. Danach saß er am Fenster. Sein Atem war flach, wie der einer Eidechse. Er saß regungslos da; die Leere, die Stille der Zimmer begann ihn zu beruhigen. Sie lag im grauen Morgenlicht, ihr Rücken war glatt und leuchtend, ihre Beine schwach. Sie war nackt, gedankenlos. Er schob ihre Knie auseinander. Nie mehr.

Nedra war glücklich an diesem Abend. Sie schien mit sich zufrieden.

«Ist alles in Ordnung?» fragte sie.

«Wie? Ja, es war ein langer Tag.»

«Jetzt haben wir unsere eigenen Eier», verkündete sie.

Die Kinder waren ganz aus dem Häuschen. «Komm, guck's dir an!» riefen sie.

Sie zogen ihn bei der Hand zu dem Solarium mit dem Kiesboden. Die Hühner flüchteten in die Ecken, dann an den Wänden entlang. Schließlich bekam Danny eins zu fassen.

«Schau ihn dir an, Papa, ist er nicht süß?»

Die Henne saß panisch in ihren Armen, ihre kleinen Augen zwinkerten.

«Das heißt *sie*», sagte Viri.

«Willst du wissen, wie sie heißen?» fragte Franca.

Er nickte abwesend.

«Papa?»

«Ja», sagte er. «Wo habt ihr die her?»

«Das ist Janet ...»

«Janet.»

«Dorothy.»

«Ja.»

«Und das da ist Madame Nicolai.»

«Die da ...»

«Sie ist älter als die andern», erklärte Franca.

Er saß auf der Stufe. Bereits jetzt lag ein leicht säuerlicher Geruch in dem Raum. Ein Federflaum schwebte geheimnisvoll herab. Madame Nicolai saß zusammengesackt in einem großen, warmen Haufen Federn, braun, beige, immer heller werdend, bis zu einem zarten Sandton.

«Sie ist klüger als die anderen», sagte er.

«Oh ja, sie ist sehr klug.»

«Eine Weise unter den Hennen. Wann fangen sie mit dem Eierlegen an?»

«Sofort.»

«Sind sie nicht ein bißchen jung dafür?» Er saß leer auf der Stufe und beobachtete ihre bedächtigen Bewegungen, das Rucken ihrer Köpfe. «Na ja, wenn sie keine Eier legen, gibt es ja noch andere Dinge. Hühnchen in Rotwein ...»

«Papa!»

«Was?»

«Das würdest du nicht tun.»

«Sie würden das schon verstehen.»

«Nein, würden sie nicht.»

«Madame Nicolai würde es verstehen», sagte er.

Sie stand jetzt abseits von den anderen und sah ihn an. Ihr Kopf war im Profil, ein starres schwarzes Auge, von einem bernsteinfarbenen Kreis umrandet.

«Sie ist eine Frau von Welt», sagte er. «Seht euch ihre Brust an, seht euch den ausdrucksvollen Schnabel an.»

«Wie, ausdrucksvoll?»

«Sie kennt das Leben», sagte er. «Sie weiß, was es heißt, ein Huhn zu sein.»

«Magst du sie am liebsten?»

Er versuchte, sie zu seiner halbgeschlossenen Hand zu locken.

«Papa?»

«Ich denke schon», murmelte er. «Ja. Sie ist eine Henne unter Hennen. Der Hennen Henne», sagte er.

Sie hängten sich voller Glück und Hingabe an seine Arme. Er saß da. Die Hühner gluckten, gaben kleine weiche Laute von sich wie kochendes Wasser. Madame Nicolai hatte sich mittlerweile vorsichtig abgewandt; er fuhr fort, sie zu preisen, dieser Ehebrecher, dieser hilflose Mann.

5

Franca war zwölf. Wenn sie die schmalen Kleider trug, die dem noch hüftlosen kindlichen Körper passen, konnte man schwer sagen, wie alt sie war. Sie hatte einen vollkommenen Körper, aber noch ohne den leisesten Ansatz von Brüsten. Ihre Wangen waren kühl. Ihr Ausdruck war der einer Frau.

Sie dachte sich Geschichten aus und illustrierte sie mit Zeichnungen. *Margot war ein Elefant. Juan war eine Schnecke. Margot liebte Juan sehr, und Juan war ganz verrückt nach ihr. Sie saßen immer beisammen und sahen sich bloß an. Eines Tages sagte sie zu ihm: Juan.*

Ja, Margot.

Juan, du bist nicht sehr intelligent.

Bin ich nicht?

Du hast nichts von der Welt gesehen.

Nein, sagte Juan, ich habe kein Flugzeug …

Der Schriftsteller als Kind, feierlich, heiter. Viri machte ein Foto von ihr mit dem Kaninchen auf dem Arm, eine weiße Pfote lag auf ihrem Handgelenk.

«Nicht bewegen», flüsterte er.

Er trat näher, stellte die Schärfe ein. Das Kaninchen war ruhig, regungslos. Seine schwarzen und glänzenden Augen machten nicht den Eindruck, als würden sie etwas sehen; sie waren hypnotisiert, starr. Seine Ohren lagen auf seinem Rücken wie verwelkter Sellerie. Nur seine zitternde Nase zeigte Leben. Langsam neigte Franca ihr Gesicht zu ihm hinab, legte die Lippen an sein dichtes Fell. Viri machte das Foto.

Sie hatte etwas Geheimnisvolles an sich, wie ihre Mutter. Sie wußte, wie man Geschichten erzählt. Die Begabung hatte sich früh gezeigt. Entweder war es ein wirkliches Talent oder nur Frühreife, die wieder verblassen würde. Sie schrieb an einer Geschichte mit dem Titel *Die Königin der Federn*. Sie saß auf der Eingangsstufe und beobachtete die Hühner. Das Haus war still. Sie spürten ihre Nähe und waren gleichzeitig unfähig, ihr Interesse aufrechtzuerhalten. Sie ließen sich ablenken, sie suchten nach vereinzelten Körnern, während Franca sich geduldig ihre Geheimnisse aneignete. Plötzlich richteten sie ihre Köpfe auf. Sie horchten; jemand kam.

Es war Danny. Hadji war bei ihr. Sowie sie die Tür öffnete, begann er zu bellen.

«Meine Güte, Danny.»

«Was machst du denn hier?»

«Nichts. Schaff ihn raus. Er macht den Hühnern angst.»

Sie schrien auf ihn ein. Die Hühner hatten sich unter einen Eisentisch gedrängt, der mit Grünpflanzen vollgestellt war. Der Hund stand in der Tür und bellte. Seine Ohren legten sich bei jedem Bellen flach an, seine Beine standen fest auf dem Boden.

«Er kann sie nicht leiden», sagte Danny.

«Mach, daß er aufhört.»

«Kann ich nicht. Du weißt doch, daß man ihn nicht dazu kriegt aufzuhören.»

«Dann bring ihn weg.»

Sie gingen auf ihn zu und scheuchten ihn mit wedelnden Händen den Flur hinunter. Er ließ sich nur unwillig vertreiben, bellte sie und das Zimmer an und die Hühner, die er nicht mehr sah.

«Da drinnen fängt's an zu stinken», sagte Danny.

Als Schwestern hingen sie nicht besonders aneinander. Sie beschwerten sich übereinander, sie teilten nicht gern. Franca war schöner, fand mehr Bewunderung. Danny war in ihrer Entwicklung noch nicht so weit.

Aber in ihrer Meinung über Robert Chaptelle, als er zum Dinner kam, waren sie sich einig: Er interessierte sie nicht.

Er war nervös, als er eintraf. Er hatte den Zug bis Irvington genommen, aber es schien, als hätte er eine Reise von tausend Meilen hinter sich. Er war erschöpft. Viri versuchte, ihn aufzumuntern, er redete über Valle-Inclan, dessen Stücke er gerade gelesen hatte. Aber Chaptelle schien ihm nicht einmal zuzuhören. Sowie sie das Haus betraten, sagte er: «Haben Sie irgendwelche Musik da?»

«Ja, natürlich.»

«Könnten wir was hören?» sagte Chaptelle. Er wartete, ohne Notiz von den Kindern zu nehmen, während Viri ein paar Schallplatten heraussuchte. Die Musik begann. Sie war wie eine starke Medizin. Chaptelle entspannte sich.

«Valle-Inclan hatte nur einen Arm», erklärte er. «Er ließ sich den anderen abnehmen, um wie Cervantes zu sein. Interessieren Sie sich für spanische Autoren?»

«Ich weiß nicht viel über sie.»

«Ich verstehe.»

Er aß mit dem Gesicht dicht über dem Teller wie ein Mann im Speisesaal einer Anstalt. Er aß nicht viel. Er sei nicht hungrig, erklärte er, er habe im Zug ein Sandwich gegessen. Was den Wein betraf – er trank nicht. Der Arzt hatte ihm verboten, Alkohol zu trinken.

Danach spielten sie Russische Bank. Chaptelle, der am Anfang fast gleichgültig war, wurde sehr lebhaft.

«Ah», sagte er. «Ich habe ein Talent für Karten, müssen Sie wissen. Als ich zwanzig war, habe ich fast nichts anderes getan. Was ist das hier? Ist das der Bube?»

«Der König.»

«Ah. *Le roi*», rief er aus. «Ja, ich erinnere mich.»

Viri fuhr ihn zum Zug. Sie standen auf dem langen, verlassenen Bahnsteig. Chaptelle starrte die leeren Gleise hinunter. «Er kommt aus der anderen Richtung», sagte Viri.

«Oh.» Er sah in die andere Richtung.

Sie betraten einen kleinen Warteraum, in dem ein Ofen angeheizt worden war. Die Bänke waren vernarbt von den Initialen von Reisenden, die Wände vollgeschmiert mit primitiven Zeichnungen.

«Können Sie mir ein paar Dollar fürs Taxi leihen?» sagte Chaptelle plötzlich.

«Wieviel brauchen Sie?»

«Ich hab überhaupt kein Geld bei mir. Ich hab nur die Fahrkarte. Zumindest kann ich nicht ausgeraubt werden.»

Viri hatte alles Geld, das er bei sich hatte, herausgeholt. Er hielt ihm zwei Dollar hin. «Reicht das?»

«O ja», sagte Chaptelle mit großer Geste. «Hier, ein Dollar reicht.»

«Vielleicht brauchen Sie's.»

«Ich geb niemals Trinkgeld», erklärte Chaptelle. «Wissen Sie, Nedra ist eine sehr intelligente Frau. Mehr als intelligent.»

«Ja», stimmte Viri zu.

«*Du chien*. Kennen Sie den Ausdruck?»

Der Boden unter ihren Füßen hatte zu beben begonnen. Die hohen, beleuchteten Fenster des Zuges flogen vorbei und kamen zu einem abrupten Halt. Chaptelle bewegte sich nicht.

«Ich kann meine Fahrkarte nicht finden», erklärte er.

Viri hielt die Tür des Warteraums auf. Ein paar Fahrgäste

waren ausgestiegen; der Schaffner sah in beide Richtungen. «Warum steigen Sie nicht ein und suchen dann danach?»

«Ich hatte sie in meiner *poche ... Ah, merde!*» Er fing an, auf französisch vor sich hin zu murmeln.

Man hörte den schrillen Ton einer Pfeife. Chaptelle richtete sich auf. «Ah, hier», sagte er.

Er eilte auf den Bahnsteig und stand unschlüssig da, um zu sehen, welche Tür noch offen war. Es gab nur eine, die, in der der Schaffner stand.

«Wo kann ich einsteigen?» fragte Chaptelle.

Der Schaffner beachtete ihn nicht.

«Da, wo er steht», rief Viri.

«Aber das ist zwei Wagen weiter. Machen sie denn die anderen nicht auf?»

Er begann auf die offene Tür zuzugehen. Viri erwartete jede Sekunde die erste ruckartige Bewegung der Räder. Die Züge wurden elektrisch betrieben und beschleunigten schnell.

«Warten Sie, hier ist noch jemand!» rief er. Er haßte sich dafür.

Chaptelle stieg ohne Hast die Stufen hinauf. Der Zug setzte sich in Bewegung, noch bevor er Platz genommen hatte. Er beugte sich im Gang leicht nach vorne, um mit einer seltsamen Handbewegung zu winken, Handfläche nach vorne, wie eine sich verabschiedende Tante. Dann war er fort.

«Hast du ihn in den Zug gesetzt?» fragte Nedra.

«Der ist einzigartig», sagte Viri. «Hoff ich wenigstens.»

«Er hat mich nach Frankreich eingeladen.»

«Das wär eine Reise, die du nie vergessen würdest. Was meinst du damit, er hat dich eingeladen? Weiß er nicht, daß du verheiratet bist? Heute abend zum Beispiel, dachte er vielleicht, daß wir uns hier nur zufällig getroffen haben?»

«Das hat nichts damit zu tun, ob ich verheiratet bin. Ich meine, als Mann interessiert er mich überhaupt nicht. Ich würde das nicht verheimlichen.»

Sie lag im Bett, hinter sich die weißen Kissen, ein Buch in der Hand. Was sie sagte, schien einleuchtend.

«Wir würden bei seiner Mutter wohnen», sagte sie.

«Nedra, du kannst nicht mal Französisch.»

«Ich weiß. Deshalb wäre es ja so interessant.» Sie konnte ein Lächeln nicht unterdrücken. «Seine Mutter hat eine Wohnung am Place St-Sulpice. Ein wunderschöner Platz ist das. Und man kann hinausgehen, sagt er, rings um die Wohnung läuft ein Balkon mit einer schmiedeeisernen Brüstung.»

«Wie wunderbar. Eine Brüstung.»

«Kamine in den Schlafzimmern. Die Wohnung ist nicht dunkel, sagt er. Sie liegt im obersten Stock.»

«Ich nehme an, das Bettzeug wird gestellt.»

«Seine Mutter wohnt dort.»

«Nedra, du bist wirklich außergewöhnlich. Du weißt, daß ich dich liebe.»

«Wirklich?»

«Aber was deine Frankreichpläne angeht ...»

«Denk einfach mal drüber nach, Viri», sagte sie.

6

Eve war groß. Sie hatte hohe Wangenknochen. Sie hielt sich nicht gerade, wenn sie ging. Die Regale in ihrem Wohnzimmer bogen sich unter dem Gewicht der Bücher. Sie arbeitete in einem Verlag. Ach, du hast bestimmt noch nichts von ihm gehört, sagte sie.

In ihrem Leben blieb immer alles liegen – unbeantwortete Briefe, Rechnungen auf dem Boden, die Butter stand die ganze Nacht über auf dem Tisch. Vielleicht war das der Grund, warum ihr Mann sie verlassen hatte; er war noch hilfloser als sie. Sie war wenigstens fröhlich. Sie trat in hübschen Kleidern aus dem Chaos ihrer Diele heraus wie eine Frau, die im *barrio* lebt und – vorbei an Straßenhunden und Schmutz – zu einer Limousine geht.

Ihr Exmann kam sie besuchen. Er saß zusammengesackt in einem Sessel vor dem Kamin, zu seinen Füßen stand eine Reisetasche. Seine Wildlederjacke hatte Flecken, die Taschen waren eingerissen. Er war erst zweiunddreißig; er hatte das Gesicht eines Obdachlosen. Seine Augen waren verbraucht, in ihnen war nur Leere. Es war eine Qual, wenn er redete – ungeheure, lange Pausen. Er würde mit seinem Sohn ... ein Modellflugzeug bauen, sagte er.

«Laß ihn nicht zu lange aufbleiben», sagte Eve. Sie fuhr am anderen Morgen nach Connecticut, wo sie noch ein altes Haus besaßen, das sie abwechselnd benutzten.

«Hör mal, da fällt mir ein ...», sagte er.

Stille. Kinder fuhren in der engen Sackgasse Rollschuh. Es wurde langsam Abend.

«Die Weide bei dem Teich», sagte er. Seine Stimme war verloren, unbestimmt. «Du mußt Nelson anrufen, wenn du da bist, den Mann, der den Garten macht. Er muß ...» Er hielt inne. «Irgendwas stimmt nicht mit dem Baum», sagte er schließlich.

«Der, der nicht wächst?»

Eine Pause.

«Nein, der, der wächst», sagte er.

Er lebte seit einiger Zeit mit einer jungen Frau zusammen. Sie aßen in Restaurants; sie gingen auf Partys. Wenn er aufstand, sah man seine schlaffen Hosen; sie hingen am Gesäß herunter wie bei einem alten Mann.

«Er ist so traurig», sagte Eve.

«Sei froh, daß du ihn los bist», meinte Nedra.

«Sie hält nicht mal seine Kleider in Ordnung.»

«Darum ist er so traurig.»

Eve lachte. Sie hatte Gold hinter den Zähnen; es färbte die Ränder, ein dunkler Glorienschein wie bei einer Hure. Sie konnte lachen. Sie war witzig. Ihr Leben hatte keinen festen Grund. Sie war unbekümmert, was das Leben anging, sie konnte es leichtnehmen. Das war es, was sie so unwiderstehlich machte – dieses Lächeln, diese unbeschwerte Art.

Sie waren wie Schwestern, die gleichen langen Glieder, der gleiche Humor. Es war für beide leicht, sich in die Lage der anderen zu versetzen.

«Ich würde gern nach Europa fahren», sagte Nedra.

«Wär das nicht wunderbar?»

«Du warst doch mal in Italien.»

«Ich glaub, ja», sagte Eve.

«Wie war das?»

Ihre Worte trieben in den späten Nachmittag hinein. Sie saßen auf dem abgewetzten kleinen Sofa. Anthony war bei einem Freund. Seine Schulbücher lagen auf dem Tisch, sein Fahrrad stand in der Küche. Nedra fühlte sich in der Unordnung der Wohnung und dem kleinen Garten wohl; selbst hätte sie nie so leben können.

«Ich war mit Arnaud da», sagte Eve.

«Wo habt ihr gewohnt? Ich wette, Rom ist genau das richtige für Arnaud.»

«Er liebt es. Weißt du, er spricht Italienisch, redet mit jedem. Endlose Gespräche.»

«Und was hast du gemacht?»

«Gewöhnlich hab ich nichts weiter getan als gegessen. Weißt du, man sitzt stundenlang in diesen Restaurants. Er liest die Karte, er liest alles, was draufsteht. Dann unterhält er sich mit dem Kellner darüber, er sieht sich um, was die Leute an den anderen Tischen essen. Wenn du in Eile bist – vergiß es. Er sagt, nein, nein, warte einen Moment, ich will noch schnell wissen, was er über die ... die *fagioli* sagt.»

«Die *fagioli* ...»

«Ja, was sind noch gleich *fagioli*? Ich weiß nicht mehr. Wir haben sie dauernd gegessen. Er mag *bollito misto*, er mag *baccala*. Wir haben gegessen, wir haben uns Kirchen angesehen. Er kennt sich in Italien aus.»

«Ich würde gerne mit Arnaud hinfahren.»

«Er mag kleine Hotels. Ich meine, *winzige*. Er kennt sie alle. Ich hab da 'ne Menge gelernt. Es gibt zum Beispiel bestimmte Arten von Ungeziefer, die man ruhig auf seinem Körper leben lassen kann.»

«Wie bitte?»

«Also, *ich* hab das nicht gemacht, aber er hat es behauptet. Er wird nie heiraten», sagte Eve.

«Warum sagst du das?»

«Ich weiß es. Er ist selbstsüchtig, aber das ist es nicht. Er hat keine Angst davor, allein zu sein.»

«Ja, darum geht's wohl, nicht?»

«Ja, ich hab Angst davor», sagte Eve.

«Nein, hast du nicht.»

«Ich hab einen absoluten Horror davor. Ich glaube, es gibt nichts, wovor ich mehr Angst habe. Er weiß, wie man damit umgeht. Er mag Menschen. Er ißt gerne, geht gerne ins Theater.»

«Aber letztlich ist er allein. Er will allein sein.»

«Also, ich weiß nicht. Es macht ihm nichts aus. Er ist zufrieden, er weiß, daß wir an ihn denken.»

Eve war phantastisch; sagte er zumindest. Sie war in jeder Hinsicht großzügig. Sie schenkte einem Bücher, Kleider, Freunde, ihr fester, ausschweifender Körper, ihr sinnlicher Mund waren eine Zierde für jeden Raum. Sie war die Art von Frau, die man am Arm eines Boxchampions findet, die Art, die nicht verheiratet ist, die eines Morgens mit einem blauen Auge bei einem auftaucht, sagte Arnaud.

Sie dachten an ihn.

«Ja», stimmte Nedra zu, «das ist ein Problem. Wie geht es ihm?»

«Nächste Woche hat er seinen sechsmonatigen Geburtstag. Ich meine, seinen halbjährigen.»

«Feiert ihr den?»

«Ich hab ihm ein paar Taschentücher geschickt», sagte Eve. «Er mag eine bestimmte Sorte großer Arbeitertaschentücher, und ich hab welche gefunden. Ich weiß nicht. Manchmal verschwindet er für eine oder zwei Wochen einfach von der Bildfläche. Manchmal fährt er sogar weg. Ich wollte, ich wär ein Mann.»

7

Weihnachten. Tom, der alte Hausmeister, war wie immer am Trinken. Er hatte ein hageres Gesicht und Ohrenschmerzen. Ein ehrlicher Mann, der im Keller hinter den Sicherungskästen seine Flaschen versteckte. Er wich zurück, als Viri versuchte, ihm einen Umschlag mit etwas Geld zu geben.

«Was ist das?» rief er. «Nein, nein.»

«Nur 'ne Kleinigkeit für Weihnachten.»

«O nein.» Er war unrasiert. «Nein, nicht für mich. Nein, nein.» Er schien den Tränen nahe.

Die Zeichner beugten sich in Erwartung ihres Weihnachtsgeldes über die Tische. Die Geschäfte glitzerten. Es wurde vor fünf Uhr abends dunkel.

Viri stellte den Wagen im absoluten Halteverbot ab und

lief die Stufen zum Theater hinauf, um Karten für die *Nußknacker-Suite* zu kaufen. Es war ein Ritual; sie sahen sie jedes Jahr. Franca nahm in Balanchines Schule Ballettunterricht. Sie besaß die Ruhe und Anmut, um Tänzerin zu werden, aber nicht die Willensstärke. Sie war die Jüngste in der Klasse, die Beine der Mädchen hoben sich alle gleichzeitig zu trockenen Befehlen, die Schule lag am oberen Broadway über einem melancholischen Laden von Schrafft's.

Dämmerung in der Stadt, die Lichter des Verkehrs, der Busse fluteten über die Straße, Spiegelungen in Fenstern, Optikerläden. Es war kalt, beißend, eine Welt von Menschenmengen, die an Zeitungsständen vorbeiliefen, an Drugstores mit herabgesetzten Preisen. Frauen in Rolls-Royces, das Gesicht vom Armaturenbrett beleuchtet.

Sie hielten vor Hydranten, während Viri in Geschäfte ging, um eine Flasche Wein zu kaufen, die er mit einem Scheck bezahlte, oder flache weiße Ecken Brie, so weich wie Pudding – nichts im Übermaß, keine Vorräte –, so rollten sie den Broadway entlang. Er war ihre Straße, ihr Boulevard, sie waren blind gegen seine Häßlichkeit. Sie gingen zu Zabar's, zum Maryland Market. Sie hatten für alles bestimmte Geschäfte, die sie entdeckt hatten, als sie jung verheiratet waren und in Manhattan wohnten.

Das Radio spielte, das Standlicht war eingeschaltet. Nedra hatte sich auf ihrem Sitz nach hinten gedreht und redete mit den Kindern, während Viri im Geschäft langsam in der Schlange vorrückte. Sie konnten seine Gesten durch das Schaufenster sehen, fast seine Worte ausmachen. Das Mädchen, mit dem er sprach, war schlecht gelaunt, gehetzt; sie nahm mit einem Blatt Wachspapier in der Hand Pasteten aus der Vitrine.

«Sie müssen etwas lauter sprechen», sagte sie.

«Ja. Was sind das für welche?»

«Aprikose.»

«Aha», bekam er heraus.

Sie hatte einen breiten, ebenmäßigen Mund. Sie wartete. Sprachlosigkeit überfiel ihn, Verzweiflung. Vor seinen Augen tauchte ein letztes Bild auf, wie das einer groben Schwester von Kaya. Ihre Brüste machten ihn schwach.

«Ja?»

«Dann nehm ich zwei von denen», sagte er.

Sie sah ihn nicht an; sie hatte keine Zeit. Als er das Päckchen nahm, das sie vor ihn hinlegte, sprach sie schon mit jemand anderem.

Im Auto war es warm, sie lachten, es roch nach dem Parfum, das Nedra sie probieren ließ. Sie fuhren durch Wohnblocks, um dem Verkehr auszuweichen, über Seitenstraßen auf einer wenig befahrenen Route zur Brücke. Und dann durch den Winterabend – die Kinder waren ruhig geworden – nach Hause.

Nedra machte in der Küche Tee. Das Feuer brannte, der Hund legte den Kopf auf ihre Füße.

Sie liebte Weihnachten. Sie hatte sich für die Karten etwas Wunderbares ausgedacht: Sie wollte Papierrosen machen, Rosen in allen Farben, und sie in schönen Schachteln verschicken. Sie breitete die Bögen auf dem Tisch aus – nein, das nicht, das auch nicht, sagte sie –, um Farben zu finden, die sie mochte, ja, das hier! Im Haus herrschte eine fast theatralische Aufregung. Seit Tagen lagen auf den Fensterbrettern und Tischen in den Zimmern, in denen sie sich am liebsten aufhielt, Glasperlen, farbiges Papier, Zwirn, goldbemalte Tannenzapfen. Es war wie in einem Atelier; man badete im Überfluß, er verschlug einem den Atem.

Viri machte einen Adventskalender. Er war wie immer spät dran; die erste Dezemberwoche war schon vorbei. Er hatte eine ganze Stadt gemalt, der Himmel dunkel wie Samtkissen, mit einer Rasierklinge ausgeschnittene Sterne,

Rauch, der aus Schornsteinen aufstieg und in der Nacht verschwand, eine Stadt aus versteckten Hinterhöfen, Balkonen, Dachrinnen. Es war eine Stadt wie Bath, wie Prag, eine Stadt wie durch ein Schlüsselloch betrachtet, Straßen mit Treppen, Kuppeldächer wie die Sonne. Man konnte jedes Fenster öffnen, und dahinter befanden sich Bilder. Nedra hatte ihm einen ganzen Umschlag voller Bilder gegeben, aber einige hatte er auch selbst gefunden. Manche von ihnen waren richtige Zimmer. Es gab Tiere, die auf Stühlen saßen, Vögel, Gondeln, Maulwürfe und Füchse, Insekten, Botticellis. Jedes einzelne wurde fein säuberlich eingesetzt, heimlich – die Kinder durften nicht in seine Nähe kommen –, und die kunstvolle Fassade der Stadt darübergeklebt. Es gab Details, die nur Franca und Danny erkennen würden – die Namen auf Straßenschildern, die Vorhänge in bestimmten Fenstern, die Hausnummer an einer Tür. Es war ihr Leben, das er schuf, in seiner einzigartigen Geborgenheit, seinen Wegen, Freuden, ein Leben der gedämpften Farben, voller Logik und Überraschung. Man betrat es wie ein fremdes Land; es war merkwürdig, verwirrend, es gab Dinge, die man auf der Stelle liebte.

«Mein Gott, Viri, bist du immer noch nicht fertig?»

«Komm und sieh's dir an», verlangte er.

Sie stand neben seiner Schulter. «Das sieht ja fabelhaft aus. Wie ein Buch, ein fabelhaftes Buch.»

«Sieh mal.»

«Was ist das? Ein Palast?»

«Es ist ein Teil der Oper.»

«Der Pariser Oper?»

«Ja.»

«Es ist wunderschön.»

«Siehst du, man kann die Türen öffnen.»

«Mach sie auf. Was ist drinnen?»

«Das errätst du nie. Die Titanic.»

«Nein, wirklich.»

«Wie sie untergeht.»

«Du bist verrückt.»

«Nur, die Frage ist, werden sie erkennen, was es sein soll?»

«Das müssen sie gar nicht, man sieht doch, was es ist», sagte Nedra. «Was ist in den andern?»

Es war spät. Er war müde.

Für Danny hatte er einen Bären gekauft, einen riesigen Bären auf Rädern mit einem Halsband und einem kleinen Ring an der Schulter; wenn man daran zog, begann er zu brummen. Was für ein Gesicht er hatte! Er war alle Bären zusammengenommen, russische Bären, Zirkusbären, Bären, die aus einem Baumstamm Honig klaubten. Es war ein Geschenk, das Kinder reicher Eltern bekommen und am nächsten Tag nicht mehr beachten, das Geschenk, das immer im Gedächtnis bleiben wird. Er hatte fünfzig Dollar gekostet. Viri hatte ihn im Kofferraum des Autos nach Hause gebracht.

Heiligabend war es kalt und windig. Es wurde früh dunkel, auf allen Straßen waren endlose Autoketten. Viri traf spät mit den letzten Paketen ein, dem Brandy, Nedras Zigarren. Der Schnee auf der Erde ließ alles heller werden. Das Haus war voller Musik; Hadji lief bellend von Zimmer zu Zimmer. «Was hat er denn?»

«Er ist aufgeregt», sagten sie.

«Ich mußte vorhin an ihn denken. Wir haben gar nichts für ihn.»

«Ich hab ihm was besorgt», sagte Nedra.

«Ich finde, wir sollten ein Stück über ihn machen.»

«Was?» riefen sie. «Wie denn?»

«Darüber, wie er sich verliebt. In eine Kröte.»

«O ja, Papa!» sagte Franca.

«Toll!»

In der Auffahrt ging Jivan, die Arme voller Geschenke, an den erleuchteten Fenstern vorbei. Ein flüchtiger Blick auf weiße Bücherborde, Kinder, deren Stimmen er nicht hören konnte, Nedra, wie sie lächelte.

Sie saßen am Kaminfeuer, während Viri vorlas. Eine *Kinderweihnacht in Wales*, ein Meer von Worten, das seinen Mund benetzte, ein endloses Meer. Sie waren hingerissen, die bloßen Laute machten sie benommen. Seine ruhige Erzählerstimme floß dahin. Der Kopf des Hundes lag dreieckig wie der einer Schlange auf seinem Knie. Der letzte Satz. In der Stille, die folgte, träumten sie, vom Holz fielen Flecken weißer Glut leise in die Asche, die Kälte lag vor den Fenstern, das Haus war angefüllt mit brillanten Überraschungen.

Jivan war still, er fühlte sich wie ein Gast. Seine Geliebte war unberührbar. Sie steckte tief in ihren Ritualen und Pflichten. Er war eifersüchtig, zeigte es aber nicht. Sie bedeuteten ihr viel, diese Dinge; sie machten ihr Wesen aus. Ihretwegen lohnte es sich, sie zu stehlen.

Es gab kein Abendessen; sie waren zu sehr mit allerletzten Vorbereitungen beschäftigt. Viri und Nedra arbeiteten gemeinsam, Jivan half, und die Mädchen packten in ihren Zimmern Geschenke ein. Die Kerzen blieben bis nach Mitternacht an. Es war eine große Feier, die größte des Jahres.

Nedra hatte die Laken gewechselt. Sie gingen zufrieden schlafen. Ihr Sinn für Ordnung war befriedigt. Sie war müde, erfüllt.

«Du hast heute abend so schön vorgelesen», sagte sie.

«Findest du?»

«Ja, ich habe ihre Gesichter beobachtet.»

«Es hat ihnen gefallen, nicht?»

«Sie waren begeistert. Jivan auch.»

«Er hat das heute zum ersten Mal gehört», sagte Viri.

«Wirklich?»

«Hat er mir gesagt. Aber du hast recht, es hat ihm gefallen. Es hat ihm, glaube ich, sogar sehr gefallen. Weißt du, er liest ziemlich viel.»

«Ich weiß.»

«Er ist tiefer, als man denkt», sagte Viri. «Das macht ihn so interessant.»

«Wie meinst du das?»

«Na ja, ich kenn ihn ganz gut. Er verbirgt irgend etwas.»

«Und was, glaubst du, ist das?» fragte Nedra.

«Das Wort ist so ungenau und abgedroschen, es drückt wirklich nicht aus, was ich meine, aber ich glaube, er versteckt Liebe. Ich meine damit eine Art von Sensibilität. Er ist ein Nomade, er mußte immer kämpfen. Weißt du, man würde nicht annehmen, daß wir was miteinander gemein hätten, aber da ist irgend etwas.»

«Ich glaub auch.»

«Ich bin mir ganz sicher», sagte Viri. «Wir sind auf ganz verschiedenen Ebenen, aber da ist etwas .»

«Es ist so schwer, solche Dinge richtig zu verstehen», sagte sie.

Sie schliefen. Das Haus lag im Dunkeln, seine Zimmer waren gespenstisch. Das Feuer war ausgegangen, der Hund schlief, die Kälte fiel in brüchigen, weißen Flecken auf das Dach.

Der Weihnachtsmorgen war klar, der Wind wehte noch immer, die Äste knarrten. Franca bekam eine Polaroidkamera, die sie mit einem Aufschrei des Entzückens auspackte; sie weinte fast. Sie machten Bilder voneinander, von ihren Zimmern, dem Weihnachtsbaum. Am Nachmittag hatten sie eine Party, nur eine kleine, für jeden ein Gast; Franca hatte eine Schulfreundin eingeladen, Danny Leslie

Dahlander. Sie veranstalteten eine Schatzsuche, es gab Eis, echte Kerzen wurden am Baum angezündet, einem riesengroßen Baum, der am Fenster stand, dicht wie ein Bärenfell, mit Vögeln in den Zweigen, silbernen Kugeln, Spiegeln, Engeln, ein Baum, unter den sich ein hölzernes Dorf schmiegte und dessen Spitze ein zehnzackiger Stern von Bonnier's krönte.

Die Aufführung konnte nicht beginnen, bevor sie nicht alle Geschenke gesehen hatten, die Hühner, die Fotografien, die Weihnachtseier. Dann trat Viri als Professor Ganges in Erscheinung, mit Schnurrbart und in einem alten Frack.

Er brummte tiefsinnig vor sich hin, er führte bestimmte Zaubertricks vor. Neun Zeitschriften wurden auf den Boden gelegt, drei in jeder Reihe. Er verließ das Zimmer, und wenn er zurückkam, sagte er ihnen, welche sie ausgesucht hatten. Nedra war seine Gehilfin: Sie berührte die Zeitschriften mit einem Stab – ist es diese, fragte sie, oder die?

«Und jetzt will ich euch von einem Zaubertrick erzählen, den mein Lehrmeister beherrscht: Er kann sieben Minuten unter Wasser bleiben, er kann ein Buch mit einem einzigen Blick auswendig lernen. Mit einem ganz gewöhnlichen Kartenspiel in der Hand bittet er euch, an eine Karte zu denken, nur an sie zu *denken*, dann wirft er die Karten gegen das Fenster. Sie wirbeln herum und fallen herunter, aber eine Karte bleibt am Fenster kleben. Es ist die, an die ihr gedacht habt. Er sagt: ‹Gut, jetzt geht und nehmt sie vom Fenster›, und wenn ihr danach greift, um sie abzunehmen, merkt ihr, daß sie *draußen* am Fenster klebt! Würdet ihr das gerne sehen?»

«Ja, ja!» riefen sie.

«Nächstes Jahr», sagte er; sich in morgenländischer Manier immer wieder verneigend, ging er rückwärts aus dem

Zimmer. «Zeig es uns!» riefen sie. «Professor! Zeig es uns!»

Was für ein Fest! Sie veranstalteten einen Wolfsgeheulwettbewerb, ein Scherenspiel, sie ließen Pennys ins Wasser fallen und Karten in einen Hut. Als es Abend wurde, schneite es. Schnee fiel auf die stillen Sägewerke am Fluß, die leeren Weihnachtsstraßen.

Außer dem Bären hatte Danny ein Radio, Reitstiefel und ein prächtiges Buch über das Leben der Tiere bekommen. Franca bekam eine Gitarre, einen Mantel und einen englischen Malkasten. In ihr Tagebuch schrieb sie: *Das allerschönste Weihnachten überhaupt. Es hat sogar geschneit. Alle haben sich über meine Geschenke gefreut. Die Party war einfach toll. Ich mag Avril Coffman richtig gern. Sie ist klug. Sie hat das Zauberquadrat vor allen anderen gelöst. Sie hat unheimlich schöne Haare. Ganz lang. Danny wollte nicht rausgehen und das Pony füttern, die dumme Kuh (Danny), also hab ich es gemacht. Ich hab die liebste Mutter auf der ganzen Welt.*

8

Ihr Vater kam sie besuchen. Er war zweiundsechzig. Es fehlten ihm einige Zähne. Er hatte graues, müdes Haar, das er sich gerade zurückkämmte, Haar, das ein Provinzfriseur schnitt. Er redete viel, war zäh und hatte ein kräftiges Kinn mit einer tiefen Einkerbung wie ein deutscher Briefträger. Er rauchte ununterbrochen. Sein Lachen war heiser. Er erzählte viele Geschichten, er erzählte die Wahrheit, und er erzählte Lügen. «Ich hab nur sieben Stunden gebraucht», sagte er. «Bin nie schneller als hundert gefahren.»

Es war sein Geburtstag. Er hatte zwei genau gleiche überdimensionale Puppen mitgebracht. Die Schachteln aus billigem grauem Karton waren offen wie ein Sarg, in den man schauen konnte, mit Cellophan überzogen. Die beiden Mädchen bedankten sich bei ihm und standen da, unschlüssig, was sie machen sollten. «Ihr seid doch nicht zu alt für Puppen?» fragte er.

«O nein.»

Mitten in einer langen Erklärung, wie man ein Auto pflegen mußte, begann er zu husten. Er hatte seit 1924 immer ein Auto besessen. «Die Leute begreifen es einfach nicht», sagte er. «Man kann es ihnen erklären, aber sie verstehen es trotzdem nicht.»

Nedra, in ihrem sandfarbenen Pullover, legte Kartoffeln neben eine Lammkeule. Sie waren geschält und naß. Sie hielt sie in der Hand wie Murmeln. Sie trug einen dunklen Faltenrock, Kniestrümpfe, flache Absätze.

«Es ist das Öl», sagte ihr Vater. «Man darf nur Qualitätsöl nehmen, und man muß es alle tausend Meilen wechseln – nicht dazuschütten, *wechseln*. Egal, was sie dir erzählen. Erinnerst du dich an den Plymouth, den ich hatte?»

«Den Plymouth?»

«Den 36er Plymouth», sagte er. «Ich bin ihn den ganzen Krieg über gefahren.»

«Ja, natürlich erinner ich mich.»

Sie stellte Käse auf den Tisch, harte italienische Wurst, Wein. «Hast du Bier da?» fragte er. «Ich möchte nur ein Glas Bier. Wo ist Viri?»

«Er kommt bald.»

«Er sollte das hören.»

«Ich glaub nicht, daß ihm das was nützen würde.»

An dem Abend fragte er Jivan: «Sie haben ein Auto?»

«Ein Auto? Ja», sagte Jivan. Er war eingeladen worden, um mit ihnen Poker zu spielen. Sie saßen alle am Tisch, vor ihnen stapelten sich rote und blaue Chips, die Karten wurden gemischt. «Ich habe einen Fiat.»

«Ich setze fünf Cent», sagte Nedras Vater. Er hämmerte mit hartem Zeigefinger vor sich auf den Tisch. Die Camels lagen neben seiner Hand. Er gab mit zittrigen Händen. «Ein Bube», sagte er. «Eine Fünf. Eine Sieben. Noch eine Sieben. Ein Fiat, ja? Warum fahren Sie keinen Chevrolet?»

«Chevrolet ist ein gutes Auto», pflichtete Jivan ihm bei.

«Das können Sie laut sagen. Selbst alt und klapprig ist er noch ein besseres Auto als Ihres neu.»

«Glauben Sie?»

«Ich glaub das nicht, ich weiß das. Sie sind dran, Iwan.»

«Ja, komm», sagte Nedra. «Ich hab heute Glück.»

«Sie will immer gewinnen», sagte ihr Vater.

«Ich liebe es zu gewinnen», lächelte sie.

Ein freundschaftliches Spiel in der Wärme der Küche. Wie sorgfältig sie alles für ihn vorbereitete, wie aufmerksam sie war. Dieser hustende Vertreter, der ihr Vater war, sie akzeptierte ihn aus ganzem Herzen. Er bat sie um nichts, außer sie gelegentlich besuchen zu dürfen. Er blieb nie länger als geplant. Er schrieb keine Briefe, sein Leben hatte er, unterwegs von Kunde zu Kunde, im Auto verbracht, in Bars, wo Frauen mit schwerer Zunge sprachen, in dem Haus, aus dem Nedra Jahre zuvor geflüchtet war, ein Haus, in dem man sie sich nicht vorstellen konnte: uralte Möbel, ein kleines Dach über der Hintertür. Ein Haus ohne Bücher, ohne Vorhänge, mit einem Keller, der nach Kohlenstaub roch. Hier wuchs sie auf, Tag für Tag, ein Kind, das noch mit sechzehn nicht erkennen ließ, was einmal aus ihm werden würde, bis sie plötzlich eines Sommers alles von sich abstreifte und verschwand. An ihre Stelle trat eine junge Frau, die nichts geerbt hatte, an der alles einzigartig war, als wäre sie eine Botschaft oder ihre Überbringerin, unbegreiflich, in sich ruhend, ohne ein Mal auf ihrem Körper, ohne einen Makel.

«Ist das wirklich dein Vater?» murmelte Jivan.

Sie antwortete nicht. Ihre Vorderarme ruhten auf dem Boden, sie war sprachlos, sie sah nichts. Der Teppich drückte sich in ihre Ellbogen, ihre bloßen Knie. Er kniete hinter ihr. Er bewegte sich nicht. Mit einer ernsten, einer grausamen Langsamkeit wartete er, wie ein Funktionär, wie ein Mann, der eine Totenglocke läuten wird. Er lauschte dem fernen Straßenverkehr, sie konnte seine Hingabe spüren, seine Ruhe.

«Er ist es doch nicht wirklich?»

«Doch.»

Er berührte sie. Das Wort wurde von ihrem Atem erstickt. Sie weinte. Es war, als wenn eine Schlange einen Frosch hinunterwürgte, langsam, unmerklich. Ihr Leben ging kampflos zu Ende, regungslos, nur dann und wann unwillkürliches Zucken wie hilflose Seufzer. Seine Stimme schien über sie hinwegzuspülen wie in einem Traum: «Ich kann mir das gar nicht vorstellen.»

Sie sagte nichts. Es war noch nicht zu Ende, es dauerte noch an. Sie war wie eine erwürgte Frau. Sie hatte die Stirn an den Teppich gepreßt.

«Du liebst ihn sehr, nicht? Komm, sprich mit mir.»

«Ja.»

«Ich höre deine Stimme so gerne.»

Sie mußte erst schlucken. «Ja.»

Sie trug das Armband, das er ihr geschenkt hatte, aus tiefvioletten Steinen. Sie trug es zwischen drei Goldreifen. Man konnte es hören, wenn sie sich bewegte, ein schwaches, sinnliches Geräusch, das sie zu seinem Eigentum erklärte, selbst wenn er bei ihrem Mann saß und sie in der Küche hörte oder wenn sie in seiner Abwesenheit die Seiten einer Zeitschrift umblätterte.

«Ich hab ein Rezept entdeckt», sagte er. «Soll ich es dir vorlesen?»

Sie konnte hören, wie er Seiten umblätterte.

«Rillettes d'Oie», sagte er. «Hab ich das richtig ausgesprochen?»

Sie antwortete nicht.

«Entfernen Sie die Haut von der Gans und entbeinen Sie das Fleisch.»

Sie war schwach, ohnmächtig.

«Behalten Sie etwas Fett für den Bräter zurück.» Sein Mund gierte nach ihr. Er konnte ihr Fleisch schmecken.

Sie hatten die endlose Reise begonnen, ein wenig vor, dann zurück. Das Buch war auf den Boden gefallen, er griff nach ihren Armen, ihren Schultern. Sie stöhnte. Sie hatte ihn vergessen, ihr Körper wand sich, ballte sich wie eine Faust.

In der darauffolgenden Stille sagte er: «Nedra.»

Sie antwortete nicht. Ein langes Schweigen.

«Kennst du die Geschichte von den Arendts?»

«Den Arendts?»

«Denen der Laden gehörte. Ich hab ihn von ihm gekauft.»

«Der junge Mann.»

«Er handelt mit Antiquitäten.»

«Ja.»

«Sein Vater war Bildhauer.»

«Das wußte ich nicht.»

«Ich hab ein paar von seinen Sachen. Hab sie hinten gefunden.»

Es waren zwei kleine Arbeiten, eine davon ein Pferd, dessen Metall ziseliert war wie assyrische Rüstungen.

«Gefällt es dir?» fragte er.

Sie hielt es hoch, über ihr Gesicht.

«Und das hier», sagte er.

Ihre Hände waren schwach, sie konnte es kaum halten.

«Er war begabt, findest du nicht?» fragte er. «Er hatte eine wunderbare Frau. Sie hieß Niiva.»

«Niiva.»

«Schön, nicht? Die beiden waren richtig berühmt. Sie war sehr attraktiv, jeder mochte sie. Sie war leidenschaftlich und stark, und er war sehr nett, aber irgendwas fehlte. Sie hatten ein Haus in Frankreich, im Süden, mit wunderschönen Büchern, sie kannten alle berühmten Leute aus den Dreißigern. Aber sie war eine Stute, und er war ein Ziegenbock – nein, kein Ziegenbock, sondern ein Esel, ein guter, duldsamer Esel.

Das Ergebnis ist der Sohn. Du hast ihn ja gesehen; er ist wie sein Vater, schwach. Er hat ein paar der Bücher, mit Widmungen der Autoren und Hunderte von Zeitungsausschnitten. Der Vater hat die Familie am Ende verlassen, und sie begann zu trinken. Sie hat das Haus verkommen lassen. Überall Berge von Flaschen. Schließlich ist sie gestorben.»

«Wie?»

«Sie ist die Treppe runtergefallen. Weißt du, warum ich dir das erzähle?»

«Ich bin mir nicht sicher.» Sie ließ ihren Blick wieder auf dem kleinen bronzenen Pferd ruhen.

«Doch, du weißt es. Sieh mal», sagte er plötzlich. «Ich will dir etwas zeigen. Ich bin im Moment ein bißchen erledigt, aber trotzdem.»

Er nahm das Telefonbuch, das vom Landkreis, es war dick wie ein Daumen. Er nahm es zwischen die Zähne und begann es langsam, gleichmäßig, mit hervortretenden Muskeln in Nacken und Arm, zwischen den Zähnen und einer Hand in zwei Teile zu reißen.

«Siehst du?» sagte er.

«Ja. Ich weiß, daß du stark bist. Ich weiß», sagte sie.

Sie erhielt einen Brief von ihrem Vater, auf kleinen Bögen linierten Papiers geschrieben. Er bedankte sich darin für die drei Tage, die er bei ihnen gewesen war. Er hatte sich auf dem Heimweg erkältet. Er hatte es aber in einer guten Zeit geschafft, sogar noch schneller als auf dem Hinweg. Sie sei eine gute Pokerspielerin; sie müsse das wohl geerbt haben. Es gibt keine wirklichen Freunde, warnte er sie.

9

Sommer in Amagansett. Sie war vierunddreißig. Sie lag in den Dünen im trockenen Gras. Ihre Hand war schwarz markiert, jeder Finger war in drei Teile geteilt, der Daumen in zwei, dic Handfläche in Quadrate wie ein gefalteter Brief. An den Fingerwurzeln hatte sie die Erhebungen umrandet, Jupiter, Saturn und Merkur, und die Handlinien rot nachgezeichnet. Sie war ganz vertieft, das Diagramm neben sich, fasziniert. Unten am Strand spielten ihre Kinder.

Sie war still, eine Ausgestoßene, nicht zu sehen außer vom Meer. Ihr Körper war tiefbraun. Ihre versteckten Brüste waren blaß, um ihre Hüften zog sich ein dünner weißer Streifen, nicht breiter als ein Schlips. Ihre Augen waren klar, ihr Mund farblos; sie hatte Ruhe gefunden. Sie hatte nicht länger den Wunsch, auf Partys die schönste Frau zu sein, berühmte Leute zu kennen, zu schockieren. Die Sonne wärmte ihre Beine, die Schultern, ihr Haar. Sie hatte keine Angst vor der Einsamkeit; sie hatte keine Angst vor dem Altwerden.

Sie blieb Stunden dort liegen. Die Sonne erreichte ihren Zenit, die Rufe der Kinder am Strand verebbten, das Meer wurde bleiern. Der Strand war niemals leer. Er war weit, endlos, immer sah man irgendwo Gestalten, in der Ferne, wie Lager von Nomaden. Sie sah Reichtum in ihrer Hand; sie sah ein großartiges letztes Drittel ihres Lebens. Drei klare Ringe von jeweils dreißig Jahren liefen um ihr Handgelenk; sie würde neunzig Jahre alt werden. Sie hatte ihr Interesse an der Ehe verloren. Mehr war nicht darüber zu sagen. Sie war ein Gefängnis.

«Nein, ich sag dir, was es ist», sagte sie. «Mir ist sie gleichgültig. Glückliche Paare langweilen mich. Ich glaube nicht an sie. Sie sind verlogen. Sie machen sich was vor.»

«Viri und ich sind Freunde, gute Freunde. Ich glaube, das werden wir auch immer bleiben. Aber der Rest, der Rest ist tot. Wir wissen es beide. Es ist sinnlos, sich was vorzumachen. Man schmückt das Ganze wie eine Leiche, aber innen ist es schon verfault.»

«Wenn Viri und ich geschieden sind ...», sagte sie.

In dem Sommer kam Arnaud zu Besuch. Seine Ankunft hätte Chaplin Ehre gemacht. Er fuhr mit Eve in einem weißen Coupé vor, winkte fröhlich, als er auf einen Baumstumpf auffuhr. Die Vorderräder gingen hoch, und der Kühler hing einen Meter über dem Erdboden. Er bezog zwei Zimmer im hinteren Teil des Hauses, ein Schlafzimmer und eine Sonnenveranda mit Blick über die Felder. Er trug eine weiße Mütze und ein geripptes Hemd, Hosen in der Farbe von Tabak oder gewisser Parfums und als Gürtel einen Schal. Er war unverschämt, fröhlich, aalglatt. Das erste, was er tat, war, für hundertfünfzig Dollar Alkohol zu kaufen.

«Ein wundervolles Geschenk», erinnerte sich Nedra.

«Na ja», sagte Viri, «wenn man's genau nimmt ...»

«Er hat nicht *alles* getrunken.»

«Alles nicht.»

Und Zigarren. Es war der Sommer mittäglicher Mahlzeiten und fabelhafter Zigarren. Jeden Mittag, nachdem sie das Essen in der Sonne beendet hatten, fragte Nedra: «Arnaud, was wollen wir rauchen?»

«Laß mich mal sehen», sagte er dann.

«Eine Coronita?»

«Nein, ich weiß nicht ... vielleicht. Was hältst du von einer Don Diego?» fragte er. «Eine Don Diego oder eine Palma.»

«Eine Palma.»

«Genau das richtige.»

Sie schrieb an Jivan: *Du weißt, wie schrecklich mir der Gedanke war, von Dir getrennt zu sein – wenn auch nur für ein paar Wochen, aber irgendwie ist es nicht so schlimm, wie ich es mir vorgestellt hatte. Nicht, daß ich nicht an Dich denke. Wenn überhaupt, denke ich sogar noch mehr an Dich, aber der Sommer erscheint mir wie ein einziger langer Tag, nachdem wir zusammen waren. Ich habe Zeit, mich zu erinnern und Dich noch einmal zu spüren. Es ist wie schlafen, wie baden. Wir haben oft darüber gesprochen, zusammen ans Meer zu fahren, und obwohl ich ohne Dich hier bin, sehe ich alles durch Deine Augen und bin zufrieden. Ich könnte das nicht so empfinden, wenn ich Dich nicht liebte und Deine Liebe nicht so stark spürte. Wir haben ein solches Glück. Diese unglaubliche Elektrizität, die zwischen uns hin- und hergeht. Ich küsse Dich viele Male. Ich küsse Deine Hände. Franca spricht oft von Dir. Sogar Viri redet von Dir ...*

Neben der Unterschrift war eine kleine Zeichnung aus dem Gedächtnis.

Sie bekam Post von Robert Chaptelle, der in Varengeville war. Seine Karten begannen ohne Anrede, seine Schrift war unleserlich und dicht gedrängt.

Mein Stück ist etwas ganz Neues, es dauert zweieinhalb Stunden, ohne Pause. Es heißt «Le Begaud». Ich gebe ihm momentan den letzten Schliff.

«Also ist er wieder in Frankreich», sagte Viri.

«Ja.»

«Welch ein Verlust.»

Dies ist mein Zeitplan, und ich habe mir vorgenommen, ihn genau einzuhalten. Bis zum 15. August bleibe ich im «Hôtel de la Terrasse». Bis zum 30. August im «L'Abbaye» in Viry-Chatillon. Und den ganzen September im Wilbraham Hotel, Sloane Street, London.

Ein gewisser Ned Portman wird Dich vielleicht anrufen. Ein Amerikaner, ziemlich intelligent, den ich hier kennengelernt habe. Er kennt meine Arbeit, und was er über mich zu sagen hat, könnte Dich vielleicht interessieren.

Sie hatte nichts zu sagen, aber es gelang ihr, eine kurze Antwort zu schreiben. Seine Botschaften hoben auf merkwürdige Weise ihre Stimmung, die unterstrichenen Wörter und Briefmarken von Le Touquet und von Skulpturen berühmter Köpfe aus den Dreißigern.

Die Kinder liebten Arnaud. Sein lockiges Haar bleichte aus, es war viel zu lang. Er hatte einen dicken Bauch; ihr Vater wirkte schlank dagegen. Arnaud war ein Patriarch, ein Alphamännchen. Er trug einen Strohhut, seine Zehen bewegten sich zufrieden, wenn er im Sand lag, ein Strandmensch mit weißen Zähnen, weiß wie Muscheln, und Taschen voll zerknitterter Geldscheine. Er handelte mit alten Büchern. Er hatte Geld, weil sein Unternehmen gut geführt wurde und weil er keine Bedenken hatte, Höchstpreise zu verlangen. Er konnte Witze über Geld machen, er konnte es verschwenden, es strömte ihm zu wie Wasser zum Abfluß.

Er lief mit ihnen über den Strand. Er sah mächtig aus im brennenden Sonnenlicht, das Gesicht im Schatten, die Haut gebräunt. Eve kam übers Wochenende. Sie zogen in ein Motel.

«Es ist da zu ruhig», beschwerte er sich am nächsten Tag. Er mixte Drinks, Rum mit frischen Früchten; es war der letzte Rest von dem guten Rum. Viri sammelte Holz. Der Strand war fast verlassen. In der Ferne, eine halbe

Meile den Strand hinunter, sah man noch eine andere Gruppe im Meer baden. Während die in Meerwasser eingeweichten Maiskolben kochten, tranken sie den eiskalten Rum.

«Weißt du schon, was passiert ist?» sagte Nedra. «Bei uns ist eingebrochen worden.»

«O Gott», sagte Eve. «Wann?»

«Wir sind heute morgen angerufen worden. Sie haben den Plattenspieler mitgenommen, den Fernseher, sie haben alles aufgebrochen.»

«Dir muß ja ganz schlecht sein.»

«Am liebsten würde ich nach Europa ziehen», sagte Nedra.

«Europa?» rief Arnaud. «Da geht's noch schlimmer zu.»

«Wirklich?»

«Die haben das Stehlen erfunden», sagte er.

«Was ist mit England?»

«England. Da ist es am allerschlimmsten. Du weißt, ich hab geschäftlich dort zu tun, und ich hab Freunde in England. In ihre Wohnungen wird andauernd eingebrochen. Die Polizei kommt, sie sehen sich um, sie bestäuben alles, um Fingerabdrücke zu finden. Wir wissen, wer es war, sagen sie. Wunderbar, wer? Dieselben wie das letzte Mal, sagen sie.»

«Aber die Bilder von England sind so schön.»

«Ja, das Gras ist ganz gut», gab er zu.

Eve war betrunken. «Was für Gras?» sagte sie.

«Das englische Gras.»

Sie strich ihm durchs Haar. «Du bist wirklich ein schöner Mann», sagte sie. «Wie kann eine Frau hoffen ...»

«Was hoffen?»

«Dich zu interessieren», murmelte sie vage.

«Es gibt da sicherlich einen Weg.»

Sie entfernte sich auf ein paar Schritte, blieb stehen und drehte sich in einer einzigen Bewegung um und zog ihr Kleid aus. Darunter trug sie nur einen weißen Slip.

«Ist dir heiß, Liebling?» fragte er.

«Ja.»

«Du bist so impulsiv, was Kleider angeht.»

«Laß uns schwimmen», sagte sie. Ihre Arme bedeckten ihre Brüste. Hinter ihr zischte das Meer.

«Der Mais ist fast fertig», sagte Arnaud.

«Liebling.» Sie streckte die Hand aus. «Laß mich nicht alleine schwimmen.»

«Das würde ich niemals tun.»

Er trug sie zum Wasser hinunter, beruhigte sie, als wäre sie ein Kind. Sie konnten ihre langen Beine über seinem Arm herunterbaumeln sehen. Die Wellen waren seidig. Hadji stand bellend bei den Fußspuren, die im Wasser verschwanden.

Eve war nicht mehr jung, stellte Nedra fest. Ihr Bauch war flach, aber die Haut war schlaff geworden. Ihre Taille wurde dicker. Dennoch liebte man sie dafür, man liebte sie um so mehr. Selbst die zarten Linien, die sich auf ihrer Stirn abzuzeichnen begannen, erschienen einem schön. Als sie zurückkamen, trieften ihre Haarspitzen, ihr Körper glänzte, der weibliche Mons zeichnete sich durch die nasse Hose ab. Sie schmiegte sich in tiefer Zuneigung an Arnaud. Sie hatte seinen Pullover angezogen; er ging ihr bis über die Hüften, es sah aus, als wäre sie darunter nackt. Sein Arm lag um ihre Taille. «Das Problem ist», sagte sie, «was soll ich machen, ich liebe Juden nun mal.»

Sommer. Das Laub ist dicht. Überall schimmern die Blätter wie Schuppen. Morgens, der Duft von Kaffee, weißes Sonnenlicht fällt quer über den Fußboden. Oben hört man Geräusche, von Franca, die Schritte eines jungen

Mädchens, das ihr Bett macht, sich das Haar kämmt, das mit dem warmen Lächeln der Jugend die Treppe herunterkommt. Ihr Haar hing in einem glatten Strang zwischen ihren Schulterblättern. Wenn man es berührte, wurde sie ganz still, sie war schon selbstsicher, sich ihrer Schönheit bewußt.

Fahrten zum Strand. Der Sand war heiß. Im Hintergrund das leise Donnern des Meeres, wie hinter Glas. Ihre Glieder waren gebräunt. Franca hatte schon fast die Konturen einer Frau, den Ansatz von Hüften, lange, grazile Beine, die ihr Vater festhielt, damit sie Handstand üben konnte. Sie hatte ihren schwarzen Badeanzug an. Ihr Hintern zeigte sich, während sie ihren Körper durchdrückte, ihre Waden, ihr Kreuz.

«Jetzt! Laß los!» rief sie.

Schwankend, unsicher, tat sie zwei oder drei kleine Schritte auf den Händen, dann fiel sie um. «Wie lange war das?»

«Acht Sekunden.»

«Noch mal», bat sie.

Der Wind kam vom Land. Die Wellen schienen ohne Geräusch zu brechen.

Tage am Strand. Sie gingen am späten Nachmittag nach Hause, die weiten Flächen leuchteten unter einer Sonne, die ihre Glut verloren hatte. Mittagessen, die sie schützten wie ein Zelt. Unter einem großen Schirm breitete Nedra das Essen aus, Hühnchen, Eier, Endiviensalat, Tomaten, Paté, Käse, Brot, Gurken, Butter und Wein. Oder sie aßen an einem Tisch im Garten, in der Ferne das Meer, die Bäume grün, leise Stimmen vom Haus nebenan. Ein weißer Himmel, Stille, die duftenden Zigarren.

Sie sprach oft von Europa. «Ich brauche das Leben, das man dort führen kann», sagte sie. «Frei von Zwängen.»

«Zwängen?» fragte Arnaud. Seine Augen waren halb

geschlossen, er döste. Viri war in die Stadt gefahren. Sie waren allein.

«Ich brauche ein großes Haus.»

«Ich glaube nicht, daß du vielen Zwängen unterworfen bist.»

«Und ein Auto.»

«Du führst ein sehr ungezwungenes Leben.»

«Ja, schon, ich rede aber von den Zwängen anderer Menschen.»

«Ach so, von denen anderer Menschen. Aber dich interessieren andere Menschen doch gar nicht. Ich kenne niemanden, den andere Menschen so wenig kümmern wie dich.»

Sie schwieg. Sie sah auf ihre Füße, an denen sie wie zum ersten Mal blaue Adern entdeckte. Die Sonne stand an ihrem höchsten Punkt. Sie spürte, als wäre es ein Moment von Schwerelosigkeit, daß ihr Leben sich ebenfalls an seinem Scheitelpunkt befand; es trieb still dahin, bereit, zum letzten Mal die Richtung zu wechseln.

«Weißt du, ich denke daran, mich scheiden zu lassen», sagte sie. «Viri ist so ein guter Vater. Er liebt die Kinder so sehr, aber das ist es nicht, was mich davon abhält. Auch nicht der ganze juristische Kram und die Auseinandersetzungen, die Regelungen, die getroffen werden müssen. Das eigentlich Deprimierende ist der totale Optimismus des Ganzen.»

Arnaud lächelte.

«Ich möchte reisen», sagte sie. Sie dachte nicht wirklich nach; die Worte stiegen aus ihrem Innern auf, kamen an die Oberfläche: «Ich möchte am Ende eines Tages auf ein hübsches Zimmer gehen, auspacken, baden. Ich würde gerne zum Abendessen hinuntergehen. Schlafen. Und dann, am Morgen … die Londoner *Times*.»

«Auf der mit Bleistift die Zimmernummer steht.»

«Ich möchte mit einem Scheck bezahlen können, ohne auch nur darüber nachzudenken.»

«Ja, nicht? Egal was die Leute sagen, das ist das einzig wahre große Gefühl.»

«Ich würde mich gerne ganz neu einkleiden.»

Sie saßen unter einer Glocke aus Hitze und mittäglicher Stille, träge, wie erschöpft, als wären sie irgendwo auf Sizilien, sie tauschten Geheimnisse aus, die sie umspülten wie langsame Strömungen, und es war ebenso reizvoll, Geständnisse zu machen, wie sie zu hören.

«Arnaud, ich mag dich wirklich sehr gerne. Du bist mir von allen Männern der liebste, weißt du das?»

«Zumindest hab ich das gehofft.»

«Ich mein das im Ernst. Du hast eine besondere Art, Dinge zu verstehen, zu verstehen und zu akzeptieren.»

«Das scheint so.»

«Du hast einen wundervollen Humor.»

«Leider», sagte er, «beruht Humor zum großen Teil darauf, daß einem die anderen egal sind.»

«Ach, das glaub ich nicht.»

«Humor entsteht durch Distanz. Es ist paradox. Wir sind die einzigen Wesen, die lachen, sagt man, und je mehr wir lachen, desto gleichgültiger sind wir.»

«Ich glaube nicht, daß das stimmt.»

«Hhm.» Er dachte nach. «Vielleicht. Eine Menge klarer Gedanken, die einem in solch nachdenklichen Stunden kommen, besonders nach dem Lunch, erweisen sich später als doch nicht so ganz stichhaltig. Das war ein herrlicher Sommer.»

«Das denke ich jeden Tag», sagte sie.

Gegen Ende, in den letzten Tagen des Augusts, lagen sie abends immer auf dem Rasen, Arnaud im langärmeligen Hemd auf einen Ellbogen gestützt, in einer Haltung wie Manet, Viri und Nedra sitzend daneben. Vor ihnen auf dem Rasen war das Tischtuch ausgebreitet. Die hohen, dichtbelaubten Bäume seufzten im Wind. Viri hatte die Arme um die Knie geschlungen, man sah seine Socken.

«Ein herrlicher Sommer war das», sagte er, «findet ihr nicht?»

Sie wußten nicht, was sie da priesen; die Tage, das Gefühl der Zufriedenheit, die reine, heidnische Freude. Sie feierten den Sommer ihres Lebens, in dem sie fern aller Gefahren ruhten. Ihr Körper sprach, ihr Wohlgefühl.

«Ich geh die Suppe holen», sagte Nedra.

«Was für eine ist es?» fragte Viri.

Sie erhob sich vom Boden. «Eine deiner Lieblingssuppen», sagte sie. «Riechst du sie nicht?»

Die Luft war erfüllt vom Geruch der Gräser, der trockenen Erde, vom schwachen Duft der Blumen.

«Nein», gestand er.

«Deine Nase ist dein schwächster Punkt. Es ist *cresson.*»

«Hast du die wirklich gemacht?»

Sie wischte sich die Knie ab. «Nur für dich.» Sie ging hinein. Franca saß auf der Couch und las. Die Löffel waren in der Schublade. Das reine Licht des Abends erfüllte das Haus.

«Du bist ein richtiger Glückspilz», sagte Arnaud. Vom Haus aus sahen sie regungslos aus, wie gestellt. Die Lagen des Laubes wogten über ihnen. Eine Ecke des Tischtuchs wurde sanft hochgeweht.

«Du hast das Ufer erreicht.»

Viri antwortete nicht. Der mächtige, sanfte Sommerwind bewegte das Laubdach, strich durch die Blätter, ließ sie im Licht schimmern.

«Du lebst intensiver als andere Männer, Viri. Ich meine, ich könnte dir Beispiele nennen, aber man sieht es doch. Das hier ist eine Art Paradies.»

«Ja, na ja, aber das bin ich nicht allein», sagte Viri.

«Aber zum großen Teil.»

«Nein, du hast die Zigarren mitgebracht.» Er schwieg einen Moment. «Die Wahrheit ist, der Schein trügt ein wenig. Ich bin zu gutmütig.»

«Was meinst du damit?»

«Frauen sollten in Käfigen gehalten werden. Sonst ...» Er sprach nicht weiter. Schließlich sagte er: «Sonst – ich weiß auch nicht.»

10

Ihre Freunde in dem Jahr waren Marina und Gerald Troy Sie war Schauspielerin – sie hatte Strindberg gespielt –, ihre Augen waren von einem durchdringenden Blau. Sie war reich. Es war kein neues Geld, sie war damit aufgewachsen, es leuchtete in allem: ihrer Haut, ihrem feinen Lächeln. Sie ging dreimal die Woche in ein Tanzstudio, zu einem alten Griechen namens Leon; noch mit achtzig waren seine Arme kräftig, er hatte ganz weißes Haar.

Nedra fing ebenfalls bei ihm an. Sie hatte für Sport nie etwas übrig gehabt, aber seit den ersten Stunden in der Leere des großen Zimmers mit seinen schmutzigen Fenstern über dem Straßenverkehr, dem hingebungsvollen alten Mann, der Gemeinschaft, fühlte sie sich dort zu Hause. Die Duschen waren sauber; die Kargheit, die grünen Wände gefielen ihr. Ihr Körper erwachte, sie war sich plötzlich bewußt, daß sich in ihm, als existierten sie von selbst, tiefe Gefühle von Stärke verbargen. Wenn er sich dehnte, kopfüber herunterhing, wenn die Muskeln aufgewärmt und entspannt waren, wenn sie sich wie ein junger Läufer fühlte, wurde ihr klar, wie sehr sie diesen Körper lieben konnte, dieses Gefäß, das sie eines Tages im Stich lassen würde – nein, das konnte sie nicht glauben; eher das

Gegenteil. Es gab Momente, da spürte sie seine Unsterblichkeit: an kühlen Morgen, in Sommernächten, wenn sie allein, nackt auf den Bettüchern lag, in Bädern, während sie sich anzog, vor der Liebe, im Meer oder wenn sie mit schweren Gliedern kurz davor war einzuschlafen.

Mittags aß sie mit Eve oder Marina, manchmal mit beiden. Mittage, wenn die Restaurants sich mit Gästen füllten, lauten Stimmen, einem perfekten, ruhigen Licht. In ihrer Handtasche war ein gerade angekommener Brief aus Europa, auf den sie nur einen kurzen Blick geworfen und ihn hastig überflogen hatte, der Anblick des Umschlags genügte, die blauroten Ränder, die fiebrige Schrift. Aus dem Wenigen, was sie gelesen hatte, ging hervor, daß Robert krank war. Verblendet und jammernd, den Heiligen spielend, lag er in einer Klinik in der Nähe von Reims. Es war die Schilddrüse. *Ich höre die Leute schon in zwei Jahren: Ihr Stück ist wirklich ganz außergewöhnlich. Und meine Antwort: Ich habe zehn Jahre gebraucht, mein Handwerk zu vervollkommnen. Ich kämpfe hier gegen Windmühlen. Jeden Morgen wache ich schweißgebadet auf, bereit für den Kampf. Der Druck ist riesengroß, aber ich lasse mich nicht unterkriegen. Was ich vermisse, sind die Proben. Ich wär gern dabei, würde gerne sehen, welche Fortschritte die Schauspieler machen. Das ist eine absolute Notwendigkeit. Mein Auge und Ohr kritisieren jede Bewegung, jede Betonung. Ich höre auf die «Kommata» des Stücks, als wären sie Tropfen, die von einem Brunnen fallen. Dis-moi comment vont toutes tes affaires. Ich bin allein.*

Der Raum war fast leer. Es war jene stille Stunde in der Mitte des Tages, träge, zerfließend, zwischen zwei und drei Uhr, der unsichtbare Zigarettenrauch vermischt mit der Luft, Zitronenschalen neben den leeren Tassen, der Verkehr auf der Avenue still vorbeigleitend, wie tot, zwei Frauen Mitte Dreißig im Gespräch.

«Neil ist krank. Er hat Diabetes», sagte Eve.

«Diabetes?»

«Das haben sie gesagt.»

«Ist das nicht erblich?»

Sie saßen an einem Tisch nah am Eingang. Der Kellner beobachtete sie von der Theke aus. Er war verliebt in sie, in ihr Nichtstun, die leisen Stimmen, die Vertraulichkeiten, die sie so beschäftigten.

«Ich hoffe nur, daß mein Sohn es nicht bekommt», sagte Eve. «Neil ist total runtergekommen. Ich bin überrascht, daß das alles ist, was er hat.»

«Lebt er noch mit dieser Frau zusammen, wie heißt sie gleich?»

«Soviel ich weiß, schon. Sie ist so dumm, sie wüßte sowieso nicht, wie sie ihm helfen sollte. Sie hat nur eine einzige ... ich weiß nicht, wie ich es nennen soll ... Qualität.»

«Im Bett, meinst du?»

«Sie ist zweiundzwanzig, das ist ihre Qualität. Armer Neil, er sieht aus wie eine Qualle. Seine Zähne verfaulen ihm im Mund.»

«Er sieht fürchterlich aus.»

«Ich glaub, er könnte nicht mal mehr eine Frau in einer stockdusteren Bar aufgabeln. Es geschieht ihm recht, aber für Anthony ist es schrecklich, ihn in dem Zustand zu sehen. Es ist wirklich traurig. Und er mag seinen Vater, schon immer. Sie waren sich immer nahe.»

«Es ist so viel einfacher, wenn man zu zweit ist», sagte Nedra. «Ich hätte meine Kinder nicht alleine großziehen können. Ich mein, natürlich hätt ich's gekonnt, aber ich bemerke Eigenschaften an ihnen, die nicht von mir kommen oder eine Reaktion gegen mich sind, sondern von Viri. Und überhaupt glaub ich, daß Mädchen eine männliche Bezugsperson brauchen. Es erweckt sie in bestimmter Hinsicht zum Leben.»

«Das gilt für Jungen genauso.»

«Wahrscheinlich.»

«Warum teilst du dir Viri nicht mit mir?» fragte Eve. Sie lachte. «Ich hab nur Spaß gemacht.»

«Ihn teilen?» sagte Nedra. «Ich weiß nicht. Darüber hab ich nie nachgedacht.»

«Ich hab das nicht ernst gemeint.»

«Ich glaube nicht, daß das funktionieren würde, nicht mit Viri. Aber Arnaud ...

«Du hast recht», sagte Eve.

«Ganz bestimmt sogar. Wenn ich genau drüber nachdenke, wäre er mit zwei Frauen sogar noch besser.»

«Aber du bist viel schicker als ich.»

«Ich finde, du bist verständnisvoller.»

«Das glaube ich nicht.»

«Doch», sagte Nedra. «Und so natürlich dabei. Ich glaube, am Ende würde er dich bestimmt mehr lieben. Ja, ganz sicher.»

Sie traten aus der schmalen Eingangstür, ohne Eile, voller Zuneigung füreinander. Der Verkehr auf der Lexington Avenue war endlos, Autos aus den Vororten, Taxis, schwarze Limousinen, die über die Fahrspuren glitten. Sie schlenderten dahin. Die Straßen waren wie Flüsse, die von Nebenflüssen gespeist wurden, auf denen sie flanierten und in Schaufenster schauten, die ihr Spiegelbild zurückwarfen. Nedra zog es zu bestimmten Läden, in denen sie schon einmal etwas gekauft hatte, Tischtücher, Parfum. Manchmal traf sie der Blick einer Verkäuferin, gelangweilt, allein, über einer Auslage von Büchern oder bei einem Weinstand. Sie hatte es nicht eilig; sie lächelte nicht. Es war die Intelligenz in ihrem Gesicht, die ihnen auffiel, die Anmut. Sie war jemand, deren Gesicht sie schon einmal gesehen hatten, jemand, der alles besaß – Zeit, Freunde, die Stunden des Tages waren wie ein Kartenspiel. Viri ging auf denselben Straßen, aber allein. Der Aufstieg des einen ist der Fall des anderen. Sein Kopf war voll von Einzelheiten, Terminen; in der Sonne wirkte seine Haut trocken.

Sie fuhr im frühen Nachmittagsverkehr nach Hause, zwischen den Autos von Frauen, die vom Arzt kamen, und Männern, deren Arbeit zu Ende war. Die Bäume begannen sich zu färben.

Fünf Uhr nachmittags. Sie ordnete sich vor dem Spiegel in ihrem Zimmer das Haar, ihre Hände waren blaß. Sie strich sich über die Wangen, den Mund, als wollte sie die Spuren eines Erlebnisses wegwischen. Es hatte kein Erlebnis gegeben, sie bereitete sich auf eines vor: einen Telefonanruf, ein Musikstück, eine halbe Stunde lesen.

Es war das Telefon. Die Stimme von Mrs. Dahlander, zittrig, gefaßt.

«Könnten Sie ins Krankenhaus kommen?» fragte sie. «Mein Mann ist nicht da. Leslie ist vom Pferd gefallen.»

Es war eine Stunde zuvor passiert. Mrs. Dahlanders Tochter war allein ausgeritten. Niemand sah den Galopp, das Straucheln, den Moment, als sie – in einer Haltung, als wäre es ein Witz –, alle viere von sich gestreckt, durch die Luft flog und dann aufschlug und still dalag, während ihr Pferd stehenblieb und zu grasen begann. Die Wiese war leer, von der Straße aus nicht einzusehen.

Im Krankenhaus sagten sie, es sei ernst, eine schwere Gehirnerschütterung. Sie war noch nicht bei Bewußtsein. Ihr Gesicht war geschwollen. Ihr Kopf war auf einen Stein aufgeschlagen. Sie war adoptiert, Mrs. Dahlanders einziges Kind. Der Arzt erklärte der erstarrten Mutter die Dringlichkeit, die Gefahr. Es war im Wartezimmer der Kinderstation. Zerrissene Bücher stapelten sich auf den Regalen, auf dem Boden lagen Bauklötze. Wenn die Blutung unter der Schädeldecke anhielte, würde sie einen lebensgefährlichen Druck auf das Gehirn ausüben.

«Was können Sie tun?»
«Wir müssen operieren.»
Man konnte bereits den Neurochirurgen im grünen Kittel sehen.
«Wir brauchen Ihre Zustimmung.»
Sie drehte sich zu Nedra, flehend. «Was soll ich tun?»
Sie befragten erneut den Arzt. Geduldig beschrieb er es noch einmal. Es war Abendessenszeit; die Straßen wurden dunkel. Das vergessene Pferd stand noch aufgezäumt auf dem leeren Feld. Das Gras wurde kalt.
«Ich will auf meinen Mann warten.»
«Wir können nicht warten.»
Sie wandte sich wieder an Nedra. «Ich will auf ihn warten», flehte sie. «Meinen Sie nicht, daß ich warten sollte?»
«Ich glaube nicht, daß das geht», sagte Nedra.
Die unfruchtbare Frau nickte, gab auf. Sie brach in sich zusammen, ja, gut, retten Sie sie. Ein flüchtiger Blick, als das Kind vorbeirollte, tödlich still. Sie war stundenlang drinnen, sie kam heraus wie eine zerbrochene Puppe, mit geschlossenen Augen, den Kopf weiß bandagiert. Die Nacht über wurde sie in Eis gepackt. Der Druck im rasierten Kopf stieg weiter an. Um Mitternacht wurde der Chirurg gerufen. Er fand ihre wartenden Eltern vor.
«Wir können erst morgen früh Genaueres sagen», erklärte er ihnen.

Ein Morgen, an dem Viri im Traum des letzten Schlafes eine Frau in einem schönen Kleid zum Aufzug eines großen Hotels gehen sah. Es war Kaya. Sie sah ihn nicht. Sie war in Begleitung zweier Männer im Smoking. Er wollte nicht gesehen werden: seine einfache Kleidung, seine Zähne, sein schütter werdendes Haar. Er sah sie den Fahrstuhl betreten, zu einem Dachgarten hochfahren, wo eine Party stattfand, zu einer Eleganz, die er sich nicht ausmalen konnte, und plötzlich wußte er, daß sie nicht mehr dieselbe war; irgend jemand hatte sie schließlich eingefangen.

Er träumte am frühen Morgen in dem Haus am Fluß. Im Herbst, allein in seinem Schlaf, die Räume kühl, verlassen, die Brise vom Hudson umspülte ihn wie einen Leichnam.

11

Der erste Schnee fiel. Es war wie mitten im Winter, die Fenster wurden kalt. Man konnte in der Dunkelheit im Bett liegen und das Heraufdämmern des Lichts beobachten.

Am Tag des Erntedankfestes gab es einen blendenden Schneesturm. Hadji war begeistert. Er sprang durch die weißen Flocken wie ein Delphin, rollte sich auf dem Rükken, rannte wild umher, schnappte nach dem Schnee. Danny sah, wie er sich, schon weit entfernt, umdrehte und nach ihr Ausschau hielt: pechschwarze Augen, aufgestellte, wache Ohren. «Hier, du Schlittenhund», rief sie. «Hierher.»

Er lief mit angelegten Ohren, er wollte nicht hören. Sie klatschte in die Hände. Er rannte in großen betrunkenen Kreisen, manchmal hielt er kurz an, um sich bäuchlings in den Schnee zu legen und sie mit fuchsartigen Blicken zu beobachten. Sie rief weiter nach ihm. Er bellte.

«Mistköter», rief sie.

Es schien, als gäbe es den ganzen Dezember über Dinnereinladungen. Menus wurden besprochen, Gäste. Langusten, sagte Viri, ja, meinetwegen Langusten, aber keinen Gazpacho, darauf bestand er. Es sei das falsche Wetter für Gazpacho; zu kalt.

«Nicht vorm Feuer», sagte Nedra.

«Aber im Eßzimmer ist gar kein Kamin», rief er aus.

Sie antwortete nicht. Sie mußte arbeiten. Wen hatte sie denn nun eingeladen? fragte er.

«Die Ayashes», sagte sie.

«Die Ayashes!»

«Viri, wir müssen. Ich meine, mir ist es wirklich egal, aber es wird schon peinlich.»

«Wen noch?»

«Vera Cray.»

«Was soll das werden? Ein Altersheim?»

«Sie ist eine wunderbare Frau. Seit ihr Mann gestorben ist, war sie nicht mehr aus dem Haus.»

«Ja, das glaub ich gern», sagte er. «Aber sie passen nicht zueinander. Mrs. Ayashe ist halb verblödet. Vera ist absolut überspannt.»

«Du wirst zwischen ihnen sitzen.»

«Nicht den ganzen Abend.»

«Gib ihnen ordentlich zu trinken», sagte sie. «Willst du mal probieren?»

Es war die *paté maison*. «Mhh!» stöhnte er.

«Was?»

«Sie ist phantastisch!»

«Probier sie mit Senf», sagte sie.

Sie hatten Meursault, französischen Käse, Pasteten von Leonard's.

«Das Essen wird wunderbar», sagte er. Er dachte einen Moment lang nach. «Vielleicht müssen wir uns ja gar nicht unterhalten.»

Zwei Wochen später hatten sie einen Bauherrn von Viri zu Gast, der ein paar Backsteinhäuser und Land in der Nähe von Croton gekauft hatte und sie in einen zusammenhängenden Komplex umwandeln wollte. Die ursprünglichen Strukturen sollten in ein größeres, eleganteres Ganzes eingegliedert werden, ähnlich antiken Skulpturen, um die man die Wände von Villen herumgebaut hatte. Sein Name war S. Michael Warner; er war auch als Queen Mab bekannt.

«Er bringt Bill Hale mit.»

«Oh Gott», sagte Nedra.

«Du kennst ihn doch gar nicht.»

«Das stimmt. Und schlimmer als Michael kann er ja nicht sein, oder?»

«Nedra, ich hab einen Auftrag von ihm.»

«Ach, du weißt doch, wie sehr ich ihn mag.»

Ein ganzer Tag wurde für Vorbereitungen geopfert. Sie ging stundenlang in ihren Lieblingsgeschäften einkaufen.

Zum Abend war das Haus fertig. Unter den Lampen waren Blumen arrangiert, die Vorhänge waren zugezogen, das Feuer prasselte hinter den eisernen Knien der Kaminsoldaten. Nedra trug ein langes Pikeekleid, dunkelblau und rosa. Auf ihrem Gürtel waren kleine Silberglöckchen angebracht, ihr Haar hatte sie hochgesteckt, ihr Nacken war bloß.

Ihr Gesicht war kühl und strahlend. Ihr Lachen war umwerfend, es war wie Applaus.

Michael Warner war tadellos gekleidet, ein Mann von fünfundvierzig, mit der Gelassenheit und dem Lächeln eines Menschen, der jeden Fehler entdeckt. Er war von Nedra bezaubert. Er sah in ihr eine Frau, die ihn nie enttäuschen würde. Sie würde niemals banal oder albern sein.

«Das ist Bill Hale.»

«Hallo, Bill», sagte sie mit warmer Stimme.

Eine merkwürdige Wintergesellschaft. Dr. Reinhart und seine Frau waren verspätet, kamen aber gerade im richtigen Moment. Sie waren wie die letzten Teilnehmer eines Spiels, mit dem man auf sie gewartet hatte. Sie setzten sich, als wüßten sie genau, was von ihnen erwartet wurde. Reinhart hatte wundervolle Manieren. Diese Frau war seine dritte.

«Sie sind Doktor der Medizin?» versicherte sich Michael.

«Ja.» Er arbeite allerdings in der Forschung, erklärte er. Na ja, man könne es Forschung nennen. Er schrieb Bücher.

«Wie Tschechow», sagte seine Frau. Sie hatte einen leichten Akzent.

«Na ja, nicht ganz.»

«Tschechow *war* aber Arzt, oder nicht?» sagte Michael.

«Es gibt einige – die Schriftsteller geworden sind, meine ich. Natürlich würde ich mich nicht dazuzählen. Ich schreibe nur eine Biographie.»

«Wirklich?» sagte Bill. «Ich liebe Biographien.»

«Über wen schreiben Sie?» fragte Nedra.

«Es ist im Grunde eine ... es ist eine mehrfache Biographie«, sagte Reinhart. Er nahm dankbar einen Drink entgegen. «Danke. Es geht um Kinder berühmter Männer.»

«Wie interessant.»

«Dickens, Mozart, Karl Marx.» Er nippte an seinem Drink wie ein Patient an einem Glas Saft, ein gebildeter Patient, gebrechlich, resigniert. «Sogar ihre Namen sind faszinierend. Plorn, so hieß Dickens' letztes Kind. Stanwix, das war der Sohn von Melville.»

«Und was ist aus ihnen geworden?» fragte Nedra.

«Na ja, da gibt's keine Regel. Aber vielleicht kann man sagen, daß es unter ihnen mehr unglückliche Schicksale gibt als bei anderen Kindern, mehr Kummer.»

«Somerset Maugham war Arzt», sagte seine Frau. «Und Céline.»

«Ja, meine Liebe, das ist richtig», sagte Reinhart.

«Ein schrecklicher Mann», sagte Michael.

«Aber ein großer Schrifsteller.»

«Céline und groß? Was meinen Sie mit groß?»

Reinhart zögerte. «Ich weiß nicht. Größe ist etwas, was

man von mehreren Seiten betrachten kann», sagte er. «Es ist natürlich einmal die Apotheose, der Mensch, der sich zu seinen höchsten Leistungen aufschwingt, aber es kann, in gewisser Weise dem Wahnsinn ähnlich, auch eine bestimmte Art von Instabilität sein, ein Fehler – in den meisten Fällen ein segensreicher Fehler, eine Anomalie, ein Unfall.»

«Na ja, viele große Männer sind exzentrisch», sagte Viri, «sogar engstirnig.»

«Nicht so sehr engstirnig als ungeduldig, intensiv.»

«Was ich wirklich gerne wissen würde», sagte Nedra, «ist Ruhm ein unabdingbarer Bestandteil von Größe?»

«Das ist eine schwierige Frage», antwortete Reinhart schließlich. «Die Antwort ist wahrscheinlich nein, aber praktisch gesehen muß es ja irgendeinen Konsens geben. Früher oder später muß Größe bestätigt werden.»

«Aber irgend etwas fehlt da.»

«Vielleicht», räumte er ein.

«Ich glaube, Nedra meint, daß man über Größe, wie über Tugend, nicht reden muß, damit sie existiert», warf Viri ein. «Es wäre schön, wenn man das glauben könnte», sagte Reinhart.

Seine Frau hatte die ganze Zeit über Michael beobachtet. Plötzlich ergriff sie das Wort. «Sie haben recht», sagte sie abrupt. «Céline war ein absolutes Ekel.»

Abende, bei denen die Unterhaltung leiser wird, zur Decke aufsteigt und sich dort wie Rauch ansammelt. Die Tafelfreuden, das Wohlbefinden der darum Sitzenden. Hier, in einem Haus auf dem Land, behaglich, zurückgezogen, wußte Viri auf einmal, während er den Wein ausschenkte, wie dumm seine Aussage gewesen war, reines Wunschdenken. Reinhart hatte recht: Ruhm war nicht bloß ein Teil von Größe, er war mehr. Er war der Beweis, der einzige Prüfstein. Der Rest bedeutete nichts, war vergeblich.

Wer berühmt ist, kann nicht scheitern; er hat bereits gesiegt.

Vor dem Kamin erzählte Ada Reinhart Michael, woher aus Deutschland sie kam. Sie hatte in Berlin gelebt. Sie saßen abseits von den anderen. Im hinteren Zimmer konnte man das weiße Haar ihres Mannes sehen, die schmale, zarte Hand, mit der er den Kaffee umrührte.

«Damals habe ich eine Menge gewußt», sagte sie.

«Wirklich? Was meinen Sie damit?»

Sie antwortete nicht sofort. Sie war viel jünger als ihr Mann. «Wollen Sie, daß ich es Ihnen erzähle?» sagte sie. «Wenn ich bloß gemacht hätte, was ich machen wollte.»

«Was Sie machen wollten?»

«Anstelle von dem, was ich gemacht habe.»

«Das trifft doch für jeden zu, oder nicht?»

«Wenn ich mich in einen Mann verliebe, dann in seinen Verstand, seine geistigen Fähigkeiten.»

«Bei mir ist es genauso.»

«Natürlich ist man von einem Körper oder einem Blick angezogen ...»

Nedra konnte sie beim Kamin miteinander reden sehen. Am Tisch hatte Mrs. Reinhart fast nichts gesagt. Jetzt schien sie leidenschaftlich ins Gespräch vertieft.

«Ich bin doch nicht unattraktiv, oder?»

«Ganz im Gegenteil», sagte Michael.

«Sie finden mich nicht unattraktiv?»

Sie bemerkte kaum, daß die anderen ins Zimmer kamen. Sie redete weiter.

«Wovon versuchst du Mr. Warner zu überzeugen?» fragte Reinhart leichthin.

«Wie? Nichts, Darling», sagte sie.

Nachdem die Reinharts gegangen waren, lehnte sich Michael zurück und lächelte. «Faszinierend. Wißt ihr, was sie gesagt hat?» fragte er.

«Erzähl es uns», sagte Bill.

«Daß etwas in ihrem Leben fehlt.»

«Wirklich?»

Michael hielt inne. «Finden Sie, daß ich attraktiv bin?» ahmte er sie mit rauchiger Stimme nach.

«Darling!»

«Doch. Und noch mehr. Glaubt ihr, ich hätte sie ernst nehmen sollen?» sagte er.

«Das hätte ich wirklich gern gesehen.»

Michael begann, ein Stück Obst zu schälen, vorsichtig darauf bedacht, sich nicht die Finger schmutzig zu machen. Das Feuer erlosch in der Asche, Zigaretten hatten ihren Geschmack verloren.

Abende der Ehe, gemeinsame Abende, das Haus ist endlich still, die Kissen, auf denen Leute gesessen haben, sind eingedrückt, die Asche warm. Abende, die um zwei Uhr endeten, draußen fällt Schnee, der letzte Gast ist gegangen. Die Teller blieben unabgewaschen stehen, das Bett war eiskalt.

«Reinhart ist ein netter Mann.»

«Er hat nichts Kleinliches an sich», sagte Viri.

«Ich glaube, sein Buch wird interessant werden.»

«Was wird aus den Kindern – ja, das möchte man gerne wissen.»

Sie lagen im Dunkeln wie zwei Opfer. Sie hatten einander nichts zu geben, sie waren durch eine reine, unerklärliche Liebe gebunden.

Er schlief, sie wußte es, ohne hinzusehen. Er schlief wie ein Kind, lautlos, tief. Sein schütteres Haar war wirr, seine Hand lag ausgestreckt und entspannt da. Wären sie ein anderes Paar gewesen, hätte sie sie anziehend gefunden, sie hätte sie sogar geliebt – so unglücklich, wie sie waren.

12

In sechs Jahren würde sie vierzig sein. Sie sah es aus der Ferne, wie ein Riff, das weiße Aufblitzen der Gefahr. Der Gedanke an das Alter machte ihr angst, sie konnte es sich zu leicht vorstellen, sie suchte täglich nach den Anzeichen, zuerst in dem harten Licht am Fenster, dann, den Kopf leicht zur Seite drehend, um ihm etwas von der Strenge zu nehmen, trat sie ein wenig zurück und sagte sich, daß die Leute nicht näher herankämen.

In den fernen Städten Pennsylvanias trug ihr Vater bereits die Anarchie der Zellen in sich, die sich durch einen steten Husten und Rückenschmerzen ankündigte. Dreißig Jahre lang drei Päckchen am Tag; er hustete, als er es zugab. Er mußte etwas dagegen tun, beschloß er.

«Wir machen eine paar Röntgenaufnahmen», hatte der Arzt gesagt. «Nur um sicherzugehen.»

Keiner von ihnen war da, als die Negative vor die Lichtwand gesteckt und zurechtgerückt wurden wie verrutschte Laken und man in der gespenstischen Dunkelheit die tödliche Masse erkennen konnte, wie Astronomen einen Kometen erkennen.

Der Arzt wurde hereingerufen; es bedurfte nur eines Blicks. «Ja, das ist er, kein Zweifel», sagte er.

Die normale Prognose lautete achtzehn Monate, aber mit den neuen Apparaten drei Jahre, manchmal sogar vier. Sie sagten ihm natürlich nichts davon. Sein durchsichtiges Schicksal hing klar an der Wand, während weitere Röntgenaufnahmen, in Gruppen zu jeweils sechs Bildern, von zwei Spezialisten gesichtet wurden, die nebeneinander an verschiedenen Fällen arbeiteten, ruhig wie Piloten, und diktierten, was sie sahen, Stapel abgegriffener Umschläge an ihren Ellbogen. Ihre Sprache war treffend, exakt. Sie zitierten, sie besprachen sich, sie hielten an einem Urteil fest, lange nachdem Lionel Carnes im Alter von vierundsechzig Jahren seine Besuche im Behandlungsraum aufgenommen hatte. Ihre Arbeit hörte nie auf. Vor ihnen schwebten Schädel, innere Organe, die Galaxien von Brüsten, Finger, Fadenbrüche, Knie, die in unendlichen Testreihen auftauchten und verschwanden, während die beiden in stetiger monotoner Stimme Antworten auswarfen.

Sarkom, sagten sie. Nun, es gibt alle möglichen Sarkome, es gibt Muskelsarkome, sogar Herzsarkome, aber die sind sehr selten, gewöhnlich sind sie die Folge von Metastasen. Niemand weiß genau, warum das Herz heilig und unantastbar ist, sagen sie.

Die Betamaschine gab ein schreckenerregendes Heulen von sich. Der Patient lag allein, verlassen, in einem versiegelten Raum mit Klimaanlage. Es wurde sonst zu heiß. Die Dosierung wurde unter Berücksichtigung von Größe, Gewicht und anderen Faktoren von einem entfernt stehenden Computer festgelegt. Bei der Beta verbrennt die Haut nicht so wie bei den Maschinen mit geringerer Energie, erklärten sie ihm. «Nein, nur alles andere», sagte er.

Da hing sie, stumm, mächtig, und schoß Strahlen herab, die das Zellgewebe wie Eierschalen zerbrachen. Der Patient lag darunter, unbeweglich, zurechtgelegt. Mit dem Schrei des Unsichtbaren begann sie ihre Arbeit. Entweder das oder eine Totaloperation, radikal und hoffnungslos, bei der das Blut von den schwarzen Nähten rann und der verurteilte Mann angerichtet wurde wie ein Schweinebraten.

Die Macht und Herrlichkeit moderner Technologie richteten sich einen Moment lang auf ihn, die Krankenschwestern scherzten mit ihm, die jungen Ärzte nannten ihn beim Vornamen.

«Sterb ich schon?» fragte er sie.

«Nein, noch nicht», sagten sie.

Er erzählte ihnen von Autos, von seinem dreibeinigen Kater.

«Er hat nur drei Beine?»

«Er heißt Ernie», sagte er.

«Ernie heißt er!»

«Ja. Er ist schwarz. Er hat viel Spaß am Leben, der alte Ernie. Er klettert auf Bäume und fängt Vögel. Aber sobald er mich sieht, fängt er an zu humpeln», sagte er.

Sie waren überall in seinen Zellen, die Tabakflecken, die dunklen Schatten. Er mußte das Rauchen aufgeben.

«Sterben ist nichts dagegen.»

Ostersonntag. Der Morgen war wunderschön, die Bäume voller Sonne. Die Verns kamen heraus, Larry und Rae. Als sie auf ihrem Motorrad die Einfahrt hochfuhren, sahen sie wie ein junges Arbeiterpärchen aus. Sie saß hinter ihm, die Arme um seine Taille gelegt. Er trug einen weißen irischen Pullover, der Wind hatte sein Haar zerzaust. Die Kinder liefen ihnen entgegen. Sie liebten die Maschine, die lakkiert und glänzend war. Sie mochten seinen Bart.

«Ihr kommt gerade rechtzeitig zum Eierverstecken», sagte Nedra zu Larry.

«Gut. Und wer ist das?»

Es war Viri, der einen Hut mit zwei abstehenden Ohren aufhatte, in der Hand hielt er einen Korb mit Eiern. «Kommt rein und wärmt euch auf», sagte er. «Ist euch kalt?» In der Küche war der Tisch gedeckt: *Kulitsch*, russisches Ostergebäck, große Stücke *Feta*, dunkles Brot und Butter, Obst. Nedra goß Tee ein. Ihr Wesen zeigte sich in der Großzügigkeit ihrer Tafel. «Eve kommt auch», sagte sie.

«Oh, schön», sagte Rae.

«Und die Paums, kennst du ihn?»

«Ich glaube nicht.»

«Er ist Schauspieler.»

«Oh, doch, natürlich.»

«Na ja. Wenn er kommt, kommt er, wenn nicht, nicht.»

«Er trinkt nämlich», sagte Franca.

«Ach.»

«Und ich kann mir denken», sagte Nedra, «daß er an einem Morgen wie diesem schon früh damit angefangen hat.»

«Wie traurig», sagte Rae.

«Ich versteh das immer besser.»

Rae war ein dunkler Typ, sie hatte ein hageres, eindringliches Gesicht. Ein Gesicht, das aussah, als hätte es einen Unfall gehabt; die Gesichtshälften widersprachen sich irgendwie. Ihr Haar war kurz geschnitten. Sie hatte ein verlegenes Lächeln. Rae und Larry hatten keine Kinder. Er arbeitete für eine Spielzeugfirma. Seine Haut war weiß. Er hatte die Resignation eines Menschen, der viele Schwierigkeiten durchlebt hat, die Ruhe eines Süchtigen. Er ging mit Viri los, um die Eier zu verstecken.

«Was hast du so gemacht?» fragte Nedra. Sie wärmte ihr Gesicht an der Tasse.

«Ich weiß nicht», sagte Rae. «Du kannst von Glück sagen, daß du nicht in der Stadt wohnst. Ich steh auf, mach Frühstück, die Fensterbretter sind vollkommen verdreckt, ich brauch bestimmt zwei Stunden am Tag, um alles sauberzuhalten. Gestern hab ich meiner Mutter einen Brief geschrieben. Ich denke, dafür habe ich fast den ganzen Tag gebraucht. Ich mußte zur Post; ich hatte keine Briefmarken. Ich bin zur Reinigung gegangen. Gekocht habe ich abends nicht. Wir sind essen gegangen. Was mache ich also?» Sie lächelte hilflos, wobei ihre verfärbten Zähne zu sehen waren. Draußen versteckten sie die Eier im welken Gras, zwischen Blättern, unter Steinen.

«Versteck sie so, daß man sie nicht so leicht findet», rief Viri. «Versteckst du auch welche in den Ästen?»

«Aber sicher. Ein paar davon sollten sie überhaupt nie finden.»

«Dein Hut ist toll», sagte Larry, als sie fertig waren.

«Nedra hat ihn gemacht.»

«Ich hab eben ein paar Fotos von dir damit gemacht.»

«Laß mich eins von dir machen.»

«Später», sagte Larry. Sie gingen langsam zurück. «Am Haus.»

Es ragte über ihnen auf, vom Licht überflutet, das Giebeldach mit seinen Schornsteinen an den Seiten, dem vom Regen verwaschenen Grau des Schiefers. Es war vom Wetter gezeichnet wie eine große Scheune, wie ein Schiff, das den Ozean überquert hat. Mäuse lebten am Steinfundament, Unkraut wuchs an den Seiten.

Die Weite des Tages umgab sie. Die Erde war warm, der Fluß glitzerte in der Sonne.

«Ein schöner Tag», sagte Larry. Er hatte noch drei oder vier kleine Schokoladeneier übrig. Er kehrte dem Haus den Rücken und verstreute sie sanft auf dem Rasen.

«Keine Sorge, der Hund wird sie schon finden», sagte Viri. Eve war angekommen. Sie stand in der Küche und trank ein Glas Wein. Ihr Auto, mit seinen verrosteten Kotflügeln, hatte sie am Rand der Einfahrt geparkt, mit den Reifen halb in dem kleinen Abflußgraben.

«Hallo, Viri», lächelte sie.

Sie sah älter aus. Innerhalb eines einzigen Jahres hatte sie ihre Jugend hinter sich gelassen. Um ihre Augen hatte sie Falten bekommen, auf ihrer Haut zeigten sich winzige Poren. Dennoch blühte sie bei bestimmten Anlässen auf, es gab Momente, da sie wunderschön war, ja, mehr noch, unvergeßlich, zur rechten Stunde, am rechten Ort. Und wenn sie verblaßte, so trat ihr Sohn allmählich ins Licht. Die Konturen seines Gesichts zeigten Ansätze des Mannes, der Anthony einmal sein würde. Er sah sehr gut aus, ja, in seiner unauslotbaren Stille war er manchmal am Rand der Schönheit. Er stand neben Franca. Larry machte ein Foto von ihnen, zwei junge Gesichter, die sehr verschieden, aber auf dieselbe Weise privilegiert waren.

«Er wird ein Herz nach dem anderen brechen», sagte Nedra. Rae pflichtete ihr bei. Sie beobachtete ihn durch das Fenster, sie fühlte sich zu ihm gezogen. Er war zu alt, als daß sie ihn sich als ihren Sohn vorstellen konnte, er war schon ein junger Mann; die Eigenschaften, die zu Stolz, zu Ungeduld werden würden, waren gesät und entwickelten sich Tag für Tag.

Booth Paum traf mit seiner Tochter ein. Seit den Tagen von Maxwell Anderson hatte er solche Auftritte geübt. Wie alle Schauspieler konnte er lange Reden wie Banner entrollen. Er trug sie mit drohender Intensität vor; er konnte Leute nachahmen, er konnte tanzen.

«Ich hoffe, wir kommen nicht zu spät», sagte er. Er stellte die Freundin vor, die seine Tochter mitgebracht hatte. Sie waren vier Mädchen und ein Junge. Viri begann die Regeln zu erklären. «Es gibt drei Sorten von Eiern», sagte er. «Es gibt einfarbige, gesprenkelte, und es gibt zwölf goldene Bienen. Die Bienen zählen fünf, die gesprenkelten drei und die einfarbigen einen Punkt.»

Er zeigte ihnen das abgesteckte Gebiet.

«Jetzt ist es halb zwölf», sagte er. Er sagte ihnen, wieviel Zeit sie hatten. «Seid ihr soweit?»

«Ja!»

«Dann los.»

Sie verteilten sich über das sonnenbeschienene Grundstück, Hadji raste ihnen bellend hinterher. Bald waren sie weit entfernt, einzelne Gestalten, die sich langsam, mit gesenkten Köpfen zwischen den Bäumen bewegten.

«Sie liegen nicht alle auf dem Boden!» rief Viri.

Während der langen Suche mit ihren fernen Rufen und

Schreien saßen die Erwachsenen vor dem Haus, die Frauen auf kleinen Eisenbänken, die Männer auf einer Böschung. Paum trank eine Tasse Tee nach russischer Art, mit einem Stück Zucker zwischen den Zähnen. Schauspieler waren originell, Schauspieler waren voller Leben. Er stand mit dem Rücken zum Fluß da, eine zuversichtliche Gestalt. Es war, als wären alle Berichte über ihn unbegründet; er widerlegte sie mit seiner Ruhe, seinem gutgekämmten Haar. «Ich hab da eine witzige Geschichte gehört», erzählte er ihnen. «Zwei Betrunkene sind in einem Fahrstuhl ...»

Der Tee im Glas war braun, seine Fingernägel waren wohlgeformt, seine Bally-Schuhe waren geputzt.

Dana, seine Tochter, gewann die Suche. Sie fand die meisten Eier und vier der Bienen. Der Preis war ein riesiger Pappsoldat, vollgefüllt mit Popcorn; der zweite Preis war ein Füller aus Rosenholz. Die Frauen brachten das Essen heraus und richteten einen Tisch her. Es gab Wein und eine Flasche Moët et Chandon. Der Nachmittag war mild, geräumig. Eine leichte Brise trug die Stimmen fort, so daß eine Distanz von fünf Metern geheimnisvoll war, man sah Gespräche, die Worte gingen verloren.

«Danny wird mal sehr schön», sagte Larry. Er beobachtete sie, wie sie bei den anderen saß, mit einem Teller auf dem Schoß. «Sie ist anders als Franca», sagte er. «Franca war schon immer schön, sie wächst einfach, wie eine Katze. Ich meine, sie hatte von Anfang an Krallen, einen Schwanz, alles war da, aber bei Danny geschieht etwas Geheimnisvolleres. Es wird alles nach und nach kommen. Erst am Ende wird man es sehen.»

Hinter ihnen lag das schlafende Gras, ausgetrocknet vom Winter, von der Sonne gewärmt.

«Sie ist in vieler Hinsicht so», sagte Viri. «Sie hat Züge, die etwas eigenartig sind, sogar beunruhigend, aber ich hab das Gefühl, daß sie später Sinn machen werden.»

«Kinder geben einem etwas sehr Besonderes», sagte Larry. «Man behütet sie, man kennt sie so genau. Darum geht's doch, oder?»

Viri schwieg. Er wußte, daß sie keine Kinder bekommen konnten. Rae setzte sich zu ihnen.

«Warum machst du nicht ein paar Fotos?»

«Ich hab keinen Film mehr.»

«Sicher hast du einen.»

«Nein, ich hab keinen mehr.»

«Ich hab dir gesagt, du sollst anhalten und welche kaufen», sagte sie.

Er nippte an dem letzten Schluck seines Champagners. «Ja, das hast du. Du hast immer recht, nicht wahr?»

Sie antwortete nicht.

«Ich hab großes Glück, mußt du wissen», sagte er zu Viri.

Ihr Gesicht sah sehr klein aus, als sie so dasaß, die Knie unter dem Rock angezogen.

«Ja, großes Glück. Rae hat immer recht. Sie muß einfach recht haben. Nichts ist jemals ihre Schuld, nicht wahr?»

Sie sagte nichts. Er machte nicht weiter. Er lag auf die Ellbogen gestützt da, das Glas in der Hand. Ihr ganzes Leben lag in diesem Bild von ihnen, er regungslos, das Kinn auf der Brust, mit leerem Glas; sie mit gesenktem Kopf, unfruchtbar, die Hände fest um die Knie geschlungen. Sie hatten siamesische Katzen, sie gingen in Museen und zu Vernissagen, sie war mit Sicherheit leidenschaftlich, sie lebten in einer großen Wohnung im Village.

Am späten Nachmittag waren sie alle im Haus. Larry trank Kaffee, einen Schal um den Hals gewickelt, kurz davor aufzubrechen. Die Kinder spielten, sie spürten ihre Erschöpfung noch nicht. Sie würden nach dem Abendessen vorm Kamin einschlafen, mit geröteten Gesichtern und zufriedenen Herzen. Rae sagte auf Wiedersehen. Sie war fröhlich. Sie zeigte ihnen, daß sie ein kleines Nest aus Gräsern mit vier Schokoladeneiern darin in der Tasche hatte. Sie würden auf dem Nachhauseweg ein Omelette essen, sagte sie. Sie bedachte sie mit einem herzlichen Lächeln und entblößte kurz ihre ungepflegten Zähne.

Nedra und Eve saßen am Fenster. Das Geräusch des Motorrads verebbte. Viri machte einen Spaziergang. Nedra bestickte ein Paar Hausschuhe. Auf jedem Zeh war ein Sonnengott.

«Sie ist sehr nett», sagte Eve.

«Ja, ich mag sie.»

«Sie redet viel. Ich meine, nicht dummes Zeug – sie ist wirklich interessant.»

«Das ist wahr.»

«Er dagegen ...»

«Er redet sehr wenig.»

«Er hat fast kein Wort gesagt.»

«Larry ist immer schweigsam», sagte Nedra.

«Und wie sie sich hassen.»

«Glaubst du? Was du nicht alles merkst, Eve.»

«Ich hab das selbst durchgemacht.»

Viri kam herein, hinter ihm der Hund, Grashalme hingen an seinem Fell.

«Ah, du bist unten am Fluß gewesen», sagte Nedra. «Der hat's heute wirklich gut gehabt.»

«Ostern gefällt dir, was, Hadji? Er hat vermutlich Durst, Viri.»

«Er hat am Fluß viel getrunken. Möchtest du etwas Tee? Ich werd welchen machen.»

«Das wäre wunderbar», sagte Nedra. Als er draußen war, drehte sie sich zu Eve. «Was denkst du über Viri und mich?» Eve lächelte.

«Siehst du das bei uns auch so?»

«Ihr seid absolut ... ihr seid perfekt füreinander.»

Nedra gab einen kurzen Laut von sich, als hätte sie in ihrer Arbeit einen Fehler entdeckt. «Es ist unmöglich, mit ihm zu leben», sagte sie schließlich.

«Ist es nicht. Das liegt auf der Hand.»

«Unmöglich für mich. Nein, du verstehst das nicht. Ich liebe ihn, er ist ein wundervoller Vater, aber es ist schrecklich. Ich kann es nicht erklären. Es ist so zermürbend, man wird zwischen dem, was man nicht tun kann, und dem, was man tun muß, zerrieben. Man wird zu Staub.»

«Ich glaube, du bist einfach müde.»

«Viri und ich sind wie Richard Strauss und seine Frau. Ich bin genauso gemein wie sie – nur daß Strauß eben ein Genie war. Sie war Sängerin, sie hatten fürchterliche Kräche. Sie hat herumgeschrien und ihm die Noten an den Kopf geworfen. Als sie noch ein Niemand war, meine ich. Sie probten seine Oper. Sie lief in ihre Garderobe. Er folgte ihr, und dort haben sie weitergestritten.»

Viri kam mit einem Tablett und dem Tee zurück.

«Ich erzähle gerade von Strauss und seiner Frau», sagte Nedra.

«Er hatte eine wunderschöne Handschrift», kommentierte Viri.

«Er war wirklich begabt.»

«Er hätte Zeichner werden können.»

«Na ja, auf jeden Fall trat das Orchester zusammen und verkündete, daß es keine Oper spielen wollte, in der diese Frau eine Rolle hatte. Und Strauss sagte, nun, das ist aber bedauerlich, da Fräulein de Ahna und ich uns gerade verlobt haben. Sie war ein absoluter Drachen, das kannst du dir nicht vorstellen. Er mußte darum betteln, daß sie ihn in ihr Zimmer ließ. Sie sagte ihm, wann er arbeiten solle und wann er aufzuhören habe; sie behandelte ihn wie einen Hund.»

Viri goß den Tee ein. Von den Tassen stieg ein feines Aroma auf. «Milch?» fragte er Eve.

«Einfach schwarz», sagte sie.

Franca und Anthony kamen herein.

«Wollt ihr Tee?» fragte er sie. «Holt euch zwei Tassen.» Er goß ihnen ein; sie saßen auf Kissen auf dem Boden.

«Es gibt eine bestimmte Art von Größe», sagte Viri, «die von Strauss zum Beispiel, die im Himmel entsteht. Der Künstler steigt nicht zum Ruhm auf, er erscheint in ihm, er trägt ihn schon in sich, und die Welt erkennt ihn an. Kometenhaft, wie ein Meteor – das sind die Ausdrücke, die wir benutzen, und sie treffen zu, es *ist* eine Art Feuer. Es macht sie weithin sichtbar, und gleichzeitig zehrt es sie auf und erst später, wenn die Leuchtkraft fort ist, wenn ihre Knochen neben denen von unbedeutenderen Männern liegen, kann man sie wirklich beurteilen. Ich meine, es gibt berühmte Werke, die in der Antike sehr angesehen waren und heute absolut vergessen sind: Bücher, Gebäude, Kunstwerke.»

«Aber stimmt es nicht», sagte Nedra, «daß die meisten großen Architekten zu ihrer Zeit anerkannt waren?»

«Na ja, das mußten sie wohl, sonst hätten sie ja nichts gebaut. Es gibt allerdings viele Architekten, die früher hoch angesehen waren und jetzt völlig unbedeutend sind.»

«Aber nicht umgekehrt.»

«Nein», gab Viri zu. «Niemand ist bislang den anderen Weg gegangen. Vielleicht werd ich der erste sein.»

«Du bist nicht unbedeutend, Papa», protestierte Franca.

«Unbekannt, aber ein Ehrenmann», sagte Viri.

«Wie wär's mit unbekannt, aber gewandt?» sagte Nedra.

«Ha, gut, sehr gut», sagte er. Er empfand ein wenig Verbitterung über die Witze, die sie machten.

Als sie später begannen, das Abendessen zu bereiten,

ging er nach oben. Er betrachtete sich im Spiegel, plötzlich ohne Illusion. Er war mittleren Alters; er konnte den jungen Mann, der er gewesen war, nicht mehr in sich erkennen.

Er saß im Schlafzimmer, schrieb Zahlen auf, Wörter, verzierte sie, machte Muster aus ihnen. *1928*, schrieb er, und dahinter, *Geboren am 12. Juni in Philadelphia, Pennsylvania. 1930 Umzug nach Chicago, Illinois.* Er fuhr fort, zeichnete sein Leben in Daten auf, wie das eines Malers. *1941 Eingeschult in Phillips Exeter. 1945 Studienbeginn in Yale. 1950 Reist durch Europa. 1951 Heiratet Nedra Carnes.* In der Stille strömten die Gedanken ihm zu: Tage, die er fast vergessen hatte, Mißerfolge, alte Namen. *1960 Das einzig wirklich schöne Jahr in meinem Leben.* Und dann, darunter: *Verliert alles.*

Er wurde unterbrochen, seine Frau rief ihn. Arnaud war am Telefon. Er steckte das Blatt in die Tasche und ging hinunter. Die Lampen waren angeschaltet, es war Abend geworden. Eve, die Knie zur Seite gebogen, die Füße, halb aus den Schuhen, in glatten Seidenstrümpfen, sprach am Telefon.

«Ich weiß nicht, ob ich lieber bei dir wäre oder will, daß du herkommst», sagte sie. Arnaud war zu Besuch bei seiner Mutter, aber jetzt sehnte er sich danach, mit seiner anderen Familie zu sprechen, der Familie seines Herzens. Seine Zuneigung war überströmend, er erzählte witzige Geschichten, er wollte Einzelheiten des Tages wissen.

Viri nahm den Hörer. Sie waren vereint, sie alle, in dem weiten blauen Abend, der sich über den Fluß und die Hügel ausbreitete. Sie redeten und redeten.

Später saß er mit der Zeitung in einem Sessel, der Sonntagsausgabe, füllig und noch glatt, die ungelesen im Flur gelegen hatte. In ihr waren Artikel, Interviews, alles frisch, ungesehen; die Zeitung war wie ein großes Schiff, die Decks voller Passagiere, wie ein Verzeichnis, in das alles eingetragen wurde, was die Stadt, was die Welt bewegte. Ein großes Schiff das jeden Tag in See stach, er sehnte sich, auf ihm zu sein, die Salons zu betreten, an der Reling zu stehen.

Du bist nicht unbedeutend, sagten sie ihm. Du hast Freunde. Die Leute bewundern deine Arbeit. Er war schließlich ein guter Vater – mit anderen Worten ein schwacher Mann. Wahre Qualität war etwas anderes, sie war unaufhaltsam, mörderisch, sie hinterließ Opfer wie jede andere Aggression; kurz gesagt, sie eroberte. Wir müssen vage sein, wir müssen sanft sein, wenn wir das nicht sind, bringen wir andere Menschen um, was immer unsere Vorsätze waren, wir erdrücken sie mit einer strahlenden Vision. Es ist der Idiot, der so spricht, der Schwächling, dachte er, der gescheiterte Sohn; überschreitet man diese Grenze, ist Tugend nicht mehr möglich.

Die Nacht bricht herein. Die Kälte liegt auf den Feldern. Das Gras wird zu Stein.

Im Bett lag er wie ein Mann im Gefängnis, der vom Leben träumt.

«Wie ging noch mal der Witz, den Booth erzählt hat, der so komisch war?» fragte Nedra. Sie bürstete ihr Haar.

«Er hat ein außergewöhnliches Lächeln», sagte Viri. «Wie das eines alten Politikers.»

«Wo war seine Frau?»

«Sie lernt fliegen.»

«Lernt fliegen?»

«Das hat er jedenfalls gesagt. Also, zwei Betrunkene stehen in einem Aufzug. In irgendeinem Hotel …»

«Ist das der Witz?»

«Eine Frau kommt rein – sie ist total nackt. Die beiden stehen da und sagen nichts. Als sie wieder raus ist, sagt der eine zum anderen: ‹Komisch, meine Frau hat genauso ein Kostüm.›»

13

Die Morgen waren weiß, die Bäume waren noch kahl. Das Telefon klingelte. Dünner Dunst stieg vom Dach der Scheune der Marcel-Maas auf. Seine Frau war allein dort. «Schau doch mal vorbei», bat sie Nedra.

«Ich fahr nachher in die Stadt. Vielleicht auf dem Rückweg.»

«Ich würd gern mit dir reden.»

Nedra fuhr mittags bei ihr vorbei. Das ungeschnittene Gras war still, die Luft kühl. Die Steinmauern der Scheune leuchteten im klaren Aprillicht. Der noch trockene, noch schlafende Obstgarten zog sich den Abhang hinunter.

«Ich mach mir einen Kir», sagte Nora. «Willst du auch einen? Weißwein mit einem Schuß Cassis.»

«Ja, sehr gerne.»

Sie schenkte den Wein ein. «Robert wohnt jetzt in New York», sagte sie. «Hier. Keine Angst, ich werd dir nichts davon erzählen.»

Sie setzte sich und nahm einen kleinen Schluck. «Er müßte kälter sein», sagte sie. Sie sprang auf, um eine neue Flasche zu holen.

«Der ist doch in Ordnung.»

«Nein, du sollst ihn genau so bekommen, wie er sein muß.» Sie war von einer mitleiderregenden Energie erfüllt. «Das hast du verdient», sagte sie.

Nedra saß ruhig da, aber sie fühlte sich unwohl. Ihr waren Vertraulichkeiten unangenehm, besonders von Fremden.

«Hier», sagte Nora wieder.

Das Glas war gekühlt. «Mhm, sehr gut.»

Ruhig, wie Liebende, die die Augen aufschlagen, tauschten sie unabsichtliche Blicke.

«Ich bin froh, daß du da bist. Ich wollte dich einfach nur

sehen. Weißt du, die Leute hier in der Gegend sind so langweilig.»

«Ja.» sagte Nedra. «Aber warum?»

«Sie sind in ihrem Leben steckengeblieben. Außerdem kenn ich sowieso keinen hier. Wir hatten fast nie Gäste. Na ja, es gibt da eine Frau, die heißt Julie», sagte sie. «Kennst du sie? Sie verkauft Kosmetika. Früher war sie mal Stripteasetänzerin. Schmeckt dir der Kir?»

«Köstlich. Was ist das noch mal?»

«Wein und Cassis, ein klein wenig Cassis.»

Nedra begutachtete die Flasche.

«Wird aus Beeren gemacht», sagte Nora.

«Was für Beeren?»

«Ich weiß nicht. Französische. Ich wollte dir von Julie erzählen. Sie hat ein unglaubliches Leben gehabt. Sie ist öfter von Gangstern ins St. George Hotel mitgenommen worden. Ich mein, sie kann sie wirklich beschreiben. Ein Leibwächter hat sie dann nach Hause gebracht. Natürlich kannst du dir denken, was er mit ihr gemacht hat. Jetzt verkauft sie Gesichtscreme. Möchtest du noch einen? Du hast ja noch gar nicht ausgetrunken.»

«Noch nicht.»

«Komm, wir setzen uns ans Fenster. Da ist es schöner.»

Als sie hinübergingen, klingelte das Telefon. Nora nahm abrupt den Hörer auf. «Hallo», sagte sie. Sie hörte zu. «Es tut mir leid. Mr. Maas ist nicht hier. Mr. Maas ist in New York.» Sie hörte wieder zu. «New York, New York», sagte sie.

«Einen Moment bitte», sagte die Vermittlung. «Der Teilnehmer würde gerne Miss Moss sprechen. Ist Miss Moss zu Hause?»

«Miss Moss ist in Los Angeles, Kalifornien», sagte Nora. «Wer ist denn am Apparat?»

Nedra saß in einem bequemen Sessel, die Sonne fiel ihr

auf die Knie. Das Fensterbrett war voller Pflanzen. Die Musik von halbvergessenen Broadway-Musicals lief im Hintergrund. Nora kam zurück, setzte sich und schloß die Augen. Sie begann zu summen, vereinzelt einen Satz mitzusingen, schließlich sang sie ganze Zeilen laut und leidenschaftlich mit. Dann stand sie plötzlich auf und begann, sich hin und her zu wiegen, zu tanzen. Sie warf die Hände nach vorne und zur Seite wie ein Revuegirl. Sie lachte unsicher, aber sie hörte nicht auf. Man sah das Leben, in dem sie aufgeblüht war, die Fröhlichkeit, die Albernheit, die aus ihr hervorquoll wie die Füllung aus einer Puppe.

«Früher kannte ich die Lieder alle auswendig», gestand sie. Sie konnte kochen, sie hatte noch immer schöne Beine, was sollte sie machen, fragte sie, hier draußen bei den Apfelbäumen bleiben? Die meisten von ihnen waren sowieso so alt, daß sie keine Früchte mehr trugen.

«Ich lese gerne», sagte sie, «aber, mein Gott ...»

Sie habe geschickte Hände, sagte sie. Sie betrachtete sie, eine Seite, dann die andere, ein wenig rauh, aber sie können eine Menge. Na ja, das traf auf alles an ihr zu.

«Die Sache ist, ein Mann kann sich eine jüngere Frau nehmen, aber andersherum funktioniert das nicht.»

«Das funktioniert sehr wohl», sagte Nedra.

«Glaubst du?»

«Natürlich.»

«Nein, nicht bei mir», entschied sie. «Man muß daran glauben.»

Hier saß sie nun, allein auf dem Land. Im Obstgarten waren die Bäume; im Schrank saubere Gläser und Teller. Es war ein Haus aus Stein, ein Haus, das Hunderte von Jahren stehen würde, und darin waren Bücher und Kleider, die sonnigen Zimmer und Tische, die man zum Leben brauchte. Und eine Frau, ihre Augen waren noch klar, ihr

Atem süß. Schweigen umhüllte sie, die Luft, die Stille des Grases. Sie hatte nichts zu tun.

«Ich bleib nicht hier draußen», sagte sie abrupt.

Ein paar von seinen Sachen hingen noch in den Schränken, seine Leinwände waren noch im Atelier über ihnen. Sie konnte nicht bleiben. Die Abende waren zu lang, die Dunkelheit kam und erdrückte sie, bis sie sich nicht mehr bewegen konnte.

«Es ist nicht fair», sagte sie.

«Nein.»

«Was soll ich bloß tun?»

«Du wirst jemanden kennenlernen», sagte Nedra. Bin ich so anders als diese Frau? dachte sie. Bin ich meines Lebens so viel sicherer? «Wie alt bist du?» fragte sie.

«Neununddreißig.»

«Neununddreißig», sagte Nedra.

«Katy ist achtzehn.»

«Ich hab sie schon so lange nicht mehr gesehen.»

«Ich hab mein Leben damit verbracht, für ihn zu sorgen», rief Nora aus. «Ich weiß noch, wie ich ihn zum ersten Mal gesehen hab. Er sah phantastisch aus, ich zeig dir mal ein paar Bilder.»

«Du bist noch jung.»

«Haben wir wirklich nur eine Jahreszeit? Einen Sommer», sagte sie, «und dann ist Schluß?»

14

Am Morgen, beim ersten Licht, verschlang ein mächtiger Wind – ein Wind, der Türen zuschlug und Glas zerbrach – die Stille in plötzlichen, überwältigenden Schlägen. Hadji verkroch sich in den Decken. Das Kaninchen kauerte mit angelegten Ohren neben seinem Stall. Es gab Pausen unheimlicher Stille und dann, manchmal eine halbe Minute lang, das gewaltige Brüllen der Luft. Es war, als ob die Wände ächzten.

Obwohl der Himmel klar, obwohl es sogar warm war, tobte der Wind den ganzen Tag, riß an den Läden, wühlte in den Bäumen. Der wilde Wein richtete sich vor Entsetzen kerzengerade auf, schrie und wurde fortgerissen. Im Gewächshaus zersprangen die Scheiben mit musikalischem Klang. Es war ein Wind ohne Schärfe, ein riesiger, fressender Wind, der nicht aufhören wollte.

Am späten Nachmittag kam ein Anruf. Er war aus einer anderen Stadt, man hörte einen merkwürdig mechanischen Ton. «Mrs. Berland?» fragte eine Männerstimme.

«Ja.»

«Mein Name ist Dr. Burnett.» Er rief aus Altoona an. «Ich dachte, ich sollte sie besser benachrichtigen», sagte er. «Ihr Vater ist im Krankenhaus. Er ist sehr krank.«

«Was ist passiert?»

«Sie wissen nichts von seinem Zustand?»

«Nein, was hat er?»

«Nun, er hat nach Ihnen gefragt, und ich denke, es wäre gut, wenn Sie kommen könnten.»

«Wie lange ist er schon dort?»

«Ungefähr fünf Tage», sagte der Arzt.

Sie fuhr am gleichen Abend. Sie machte sich eine Stunde vor der Dämmerung auf den Weg. Sibelius donnerte im Radio, der Wind schüttelte den Wagen. Sie fuhr an Schiffswerften vorbei, Raffinerien, pulsierenden, häßlichen Vororten, auf die sie nicht einmal einen Blick warf, vorbei an der Industrie, die ihr Leben versorgte. Autos strömten in beide Richtungen, die Lichter wurden heller. Die Dunkelheit brach herein. Sie fuhr durch, ohne anzuhalten. Die Radiostationen wurden schwächer, überlagerten, verschlangen einander. Es gab Böen von Musik, geisterhafte

Stimmen; es war wie ein weiter, zerfallender Baldachin, wie undichte Dächer in einer ärmlichen Stadt, einer Stadt, die von billiger Reklame, Sentimentalitäten, gedankenlosem Krach überflutet wurde. Das Chaos erfüllte ihre Ohren, die Scheinwerfer der entgegenkommenden Autos stachen ihr in die Augen. Am Himmel hinter den schwarzen Bäumen glühte der Widerschein von Städten.

Sie fuhr in die Dunkelheit, die Dunkelheit eines alten, müden Landes, das sorgsam zusammengehalten, verkauft und wiederverkauft worden war, sie fuhr, bis tiefste Nacht sie umgab. Die Straßen leerten sich. Sie überquerte den Susquehanna, der still wie ein Teich war, als die ersten Wellen der Müdigkeit sie überkamen. Die Fahrt wurde zu einem Traum. Sie dachte an ihren Vater, an die Vergangenheit, in die sie zurückkehrte. Sie kannte die Hilflosigkeit und Verzweiflung, wenn man aufs neue eine endlose Reise antrat, eine Reise, die man bereits ein für allemal hinter sich gebracht hatte. Der lange weiße Tunnel am Blue Mountain glitt vorüber wie ein Krankenhauskorridor. Dann Tuscarora. Die Namen hatten sich nicht verändert. Sie warteten auf sie, ihrer Rückkehr gewiß.

Schließlich schlief sie ein paar Stunden, das Auto stand einsam auf einer bläulich beleuchteten Raststätte. Als sie aufwachte, war der Himmel im Osten schon hell. Sie fand sich in einer Gegend wieder, die ihr vage vertraut war: die Hänge der Hügel, die dunklen Bäume. Die Straße war sichtbar geworden, glatt und fahl, kein Haus oder Licht war in den Wäldern zu sehen, so weit das Auge reichte. Sie war wie elektrisiert; daß es doch immer so bliebe, dachte sie. Der frühe Tag, wie Morgengrauen auf See, überwältigte sie und schenkte ihr neues Leben.

Bald kam sie an den ersten Farmen vorbei, an Scheunen, die in der Stille wunderschön aussahen, das Radio gab Preise durch, die Anzahl geschlachteter Schafe und Läm mer. Alte Häuser mit verblaßten roten Backsteinen, die einem ans Herz gingen, weiße Säulen auf den Veranden, die Bewohner noch im Schlaf. Der Himmel wurde immer bleicher, wie ausgewaschen. Plötzlich war alles farbig, die Felder wurden grün. Hilflos erkannte sie ihren Ursprung, obwohl sie jahrelang fern von ihm gewesen war, das leere, stumpfe Land, die Hügel, die zu Fuß zu erklimmen so lange dauerte, die vulgären Städte. Ein einzelnes Auto kam ihr entgegen, gerade als die Kühe zur Fütterung hereinkamen, ein einsamer Chevrolet, still wie ein Vogel im Flug. Ein Junge und ein Mädchen saßen darin, dicht nebeneinander. Sie schienen sie nicht zu sehen. Sie trieben hinter ihr ins flirrende Licht.

Kleine Gärten, Kirchen, handgemalte Schilder. Sie empfand keine Wärme des Wiedererkennens; für sie war es Trostlosigkeit, Verfall. Was für ein Scheitern, eines Tages hierher zurückzukriechen; es würde alles in einem Tag auslöschen.

Ein Morgen im Herzen des Landes. Frühe Arbeiter mit ihren Wagen auf den Straßen. Bei einem Farmhaus wanderten zwei Enten benommen auf der Straße herum, wo zwischen weißen Federn eine dritte, vom Auto überfahren, blutig dalag.

Gewächshäuser, alte Schulen, Fabrikgebäude mit zerbrochenen Fensterscheiben. Altoona. Sie bog in Straßen ein, an die sie sich aus ihrer Mädchenzeit erinnerte.

Das Krankenhaus war gerade erwacht. Die Zeitungen des Vortages lagen noch in den Münzautomaten, die Operationspläne waren noch nicht getippt.

Man hielt sie sofort auf. «Es tut mir leid, aber Sie dürfen nicht rein», sagte die Frau an der Rezeption. «Die Besuchszeit beginnt um elf.»

«Ich bin die ganze Nacht durchgefahren.»

«Sie können jetzt niemanden besuchen.»

Um elf kam sie wieder. In einem Zweibettzimmer sah sie ihren Vater in dem Bett am Fenster liegen. Er schlief. Seine Arme auf der Decke schienen sehr zerbrechlich.

Sie berührte ihn. «Hallo, Papa.»

Seine Augen öffneten sich. Langsam drehte er den Kopf.

«Wie geht es dir?» fragte sie.

«Ganz gut, denk ich.»

Sie konnte es deutlich sehen. Sein Gesicht schien kleiner, seine Nase groß, seine Augen erschöpft.

«Ich bin jetzt eine Woche hier drin», sagte er.

Es gab nichts, was darauf hindeutete. Auf dem Tisch standen ein Wasserglas und ein Tablett. Es gab keine Bücher, keine Briefe, nicht einmal eine Uhr. Im Bett daneben lag ein alter Mann, der sich von irgendeiner Operation erholte.

«Er hört nie auf zu reden», sagte ihr Vater.

Der alte Mann konnte sie hören. Er lächelte, als hätte man ihn gelobt.

«Hält nie den Mund», sagte ihr Vater. «Wo wohnst du?»

«Im Haus.»

Draußen war ein klarer, sonniger Morgen. Das Zimmer wirkte dunkel.

«Willst du eine Zeitung?» fragte sie.

«Nein.»

«Ich les sie dir vor, wenn du magst.»

Er antwortete nicht. Sie blieb bis zwei. Sie redeten sehr wenig. Sie saß bei ihm und las. Er schien halb zu schlafen. Die Krankenschwestern weigerten sich, ihr Auskunft über seinen Zustand zu geben; er habe ein starkes Herz, sagten sie.

Auf dem Flur sprach sie endlich mit dem Arzt. «Er ist sehr schwach», sagte er. «Es war ein langer Kampf.»

«Er hat schreckliche Schmerzen im Rücken.»

«Ja, es hat sich ausgebreitet.»

«Überall?»

«Bis in die Knochen.» Er erklärte den Gewichts- und Kräfteverlust, die Auszehrung, die ihren Lauf nahm.

Im Haus machte sie sich einen Tee und legte sich hin. Es war das Haus, in dem sie aufgewachsen war: tapezierte Wände, die Vorhänge grau. An der Hintertür war die Erde festgetreten, dort wuchs nie Gras. Sie rief Viri an.

«Wie geht's ihm?»

«Sehr schlecht.»

«Wird er wieder gesund?»

«Ich glaub nicht», sagte sie.

«Nedra, es tut mir so leid.»

«Tja, da kann man nichts machen», sagte sie. «Ich wohn hier im Haus.»

«Geht das denn einigermaßen?»

«So schlimm ist es nicht.»

«Wie lange, glaubst du ... Was meinen sie?»

«Er wirkt so schwach, schon fast am Ende. Heut morgen war ich schockiert, wie weit es schon vorangeschritten ist.»

«Willst du, daß ich runterkomme?»

«Nein, nein, das würde wirklich nichts nützen. Es ist sehr lieb von dir, aber ich glaube, besser nicht.»

«Na ja, wenn du mich brauchst ...»

«Viri, diese Krankenhäuser sind so gräßlich. Du solltest ein Krankenhaus entwerfen, mit Sonne und Bäumen. Wenn man stirbt, sollte man einen letzten Blick auf die Welt haben – ich mein, man sollte doch wenigstens den Himmel sehen können.»

«Das ist alles nur Zweckmäßigkeit.»

«Zum Teufel mit der Zweckmäßigkeit.»

Als sie zum Krankenhaus zurückkehrte, schlief ihr Vater wieder. Als sie an das Bett trat, wachte er auf, die Augen plötzlich weit aufgerissen, bewußt. Sie saß den ganzen

Nachmittag an seinem Bett. Abends nahm er nur ein paar Schluck Milch zu sich.

«Papa, du mußt essen.»

«Ich kann nicht.»

Ab und zu kam eine Schwester herein. «Wie fühlen Sie sich, Mr. Carnes?»

«Dauert nicht mehr lange», murmelte er.

«Fühlen Sie sich besser?» fragten sie.

Er schien sie nicht zu hören. Er war in ein unsichtbares Leichentuch gehüllt. Sein Mund war trocken. Wenn er sprach, war es nicht lauter als ein Murmeln, das kaum nach außen drang, kaum zu verstehen. Mehrere Male fragte er, welcher Tag es sei.

Sie war erschöpft an diesem Abend, sie badete und ging zu Bett. In der Nacht wachte sie einmal auf. Der Himmel, die Straße draußen waren völlig still. Sie lag da, ruhig, allein. Die Katze war ins Zimmer gekommen, sie saß auf dem Fensterbrett und sah hinaus.

Am Morgen war ihr Vater bereits ins Koma gefallen. Er lag hilflos da, er atmete gleichmäßiger, langsamer, auf seinen Augen lagen feuchte Gazetupfer. Sie rief ihn: nichts. Er hatte seine letzten Worte gesprochen.

Plötzlich schnürte ihr die Trauer die Kehle zu. Ruhe in Frieden, Papa, dachte sie. Sie saß stundenlang an seinem Bett.

Er war hartnäckig. Er war stark. Er konnte sie jetzt nicht mehr hören, nichts konnte ihn wecken. Seine Arme waren gebrechlich über seiner Brust verschränkt wie federlose Flügel. Sie wischte sein Gesicht ab, rückte sein Kissen zurecht. Viri rief am Abend an. «Hat sich was verändert?»

«Ich werde etwas essen gehen», erklärte sie. Sie sprach mit den Kindern. Wie geht es Grandpa, fragten sie. «Er ist sehr krank», sagte sie.

Sie waren höflich. Sie wußten nicht, was sie sagen sollten.

Es dauerte sehr lange, es dauerte eine Ewigkeit; Tag und Nacht der Geruch von Desinfektionsmitteln, das Wispern von Gummirädern. Diese zerbrechliche Maschine, denken wir, und doch, was für einer Gewalt bedurfte es, sie zum Stillstand zu bringen. Das Herz ist im Dunkeln, unwissend, wie diese Tiere in unterirdischen Gängen, die nie das Tageslicht erblicken. Es kennt keine Treue, keine Hoffnung; es hat seine Aufgabe.

Die Nachtschwester horchte auf seinen Atem. Es hatte begonnen.

Nedra beugte sich dicht über ihn. «Papa», sagte sie, «kannst du mich hören, Papa?»

Sein Atem wurde schneller, als fliehe er vor etwas. Es war sechs Uhr abends. Sie saß die ganze Nacht bei ihm, während er dalag und nach Luft rang, während sein Körper in der Gewohnheit eines ganzen Lebens weiterarbeitete. Sie betete für ihn, sie betete gegen ihn und dachte währenddessen, du bist die nächste, es ist nur eine Frage der Zeit, ein paar schnell verflogene Jahre.

Um drei Uhr morgens brannte nur noch das Licht auf dem Tisch der Krankenschwester, kein Arzt war da. Die Korridore waren leer.

Unten lag das dunkle, verarmte Städtchen, mit seinen bröckelnden Gehsteigen und den so dicht beieinander stehenden Häusern, daß man zwischen ihnen nicht einmal hindurchgehen konnte. Die alten Schulgebäude lagen still da, das Kino, die Fenster mit Metallplatten abgedeckt, die *Veterans' Hall.* Seine Mitte durchzog kein Fluß, sondern ein breites, stilles Bett von Gleisen. Die Schienen waren verrostet, die großen Werkstatthallen geschlossen. Sie kannte diese steil in den Hang gebaute Stadt, sie hatte keine Freunde hier, sie hatte ihr für immer den Rücken gekehrt. Irgendwo in ihr schliefen entfernte Cousinen, die sie nie aufsuchen würde.

Sie hörte dem schrecklichen Kampf zu, der sich auf dem schmalen Bett abspielte. Sie nahm seine Hand. Sie war kühl; es war kein Gefühl darin, keine Antwort. Sie beobachtete ihn. Er kämpfte weit entfernt von ihr; seine Lungen kämpften, seine Herzkammern. Und sein Geist, dachte sie, woran dachte der jetzt, gefangen in seinem Körper, verurteilt? War da Harmonie in ihm oder Chaos, wie in einer fallenden Stadt?

Seine Kehle füllte sich. Sie rief die Schwester. «Kommen Sie schnell», sagte sie.

Sein Atem war furchteinflößend, sein Puls schwach. Die Krankenschwester fühlte sein Handgelenk, dann seinen Ellbogen.

Er starb nicht. Er fuhr mit dem schrecklichen Atmen fort. Die Anstrengung, die es ihn kostete, nahm ihr die Kraft. Es war, als könnte alles gut werden, wenn er nur damit aufhörte. Eine Stunde verging. Er wußte nicht, wie sehr er sich erschöpfte. Es war eine Art Wahnsinn, er lief und lief, war hundertmal gestürzt und hatte sich wieder aufgerafft. Nichts und niemand konnte eine solche Strafe aushalten.

Kurz nach fünf tat er, abrupt, seinen letzten Atemzug. Die Schwester kam herein. Es war geschafft.

Nedra weinte nicht. Sie hatte statt dessen das Gefühl, daß sie ihn nach Hause gebracht hatte. Plötzlich verstand sie die Bedeutung der Worte «in Frieden», «in Ruhe». Sein Gesicht war entspannt. Es trug einen grauen Bart, wie Asche. Sie küßte seine Wange, seine bläuliche Hand. Sie war noch warm. Die Schwester setzte seine Zähne ein.

Vor der Tür begannen ihr die Tränen über die Wangen zu laufen. Sie ging benommen den Flur hinunter. Sie schwor sich eines: ihn nicht zu vergessen, ihn immer im Gedächtnis zu behalten, solange sie lebte.

Die Beerdigung war einfach. Sie hatte keinen Gottesdienst gewünscht. Er wurde neben Grabmalen, auf denen schlicht *Vater* stand, und Steinkreuzen, die wie Holzstämme gehauen waren, zwischen zur Seite geneigten Obelisken und Gedenktafeln für Kinder – *Faye Milnor, Aug. 1930 – Nov. 1931*, ein kleiner Stein, ein hartes Jahr –, hoch oben auf einer Anhöhe, in einem ruhigen, entlegenen Teil des Friedhofs, wo die Gräber leicht verwildert waren, begraben. Die Stadt mit ihren vielen Bäumen schien jetzt am Nachmittag im Schlaf zu liegen, aus der Ferne ähnelte sie einem naiven Gemälde.

Ihr Blick glitt über Namen, während sie an den Gräbern vorbeiging. Tauben liefen auf dem Weg. Miniaturflaggen winkten ihr mit einem kurzen Kräuseln zu.

Der Totengräber war ein junger Mann, sein Oberkörper war nackt, sein langes Haar hatte er nach hinten gebunden.

Er nickte höflich und hörte auf zu arbeiten. Sein Hund lag unter einem Baum im Gras.

«Machen Sie ruhig weiter», sagte sie.

Die Platte über dem Sarg war schon an ihrem Platz.

«Das hier ist eine wirklich gute Stelle», erklärte er ihr. Er hatte ein schmales Gesicht. Einer seiner Schneidezähne war abgebrochen. «Das nächste Mal, wenn Sie kommen, wird's schon grün sein.»

«So bald?»

«Na ja, ein paar Wochen müssen Sie dem Gras schon geben.»

«Ja», sagte sie. «Wie heißen Sie?»

«David.»

Er war Mexikaner, wie ihr jetzt auffiel. «David ...»

«Ja, Ma'm.»

Er fuhr mit seiner Arbeit fort. Er hatte magere Arme, aber er grub stetig. In der Ferne sah man die Kuppel der

Kirche grau in den Himmel ragen. Sie wartete, bis das Grab halb gefüllt war.

«Ist das Ihr Hund?» fragte Nedra.

Es war ein Hund wie ein Collie, mit einer langen schmalen Schnauze.

«Ja, die gehört mir.»

«Wie heißt sie?» fragte Nedra.

«Anita.»

Sie sah noch einmal hinunter auf die Stadt. «Man wird sich doch gut um das Grab kümmern?»

«Oh, ja, Ma'm», sagte er. «Da können Sie unbesorgt sein.»

Als sie ging, gab sie ihm zehn Dollar.

«Nein», sagte er, «das ist nicht nötig.»

«Behalten Sie's», sagte sie und ging den Hügel hinunter. Der Pfad schien jetzt steiler zu sein. An manchen Stellen war der hohe Eisenzaun, der den Friedhof umgab, eingefallen. Über ihr war der Himmel plötzlich dunkel geworden.

Die Anzüge ihres Vaters lagen auf dem Bett, um von der Heilsarmee abgeholt zu werden, seine Hemden, seine leeren Schuhe. Die Erde war dumpf in die Grube gepoltert, in der er lag. Alle Schmuckstücke, Hüte, Gürtel, Ringe – wie unscheinbar und billig erschienen sie ohne ihn. Sie waren wie Dinge aus dem Theater, die bei Tageslicht betrachtet sehr gewöhnlich, sogar künstlich aussehen.

Sie behielt ein paar der Fotografien; das Haus und die Möbel übergab sie einem Makler zum Verkauf. Sie löschte alle Spuren und kehrte in ein Leben zurück, das mit diesem nichts zu tun hatte, ein Leben, das strahlender war, freier. Sie hatte hier einmal siebzehn Jahre lang gewartet, verzweifelte Jahre, die Luft erfüllt von den Schwingungen der dahinter liegenden Welt; würde sie jemals ein Teil davon sein, würde sie jemals erlöst werden?

Lebwohl, Altoona, Dächer, Kirchen, Bäume. Das Wasserwerk, wo sie viele Sommernachmittage verbracht hatten, der kühle, farnbewachsene Boden, die stillgelegten Pumpen, voll mit Schmetterlingen und Laub. Broad Avenue mit seinen Häusern, die Viertel der Namenlosen. Es schien, als säße in jedem düsteren Wohnzimmer eine Frau mit geschwollenen Beinen oder ein alter Mann, verbraucht, leer, gezeichnet. Eine von ihrem Äußeren her fast europäische Stadt, steil und geräumig, beschienen von der späten Nachmittagssonne. Wie alle diese Knotenpunkte war sie eine Strafkolonie, mit ihren Eisenbahngleisen in die Provinz genagelt.

Sie fuhr das letzte Mal durch die Straßen. Altoona lag im blauen Morgenlicht, eine Stadt von Bäumen. Die billigen Cafés füllten sich, der Verkehr zog an ihr vorüber. Ärmliches Essen, einfache Menschen. All diese dürftigen Leben waren wie Humus; sie hatten die Bäume der Stadt gepflanzt, ihre Ecksteine gesetzt, ihre endlose Einsamkeit und Ruhe geschaffen. Sie dachte an den Schnee, wie er auf diese Straßen fiel, an lange Wintermonate, an Theateraufführungen, die vor Jahren hier gastiert hatten, an bestimmte reiche Familien, deren Häuser wie ein anderes Land waren, ihre Töchter, ihre Geschäfte. Sie dachte an ihren Vater, an Männer, mit denen er früher Karten gespielt hatte, seine Freunde, ihre Frauen.

Es war vorbei, geschafft. Plötzlich fühlte sie, wie es durch sie hindurchging wie ein Omen. Sie war die nächste. Der Weg war frei für ihr eigenes Ende.

15

Arnaud saß bequem in einem Sessel, gehüllt in den Dunst seiner Zigarre, träge, still vergnügt. Seine Heiterkeit war versteckt; sie war wie Kohlen unter der Asche, man mußte sie aufdecken, um sie zu entfachen. Sein Haar schien grauer, zerzauster, seine Augen blasser. Er hatte etwas von einem großartigen Clochard an sich, einem heiligen Versager. Er hatte volle Lippen, verfärbte, aber kräftige Zähne, ein Gesicht voller Leben.

Nedra saß ihm gegenüber. «Du mußt dir eine Frage ausdenken», sagte sie.

«Gut.»

«Und du mußt dich darauf konzentrieren. Ich kann das nur, wenn du's ernst nimmst.»

Er rauchte eine kleine Zigarre, die aussah wie ein dunkles Stück Holz. Er nickte leicht. «Ich bin ernst.»

Sie begann die Karten durchzusehen. Er beobachtete sie. Er war andächtig. Es war, als hätten sie zusammen eine Kathedrale betreten. Sie tauchten in eine kühle, spürbar andere Atmosphäre.

«Ich werde jetzt eine Karte auswählen», sagte sie, «die dich darstellt.»

«Wie machst du das?»

«Es hängt von deinen Eigenschaften ab, deinem Alter.»

«Und was, wenn du mich nicht kennen würdest?»

Ein kurzes Lächeln. «Wie sollte ich dich nicht kennen?» fragte sie.

Sie legte eine Karte auf den Tisch, ein König in einem gelben Gewand. Seine Füße und der Thron, auf dem er saß, waren verdeckt, ein fränkischer König. «Der König der Schwerter.»

«Sehr gut.»

Es war Winter. Die Tage waren lang und von einer köstlichen Ziellosigkeit. Sie gab ihm die Karten. «Misch sie, und konzentrier dich dabei auf die Frage.»

Er mischte sie langsam. «Woher stammt das Spiel?» fragte er.

«Das Tarotspiel?»

«Wer hat sich das ausgedacht?»

«Niemand hat sich das ausgedacht», sagte sie. «Hast du sie gut gemischt? Leg sie in drei Haufen. Du weißt, daß ich keine Expertin bin, Arnaud», sagte sie, während sie die Karten auslegte.

«Nein?»

«Ich kenne nicht alle Feinheiten», entschuldigte sie sich. «Aber ich weiß eine Menge.»

Sie legte die Karten vorsichtig aus, mit einer Art zeremonieller Genauigkeit. Sie verdeckte den König mit einer Karte. Sie legte noch eine weitere quer darüber. Dann legte sie, weiterhin in kreuzförmiger Anordnung, einzelne Karten darüber, darunter und zu beiden Seiten.

Merkwürdige Karten, die Bilder waren wie aus Büchern. Sie legte sie mit einem leichten, knappen Geräusch auf den Tisch. Neben das Kreuz legte sie vier Karten in einer Reihe untereinander, eine nach der anderen. Die vorletzte Karte war der Tod. Sie schien einen dunklen Schatten über den Rest zu werfen. Es war, als hätten sie beiläufig in einem fremden Brief gelesen und wären in der Mitte plötzlich auf eine schreckliche Nachricht gestoßen.

«Also», sagte Nedra, «da hast du eine wunderbare Karte.» Sie deutete auf die letzte. Es war der Kaiser.

«Sie zeigt deine Zukunft», sagte sie. «Sie bedeutet Verstand, Kraft, Größe.»

«Der wichtigste Einfluß geht von hier aus.» Sie zeigte auf die Karte über seiner. «Das ist eine Frau, eine sehr gute Frau, eine Freundin, liebevoll, ehrlich. Sie ist der Schlüssel zu allem.»

Sie waren in dem Duft des Tabaks verbunden, in der Kälte, die draußen vor den Fenstern lag, unter dem Winterhimmel, der weiß war wie ein Tuch.

«Ich denke, daß deine Frage vielleicht sogar von dieser Frau beantwortet werden kann. Habe ich recht?» sagte sie.

«Du bist einfach zu intelligent.»

«Entweder sie kennt die Antwort, oder sie ist die Antwort.»

«Also eigentlich ist die Antwort auf meine Frage entweder ein Ja oder ein Nein.»

«Ich glaube, daß ich das noch nicht beantworten kann.»

«Ich auch nicht», sagte Arnaud.

«Manchmal ist es unmöglich, Dinge, die das eigene Leben betreffen, klar zu sehen. Man ist auf jemand anderen angewiesen, der es einem zeigt.«

«Dazu bin ich bereit.»

«Wir reden von Eve, nicht wahr?»

«Natürlich.»

«Sie ist meine engste Freundin.»

«Gar nicht so einfach, was?»

«Du weißt, daß du der einzige Mann in ihrem Leben bist. Ich meine, in ihrem ganzen Leben der einzig wahre Mann.»

«Es ist wirklich nicht einfach», sagte Arnaud. «Ich liebe sie, ich mag Anthony, aber trotzdem ist da etwas, was mich zurückhält.»

«Was?»

«Das kann ich nicht sagen.»

«Es hat wahrscheinlich noch keine Ehe gegeben, die nicht ohne eine gewisse Unsicherheit geschlossen wurde.»

«Warst du unsicher?»

«Als würde ich hingerichtet werden.»

«Komm schon, Nedra.»

«Na ja, vielleicht nicht ganz.»

«Was siehst du sonst noch?»

Sie sah auf die Karten. «Ich sehe eine andere Frau, die dich beeinflußt. Ich erkenne diese Frau nicht. Sie ist dunkel, sie hat Geld, sie ist wahrscheinlich sehr selbstbewußt, sehr sicher. Sie ist das Hindernis, die gegenläufige Kraft. Sie hat ungewöhnliche Neigungen, die vielleicht im verborgenen liegen.»

«Bin ich der Frau schon begegnet?»

«Ich bin mir nicht sicher.»

«Hört sich nicht an wie jemand, den ich kenne.»

«Es steht auf jeden Fall in den Karten. Du bist von der Königin der Zauberstäbe zugedeckt ...»

«Dieser hier.»

«Ja, und wirst von der Königin der Pentagramme gekreuzt. Das ist sehr ungewöhnlich. Es zeigt, daß deine wahren Freunde Frauen sind. Also, es ist so ...» Sie machte eine Pause. «Da gibt es bestimmte Ideen, bestimmte Vorschläge. Es ist wahrscheinlich alles eine grundlegende Sache. Du hast einen sehr harten Kampf vor dir.»

«Immer noch?»

Sie sah sich die darauffolgenden Karten an, sie schien ihn nicht zu hören. «Ich glaube, daß ich das nicht sehr gut mache», sagte sie plötzlich.

«Ich finde, du machst das großartig. Ich würde gern etwas mehr über diese ungewöhnlichen Neigungen hören.»

«Nein. Nein, das ist alles falsch. Irgendwas stimmt hier nicht.» Sie war unsicher, sogar ein wenig nervös.

«Warte, ich will nur eine Sache wissen.» Der Tod saß in schwarzen Lettern auf einem weißen Pferd. Das Banner, das er trug, war arabisch, steif wie Holz. «Was bedeutet die Karte hier?» fragte er.

«Na ja, sie kann vieles bedeuten ...»

«Zum Beispiel?»

«Alles mögliche. Den Verlust von jemandem, der es gut

mit dir meint. Sieh mal, es schneit», sagte sie. Sie nahm eine seiner Zigarren. Ihre langen Finger hielten sie ganz am Ende, dicht am Mund. Sie beugte sich vor, um sich Feuer geben zu lassen.

Hinter den Fenstern fiel der Schnee immer dichter. Alles verschwand darin. «Wir müssen Viri finden», rief sie.

Er war irgendwo draußen spazieren. Sie begannen, sich aufs Geratewohl mit allem, was gerade zur Hand war, anzuziehen. Sie packten sich ein wie Russen, mit Hüten und Schals, und nahmen für Viri einen Mantel mit.

«Er wird unten am Fluß sein», sagte Nedra.

Der Schnee fiel dicht und schnell. Er bedeckte ihre Schultern, streifte ihre Augen. Sie gingen, ohne zu sprechen, wie in arktischen Schneewüsten. Ihre Fußstapfen füllten sich hinter ihnen. Es war wunderbar, fremdartig. Dann sahen sie Hadji auf sich zurennen, das Gesicht weiß von Schnee. Er bellte, er sprang in die weichen Schneewehen, die sich gerade bildeten, lief seitwärts, wälzte sich ekstatisch, die Beine in der Luft. Hinter ihm erschien Viri wie eine mythische Gestalt, ein Wanderer mit hochgeschlagenem Kragen, das Haar voller Schnee.

«Wir sind deine Eskimoführer», sagte Arnaud.

«Was für ein Glück.» Er zog den Mantel an.

«Das ist Nushka, mein Weib», sagte Arnaud.

«Ah.»

«Du kennst ja die Gepflogenheiten der Eskimos, was ihre Frauen angeht.»

«Außerordentlich zivilisiert», stimmte Viri zu.

«Nushka, reib mit unserem Freund die Nase.»

Nedra vollzog den Akt andächtig, sinnlich.

«Sie gehört dir», sagte Arnaud.

«Redet sie nicht?»

«Selten. Frauen, die reden, nasen nicht. Frauen, die nasen, reden nicht.»

Hadji lag auf dem Bauch, halb vergraben im tiefer werdenden Schnee: schwarze Augen – getuschte Augen, wie Danny sagte –, aufgestellte, intelligente Ohren. Sie riefen ihn, aber er rührte sich nicht.

Jivan kam zum Dinner und Kate Marcel-Maas, gerade zurückgekehrt aus dem Leben mit ihrem Freund. Ihr Gesicht war sonnengebräunt, ihre Arme dünn.

«Kennst du Kate?» fragte Nedra.

«Ich glaube nicht», sagte Arnaud. Er lächelte. «Wohnen Sie in New York?»

«Nein, ich bin nur für zwei Wochen hier.»

«Ach, wirklich? Und woher sind Sie?»

«Aus Los Angeles.»

«Wo liegt denn das?» murmelte er.

«Wo Los Angeles liegt?» sagte sie.

«Ach, ich glaub, ich erinnere mich. Was machen Sie da?»

«Wir haben da ein kleines Haus, mit Garten. Die meiste Zeit habe ich Salat gezogen.»

Jivan hatte ein Baumwollhemd an, das er oben offen trug. Er schien voller Energie, fast Ungeduld.

«Komm, ich will dir was zeigen», sagte er zu ihr. Er führte sie in die Küche, wo er vor den faszinierten Augen von Franca und Danny den Sellerie in vogelähnliche Figuren geschnitten hatte.

«Woher kannst du das?» sagte Kate.

«Gefällt's dir?»

«Phantastisch.»

«Du solltest ein paar Sellerie anpflanzen», sagte er. «Hier, jetzt mach ich einen Schwan. Willst du etwas Wein?»

Es war Retsina. Er schenkte ihr etwas ins Glas. Sie probierte ihn. Wenn er dicht neben ihr stand, wirkte er ein wenig kleiner als sie. An seinem Finger steckte ein Ring mit einem dunklen Stein.

«Der schmeckt aber bitter», beschwerte sie sich.

«Daran gewöhnt man sich. Franca, möchtest du einen Schluck probieren?»

«Ja, gerne.»

«Du wirst ihn schon noch mögen», erklärte er Kate. «Letzten Endes sind die bitteren Dinge immer die besten.»

«Ach ja?» sagte sie.

Die Dunkelheit war gekommen. Das Haus war erleuchtet wie für einen Ball, überall waren die Lampen an. Nedra kochte. Sie war schöner denn je: ein schmaler Kamelhaarrock, die Ärmel hochgeschoben, die Handgelenke bloß. Neben ihr stand ein Glas Wein, an dem sie manchmal nippte.

Arnaud unterhielt sich mit Viri. Sie hatten es sich zwischen den Kissen auf der größten Couch bequem gemacht. Sie lachten, sie begannen gleichzeitig zu lächeln. Sie waren wie die Inhaber einer Galerie, die man am Ende des Tages durch das klare, getönte Glas ihrer Fenster sieht; sie waren wie Verleger, Aktionäre.

Nedra brachte ihnen ihren St. Raphael. «Was treiben die in der Küche?» fragte Viri.

«Jivan versucht, sie zu verführen.»

«Noch vor dem Essen?»

«Ich glaub, er ist ein bißchen nervös», sagte Nedra. «Er wittert Gefahr.»

«Nedra, findest du nicht – ich meine, prinzipiell –, daß wir eine gewisse Verantwortung gegenüber ihren Eltern haben?»

«Was redest du da, Viri? Sie ist verheiratet.»

«Das stimmt nicht ganz.»

«So gut wie.»

«Ist sie nicht ein bißchen jung?» fragte Arnaud.

«Ach, das vergißt man», sagte Nedra.

Das Essen, verkündete sie, als sie am Tisch saßen, war italienisch. *Petti di pollo.* Jivan schenkte den Wein ein. Diesmal lehnte Kate ab.

«Nimm doch etwas», redete er ihr zu.

«Was ist *petti di pollo?*» fragte sie.

«*Pollo* ist Huhn», sagte Arnaud.

«Und was ist *petti?*» fragte sie.

«Brust», sagte er. «Du weißt, was man von Hühnchen sagt.»

«Nein.»

«Jedes Teilchen stärkt dein Teilchen.»

«Ich kann's gebrauchen», sagte sie.

Arnaud war unbeschwert, witzig. Er erzählte Geschichten über Italien, von kleinen Städten am Meer, in denen es keine Hotels gab und man die Straßen entlangging und an Türen klopfte, um ein Zimmer zu finden, von Sizilien im brennenden Sonnenlicht, von Ravenna und Rom. Franca saß neben ihm und trank Wein.

Er hatte ein Gefühl für Sprachen. Er fiel immer wieder ins Italienische, tauchte hinein und heraus, als könnten sie es alle. «In Sizilien haben alle eine *lupara* – das ist ein Schrotgewehr. In der Zeitung war ein Artikel über einen Mann, der einen anderen Mann erschoß, weil er unter seinem Fenster zuviel Lärm gemacht hatte. Er kam vor den Richter, er tobte. ‹Sie wollen also sagen, daß ich unter meinem *eigenen* Fenster niemanden erschießen darf?› fragte er.»

«Ist das wahr?» fragte Franca.

«Alles ist wahr.»

«Nein, im Ernst.»

«Entweder ist es wahr», sagte er, «oder es wird wahr werden. Ich erzähl dir eine andere Geschichte. Da war ein Vater, der schenkte seinem Sohn eine Flinte. Sie war sehr klein. Es war eine *luparetta*. Der Sohn ging also in die Schule, und er traf einen anderen Jungen mit einer Armbanduhr. Es war eine sehr schöne Armbanduhr, er wollte sie unbedingt. Also tauschte er; er gab dem Jungen seine *luparetta*, und er bekam die Uhr.»

«Ist das eine wahre Geschichte?»

«Wer weiß? Als der Sohn am Nachmittag nach Hause kam, sagte sein Vater: ‹Wo ist deine *luparetta – Dov'è la luparetta*?› Und der Sohn sagte: ‹Ich hab sie getauscht.› – ‹Du hast sie getauscht!› – ‹Ja›, sagte er. ‹Ich hab sie gegen diese Uhr getauscht.› – ‹*Fantastico*›, sagte der Vater, ‹*meraviglioso*, du hast sie gegen eine Uhr getauscht. Und wenn jetzt einer kommt und deine Schwester eine Hure nennt, was machst du dann, sagst du ihm, wie spät es ist?›»

Sie aßen wie eine Familie, laut, vertraut, die Teller wurden zwanglos herumgereicht. Kate trank aus Arnauds Glas. Später spielte sie im Nebenzimmer Gitarre. Der Tisch wurde nicht abgeräumt. Nedra zündete das Feuer an, das sorgfältig vorbereitet war, trockene Holzspäne, darunter Papier. Es flackerte auf, griff um sich wie das unter Märtyrern. Sie saß neben Jivan. Sie tranken Birnenbrandy. Kate, die Gitarre auf dem Schoß, sang mit schwacher, hoher Stimme ein Lied für Arnaud.

«Du solltest sie besser hier rausschaffen», flüsterte Nedra.

«Mach dir keine Sorgen.»

«Er wird sie ins Bett kriegen, das seh ich doch.»

«Sie hat ein bißchen zuviel getrunken», sagte Jivan.

«Ja, aber nicht von deinem Wein.»

«Sie hat gesagt, sie mag den Wein nicht.»

«Warum flüsterst du, Nedra?» rief Viri.

«Es macht Spaß», sagte sie lächelnd.

Sie schenkte Brandy nach. Sie war wie eine Weihnachtsgirlande, ein Schmuck aus Silberfolie, der sich langsam drehte und dessen Glanz nur verschwand, um jedesmal neu aufzutauchen.

«Du spielst wirklich schön», sagte sie.

Sie entschuldigte sich, um den Kindern gute Nacht zu sagen. Viri ging danach nach oben. Er gab seinen Töchtern einen Kuß. Als er auf ihren Betten saß, fühlte er die Wärme ihrer Zimmer, die Räume, in denen sie schliefen und träumten, sicher waren. Ihre Bücher, ihre Sachen gaben ihm ein Gefühl von Stolz und Zufriedenheit. Auf der Treppe hörte er Stimmen, die sinnlichen Akkorde von unten. Kate saß dicht neben Arnaud. Auf ihren Zähnen lag ein bläulicher Schimmer, die Bläue, die auf reinem Weiß spielt, auf Diamanten. Plötzlich war er in Sorge um sie – nein, nicht in Sorge, wie ihm klar wurde, sondern voller Verlangen. Er war krank, als er an sie dachte, geschlagen, unglücklich. Der Schmerz, den er spürte, war ein Phantomschmerz, wie der in den Zehen eines fehlenden Beins. Es war nur Begierde. Er hoffte, daß die Begierde ihn verließ. Er betete darum, daß sie ihm bewahrt blieb.

Nedra sprach mit ihr. «Ich wünschte, ich hätte soviel Mut gehabt, als ich so alt war wie du», sagte sie.

Kate zuckte die Schultern. «Ich mag Kalifornien eigentlich gar nicht.»

«Wenigstens hast du dort gelebt. Du weißt, wie's da ist.»

«Meiner Mutter gefällt das alles nicht. Sie hätte gerne, daß wir heiraten.»

«Wie ihr es macht, ist es besser», sagte Nedra.

Sie schenkte sich und Kate noch ein wenig Brandy ein. Jivan und Viri hörten der Musik zu; Arnaud saß ausgestreckt beim Kamin, den Kopf nach hinten gelegt, die Augen geschlossen. Es fiel immer noch Schnee, selbst die Straßen waren verschwunden.

Die Eleganz des Abends, das stehengelassene Geschirr auf dem Tisch, die Unbeschwertheit, mit der Nedra und ihr Mann miteinander umgingen, das Verständnis, das von ihnen auszugehen schien, all dies erfüllte Kate mit einem fieberhaften Glück, jener Art Glück, das zu geben in der Macht eines anderen liegt. Sie war voller Liebe für diese Menschen, die sie – obwohl sie während ihrer ganzen Kindheit in der Nähe gelebt hatten – plötzlich wie zum ersten Mal sah, die sie wie jemanden behandelten, der sie in dem Moment gerne gewesen wäre: eine von ihnen.

«Kann ich dich besuchen kommen, während ich hier bin?» fragte sie.

«Natürlich.»

«Ich mein, ich red so gerne mit dir.»

«Ich würde mich freuen», sagte Nedra.

Eines Nachmittags also. Sie würden zusammen spazierengehen oder Tee trinken. Sie war nie über ihren engen Kreis hinausgekommen, diese Frau, die Kate auf einmal liebte, diese Frau mit wissendem Gesicht, die kein bißchen sentimental war, die sich auf die Ellbogen stützte und kleine Zigarren rauchte. Sie war nie gereist, nicht einmal nach Montreal, und dennoch wußte sie genau, wie das Leben auszusehen hatte. So war es. In ihrem Herzen trug sie einen Instinkt wie den einer wandernden Spezies. Sie würde die Tundra erreichen, die Tiefen der Meere, sie würde heimfinden.

Arnauds Augen waren offen. Sie waren ohne Neugier, ruhig, ein Zeichen, daß er langsam zu sich kam. Sein Gesicht war weich wie das eines Kindes. «Aus irgendeinem Grund hab ich den Drang einzuschlafen», murmelte er. «Euer Haus ist so warm und gut.»

«Du darfst tun, was du willst», sagte Nedra. «Du solltest alles haben, was du willst.»

Es folgte ein Schweigen. «Das hast du mir schon einmal gesagt», bemerkte er.

«Und ich hab mich immer daran gehalten.»

«Alles, was ich will … daran hast du dich gehalten?»

«Absolut.»

«Ich wach langsam auf», sagte er.

Er hatte sich nicht bewegt, aber seine Augen waren aufmerksam. Er war in seiner Trägheit wie ein Bär. Man sah seine Unschuld – die Unschuld großer Schauspieler –, während er wach wurde. «Du hast aufgehört zu spielen, Kate», sagte er.

Sie fing wieder an. Sie schlug ein paar traurige Akkorde an, ihre schmalen Finger strichen langsam über die Saiten. Mit ihrer dünnen Mädchenstimme, den Kopf gesenkt, begann sie zu singen. Sie sang immer weiter. Sie kannte unendliche Worte, sie waren ihre wahre Eloquenz, die Gedichte, an die sie glaubte. *The sheets, they were old, and the blankets were thin …*

«Mein erster Freund hat das immer gesungen», sagte Nedra. «Er hat mich übers Wochenende zum Sommerhaus seiner Eltern mitgenommen. Es war nach den Ferien, sie waren alle weg.»

«Wer war das?» sagte Viri.

«Er war älter als ich», sagte sie. «Er war fünfundzwanzig.»

«Wer?»

«Ich hab dort meine erste Avocado gegessen. Mit allem Drum und Dran. Sogar den Kern», sagte sie.

DREI

DREI

1

Mit sechzehn veränderte sich Franca. Sie begann ihr Versprechen einzulösen. Als wäre es über Nacht geschehen, in der Art, wie Blätter erscheinen, war sie plötzlich selbstbewußt. Eines Morgens wachte sie mit diesem Selbstbewußtsein auf, es war ihr gegeben worden. Sie hatte nun Brüste, ihre Füße waren ein bißchen groß. Ihr Gesicht war ruhig und unergründlich.

Sie waren sich nahe, Mutter und Tochter. Nedra behandelte sie wie eine Frau. Sie redeten viel miteinander.

Die Welt verändere sich, erklärte ihr Nedra. «Ich meine damit nicht die Mode», sagte sie. «Das sind nicht wirklich Veränderungen. Ich meine, daß man anders leben kann als früher.»

«Zum Beispiel?»

«Das kann ich dir nicht sagen. Du wirst es merken. Du wirst es viel besser verstehen als ich. Ich weiß in Wirklichkeit nicht viel, aber ich spüre, wenn etwas in der Luft liegt.»

Es gibt Wärme in Familien, aber selten Freundschaft. Sie sprach gerne mit Franca und redete auch gerne über sie. Sie fühlte, dies war die Frau, zu der sie selbst geworden war, so wie das Gegenwärtige das Vergangene verkörpern kann. Sie wollte durch sie das Leben neu entdecken, es ein zweites Mal genießen.

Eines Abends während der Ferien gab Dana ein Fest. Dana, deren Gesicht schon einen merkwürdig toten, fast bitteren Ausdruck hatte – aber was konnte man erwarten, sagte Nedra, bei einem Trinker als Vater und einer Mutter ohne Verstand. Sie las an diesem Abend ein Buch über Kandinsky, einen schweren, schönen Band mit glattem Papier. Sie hatte seine Ausstellung im Guggenheim gesehen, und sie war von seinem Werk wie geblendet. In der Stille des Abends, in der Stunde, wenn alles erledigt ist, schlug sie den Band schließlich auf. Er hatte erst spät zu malen begonnen, las sie. Er war zweiunddreißig, als er anfing.

Sie rief Eve an. «Ich finde das Buch wundervoll», sagte sie.

«Ich fand auch, daß es gut aussah.»

«Ich hab gerade angefangen, darin zu lesen», sagte Nedra. «Am Anfang des Ersten Weltkrieges lebte er in München, dann ging er nach Rußland zurück. Er verließ die Frau – sie war auch Malerin –, mit der er zehn Jahre zusammengelebt hatte. Er hat sie nur noch einmal wiedergesehen – stell dir das mal vor –, auf einer Ausstellung im Jahr 1927.»

Das Buch lag auf ihrem Schoß; sie hatte nicht weitergelesen. Die Kraft, sein Leben zu verändern, kann sich aus einer Passage ergeben, einer Bemerkung. Die Zeilen, die uns treffen, sind schlank wie die Egel, die im Flußwasser leben und sich am Körper von Schwimmenden festsaugen. Sie war erregt, voller Kraft. Die Sätze waren, wie es schien, genau zur richtigen Zeit gekommen wie so viele andere Dinge. Wie können wir uns unser zukünftiges Leben vorstellen ohne die Inspiration durch das Leben anderer Menschen?

Sie legte das Buch aufgeschlagen neben ein paar andere hin. Dort sollte es auf sie warten. Sie wollte nachdenken, dann zu ihm zurückkehren, es noch einmal lesen, weiterlesen, im Reichtum seiner Abbildungen baden.

Franca kam um elf nach Hause. In dem Moment, als die

Tür zuging, spürte Nedra, daß etwas nicht stimmte. «Was ist?» fragte sie.

«Was ist was?»

«Was ist passiert?»

«Nichts. Es war schrecklich.»

«Warum?»

Ihre Tochter weinte plötzlich.

«Franca, was ist los?»

«Sieh mich doch an», schluchzte sie. Sie trug ein Kostüm mit einem schmalen Pelzbesatz am Kragen und einem weiteren am Rocksaum. «Ich seh aus wie irgend so eine Puppe, die man in Souvenirläden kriegt.»

«Nein, das stimmt nicht.»

«Ich bin als erste gegangen», sagte sie voller Verzweiflung. «Alle haben mich gefragt: ‹Wo gehst du denn hin?›»

«Du mußtest doch gar nicht so früh nach Hause.»

«Mußte ich wohl.»

Nedra war erschreckt. «Was ist passiert, hat dir die Party nicht gefallen?» sagte sie.

«Doch, die Party schon. Ich hab mir nicht gefallen.»

«Was hatten denn die anderen an?»

«Du bestehst immer darauf, daß ich anders bin», platzte es aus ihr heraus. «Ich hab immer andere Sachen an, hier kann ich nicht hin, da kann ich nicht hin. Ich will das alles nicht mehr. Ich will wie alle anderen sein!» Die Tränen strömten ihr über das Gesicht. «Ich will nicht so sein wie du.»

Mit einem Schlag hatte sie ihre eigene Welt errichtet.

Nedra sagte nichts. Sie war wie betäubt. Sie wußte plötzlich, daß etwas in Gang gesetzt worden war, von dem sie gedacht hatte, daß es niemals passieren würde. Sie ging beunruhigt zu Bett, hin- und hergerissen von dem Verlangen, in das Zimmer ihrer Tochter zu gehen, und gleichzeitig voller Angst vor dem, was sie sagen könnte.

Am nächsten Tag war alles vergessen. Franca arbeitete im Gewächshaus. Sie malte. In ihrem Zimmer lief Musik. Hadji lag auf ihrem Bett, sie war glücklich. Es war vorüber.

Sie erhielt einen Brief von Robert Chaptelle, mit dem es bergab gegangen war. Es fiel ihr schwer, sich an ihn zu erinnern, an seine Nervosität, seinen teuren Geschmack und seine plötzlichen Einfälle, die ihren so ähnlich waren. Über das Theater schrieb er nichts; es ging ausschließlich um irgendeinen Mann, der Europa retten konnte.

... er ist ungefähr einen Meter achtzig groß. Er hat eine Ausstrahlung wie Kennedy. Es wühlt dich auf, wenn er spricht. Seine Stimme ist unvergeßlich. Mir war vergönnt, ihn zu treffen, Stunden in seiner Gegenwart sind wie Minuten. Seine Augen! Endlich verstehe ich das Wesen der Politik.

Cela tient du prodige.

Sie las ihn nur flüchtig. Er würde bald wieder von sich hören lassen, schrieb er in diesem letzten Brief. Er war aus gesundheitlichen Gründen auf Reisen, hatte die Versicherungsagentur, bei der er eine Zeitlang gearbeitet hatte, verlassen und war in die entlegenen Kleinstädte Frankreichs verschwunden. Fort, ins Schweigen getaucht.

Sie dachte mehr als einmal an die Frau, die Kandinsky zurückgelassen hatte. Es gibt Geschichten, die durch ihre Kürze gewinnen. Sie hatte den Namen in ihren Kalender geschrieben, oben, wo man die Seiten umblättert: Gabriele Münter.

2

Er verdiente Geld, seine Klienten mochten ihn, er konnte wunderschön zeichnen. Ruskin sagte, ein wirklicher Architekt müsse zuerst ein Bildhauer und Maler sein. Das war er fast und zudem so zerstreut, so in die Arbeit vertieft, daß er einmal aus Versehen Vogelfutter statt Zucker in seinen Tee schüttete. Er war unterhaltsam, geistreich; seine Handschrift war wie gestochen.

Sie gingen mit Michael Warner und seinem Freund essen. Die beiden liebten Nedra, sie verehrten sie.

«Sie haben eine so schöne Tochter.»

«Ich mag sie», gab Nedra zu. «Sie ist eine richtige Freundin für mich.»

«Sie hat so etwas Unzerstörbares. Was will sie mal machen?» fragte Michael.

«Ich möchte gerne, daß sie reist», sagte Nedra.

«Aber sie wird doch studieren, oder?»

«Ja, natürlich. Obwohl ich manchmal denke, daß die einzig wahre Erziehung nur von einem Menschen ausgeht. Wie geboren werden – man bekommt alles aus einer vollkommenen Quelle.»

«Aber die hat sie doch an Ihnen, oder nicht?» sagte Michael. «Nedra, ich halte das wirklich für eine sehr gefährliche Idee», widersprach Viri.

«Ein Mensch, dessen Leben so außergewöhnlich ist, daß es alles um sich herum befruchtet», fuhr Nedra fort.

«Theoretisch mag das ja möglich sein», sagte Viri, «aber eine einzige Beziehung, alles darauf zu stützen, kann sehr gefährlich sein. Ich meine, es ist doch möglich, von den Ideen einer sehr starken Persönlichkeit geprägt zu werden, aber auch wenn diese Ideen für sich interessant sein mögen, könnten sie für jemanden wie Franca ganz falsch sein.»

«Marina hat Darin Henze drei Jahre auf seiner Tournee um die Welt begleitet. Es war eine phantastische Erfahrung.»

«Darin Henze?»

«Der Tänzer.»

«Was meinst du mit ‹begleitet›?»

«Sie war natürlich seine Geliebte. Sie hat sich für seine Arbeit interessiert. Aber es ist wirklich egal, was er nun gemacht hat, er hätte auch Anthropologe sein können. Fachwissen ist kein Wissen. Was ich mit Wissen meine», sagte Nedra, «ist gelernt zu haben, wie, auf was für einer Ebene, man sein Leben lebt. Und wenn man das nicht lernt, ist alles andere sinnlos.»

Die Nacht in der Stadt. Sie waren in der Bar El Faro, dicht gedrängt zwischen Leuten, die auf einen Tisch warteten. Der Lärm des überfüllten Restaurants schlug auf sie ein. Im Hintergrund wurden Kisten mit Lebensmitteln hereingeschleppt, während Gäste, eingehüllt in Tabakqualm, sich über ihre Drinks hinweg laut unterhielten.

«Man weiß nie, was Leuten alles passiert», sagte Michael. «Ich habe eine Freundin», sagte er. «Sehr witzig und großzügig. Sie hätte Schauspielerin werden können.»

«Morgan», sagte Bill.

«Sie müssen sie mal kennenlernen.»

In dem Moment wurden sie an einen Tisch geführt. Der Kellner brachte die Karte.

«Wir nehmen die Paella, oder?» fragte Michael. «Also gut.» Er bestellte. «Sie wohnt an der Fifth Avenue, genau gegenüber der Metropolitan Opera. Sie hat nach der Scheidung das Apartment bekommen. Ein phantastisches Apartment ...»

In dem kleinen Raum, in der Dunkelheit, an die sich die Augen erst gewöhnen mußten, wo man selbst ein Gesicht, nach dem man sucht, ein paar Tische entfernt übersehen konnte, entdeckte Viri plötzlich jemanden. Sein Herz stockte. Es war Kaya Doutreau.

«Eines Abends kam sie aus dem Ballett zurück ...»

Er war tief erschrocken; er hatte Angst, daß sie ihn sehen könnte. Seine Frau sah überwältigend aus, er war in bester Gesellschaft, und doch schämte er sich seiner Existenz.

«... *Schwanensee*. Du kannst sagen, was du willst, aber es gibt nichts Schöneres auf der Welt.»

«So romantisch», sagte Bill.

«Als sie die Tür zu ihrem Apartment aufschloß, sah sie ihren Hund daliegen ...»

Er hörte nicht zu, er nahm nur das Geklapper des Bestecks wahr, die Geräusche, mit denen alles unterlegt war, so als lauschte er dem Mechanismus, der alles in Gang hielt. Es war schrecklich für ihn, daß ihre Anwesenheit ihn so aus dem Gleichgewicht brachte, die einfachsten Dinge, deren sie sich gar nicht bewußt war – ihre Gelassenheit, die Art, wie sie dasaß, das Gewicht ihrer Brüste unter dem hellen, gerippten Pullover.

«Also, sie wissen es nicht. Sie denken, daß jemand Gift unter der Tür durchgeschoben hat. Es war einfach schrecklich. Sie wußte nicht, was ihm fehlte. Sie trug ihn auf den Armen nach unten, er starb im Taxi.»

«Viri, geht es dir gut?» fragte Nedra.

«Ja.»

«Bist du sicher?»

«Ganz sicher.» Er lächelte kurz. Es schien, als hätte er vergessen, wie man aß, als wäre es eine Zeremonie, die er gerade erst erlernt hatte. Seine Aufmerksamkeit war auf seinen Teller gerichtet. Er versuchte, nicht über den Tisch hinauszusehen.

«Ich meine, da ist nun eine der interessantesten, warmherzigsten Personen überhaupt. Sie würde niemandem je etwas zuleide tun. Eine Wohnung voller Bücher. Die Menschen sind wirklich irre.»

«Eine schreckliche Geschichte», sagte Nedra.

«Ich hoffe, ich hab Sie nicht beunruhigt.»

«Es muß an der Jahreszeit liegen», sagte Bill. «Februar ist immer so. Das einzige Mal, als ich in meinem Leben krank war, war im Februar. Ich lag sechs Wochen im Krankenhaus. Zwei Wochen lang auf der Abschußliste. Die Paella schmeckt ausgezeichnet. «

«Was hatten Sie?»

«Ach, eine schwere Infektion. Meine Familie hat sogar schon einen Sarg für mich gekauft. Er war nicht mal groß genug. Sie wollten nicht so viel Geld ausgeben. Sie hätten meine Beine geknickt.» Er lachte.

«Viri, ist wirklich alles in Ordnung?»

«Oh, ja. Ja.»

Während des ganzen Essens fiel sein Auge immer wieder kurz auf sie. Es ließ sich nicht vermeiden. Sie lebte; es ging ihr gut. Plötzlich stand sie auf. Ihn überfiel eine ungeheure Panik, fast physische Angst. Dabei gingen sie nur. Als sie zwischen den Tischen hindurch an ihm vorbeikam, legte er die Hand an die Stirn, um sein Gesicht zu verdecken.

Sie fuhren nach Hause. Es war ein kalte und klare Nacht. Die Apartmenthäuser, große verdunkelte Bienenstöcke, ragten über ihnen. Aus der Ferne war die Brücke eine Lichterkette.

Jenseits des Flusses wurde die Straße leer. Der Mond stand darüber, der ganze Himmel war weiß. Im Auto roch es schwach nach Tabak, Parfum, wie in einem Zugabteil. Für jemanden, der in der Dunkelheit stände und zuschaute, wären sie im Nu vorbei gewesen, die strahlenden Scheinwerfer fluteten vor ihnen, ein kurzer Blick auf sie, mehr nicht. Das Geräusch erstirbt in der Kälte, dann ist sogar das ferne Rot der Rücklichter verschwunden. Stille. Über einem vielleicht das schwache Geräusch eines Flugzeugs, das die Sterne streift.

Arnaud verbrachte denselben Abend im Atelier eines Freundes in der Nähe des Chelsea-Hotels. Als er aufbrach, war Mitternacht vorbei. Er ging Richtung Osten. Sie hatten sich stundenlang unterhalten, die Art von Abend, die er am liebsten hatte, vertrauliche, lebendige Gespräche, die endlos dahinfließen und einen nie erschöpfen. Er war wie eine Figur aus einem Roman von Dickens; er aß, er trank, er hielt seinen kleinen Finger hoch, um anzuzeigen, wie wenig talentiert jemand war, er trieb im Strom der Großstadt. Sein Mantelkragen war hochgeschlagen. Niemand war auf der Straße, die Geschäfte hinter ihren Stahlgittern waren dunkel.

Der Verkehr kam in Schüben die Straße herauf. Die Scheinwerfer der Autos strahlten auf und verschwanden wieder in der bedrohlichen Stille über dem an vielen Stellen aufgebrochenen Asphalt. Er hielt nach einem Taxi Ausschau, aber zu dieser Stunde hatten sie alle ihr Schild auf OFF DUTY gestellt. Die Ecke an der Kreuzung war eisig, der Ausblick in alle vier Richtungen trostlos. Er lief einen Häuserblock weiter. Eine Cafeteria, das letzte erleuchtete Fenster, schloß gerade. Eine Welle von Autos fuhr vorbei, die meisten zerbeult, darin einsame Männer, Autos der Arbeiterklasse mit hochgekurbelten Fenstern.

Ein Motorrad kam langsam um die Ecke. Der Fahrer war schwarz gekleidet, Plexiglas verdeckte sein Gesicht. Ein Taxi kam, Arnaud winkte, es fuhr vorbei.

Der Motorradfahrer hatte ein Stückchen weiter vorne angehalten, der Motor lief, er sah hinunter auf die Räder. Er hatte kein Gesicht, man sah nur die gewölbte, glänzende Scheibe. Arnaud trat ein paar Schritte weit auf die Straße. Er konnte die Lichter von Midtown sehen, die hohen Gebäude. Der Motorradfahrer war abgestiegen und versuchte sich an den Türen von ein paar Mietshäusern, er zerrte an den Türgriffen. Er ging von einem zum anderen, sah in leere Geschäfte, die Hände flach an die Scheibe gedrückt. Arnaud ging wieder weiter.

In den West Forties standen geschminkte junge Männer an den Straßenecken, noch auf Kunden wartend. Männer mit schmutzigen Händen saßen zusammengesackt in Türeingängen, ihre betrunkenen Gesichter von der Kälte rotgebrannt. Die Taxis, die über die Avenue fegten, fielen fast auseinander, die Kotflügel klapperten, Abfall lag auf dem Boden.

Er begann sich die Ohren mit den Händen zu wärmen. Er konnte nicht zu Fuß nach Hause gehen; er wohnte in der Achtundsechzigsten Straße. Er schaute sich nach dem entfernten Verkehr um, es schien, als kämen immer weniger Autos vorbei. Der Ton von allem hatte sich verändert, als hätte er zu lange der Stille gelauscht. Seine Gedanken, in die er sich wie in seinen Mantel eingewickelt hatte, trieben plötzlich hinaus, erfaßten mehr: die dunklen fleckigen Gebäude, die kalten Legenden des Handels, die überall plakatiert waren. Er dachte daran, ins Chelsea zu gehen; es lag nur drei Straßen weiter. Zwei Männer kamen um die Ecke und gingen langsam auf ihn zu, einer tänzelte, halb in die Türeingänge tretend, hin und her.

«He, wie spät ist es?» fragte einer von ihnen. Es waren Schwarze.

«Halb eins», sagte Arnaud.

«Wo ist deine Uhr?»

Arnaud antwortete nicht. Sie waren stehengeblieben, der Rhythmus ihrer Schritte veränderte sich, sie stellten sich ihm in den Weg.

«Woher weißt du die Uhrzeit, wenn du keine hast? Bist du unfreundlich, Mann?»

Arnauds Herz schlug schneller. «Ich bin niemals unfreundlich», sagte er.

«Wohl bei deiner Freundin gewesen? Was ist los, kommst dir wohl zu fein vor, um mit uns zu reden?» Ihre Gesichter waren kaum auseinanderzuhalten, sie glänzten. «Ja, piekfein. Hat ’nen Hundertfünfzig-Dollar-Mantel an, also geht’s ihm bestens.»

Arnaud fühlte, wie alle Kraft von ihm wich, die Fähigkeit, sich zu bewegen, als träte er auf eine Bühne, ohne zu wissen, was er tun oder sagen sollte. Eine Gruppe von Autos näherte sich, sie waren fünf oder sechs Blocks entfernt. Er begann zu reden; als wollte er ihnen ein Geheimnis anvertrauen.

«Hört mal, ich muß weg, aber ich möcht euch noch was sagen ...»

«Er muß weg», sagte der eine zu dem anderen.

«Da war also dieser taube Mann ...»

«Was für 'n tauber Mann?»

Die Autos kamen näher. «Der traf einen Freund auf der Straße ...»

«Jetzt zeig schon deine Uhr. Schluß mit der Spielerei.»

«Ich will euch nur eine Frage stellen», sagte Arnaud schnell.

«Mach schon.»

«Eine Frage, die nur ihr mir beantworten könnt ...»

Plötzlich drehte er sich um und lief ein paar Schritt weit in Richtung der näher kommenden Autos, er rief und fuchtelte mit den Armen. Es war kein Taxi darunter. Sie waren schwarze, versiegelte Behälter, die einen Schlenker machten, um ihm auszuweichen. Er wurde von etwas getroffen, ein stechender Schmerz in der Kälte. Er stürzte auf ein Knie, als hätte man ihn gestoßen.

Er versuchte aufzustehen. Das, womit sie ihn schlugen, hörte sich an wie ein nasses Tuch. Es war der Anfang einer Sache und das Ende einer anderen. Er schleppte sich weiter wie ein Flagellant, herausgerissen aus dem Frieden eines unverletzten Lebens. Er hielt die Arme über den Kopf, er rief: «O mein Gott!»

Er stolperte, versuchte sich gegen den Hagel dumpfer Schläge zu wehren, die auf ihn niederprasselten. Er versuchte zu laufen. Seine Augen waren blind, er konnte nichts sehen, er schien sich bis zuletzt treu bleiben zu wollen, komisch bis zum Schluß, rufend, bis sein Auftritt in der eisigen Kälte zu Ende war und seine Beine nachgaben.

Auf den Knien bot er ihnen sein Geld an. Sie verstreuten den Inhalt seiner Brieftasche, als sie gingen. Seine Uhr nahmen sie nicht einmal. Sie war kaputt. Wie die Instrumente eines abgestürzten Flugzeugs zeigte sie den genauen Zeitpunkt der Katastrophe an. Er lag mehr als eine Stunde da, die Autos kurvten an ihm vorbei, ohne ihre Fahrt zu verlangsamen.

Eve rief am Morgen an. «O Gott», wimmerte sie.

«Was ist passiert?»

«Weißt du's noch nicht?»

«Was soll ich wissen?» sagte Nedra. Draußen vor dem Fenster lief ihr Hund im Sonnenlicht über den gefrorenen Boden.

«Arnaud ...» Sie begann zu weinen. «Sie haben ihn zusammengeschlagen. Er hat ein Auge verloren.»

«Zusammengeschlagen?»

«Ja. Irgendwo downtown», schluchzte sie.

3

Das Leben teilt sich und hinterläßt Narben, ähnlich den Ringen in einem Baum. Wie dicht beieinander die ersten liegen, die Zeit drückt sie zusammen, zwanzig Jahre lassen sich nicht mehr voneinander unterscheiden.

Eine neue Epoche hatte für sie begonnen. Alles, was zu der alten gehörte, mußte vergraben, mußte abgelegt werden. Das Bild von Arnaud mit seinem dick verbundenen Auge, die schweren Prellungen, das langsame Sprechen wie von einem leiernden Plattenspieler – diese Wunden erschienen ihr wie Zeichen. Sie markierten ihre ersten Lebensängste, die Furcht vor der Bösartigkeit, die Teil des Lebens war, für die es keine Erklärung gab, kein Heilmittel. Sie wollte das Haus verkaufen. Etwas ging um sie herum vor, es erstreckte sich auf alle Bereiche ihres Lebens, sie begann es in den Straßen zu sehen, es war wie die Dunkelheit, sie war sich plötzlich ihrer bewußt, wenn sie kommt, dann kommt sie über alles.

An Jivan bemerkte sie zum ersten Mal Dinge, die geringfügig waren, aber deutlich erkennbar, wie die schwachen Fältchen auf seinem Gesicht, die, wie sie wußte, eines Tages zu Furchen werden würden; sie waren die Spuren seines Charakters, sein Schicksal. Die in gewisser Weise servile Ehrerbietung, die er zum Beispiel Viri entgegenbrachte, war, wie sie sah, nicht die Folge einer einzigartigen Situation, sondern seine Natur; er hatte etwas Unterwürfiges an sich, er hatte zuviel Respekt vor erfolgreichen Männern. Seine Selbstsicherheit war rein körperlich, darüber ging sie nicht hinaus, wie ein junger Mann, der in seinem Zimmer mit Hanteln trainiert; er war stark, aber seine Stärke war kindisch. Die Dinge hatten sich irgendwie verändert zwischen ihnen. Sie würde ihn immer gern haben, aber der Sommer war vorbei.

«Was ist los?» wollte er wissen.

Ihr war nicht nach Erklärungen zumute. «Liebe ist Bewegung», antwortete sie. «Sie verändert sich.»

«Ja, natürlich ist Liebe Bewegung, aber zwischen zwei Menschen. Nedra, irgend etwas stört dich doch, dafür kenne ich dich zu gut.»

«Ich denke einfach, daß wir andere Luft brauchen.»

«Andere Luft. Du meinst nicht Luft.»

«Du weißt, was ich meine.»

«Ja, vielleicht. Du siehst wunderbar aus, das weißt du. Du siehst besser aus als damals, als ich dich kennengelernt habe. Was passiert, ist ganz natürlich, aber ich sag dir etwas, was dir nicht klar ist. Wenn du geliebt wirst, denkst du, Liebe sei leicht zu finden, daß jeder sie besitzt. Das stimmt aber nicht. Liebe ist sehr schwer zu finden.»

«Ich such ja gar nicht danach.»

«Sie ist wie ein Baum», sagte er. «Sie braucht eine lange Zeit, um zu wachsen. Sie hat sehr tiefe Wurzeln, und diese Wurzeln reichen sehr, sehr weit, weiter, als du denkst. Du kannst sie nicht einfach so fällen. Und außerdem ist das nicht deine Natur. Du bist kein Kind, es geht dir nicht nur um Sinnlichkeit. Ich habe keine andere Frau, ich bin nicht verheiratet, ich habe keine Kinder.»

«Du könntest heiraten.»

«Du weißt, daß ich das nicht kann.»

«Die Dinge werden sich verändern.»

«Nedra, du weißt, daß ich Franca liebe. Daß ich Danny liebe.»

«Ich weiß.»

«Es ist nicht fair, was du da sagst.»

«Ich bin es müde, die Dinge von allen Seiten zu betrachten», sagte sie einfach.

Sie wollte sich nicht streiten. Sie hatte sich entschieden.

Für sie gab es nichts mehr außer ihren Kindern, so sehr, daß Jivans Erklärung, er liebe sie, sie beunruhigte. Sie fühlte sich dadurch fast bedroht.

Ihre Liebe für ihre Kinder war die Liebe, der sie ihr Leben gewidmet hatte, die einzige, die sich nicht verbrauchen oder verschwinden würde. Das Leben ihrer Töchter würde aufsteigen, wenn ihres verblaßte, sie würden ihre Hingabe in sich tragen, wie eine Art Wissen, das in ihren Adern floß. Für sie würden sie immer jung sein; sie würden bleiben, wie sie waren, im Sonnenschein gehen, bis zum Ende mit ihr reden. Sie las Alma Mahler. «Viri, hör dir das an», sagte sie.

Es ging um den Tod von Mahlers Tochter, die an Diphtherie erkrankt war. Sie waren aufs Land gefahren, und plötzlich wurde sie krank. Ihr Zustand verschlechterte sich zusehends. Am letzten Abend wurde ein Luftröhrenschnitt vorgenommen; sie röchelte, sie bekam keine Luft. Alma Mahler lief am Rand des Sees entlang, allein, schluchzend. Mahler, außerstande, den Schmerz zu ertragen, trat immer wieder an die Tür seiner sterbenden Tochter, aber er konnte sich nicht dazu bringen hineinzugehen. Er konnte es nicht einmal ertragen, zum Begräbnis zu kommen.

«Warum liest du das?» fragte Viri.

«Es ist so schrecklich», gestand sie. Sie streckte die Hand aus und berührte seinen Kopf. «Du verlierst dein Haar.»

«Ich weiß.»

«Du verlierst es im Büro.»

«Überall», sagte er.

Sie saß in dem Sessel mit dem weißen Bezug, ihrem Lieblingssessel – seinem auch; entweder saß der eine oder der andere darin, das Licht war gut zum Lesen, auf dem Tisch stapelten sich neue Bücher.

«O Gott», seufzte sie, «wir behandeln das Leben wie ein Kaufhaus. Abends sitzen wir hier, wir essen, wir bezahlen Rechnungen. Ich möchte nach Europa fahren. Ich möchte überallhin reisen. Ich möchte die Kathedralen von Wren sehen, die berühmten Gebäude, die Plätze. Ich möchte Frankreich sehen.»

«Italien.»

«Ja, Italien. Wenn wir dort sind, werden wir uns alles ansehen.»

«Vor Frühjahr können wir nicht weg», sagte Viri.

«Ich möchte dieses Frühjahr fahren.»

Die Gedanken ans Reisen begeisterten auch ihn. In London aufzuwachen, die Sonne fällt auf sie herab, vor dem Hotel warten schwarze Taxis, vier Jahreszeiten liegen in der Luft.

«Ich möchte erst etwas darüber lesen. Ein gutes Buch über Architektur», sagte sie.

«Pevsner.»

«Wer ist das?»

«Ein Deutscher. Einer dieser Europäer, die in England merkwürdig heimisch werden – aber es ist schließlich das zivilisierte Land schlechthin – und ihr ganzes Leben dort verbringen. Er ist eine *der* Autoritäten.»

«Ich würde gern mit dem Schiff fahren.»

Die Winternacht legte sich um das Haus. Hadji, der langsam alt wurde, lag mit ausgestreckten Beinen an eins der Sofas gelehnt. Nedra wurde von einem Traum getragen, von Entdeckungslust. «Ich werd, glaub ich, einen Ouzo trinken», sagte sie.

Sie schenkte ihnen zwei Gläser aus einer Flasche ein, die Jivan zu Weihnachten mitgebracht hatte. Sie sah wie eine Frau aus, für die eine Reise nach Europa eine ganz normale Sache war: ihre Gelassenheit, ihr langer Hals, an dem Ketten von Azumaperlen hingen, hellgrau, blau und gelb, die Flasche in der Hand.

«Ich wußte gar nicht, daß wir welchen haben», sagte er.

«Nur diesen Rest.»

«Weißt du, wie Mahler starb?» sagte Viri. «In einem Gewitter. Er war sehr krank gewesen, hatte im Koma gelegen. Und dann, es war Mitternacht, zog ein gewaltiges Unwetter auf, und er verschwand darin, buchstäblich – sein Atem, seine Seele, einfach alles.»

«Das ist phantastisch.»

«Die Totenglocken läuteten. Alma lag im Bett und sprach mit einem Foto von ihm.»

«Das ist typisch für sie. Woher weißt du das?»

«Ich habe in deinem Buch schon weitergelesen.»

Als sie an der Ecke bei Bloomingdale's standen – die Menschen strömten an ihnen vorbei, streiften sie, die Busse dröhnten vorüber –, sagte sie zu Eve: «Damit ist es vorbei», womit sie alles meinte, was sie genährt hatte, vor allem die Stadt, hinter deren äußerster Grenze sie Zuflucht gefunden hatte, noch ihrem Sog ausgesetzt, noch unter einem Himmel, der in der Ferne in ihrem Widerschein glühte.

Als sie durch die Türen des Kaufhauses traten, betrachtete sie die Leute, die mit ihr hineingingen, die hinausgingen, Frauen, die sich an den Handtaschenständen weiter vorne etwas zeigen ließen. Die eigentliche Frage, dachte sie, ist: Bin ich eine von diesen Leuten? Werde ich eine von ihnen werden, so grotesk, verbittert, ausschließlich mit den eigenen Problemen beschäftigt, Frauen mit merkwürdigen Sonnenbrillen, alte Männer ohne Krawatte? Würde sie fleckige Finger haben wie ihr Vater? Würden sich ihre Zähne verfärben? Sie sahen sich Weingläser an. Alles, was zart und elegant war, kam aus Frankreich oder Belgien. Sie drehte sie um und las den Preis. Achtunddreißig Dollar das Dutzend. Vierundvierzig.

«Diese hier sind schön», sagte Eve.

«Ich finde diese besser.»

«Sechzig Dollar für ein Dutzend. Wann willst du die denn benutzen?»

«Weingläser braucht man immer.»

«Hast du nicht Angst, daß sie kaputtgehen?»

«Das einzige, wovor ich Angst habe, sind die Worte ‹ein ganz normales Leben›», sagte Nedra.

Sie saßen bei Eve, als Neil kam. Er wollte seinen Sohn besuchen. Das Zimmer war zu klein für drei Personen. Es hatte eine niedrige Decke, einen winzigen Kamin, der mit Glas abgedeckt war. Das ganze Haus war klein. Es war ein Haus für einen Schriftsteller mit seiner Katze, abseits der

Straße am Ende eines Privatweges, für einen disziplinierten Schriftsteller, wahrscheinlich homosexuell, der ab und zu einen Freund über Nacht bei sich schlafen ließ.

«Wirklich übel, das mit Arnaud», sagte Neil.

«Es ist grauenvoll.»

«Eve sagt, daß er ... vielleicht nie wieder richtig sprechen wird», sagte er in sein Wasserglas. Er hatte einen schmalen Mund, die Worte tröpfelten heraus.

«Sie wissen es nicht.»

«Möchtest du Tee?» fragte Eve.

«Ich geh ihn machen», sagte Nedra und stand schnell auf. Sie verschwand in der Küche.

«Scheißwetter ist das», murmelte Neil nach einer Pause.

«Ja.»

«Viel kälter als ... letzten Winter», sagte er.

«Ja, ich glaub auch.»

«Hat was mit ... der Umlaufbahn der Erde zu tun ... ich weiß nicht. Es soll eine neue Eiszeit kommen.»

«Nicht noch eine», sagte sie.

4

Die Jahreszeiten wurden zu ihrem Schutz, ihrer Kleidung. Sie fügte sich in sie, sie war wie die Erde, sie reifte, wurde welk, im Winter hüllte sie sich in einen langen Schafsfellmantel. Sie hatte viel Zeit, sie kochte, bastelte Blumen, sie sah, wie sich ihre Tochter in einen jungen Mann verliebte.

Sein Name war Mark. Er machte wunderschöne Zeichnungen, klare Linien, ohne Schraffur, makellos wie die Vollards von Picasso. Er ähnelte ihnen; er war dünn, er hatte lange Beine, hellbraunes Haar. Er kam jeden Nachmittag, sie saßen stundenlang bei verschlossener Tür in ihrem Zimmer, manchmal blieb er zum Abendessen.

«Ich mag ihn», sagte Nedra. «Er ist *suave.*»

Franca schlug das spanische Wort später nach. Glatt, gewandt stand da.

«Sie mag dich. Sie sagt, du bist glatt.»

«Ich soll was sein?»

«Wie ein Fisch», sagte sie.

In Franca war er verliebt, aber Nedra verehrte er. Die Welt der beiden hatte eine geheimnisvolle Anziehungskraft. Sie war lebendiger, leidenschaftlicher als andere Welten. Das Zusammensein mit ihnen war wie auf einem Boot, sie trieben auf eigenem Kurs dahin. Sie erfanden ihr eigenes Leben.

Sie trafen sich im Russian Tea Room. Der Oberkellner kannte Nedra; er führte sie zu einer der Sitznischen neben der Bar. Einer, die sie mochte. Nurejew hatte einmal in der Nähe gesessen. «An dem Tisch da», sagte sie.

«Ganz allein?»

«Nein. Hast du ihn mal gesehen?» sagte sie. «Er ist der schönste Mann auf Erden. Man kann es einfach nicht fassen. Als er aufstand, um zu gehen, stellte er sich dort vor den Spiegel, knöpfte sich den Mantel zu, knotete den Gürtel. Die Kellner sahen zu, sie standen da, hingerissen wie Schulmädchen.»

«Er kommt aus einer kleinen Stadt, das stimmt doch?» sagte Franca. «Sie wußten, daß er sehr talentiert war. Sie meinten, daß er nach Moskau zur Schule gehen müsse, aber er war zu arm, um die Zugfahrt zu bezahlen. Er mußte sechs Jahre warten, bis er sich die Fahrkarte leisten konnte.»

«Ich weiß nicht, ob das stimmt», sagte Nedra, «aber es würde zu ihm passen. Wie alt bist du, Mark?»

«Neunzehn», sagte er.

Sie wußte, was das bedeutete, welche Taten in ihm brannten, welche Entdeckungen ihm bestimmt waren. Er war als Austauschschüler ein Jahr in Italien gewesen, und Franca wollte das jetzt auch tun. Als Achtzehnjähriger hatte er in Southampton das Schiff verlassen. Auf einer Karte sah er, daß Salisbury nicht weit entfernt war. Salisbury, dachte er plötzlich, er erinnerte sich an Constables Gemälde der Kathedrale, ein Gemälde, das er kannte und bewunderte, und hier stand der Name auf der Karte. Er war von dem Zufall überwältigt, es war, als hätte ihm das einzige Wort, das er in einer fremden Sprache kannte, Glück gebracht. Er nahm den Zug, er hatte ein Abteil ganz für sich, er war entzückt, die Landschaft war berauschend, er war allein, durchreiste die Welt, und dann tauchte jenseits eines Tals die Kathedrale auf. Es war später Nachmittag, die Sonne fiel darauf. Er war so tief bewegt, daß er applaudierte, sagte er.

Viri traf ein und setzte sich. Er war sehr urban. In diesem Raum, zu dieser Stunde, strahlte er das Alter aus, das alle gerne hätten. Das Alter der Erfolge, der Anerkennung, das Alter, das wir nie erreichen. Vor sich sah er seine Frau und ein junges Paar. Franca war eindeutig eine Frau, plötzlich wurde ihm das bewußt. Er hatte irgendwie den Moment verpaßt, als es passiert war, aber er sah es klar vor sich. Ihr wirkliches Gesicht war aus dem jungen, freundlichen Gesicht des Kindes hervorgetreten und innerhalb einer Stunde leidenschaftlicher geworden, sterblich. Es war ein Gesicht, das ihm Ehrfurcht einflößte. Er hörte, wie sie eifrig «ja, genau» sagte, wenn sie Mark zustimmte, die Jahre ihrer Mädchenzeit lösten sich vor seinen Augen auf. Sie würde ihre Kleider ausziehen, nach Mexiko gehen, das Leben finden.

«Willst du nichts trinken, Viri?»

«Trinken? Doch, was trinkst du denn da?»

«Es heißt Weiße Nächte.»

«Laß mich mal probieren», sagte er. «Was ist da drin?»

«Wodka und Pernod.»

«Das ist alles?»

«Und viel Eis.»

«Du errätst nie, wen ich heute im Fahrstuhl getroffen habe: Philip Johnson.»

«Wirklich?»

«Er sah phantastisch aus. Ich hab hallo gesagt. Er trug einen wunderbaren Hut.»

Mark sagte: «Meinen Sie Philip Johnson ...»

«Den Architekten.»

«Warum hatte er den Hut auf?» fragte Franca.

«Nun ja. Man kennt den Pfau an seinen Federn.»

«Du bist genauso begabt wie er», sagte Nedra.

«Scheinbar hat ihn das nicht gestört.»

«Ich werd dir einen wunderbaren Hut kaufen.»

«Ein Hut wird auch nicht viel helfen.»

«Einen großen rehbraunen Filzhut», sagte sie. «Wie Zuhälter ihn tragen.»

«Ich glaube, du hast da irgendwie den falschen Eindruck bekommen.»

«Wenn Philip Johnson einen Hut hat, kannst du auch einen Hut haben.»

«Das ist wie der Witz mit dem Schauspieler, der auf der Bühne tot umfällt», sagte Viri. «Kennst du den?» Er wandte sich an Mark. Es war eine von Arnauds Geschichten, bissig und einfach. «Es war im Jiddischen Theater. Ich glaube, er hat Macbeth gespielt.»

«Der Vorhang fiel, aber jeder merkte, daß etwas nicht stimmte», sagte Nedra. «Zum Schluß kam der Direktor raus und sagte, etwas Schreckliches sei passiert, wirklich schrecklich, er sei tot.»

«Aber eine Frau im ersten Rang ruft dauernd: ‹Gebt ihm Hiehnerbriehe. Gebt ihm Hiehnerbriehe!› Und der Direktor steht da, neben ihm die Leiche, und schließlich ruft er: ‹Verstehen Sie nicht. Er ist tot! Hiehnerbriehe wird ihm auch nicht mehr helfen, gute Frau!› – ‹Schaden kann's nicht›, sagt sie.»

Sie erzählten die Geschichte gemeinsam, so einfühlsam, wie sich früher ihr Leben ineinandergefügt hatte. Niemand kannte Nedra so gut wie Viri. Sie waren die Besitzer eines riesigen, ungeordneten Unternehmens; sie hatten sich allem gemeinsam gestellt. Als er sich abends auszog, war er wie ein Diplomat oder Richter. Ein weißer Körper, weich und kraftlos, entstieg den Kleidern, seine Stellung in der Welt lag, von den Knöcheln gerutscht, zusammengefallen auf dem Boden; er war nachsichtig, er war wie ein Frosch, ein Hauch von Melancholie lag in seinem Lächeln.

Er knöpfte sich den Pyjama zu, bürstete sich das Haar.

«Gefällt er dir?»

«Mark?»

«Ich glaub, daß sie miteinander schlafen.»

Ihre Sachlichkeit versetzte ihm einen Stich. «Ach. Und warum?»

«Hättest du etwa nicht?» fragte sie. «Na ja, du vielleicht nicht.»

«Die Hauptsache ist, daß sie Bescheid weiß.»

«Sie weiß Bescheid. Ich hab ihr alles gegeben, was sie braucht.»

«Was meinst du, Pillen?»

«Sie wollte die Pille nicht nehmen», sagte Nedra.

«Ich verstehe.»

«Ich finde das richtig. Sie wollte keine Chemie in ihrem Körper.»

Plötzlich war er in Gedanken bei seiner Tochter. Sie war nicht weit weg, sie war in ihrem Zimmer, die Musik spielte leise, ihre Kleider waren ordentlich aufgehängt. Er dachte an ihre Unschuld, an die Fülle des Lebens, als wäre er von ihr überrascht worden wie von einer plötzlichen, unbemerkten Welle, die einen Spaziergänger am Strand erfaßt, seine Hose durchnäßt, sein Haar. Und doch, jetzt, da die Welle ihn traf, überkam ihn ein Gefühl von Zustimmung, sogar Freude. Er war vom Meer berührt worden, diesem mächtigsten aller irdischen Elemente, wie ein Mensch von der Hand Gottes berührt wird. Er brauchte diese Dinge nicht mehr zu fürchten.

In dieser Nacht träumte er von einer Meeresküste, silbrig vom Wind. Kaya kam zu ihm. Sie waren in einem weiten Saal, allein, draußen fand eine Versammlung statt. Er wußte nicht, wie er sie überredet hatte, aber sie sagte: «Ja, gut.» Sie schlüpfte aus ihren Kleidern. «Aber abends mag ich es auch.» Ihre Hüften waren so wirklich, so blendend, daß ihn kaum Scham erfüllte, als seine Mutter vorbeiging und so tat, als sähe sie nichts. Sie würde es Nedra erzählen, sie würde es Nedra nicht erzählen, er konnte sich nicht entscheiden, er versuchte, sich keine Gedanken darüber zu machen. Dann verlor er diese strahlende Frau in der Menschenmenge vor einem Theater. Sie verschwand. Leere Zimmer, Korridore, in denen alte Klassenkameraden standen, ins Gespräch vertieft. Er ging an ihnen vorbei, auffallend allein.

Am Morgen sah er sich Franca genauer an, aber unauffällig, er versuchte, sich ganz natürlich zu geben. Er sah nichts. Sie schien unverändert, wenn überhaupt liebevoller, mehr in Einklang mit dem Tag, der Luft, den unsichtbaren Sternen.

«Wie geht's so in der Schule?» fragte er.

«Sehr gut. Ich geh unheimlich gern hin», sagte sie. «Dies Jahr ist das beste von allen.»

«Das freut mich. Was magst du am liebsten?»

«Na ja, von allem ...»

«Ja?»

«Biologie.» Sie schlug mit dem Löffel auf die Spitze

eines weichgekochten Eis, sie war sehr ordentlich angezogen, hatte ein klares Gesicht.

«Und danach?» sagte er.

«Ich weiß nicht. Ich denke, Französisch.»

«Würdest du nicht gerne dort ein Jahr aufs College gehen?»

«In Paris?»

«Paris, Grenoble. Es gibt viele Möglichkeiten.»

«Ja. Also, ich weiß nicht, ob ich überhaupt aufs College will.»

«Was meinst du damit?»

«Reg dich nicht gleich auf», sagte sie. «Ich mein nur, vielleicht will ich auf eine Kunstschule oder sowas.»

«Na ja, malen kannst du ja wirklich sehr schön», gab er zu.

«Ich hab mich noch nicht entschieden.» Sie lächelte wie ihre Mutter, geheimnisvoll, selbstsicher. «Wir werden sehen.»

«Will Mark studieren?»

«Er weiß es auch noch nicht», sagte sie. «Kommt drauf an.»

«Ja, verstehe.»

Ihre Stimme klang so vernünftig.

5

Im Herbst – es war Oktober, ein windiger Tag – fuhr sie zum Lunch zu Jivan. Der Fluß war von einem leuchtenden Grau, unter den Sonnenstrahlen glänzten die Wellen wie Schuppen.

Er war umgezogen. Er hatte das kleine Steincottage gekauft, am Ende eines holprigen Weges, einer langen Auffahrt, die über einen Bach führte. Überall waren Bäume, die Sonne schimmerte durch sie hindurch. Sie trug ein weißes Kleid, wirkte kühl wie Obst.

Der Glanz Kleinasiens erfüllte das Zimmer, als sie die Tür öffnete. Auf einem kleinen Tisch mit silbernen Beinen lagen, wie in einem Katalog, vollkommene, ungebrauchte Gegenstände: Kunstbücher, Skulpturen, Kieselsteine, Schalen mit Perlen. An der Wand hingen Gemälde. Sie hatte den Raum eingerichtet; ihre Hand war in allem zu spüren. Die Sessel waren voller Kissen in wunderschönen Farben – Zitronengelb, Magenta, Rostbraun.

Jivan kam auf sie zu. Er war höflich. «Nedra», begrüßte er sie und streckte die Arme aus.

«Was für ein schöner Tag.»

«Wie geht's deiner Familie?»

«Allen gut.»

Ein Mann in dunklem Anzug, den sie nicht bemerkt hatte, saß still im Hintergrund.

«Das ist André Orlosky», sagte Jivan.

Ein bleiches Gesicht mit starken Kieferknochen. Er trug eine Brille mit Goldfassung und eine Weste. Zwischen seiner Kleidung und seiner Person gab es eine merkwürdige Diskrepanz, es war, als hätte er sich für den Fotografen umgezogen oder einen Anzug geliehen. Ein teilnahmsloses Gesicht, das Gesicht eines Fanatikers.

«André ist Dichter.»

«Ich hab gerade einen Dichter im Auto mitgenommen», sagte Nedra.

Sie hatte einen weißhaarigen Mann die Straße entlangtrotten sehen. «Wo wollen Sie hin?» hatte sie ihn, langsamer fahrend, gefragt. Er sagte es ihr. Es war ungefähr noch eine Meile bis dahin. Er hatte dort einen Garten. Und warum lief er? Er wohne in Nanuet; er sei von dort gelaufen.

«Er war schon alt, aber er hatte ein wunderbares Gesicht, ganz braungebrannt.»

«Und sehr kräftige Beine.»

«Nein, er war wirklich interessant. Er kommt ursprünglich aus Kalifornien. Er hat mir eines von seinen Gedichten aufgesagt. Es ging um Astronauten. Es war nicht besonders gut», gab sie zu.

Jivan brachte ihr ein Glas Wein.

«Ich hab seinen Mut bewundert», sagte Nedra. Sie lächelte, dieses überwältigende, breite Lächeln. Sie sah André an. «Wissen Sie, was ich meine?»

«Wie geht es dir in letzter Zeit?» fragte Jivan.

«Wir fahren nach Europa», kündigte sie an.

«Wann?» sagte er ein wenig schwach.

«Wir fahren nächstes Frühjahr nach Paris. Hoffe ich jedenfalls.»

«Nächstes Frühjahr.»

«Wir mieten uns ein Auto und fahren überallhin. Ich will einfach alles sehen.»

«Wie lange werdet ihr bleiben?»

«Mindestens drei Wochen. Ich will nach Chartres und Mont-Saint-Michel. Schließlich ist es das erste Mal.»

«Aber Viri war schon da.»

«Sagt er zumindest.»

«André kennt Europa.»

«Stimmt das?»

«Ich bin da zur Schule gegangen», sagte André. Er mußte sich räuspern.

«Wirklich? Wo?»

«In der Nähe von Genf.»

«Es ist komisch», sagte Jivan. «Ich habe nicht die geringste Lust, nach Europa zu fahren. Ich würde meine Mutter gerne besuchen, aber für mich ist das hier das Land der Wunder. Was immer es in Europa geben mag, hier gibt es mehr davon.»

«Aber du warst schon dort», wandte Nedra ein.

«Du wirst sehen.»

Sie nippte an ihrem Wein. Jivan hatte ein kunstvolles kaltes Buffet zubereitet. Er legte ihnen vor, während sie redeten. «Europa ...», fuhr er fort.

«Bitte nicht mehr», sagte sie.

«Kein Fleisch?»

«Nicht mehr von Europa. Ich möchte nicht, daß du es mir verdirbst.» Sie faltete ihre Serviette auseinander und nahm einen Teller entgegen. «Ich liebe Lunch», sagte sie. «Es ist so schön, mittags mit Freunden zu essen.»

«Das ist wahr», sagte André.

«Man gerät allerdings leicht in einen bestimmten Verdacht.»

Er machte eine vage Bewegung mit dem Kopf.

«Leben Sie in der Stadt?» fragte sie.

«Ja.»

In der Stadt und allein. Das sei für sie eine interessante Vorstellung, sagte sie, allein zu leben. Wie sei das so?

«Luxuriös», sagte er.

«Man gewöhnt sich daran», fügte Jivan hinzu.

«Es kommt immer darauf an, wen man fragt, oder?» sagte sie. «Wenn man keine Frau hat, muß man irgendeine andere Leidenschaft haben», sagte Jivan. «Eins von beidem.»

«Aber nicht beides», murmelte André.

Er sagte wenig und das sanft, fast gleichgültig. Er aß sehr wenig. Statt dessen rauchte er eine Zigarette und trank den Wein. Das Aroma des Tabaks in dem sonnenhellen Zimmer war schwach und köstlich. Jivan brachte kleine Teller mit kandierten Trauben herein, die ihm seine Mutter geschickt hatte, daneben legte er winzige Silberlöffel. Er schenkte Kaffee ein. Der Zigarettenrauch des Dichters hing bläulich in der Luft.

«Was haben Sie geschrieben?» fragte Nedra.

«*Gebbeine im BBett.*» Er buchstabierte es.

«Ist das ein Gedicht?»

«Ein Gedicht und ein Buch.»

Sie nippte an dem Kaffee. «Ich würd's gerne mal lesen», sagte sie. Sie mochte, wie er angezogen war, wie ein Geschäftsmann. Die kleine Tasse in ihrer Hand, die Klarheit ihrer Stimme, das Weiß ihres Kleides – sie war der Mittelpunkt, ihre Bewegungen, ihr Lächeln. Unter ihrem Glanz haben Frauen eine Macht, so wie Sterne Schwerkraft haben. Auf dem Boden ihrer Tasse lag der warme, dicke Satz.

«Noch Kaffee?» fragte Jivan.

«Bitte.»

Er goß die schwarze Flüssigkeit ein, wie er es schon so oft getan hatte, türkischer Mokka, sämig, kein Geräusch war beim Einschenken zu hören. «Weißt du», sagte er, «während meiner ganzen Zeit in Amerika – und ich seh das wie einen einzigen langen Tag – hab ich mich nie an den Kaffee hier gewöhnt. Und Freunde. Ich hab nur sehr wenige Freunde gefunden.»

«Du hast doch viele.»

«Nein. Ich kenn viele Leute, aber das heißt nichts. Ein Freund ist jemand, mit dem du wirklich reden kannst – auch weinen, wenn nötig. Ich habe nur sehr wenige. Einen.»

«Mehr als einen.»

«Nein.»

«Also», sagte Nedra. «Ich denke, man findet Freunde, wenn man sie braucht.»

«Du bist so amerikanisch. Du denkst, daß alles möglich ist, daß alles schon kommen wird. Ich weiß, daß es anders ist.»

Er war wie ein Verkäufer, der einen Auftrag verloren hat. Er hatte etwas Resignatives an sich; sein Aussehen, seine Gestik waren unverändert, aber irgendwie war die Energie verlorengegangen. Neben ihm, nachdenklich, wie ein Student der Theologie, wie ein Athlet – sie konnte ihn nicht genau beschreiben, sie hätte ihn gerne angestarrt und sich sein Gesicht eingeprägt –, saß ein Mann von – sie versuchte zu schätzen – zweiunddreißig, vierunddreißig Jahren? Ihre Blicke trafen sich kurz. Sie war schön, das wußte sie, ihr Hals, ihr breiter Mund, sie spürte es, wie man Stärke spürt. Sie war ziellos herumgeschwommen, bereit, im Meer zu verschwinden, und plötzlich saß sie bei einem sonnenbeschienenen Mahl, und das Licht funkelte ab und zu auf seinen Brillengläsern.

Als sie ging, begleitete Jivan sie nach draußen.

«Es war wie die Essen, die wir früher hatten», sagte sie.

«Ja. Ein wenig.»

«Ich mag deinen Freund.»

«Nedra, ich muß dich sehen.»

«War das nicht sehr schön heute?»

«Ich vermisse dich schrecklich.»

Sie sah ihn an. Seine Augen waren schwarz, unsicher. Sie küßte ihn auf die Wange.

Sie fuhr durch das herbstliche Sonnenlicht. Die Pferde, an denen sie vorbeikam, waren friedlich, streunten langsam umher, lichtgebadet. Es war der strahlendste Tag des Jahres. Die Bäume waren ruhig, empfindsam. Der Himmel schien unendlich tief, mit einem Übermaß von Licht.

Sie saß in dem weißen Sessel und las. Verlassene Städte, die weit oben am Amazonas lagen, Städte mit Opernhäusern, mit großen europäischen Bauten, die im Urwald gestrandet waren. Sie malte sich aus, dort hinzureisen, als Gast in den alten Hotels zu wohnen. Am frühen Morgen ging sie spazieren, wenn die Straßen kühl waren, das Klappern ihrer Absätze auf dem Pflaster klang wie Händeklatschen. Die Stadt war grau und silbern, der Fluß dunkel. Vor dem Abendessen saß sie vor Spiegeln, die ihr Gesicht noch nie zuvor gesehen hatten, und machte sich zurecht. Auf den Zuggleisen fuhren Autos ohne Reifen, die Gehwege waren mit Mosaiken verziert, in den schummrigen Cafés saßen Huren, die aussahen wie Eve mit zwanzig. Sie flog nach Brasilien, so wie Licht fliegt, wie die Worte eines Liedes ins Herz treffen. Sie trug das weiße Kleid, das sie zum Lunch getragen hatte, sie hatte die Schuhe ausgezogen. Der Winter dieses Jahres rückte heran, der Winter ihres Lebens. Dort war Sommer. Man überschritt eine unsichtbare Grenze, und alles war ins Gegenteil verkehrt. Die Sonne flutete herab, ihre Arme waren gebräunt. Sie war eine Frau aus einem fernen Land, schon halb Legende, unbekannt.

Sie verlor sich in den Phantasien, die sich vor ihr ausbreiteten; es war eine Flut von Zufriedenheit. Um vier Uhr, gedämpft wie das Klingelzeichen zur Pause in einem Konzert, läutete das Telefon. Sie stand auf, nahm den Hörer ab.

«Nedra?»

Sie erkannte die Stimme sofort. «Ja.»

«Hier ist André Orlosky.»

6

Die Sonne steigt auf, ohne Körper, ohne Wärme, blaß, heiter. Das Wasser liegt wie tot. Die Anlegebrücken spiegeln sich dunkel auf seiner Oberfläche, die Wimpel hängen schlaff. Der Fluß ist englisch, kühl wie Silber. Auf dem Rasen liegt ein Körper. Es ist Mark, er schläft. Er ist vor Tagesanbruch gekommen, aus New Haven, und liegt unter ihrem Fenster, eine Ansammlung langer, knochiger Glieder in seinen Kleidern.

Nedra, die früh aufgestanden ist, beobachtet ihn von

oben. Er schläft friedlich, sie bewundert diesen einfachen Akt. Ihre Gedanken strömen auf ihn herab, sie stellt sich vor, daß er sich unter ihnen regt, lebendig wird, die Augen langsam öffnet, die ihren sieht. Er ist jung, anmutig, voller abrupter Ideen. Er sucht das Kommende, unruhig fährt er lange Strecken, forscht überall. Zu sehen, wie er sich ausruht, heißt, ihn für einen Moment wägen und prüfen zu können, er ist sonst unerreichbar, er läuft, lacht, verschwindet hinter dem Gesicht der Jugend.

Sie legte sich auf den Boden und begann mit ihren Übungen: zuerst eine tiefe Entspannung, Arme, Schultern, Knie. Sie hatte einen Yogi in der Stadt gefunden, Vinhara. Sie ging viermal die Woche zu ihm. Er hatte eine Glatze, darum einen fettigen Kranz langer Haare. Er ging in fließenden Gewändern umher. Er hatte eine sichere, bestimmte Stimme. «Waaser reinicht de Köper», sagte er. «Waaheit reinicht de Geist.»

Er war dunkel. Er hatte eine breite narbige Nase, riesige Hände, seine Ohren waren behaart wie die einer Katze. Weisheit reinicht de Veestaad; Meditation reinicht de Seele. Seine Wohnung roch nach Weihrauch. Die Küche war voller schmutziger Pfannen. Er schlief auf einer Matratze auf dem Boden. In einer Ecke stand eine zerbeulte Kleiderpuppe, die er manchmal mit einem Stock schlug. «Übung», erklärte er.

Eine Stunde lang überließ sie sich ihm, sie fühlte sich wärmer, geschmeidiger und nahm die einzelnen Teile ihres Körpers wahr, als würden sie ihr auf einer Karte gezeigt. Dann, entspannt, ganz wach, ging sie die paar Häuserblocks weiter zu Andrés Apartment. Er erwartete sie; er wußte fast auf die Minute genau, wann sie da sein würde.

«Manchmal denk ich», sagte sie zu ihm, «wenn du auf der West Side wohntest, täte ich das hier nicht.»

«Auf der West Side?»

«Nicht nur da. Irgendwo anders.»

Er hatte drei Zimmer, sauber, sorgfältig eingerichtet, alles an seinem Platz. Musik lief: *Petruschka*, Mahler. Die Jalousien waren schon zugezogen.

Ihrem Mann gegenüber war sie verständnisvoll, sogar zärtlich, obwohl sie nebeneinander schliefen, als hätten sie ein Abkommen getroffen; nicht einmal ein Fuß berührte den anderen. Es gab ein Abkommen, es war die Ehe.

«Wir müssen davon sprechen wie von einer Toten», erklärte sie ihm.

Überall um sie an diesem Morgen war das Herbstlicht, es kam durch alle Fenster, die Luft selbst schien zu strahlen. Die harten gelben Äpfel lagen auf dem Tisch, die Blätter der Zeitung.

«Nedra, es ist ganz offensichtlich nicht tot.»

«Möchtest du Toast?»

«Ja. Danke.»

«Doch, es ist tot», sagte sie.

Mark kam herein. Er war oben in Francas Zimmer gewesen; er hatte sich die Hände gewaschen, seine Ärmel waren hochgekrempelt. Sie frühstückten und sprachen über das Wetter, über die ersten schwachen Gelbtöne, die jetzt in den Wäldern erschienen. Es war noch kein Laub gefallen. Der Boden war trocken. Die Erde noch warm.

«Du hast dir da draußen hoffentlich keine Erkältung geholt?» fragte Viri.

«Nein.»

«Also, ich leg mich da auch manchmal schlafen», gab Viri zu. «Aber tagsüber.»

«Das Gras ist schön», sagte Mark.

Nedra brachte ihnen Toast und Butter, Feigen, Tee. Sie setzte sich. «Es ist wie ein verbranntes Foto», sagte sie ruhig. «Manche Teile sind noch da. Der Hauptteil ist für immer verloren.»

Viri lächelte schwach. Er antwortete nicht.

«Wir reden über die Ehe», sagte sie zu Mark.

«Die Ehe ...»

«Denkst du manchmal darüber nach?»

Er zögerte. «Ja», sagte er schließlich.

«Wahrscheinlich nicht oft», sagte sie. «Aber wenn du erst mal verheiratet bist, wirst du reichlich darüber nachdenken.»

«Guten Morgen, Papa», sagte Franca. Sie war noch etwas verschlafen, als sie sich neben ihn setzte. Sie begrüßten sie; sie war rehhaft, warm, ihr Lächeln sagte alles, sie saß da und fühlte sich wohl. Ihr Leben gehörte ihr, aber es war tief mit diesen anderen Leben verknüpft: dem ihres koboldhaften Vaters, dem strahlenden Lächeln ihrer Mutter. Sie war wie ein junger Baum, der bescheiden im Sonnenlicht auf einer Lichtung steht, anmutig und für sich, aber das Moos der darumliegenden Erde, die Steine, vergrabenen Wurzeln, die fernen Höhlen, der Wald – all das übte seinen Einfluß aus und sprach noch zu ihr.

Auf der Küchentheke stand eine Glasschale, grün wie das Meer, gefüllt mit gebleichten Muscheln – Überreste des Sommers. Drei Fotos, von drei unterschiedlichen weiblichen Augen, waren übereinander an die Wand geheftet. In einem alten Goldrahmen hingen Schlüssel. Vogelzeichnungen waren da, wunderschöne Onyxeier, eine gerahmte Postkarte von Gaudí an einen Mann namens Francisco Aron.

Sie sprachen über den Tag, der vor ihnen lag, als verbände sie nichts als Glück. Diese sanfte Stunde, dieser behagliche Raum, dieser Tod. Denn das alles, alle Teller, Dinge, Geräte, Schalen illustrierten, was nicht mehr existierte; es waren Bruchstücke aus der Vergangenheit, Scherben eines verschwundenen Ganzen.

Wir leben die Unwahrheit inmitten von Beweisen der

Unwahrheit. Wie sammeln sie sich an, wie kommen sie zustande? Als Viri André erwähnte, dessen Gegenwart gerade spürbar zu werden begann, der noch keine Nachrichten am Telefon hinterließ oder an ihrem Tisch saß, antwortete Nedra ruhig, daß sie ihn interessant finde.

Sie waren allein in der Küche. Der Herbst erfüllte die Luft.

«Wie interessant genau?»

«Ach, Viri, du weißt schon.»

«So interessant wie Jivan?»

«Nein», sagte sie. «Um ehrlich zu sein, nein.»

«Ich wollte, es machte mir weniger aus.»

«Es ist nicht so wichtig», sagte sie.

«Diese Dinge ... Ich bin sicher, du weißt, daß diese Dinge, wenn man sie offen tut ...»

«Ja?»

«... tiefe Auswirkungen auf die Kinder haben können.»

«Ja, daran hab ich auch schon gedacht», gab sie zu.

«Getan hast du aber nichts dagegen.»

«Ich hab eine Menge getan.»

«Soll das ein Witz sein?» rief er aus. Er stand abrupt auf, sein Gesicht war weiß, und ging ins andere Zimmer. Sie konnte hören, wie er eine Nummer wählte.

«Viri», sagte sie durch die Tür, «aber ist es denn nicht besser, jemand zu sein, der seinen Gefühlen folgt und glücklich und großzügig ist, als eine verbitterte Frau, die treu bleibt? Sag mir das.»

Er antwortete nicht. «Viri?»

«Was?» sagte er. «Es tut mir leid, mir wird schlecht bei dem Thema.»

«Am Ende gleicht sich alles aus.»

«Meinst du, ja?»

«Eigentlich ist es auch überhaupt nicht so wichtig», sagte sie.

7

Danny erwischte es wie einen Vogel, den die Katze fängt. Es war Winter. Sie war mit einer Freundin unterwegs. Vor dem Filmore trafen sie Juan Prisant auf der Straße. Er trug einen groben weißen Pullover, keine Jacke. Es war kalt. Die Zähne in seinem bärtigen Mund waren makellos; sie waren wie die weichen Hände, die einen Aristokraten auf der Flucht verraten. Er war dreiundzwanzig. Sie war auf der Stelle bereit, die Schule zu vergessen, ihren Hund, ihr Zuhause. Er schenkte ihr keinerlei Beachtung, so wie es jemand, den das Schicksal trifft, auch nicht anders erwartet. Sie wußte, sie war zu jung, zu bürgerlich; sie war für ihn nicht interessant genug. Sie trug einen Mantel, den sie haßte. Sie starrte auf das Trottoir, hin und wieder traute sie sich, den Blick zu heben, um sich eines Gesichts zu vergewissern, das sie mit seiner Kraft blendete. Was sie auch tat, sie konnte es sich scheinbar nicht einprägen, sie konnte es nicht lange anstarren, es blendete sie wie die Sonne. Er strahlte eine Energie aus, die sie erschreckte und alle anderen Gedanken aus ihrem Kopf vertrieb.

«Wer war das?» fragte sie danach.

«Ein Freund von einem Freund.»

«Was macht er?» Ihre Fragen waren hilflos, sie schämte sich ihrer.

Er wohnte in der Fulton Street. Bei der ersten Gelegenheit blätterte sie fiebrig durchs Telefonbuch: Da stand sein Name. Ihr Herz klopfte wie wild, sie konnte ihr Glück nicht fassen. Sie war noch nicht näher dran, aber sie hatte ihn nicht verloren, sie wußte, wo er war.

Liebe muß warten; sie muß einem die Knochen brechen. Sie sah ihn nicht, sie konnte sich keinen Zufall ausmalen, der ein Treffen bewirkte. Schließlich – es gab keinen anderen Weg – rief sie ihn unter einem Vorwand an. Seine Stimme war verwundert, kalt.

«Wir haben uns vorm Filmore getroffen», sagte sie unbeholfen.

«Ach ja. Du hast einen lila Mantel.»

Sie distanzierte sich eilig von ihrem Mantel. Sie sei heute in seiner Gegend, sie hätte sich gedacht, könnte sie vielleicht ...

«Ja, in Ordnung.»

Sie hatte in ihrem Leben nie einen glücklicheren Moment gekannt.

Sie trafen sich in einer Bar an der Ecke, ein langer, altmodischer Raum, wie es sie früher überall in der Stadt gegeben hatte, der Fliesenboden war abgetreten, die Theke verlassen. Im Hinterzimmer war jetzt eine Küche untergebracht. Es roch nach Suppe. Er saß an einem Tisch.

«Immer noch derselbe Mantel», sagte er.

Sie nickte. Der verhaßte Mantel.

«Willst du irgendwas?» fragte er. «Eine Suppe?»

Nein. Sie konnte nichts essen, wie ein Hund, der verkauft worden war.

«Und was machst du so? Arbeitest du?» fragte er.

«Ich geh zur Schule.»

«Wozu?»

«Ich weiß nicht», sagte sie.

«Also komm.»

Ein Nachmittag im Winter, leuchtend und kalt. Sie überquerten eine breite Straße, fast einen Platz, mitten darauf hockten Möwen. Möwen saßen auf Giebelspitzen, die weiß vom Vogeldreck waren.

Sie gingen schnell, dann fingen sie an zu laufen. Sie versuchte, mit ihm Schritt zu halten. Sie liefen an schmutzigen Ladenfassaden vorbei, nahmen Abkürzungen über leere Grundstücke, wo er das Holz für seine Arbeit zusammensuchte, laufend zog er sie über das steinige Gelände. Der Boden war mit Ziegeln übersät; sie stolperte und fiel. Der Absatz eines Schuhs war abgebrochen.

«Macht nichts», sagte sie. Sie hielt das zerbrochene Stück in der Hand.

Er lief weiter, streckte seine Hand nach ihr aus. Sie humpelte hinter ihm her. Er zog sie in einen Hauseingang voller Glasscherben; die Türrahmen waren leer, eine zerschlissene Matratze lag auf dem Boden, daneben Flaschen. Hinkend stieg sie die Treppe hinauf.

Er wohnte in einem riesigen Raum, einer Lagerhalle mit schmutzigen Fenstern, der Holzboden war rissig. Jemand anders war schon da und stand vor dem Ofen.

Sie sah sich um. Im hinteren Teil des Raumes, wohin das Licht nicht dringen konnte, sah sie im Dunkeln teilweise zusammengefügte Gebilde. Es war wie in einer Werft; auf dem Boden lagen Hämmer, Holzspäne. Das Bett stand auf vier Säulen, hoch oben, nahe dem Lilienmuster, das in die Metalldecke eingestanzt war. Zeichnungen waren an die Wand geheftet, Ankündigungen, Fotos.

Sie stand schweigend da, während sich die beiden über die Arbeit unterhielten, Regale, die in einer Galerie auf der Sechzigsten Straße gebaut werden mußten. Sie sollten eine ganze Wand entlanglaufen, weiß gestrichen werden. Sie sah keinen der beiden an, sie wärmten sich die Hände. Sie hatte Angst aufzuschauen, das Blut pochte in ihren Armen, den Knien, sie wagte nicht, in sein Gesicht zu sehen. Er reichte ihr eine Tasse von etwas Dunkelfarbigem, Duftendem. Sie nippte daran. Tee. Seine Hose war ein verblichenes Blau, seine Schuhe hatten genoppte Sohlen.

«Willst du Zucker?» fragte er.

Sie schüttelte den Kopf. Er hatte sie nicht vorgestellt, aber er stand dicht neben ihr, als er redete, als wollte er sie einschließen. Seine Glieder verströmten ihre Autorität.

Sie versuchte, nicht an sie zu denken. Sie war schwach wie von einer Krankheit. Sie wußte nicht, was ihr Gesicht tat, ihr Körper; sie war zu verwirrt, um sich an sie zu erinnern. Sie würden die Holzkanten glattschleifen, sagten sie, aber die Flächen rauh lassen. Die Wände waren verputzt; sie konnten keine normalen Nägel verwenden. Sie hörte ihnen zu und verstand nichts, wie ein Kind, das Erwachsenen zuhört, sie wußte, daß sie klüger waren, mächtiger als sie.

Schließlich ging der andere Mann. Sie war nicht nervös, sie hatte keine Angst, sie konnte nur nicht mehr sprechen.

«Laß uns ins Bett gehen», sagte er. Er nahm ihr die Tasse aus der Hand und half ihr hinaufzuklettern. Es war ein Männerbett, ungemacht, die Decke dreckig, die Laken mit grauen Streifen. Sie wußte nicht, was sie tun sollte. Sie kniete und wartete. Sie dachte an die Pfahlbauten in Thailand, auf den Philippinen. Die Decke war dicht über ihrem Kopf.

Er kniete neben ihr und streichelte ihr Haar. Sie zitterte unter seinen Küssen. In ihr gab es keine zweite Stimme, die fragte, was passieren, was er als nächstes tun würde; sie wollte es ganz und gar, wie getrieben. Sie nahm kaum wahr, was er tat. Als er ihr das Kleid über die erhobenen Arme streifte, fügten die sich machtlos. Der kaputte Schuh fiel zu Boden. Seine Hände fuhren sanft unter das Gummi ihres Schlüpfers, ihr Körper war dort gezeichnet, ein dünner roter Streifen um die Taille. Der wunderbare stumme Hügel, das Haar flachgepreßt, tritt zutage. Er berührt sie; es ist, als würde sie ermordet, sie kann sich nicht bewegen. Das einzige, woran sie noch denken kann, ist, zu murmeln: «Ich hab nichts genommen.»

Er antwortete nicht. Sie schaffte es, das noch einmal zu sagen.

«Mach dir keine Sorgen», sagte er.

Er war nackt, sein Körper verbrühte sie. Sie war hilflos, er schob ihre Knie auseinander.

Als es vorbei war, lag sie träumend neben ihm, zufrieden. Sie konnte die Falten im Laken unter sich spüren, konnte die alten Bettücher riechen. Sie war feucht, sie hatte Angst, sich anzufassen. Sein Körper war fest, die Muskeln ruhten darin. Der Geruch seiner Haare war wie Holzfeuer, er machte sie benommen.

Sie bewegte sich nicht. Ich hab es getan, dachte sie. Das Licht, das durchs Fenster drang, war winterlich. Die Luft hatte etwas Beißendes, wie von Kohle. Hoch oben hörte man schwach das Geräusch eines Düsenflugzeugs, das die Stadt überquerte, auf dem Weg nach Kanada, Frankreich.

Er sah ihr zu, als sie sich anzog. «Wo willst du hin?»

Sie konnte nicht weitermachen. Sie saß da, halbnackt, mit bloßen Armen, schweren, festen Brüsten. Sie war ruhig unter seinem Blick, fast leblos. «Ich muß weg.»

«Hör zu, ich möchte eine Bestellung bei dir aufgeben.»

«Eine Bestellung?»

«Du lieferst doch, oder? Drei Liter Milch die Woche. Und einen halben Liter Sahne.»

«Ich könnte am Mittwoch kommen», sagte sie.

«Gut.»

Er hatte ihr Leben auf den Kopf gestellt. Sie wollte seine Hände küssen; sie wußte nicht, ob er sie gern genug hatte, daß sie ihm ihre Gefühle zeigen konnte. Sie schämte sich, als sie sich die Kleider anzog. Sie schienen ihr kindisch, künstlich.

8

Ein Morgen im Sommer, die grünen Bäume wurden ineinandergedrückt, die Blätter seufzten im Wind, an der Tür stand Gepäck. Das Frühstück war hastig; sie hatten nicht die Ruhe dafür.

«Hast du deinen Paß, Viri? Hast du die Tickets?» Sie fuhren nach England, endlich.

Danny verabschiedete sich an der Tür und noch einmal am Auto, die Fenster waren heruntergekurbelt. Hadji war unglücklich. Sie hielt ihn in den Armen.

«Mein Gott, ist der schwer!»

Seine Augen waren vom Alter trübe geworden.

«Schreib uns ins Hotel», erinnerte sie Nedra.

«Ja, mach ich.»

«Komm, Viri, wir werden das Flugzeug noch verpassen», rief sie.

Der Morgen, licht, unberührt, lag vor ihnen wie das Meer. Sie schossen in ihn hinein, Franca kam mit, um das Auto zurückzufahren. Sie war neunzehn. Sie wollte nach Vermont.

«Schade, daß du nicht mitkommst», sagte Nedra. «Aber wahrscheinlich wäre es nicht halb so aufregend.»

«Ich wünschte, ich könnte beides machen.»

«Viri, ich kann es nicht glauben», sagte Nedra. «Daß wir wirklich fahren …»

«Ja. Endlich.»

Er räusperte sich und suchte Francas Gesicht im Rückspiegel. «Das nächste Mal fahren wir zusammen», sagte er. Das Auto kam von der Straße ab.

«Um Gottes willen!» rief Nedra.

«Entschuldige.»

Der Tag war wie ein Fluß, der von weit her kam. Gespeist von Strömen und Nebenflüssen, wurde er langsam breiter, schneller, bis er schließlich in ein Stromgebiet mündete, wo der Lärm und die Unruhe der Menge wie Nebel aufstiegen.

Die Motoren liefen; die große Kabine bewegte sich leicht schaukelnd zum Ende der Landebahn. Nedra, die sich bereits überzeugt hatte, daß vom Fenster aus nichts Interessantes zu sehen war, schnickte die Seiten der *Vogue* um, während Viri eine Karte studierte, auf der die Notausgänge des Flugzeugs aufgezeichnet waren. Es war, als hätten sie diesen Flug schon ein dutzendmal gemacht. Sie warteten eine Weile in einer schimmernden Reihe von Flugzeugen, dann starteten sie mit einem Donnern, das sie hinter sich herzogen und das selbst im Innern des Flugzeugs gewaltig war und die Sitze durchrüttelte.

Nedra wollte Champagner. «Willst du auch welchen?» sagte sie zu ihrem Mann.

«Natürlich.»

Sie verbrachten sechs Tage in London und zwei in Kent, in einem schönen Haus mit Gärten, die sich bis zum Meer hinunterzogen. Es gab einen kiesbedeckten Vorplatz und ein schmiedeeisernes Tor. Das Haus war ein Backsteinbau, cremefarben und weiß gestrichen. Es gehörte Thomas Alba, einem Freund der Troys. Er hatte ein ausdrucksstarkes Gesicht, großflächig, kultiviert, vertraueneinflößend. Er sprach mit langsamer, klarer Stimme. «Wir führen, wie ich gestehen muß, ein ruhiges Leben», sagte er.

Das Haus war voller Gemälde und Drucke. Vor den Fenstern des Arbeitszimmers standen Regale mit einer Sammlung von Teetassen. Der Ausblick war von jedem Zimmer aus hinreißend, Blicke auf fernes, gepflegtes Land, auf die englische See. Aber das Beste von allem war seine Frau; sie war ein wirklicher Schatz. Sie hatte in Bordeaux gelebt. Sie war schon einmal verheiratet gewesen – die Besten waren das alle schon mal, sagte Nedra.

«Bekommst du keine Sehnsucht, wenn so viel über London gesprochen wird?» fragte Claire.

«Nein», sagte Alba ruhig.

«Wir sind schon seit einem Monat nicht mehr in London gewesen.»

«Ist das schon einen Monat her?»

«Mindestens einen Monat. Tommy haßt London», sagte sie. «Na ja, ich denke, früher hab ich es schon gemocht. Jetzt zieh ich das hier vor.»

«Aber seine Lichter bei Nacht! Seine Goldschmiede, Graveure, Spielzeugläden, Eisenwarenhändler, der Kirchhof von St. Paul, Charing Cross, der Strand!»

«Du wirfst alles durcheinander.»

«Aber so ähnlich geht's doch», sagte sie. Sie hatte ein wunderbares Gesicht.

Sie saßen beim Dinner, die Art von Essen, die Nedra selbst gerne gab, nichts Ausgefallenes, aber eines, das sich über Stunden hinzog. Die Fenster zum Garten waren geöffnet, die Kühle der englischen Nacht trat in das Zimmer.

«Ich arbeite gerne im Garten», sagte Alba. «Ich gehe jeden Tag raus. Wenn nicht, bin ich nicht wirklich glücklich. Ich bin erträglich, aber nicht glücklich. Manchmal verreisen wir. Wir sind nach Chester gefahren, erinnerst du dich?» fragte er Claire. «Ab und zu verreisen, dagegen hab ich nichts.»

«Wenn es nicht zu weit ist.»

«Ich sehe mir übrigens gerne botanische Gärten an. Ab und zu eine kleine Ruine. Wenn es nicht zu voll ist. Die Sache ist die, ich kann nicht Auto fahren. Claire fährt immer, und wir lassen uns gerne Zeit. Wir fahren vielleicht fünfzig Meilen am Tag.»

«An einem Tag!» sagte Nedra.

«Mehr nicht.»

«Das kann ich mir gar nicht vorstellen.»

«Na ja, wir halten gerne öfter mal», erklärte er.

Claire schenkte Kaffee ein.

«Wie ist euer Leben in Amerika?» fragte Alba. «Was macht ihr so?»

«Nun, ich hab meine Familie», sagte Nedra.

«Außer der Familie.»

«Na ja, ich bilde mich.»

«Seltsam.»

«Was?»

«Amerikanische Frauen scheinen sich immer weiterzubilden.»

Nedra protestierte nicht. Sie mochte Alba, seine Offenheit, sein ausgeblichenes Haar.

«Übrigens reden wir oft über Amerika. Wir lesen sogar eure Zeitungen», sagte er. «Ich bin mehr oder weniger besessen von der Idee eures Landes, das schließlich für die ganze Welt von so großer Bedeutung gewesen ist. Ich finde es sehr beunruhigend, mit anzusehen, was da im Moment passiert. Es ist, als würde die Sonne erlöschen.»

«Sie glauben, Amerika geht unter?» fragte Viri.

«Liebling, könnten wir etwas Cognac in unseren Kaffee haben?» sagte Alba. «Haben wir welchen?»

Er bot ihnen aus der Flasche an, die sie mitbrachte. «Ich glaub nicht, daß Nationen wirklich untergehen können», sagte er. «Ein Land, das so groß ist wie Amerika, mit einer so langen Geschichte, kann nicht einfach verschwinden, aber es kann sich verdunkeln. Und scheinbar geht es in diese Richtung. Ich meine, diese vollkommen blinden Leidenschaften – die fehlende Zurückhaltung –, diese Dinge sind wie ein Fieber. Sogar mehr als das. Vielleicht sind wir über etwas beunruhigt, was uns vorher einfach nur nicht aufgefallen ist, etwas, das immer schon dagewesen ist, aber das glaube ich nicht. Kennen Sie die Geschichte des Spanischen Bürgerkriegs? Ich meine nicht den militärischen Aspekt.»

«Wir sind selber sehr beunruhigt», sagte Viri. «Jeder bei uns.»

«Wir sind so abhängig von euch, das ist das Problem. Wir sind jetzt ganz klein. Für uns ist die Sache vorbei.»

«Das glaub ich nicht.»

«Natürlich haben wir unsere Erinnerungen.»

Nach dem Essen saßen sie beisammen und redeten weiter. Alba und seine Frau saßen nebeneinander. Ihr Arm lag auf der Rückenlehne des Sofas, ein langer, zarter Arm, wohlgeformt, weiß wie Knochen. Ihre Gesichter waren ebenfalls weiß, glichen sich, traten aus der Dichte von schattigen Büchern, Vorhängen, nächtlichen Fenstern hervor. Ihr Leben war ruhig und wohlgeordnet; es gab keine Leidenschaft darin, zumindest nicht an der Oberfläche, aber eine große Gutmütigkeit, fast Trägheit, wie bei Raubtieren, die sich ausruhen.

«Wir haben unsere kleinen Witze», sagte Alba, «nicht wahr, Claire?»

«Hin und wieder.»

Sie waren Mann und Frau. Sie schienen in diesem Moment wie eine unübertreffliche Fotografie, die Birnbäume unsichtbar im Dunkel des Gartens, der feuchte Kies der Auffahrt, die Probleme mit ihrer erwachsenen Tochter, alles war in der Schwebe gehalten, zur Ruhe gekommen in der heiteren Würde dieses Paares.

Viri war wie benommen von diesem Bild, ein Bild, mit dem er selber so oft andere beeindruckt hatte, eheliche Gemeinschaft in ihrer reinsten, großzügigsten Form. Er war plötzlich verletzbar, hilflos. Es schien, als wüßte er nichts, als hätte er alles vergessen. Er versuchte, die Schattenseiten ihrer Zufriedenheit zu entdecken, aber die Oberfläche blendete ihn. Claires Hände, an denen sie keine Ringe trug, die schmale Nacktheit ihrer Finger, verwirrten ihn, die Form ihrer Wangen, ihre Knie. Er erschrak tief, es war der Moment des Schreckens, den man niemandem gestehen kann, der Moment, wenn einem klar wird, daß das eigene Leben ein Nichts ist.

Nedra sah es auch, aber für sie bedeutete es etwas anderes: der Beweis, daß Leben Egoismus verlangte, daß man sich zurückziehen mußte und daß selbst in einem fremden Land eine völlig unbekannte Frau ihr dies so unmißverständlich zeigen konnte, denn die Albas, dessen war sie sich sicher, bestanden auf einer bestimmten Art von Leben und keiner anderen, und sie hatten es – zu ihrem Glück – zusammen gefunden. Auf der Portobello Road in London kaufte sie einen schönen heufarbenen Kristallflakon von Lalique. Sie schickte ihn Claire als Geschenk. Es war Sommer, die blauen Abgase der Autos tönten die luftlose Stadt. Sie aßen Gurkensandwiches zum Tee. Abends gingen sie in italienische Restaurants. Sie besuchten Chelsea und die Tate Gallery.

In einem nach fünf Uhr ausgestorbenen Teil von New York saß Danny bei ihrem Gott. Die Straßen waren leer. Die schreckliche Traurigkeit von leeren Tagen hatte sich über alles gelegt, aber diese Trauer berührte die beiden nicht, sie war ihre Bühne. Sie saßen allein an einem Tisch, zeichneten auf einer Papierserviette: Inschriften, Initialen, Namen. Er zeichnete ihren Mund. Sie zeichnete seinen. Er machte ein D, das nur aus Blättern und Ranken bestand, ein Dickicht, und sie zeichnete sich und ihn nackt hinein, Adam und Eva, ein sexuelles Paar.

«Du schmeichelst mir, du hast ihn zu groß gemacht.»

«Aber so fühlt er sich an», murmelte sie.

Sie gingen an geschlossenen Speichern und an armseligen Gestalten vorbei, die zusammengesackt in Türeingängen lagen, mit dreckigen Händen, verschmutzten Kleidern. Der Himmel war erschöpft, von der Hitze ausgeblutet. An seinem unteren Rand saßen Reihen von Möwen, die Dächer unter ihren Füßen weiß wie Kreide.

Der Raum war immer kühl und dunkel. Es roch modrig, wie der Laderaum eines Schiffes. Er hatte einen Tisch gebaut, er hatte die Wand neben dem Bett angestrichen. Sie war ein junges Mädchen, überwältigt von der Liebe. Sie waren gleich alt, sie waren sich fast gleich. Man kann sich die Tiefe dieser Sommertage nicht vorstellen, die Stille. Sie kam fast täglich zu ihm. Er schenkte ihr den größten Genuß auf Erden.

Am Abend gingen ihre Eltern in Marlow essen, einem Städtchen, das eine Stunde von London entfernt lag. Das Restaurant war voll. Die Hitze des Tages verebbte endlich. Sie hatten einen Ecktisch. Hinter den Fenstern lag die Themse, schmal an dieser Stelle und voller Vergnügungsboote. Sie lasen die lange Speisekarte. Die Kellnerin erschien. Viri sah zu ihr auf. Sie hatte ein frisches Gesicht, sogar mit Sommersprossen, und große blaue Augen. Sie schien ihn nicht zu bemerken, sie war ganz auf sich konzentriert, mit leicht ungelenker Hand legte sie die Löffel sorgsam vor sie hin – jede ihrer Bewegungen war auswendig gelernt – und faltete die Servietten vor ihren Augen zu Kegeln. «Können wir bei Ihnen bestellen?» fragte Viri.

Eine lange Pause, während sie mit ihrer Arbeit fortfuhr. Sie sah ihn geistesabwesend an. «Nein», sagte sie.

Sie verließ den Tisch, den Hauch eines Lächelns noch auf den Lippen. Sie hatte schöne Beine, sie trug einen kurzen Rock. In der Nähe des Saums hing ein Tupfer Schlagsahne.

«Hast du das Mädchen gesehen?» fragte Nedra.

«Ja. Das kann ja ein tolles Essen werden.»

Am Ende stellte sich heraus, daß sie nur den Wein servierte und einschenkte. Der Oberkellner, ein Ausländer, auf dessen Kinn ein dunkler Schimmer lag, nahm die Bestellung auf. Alle Tische waren besetzt. Es gab da schweigsame ältere Paare, Mädchen mit extravagant angemalten Augen. Die Pausen zwischen den einzelnen Gängen waren lang. Sie tranken den Weißwein.

«Hast du dir die Leute hier angesehen?» sagte Viri. «Schau dich mal um. Ist das nicht unglaublich?»

«Du meinst, wie häßlich sie sind?»

«Aber wirklich jeder einzelne. Wenn ihre Nasen nicht zu lang sind, sind ihre Zähne schlecht. Wenn die Zähne in Ordnung sind, haben sie Schuppen auf dem Kragen. Kannst du glauben, daß sie aus demselben Holz sind wie die Albas? Ich meine, ein und dasselbe Volk?»

«Ich war von Alba sehr beeindruckt», sagte Nedra. «Hast du seine Hände gesehen? Er hat sehr kräftige Hände.»

«Ist es nicht seltsam, daß man bei manchen Menschen sofort spürt, daß sie deine Freunde sind?»

«Ja, sehr seltsam.»

Die Kellnerin bediente langsam und immer ein wenig abwesend an anderen Tischen. Man konnte die Ränder ihrer Seidenstrümpfe sehen, wenn sie sich vorbeugte. Endlich brachte der Kellner den Fisch.

«Weißt du, das war wirklich eine wunderschöne Reise», sagte Nedra. «Es war genau so, wie ich es mir immer vorgestellt habe, ich habe jede einzelne Minute genossen. Sieh dir den Fluß an. Alles ist einfach perfekt. Und was wir gesehen haben, war nur ein winziger Teil. Ich meine, man merkt, wieviel England zu bieten hat: unendliche Reichtümer. Das ist ein so schönes Gefühl.»

«Wollen wir versuchen, für morgen abend Karten fürs National Theatre zu bekommen?»

«Ich glaub nicht, daß wir noch welche kriegen.»

«Wir könnten's versuchen.»

«Nein, lieber nicht. Und außerdem ist es unser letzter Abend hier, und den will ich nicht im Theater verbringen.»

«Wahrscheinlich hast du recht.»

«Ich möchte dir einfach für eine wunderschöne Reise danken.»

«Es tut mir leid, daß wir nicht viel früher gefahren sind. Wir wollten das schon so lange.»

«Ich bin froh, daß wir nicht früher gefahren sind. Überleg nur, wieviel schöner es jetzt ist. Als würdest du eine Tür in deinem Leben öffnen.» Sie trank einen Schluck Wein. «Und das passiert nur, wenn die Zeit dafür gekommen ist. Weißt du, etwas habe ich nun definitiv beschlossen ...»

«Ja?»

«Ich will nicht in unser altes Leben zurück.»

Sie sagte es beiläufig. Die Kellnerin versuchte, ihnen Wein nachzuschenken, aber die Flasche war leer. Sie sah einen Moment lang in den Flaschenhals, als könnte sie das nicht verstehen, und stellte sie dann mit dem Hals nach unten in den Eiskübel. «Möchten Sie noch etwas Wein?» fragte sie.

«Äh, nein, danke», sagte Viri.

Sie aßen schweigend. Der Fluß war glatt und reglos.

«Möchten Sie den Dessertwagen?» fragte das Mädchen mechanisch.

«Nedra?»

«Nein.»

Nach dem Essen schlenderten sie über die Brücke in die kleine Marktstadt, in der Shelley einmal gelebt hatte. Die weiße Helligkeit des Tages erfüllte noch immer den Himmel. Die Geschäfte waren geschlossen.

Sie standen vor der Kirche. «Die Hand des heiligen Jakob soll hier liegen», sagte Viri.

«Seine richtige Hand?»

«Ja. Eine Reliquie.»

Er war immer noch verstört; er war darauf nicht vorbereitet gewesen. In der Sommerhitze, in der Stille der Kleinstadt mit ihren dunklen Häusern und den sich windenden Gassen bekam er plötzlich Angst.

Er kam in jenes Alter, stand an der Schwelle, wo die Welt plötzlich schöner wird und sich einem auf besondere Weise offenbart, in jedem Detail, jedem Dach und jeder Mauer, dem leichten Zittern der Blätter vor einem Regenschauer.

Die Welt öffnete sich, als wollte sie einem, jetzt, da das Leben kürzer wurde, einen langen leidenschaftlichen Blick auf sie gewähren, als sollte einem alles, was bisher verweigert worden war, endlich geschenkt werden.

In diesem Moment, als sie in dem schattigen Kirchhof standen, der an den Staub der hier begrabenen Engländer gemahnte, an gemurmelte Rituale, hatte er eine grauenvolle Vision, wie die kommenden Jahre aussehen könnten: das allzu bekannte Restaurant, eine kleine Wohnung, leere Abende. Er konnte den Gedanken nicht ertragen. «Was meinst du mit unserem alten Leben?» sagte er.

«Sieh dir diesen Grabstein an», sagte Nedra. Sie las die dichtgedrängten Worte auf einer dünnen, verwitterten Grabplatte. «Viri, du weißt, was ich meine. Das gehört zu den Dingen, die ich am meisten an dir mag. Du weißt immer, was ich meine, auf jeder Ebene.»

«In diesem Fall bin ich mir nicht sicher», sagte er zögernd.

«Mach dir darüber jetzt keine Sorgen», sagte sie begütigend.

«Es war wie ein Schlag. Es kam einfach so überraschend.»

«Das kann dich doch nicht überraschen.»

«Wenn du von unserem alten Leben sprichst, weiß ich

nicht genau, was ich mir darunter vorstellen soll. Unser Leben hat sich doch ständig verändert.»

«Findest du?»

«Aber das weißt du doch, Nedra. In all den Jahren hat unser Leben immer eine Form angenommen, die uns mehr oder minder entsprach, die uns zufrieden gemacht hat. Es ist doch nicht so geblieben, wie es am Anfang war.»

«Nein, das stimmt.»

«Also, was meinst du damit?»

Sie antwortete nicht.

«Nedra.»

Sie drehte sich um und ging auf die Brücke zu. «Wir brauchen doch jetzt nicht darüber zu reden», sagte sie.

Sie gingen in der Dämmerung zurück. Der Fluß schlief unter ihnen. Die Boote waren fast alle verschwunden.

Sie übernachteten im Brown's, die Nacht war endlich kühl geworden, die Stadt nur von dem Geräusch eines über sie hinwegziehenden Flugzeugs gestört. Sie badeten und zogen sich in der Behaglichkeit von Zimmern aus, die für einen Menschenschlag hergerichtet waren, der die Jagd liebte, die Regeln der Etikette perfekt beherrschte, in privaten Gesprächen lakonisch war und in der Öffentlichkeit gewandt. Sie lagen Seite an Seite in getrennten weichen Betten wie Herrscher über verschiedene Reiche.

Sie schrieb an André: *Wir sind kein einziges Mal in den Hyde Park gegangen; Du hast gesagt, daß sei eins der Dinge, die Du gerne machen würdest, wenn du mir einmal London zeigst. Natürlich war es nicht schwer, den Park auszulassen, es gibt so viel anderes, das man sehen kann. Es ist eine so große Stadt, daß man sie niemals erschöpfen könnte.*

Ich gehe durch diese wunderbaren Straßen, ich denke an Dein Gesicht und wie sehr ich Dich liebe, an die Dinge, die Du sagst, die mir alles bedeuten. Ich denke oft an Dich – wie, bleibt Deiner Vorstellung überlassen. Aus irgendeinem

Grund fühle ich mich Dir hier sehr nahe, und ich bin nicht wirklich unglücklich darüber, daß wir getrennt sind. Ich kann gar nicht unglücklich sein, und zwar Deinetwegen – Deinetwegen bin ich voller Hoffnung (nur hoffentlich nicht ‹guter›). Ich vermisse Dich, ich sehne mich nach Dir, ich sehe Dich überall.

Wir verbringen eine wundervolle Zeit. Wir reden über Gebäude, reisen, um uns welche anzusehen, spüren sie auf. Ich bin wie die Frau eines Insektensammlers. Wir sind auf dieser außergewöhnlichen Insel der Wälder, Konzerte, Restaurants – und es geht nur um Insekten. Aber ich habe immer geglaubt – und gewußt –, daß jeder Ast einen zum Stamm führt. Wenn du eine Sache wirklich kennst, dann berührt sie auch alles andere. Aber das wirst Du sicherlich wissen.

Ich liebe Dich heute sehr. Ich umarme Dich von ganzem Herzen.

VIER

1

Sie wurden im Herbst geschieden. Ich wünschte, es hätte anders sein können. Die Klarheit jener Herbsttage berührte sie beide. Für Nedra war es, als wären ihr endlich die Augen geöffnet worden; sie sah alles, sie war erfüllt von einer großen, ruhigen Kraft. Es war noch warm genug, um draußen zu sitzen. Viri ging spazieren, der alte Hund trottete gemächlich hinter ihm her. Das welke Gras, die Bäume, das bloße Licht machten ihn benommen, als wäre er ein Invalide oder am Verhungern. Er meinte, das Gefühl greifen zu können, daß sein eigenes Leben dahinschwand. Während der ganzen Prozedur lebten sie, wie sie immer gelebt hatten, als geschähe nichts.

Der Richter, der die Scheidung aussprach, hatte Nedras Namen mißverstanden. Er war groß und gebrechlich, man sah die Poren auf seinen Wangen. Er verlas sich mehrmals; niemand korrigierte ihn.

Es war November. An ihrem letzten gemeinsamen Abend saßen sie zusammen und hörten Musik – es war Mendelssohn – wie ein sterbender Komponist und seine Frau. Das Zimmer war friedlich, erfüllt von schönen Klängen. Die letzten Scheite brannten.

«Möchtest du etwas Ouzo?» fragte sie.

«Ich glaub, wir haben keinen mehr.»

«Haben wir ihn ausgetrunken?»

«Vor einiger Zeit schon.»

Sie trug Hausschuhe und braune Samthosen. An ihren Handgelenken waren Armbänder aus Silber und Bambus, sie trug das Haar offen. Sie ging fort, um sich ein eigenes Leben aufzubauen, auch wenn sie schon vierzig war. Sie sagte vierzig, in Wahrheit war sie schon einundvierzig. Sie fühlte sich elend. Sie war zufrieden. Sie würde ihr Yoga machen, lesen, sich selbst beruhigen, wie man eine Katze beruhigt. *Affe macht es dreißig, zweiunddreißigmal in Minute, Affe lebt zwanzig Jahre. Frosch macht es zwei, dreimal in Minute, in Winter unter Schlamm, Frosch lebt zweihundert Jahre.*

«Das ist Blödsinn», hatte Viri gesagt. «Frösche werden keine zweihundert Jahre alt.»

«Er hat dabei an was anderes gedacht.»

«Sie würden so groß sein wie wir.»

Es würde natürlich nicht leicht sein, aber sie hatte keine Angst. Sie glaubte an das, was danach kommen würde. So viele Gedanken und Ideen, die meisten davon Fragmente, schossen ihr durch den Kopf – vielleicht würde sie am Ende sogar ein neues, ehrlicheres Verhältnis zu Viri aufbauen können; ihre Freundschaft würde sich vertiefen, endlich von allen Zwängen befreit. Auf jeden Fall konnte sie es sich vorstellen, so wie sie sich vieles vorstellen konnte. Sie wandte sich von allem ab, was keinem Zweck mehr diente; sie wandte sich dem zu, was kommen mochte.

Am folgenden Tag brach sie nach Europa auf. Es war später Nachmittag, das Auto stand vor dem Haus. Aus der Ferne schien es wie ein ganz normaler Abschied, wie einer der Tausende, die ihm vorausgegangen waren.

«Also, auf Wiedersehen», sagte sie.

Sie ließ den Motor an. Sie schaltete das Radio ein und fuhr schnell los. Die Straße war leer. In den Häusern am Straßenrand brannte Licht. In der frühen Dunkelheit, zügig fahrend, kam sie an dem gespenstisch weißen Zaun des Feldes vorbei, wo Leslie Dahlander ihr Pony geritten hatte. Die Stille dieser Weide nahm in einer Weise Abschied von ihr, wie nichts anderes es getan hatte. Andächtig, dunkel, wie die Stelle, an der ein Schiff gesunken war. Das Pony war noch am Leben. Es war lahm geworden; es war auf einem Feld hinter dem Haus. Und jetzt begann sie zu weinen, ohne den Kopf zu senken, Tränen für das tote Kind einer anderen strömten ihr übers Gesicht, während die Sechsuhrnachrichten begannen.

Viri war im Haus zurückgeblieben. Alle Gegenstände, sogar jene, die ihr gehört hatten, die er nie berührte, schienen seinen Verlust zu teilen. Er war plötzlich von seinem Leben getrennt. Die Anwesenheit, ob liebend oder nicht, welche die Leere von Zimmern füllt, sie freundlich macht, sie erhellt – sie war fort. Die bloße Gier, die einen an einer Frau festhalten läßt, machte ihn auf einmal verzweifelt. Er war wie gelähmt. Eine verhängnisvolle Leere hatte sich aufgetan, wie der Abstand zwischen einem ablegenden Schiff und dem Kai, der auf einmal zu weit ist, um zu springen; alles ist noch da, sichtbar, aber man kann nicht mehr hinüber.

«Vielleicht sollten wir essen gehen», sagte er zu Danny.

Sie sprachen kaum. Sie aßen schweigend wie Reisende. Als sie zum Haus zurückkamen, stand es erleuchtet und leer da wie ein Hotel am Stadtrand, offen, aber verloren.

«Hallo, Hadji», sagte er. «Wir haben dir was Leckeres zu essen mitgebracht. Armer alter Hadji, deine Mutter ist jetzt weg.»

Er hielt den Hund in den Armen. Die graue Schnauze lag an seiner Brust, die steifen Beine hingen herunter. Danny schnitt das Steak, das sie mitgebracht hatten, in kleine Stücke.

«Mach dir keine Sorgen, Hadji», sagte Viri. «Wir werden uns um dich kümmern. Wir werden Feuer im Kamin machen. Wenn es schneit, gehn wir runter an den Fluß.»

«Hier, Papa.» Sie gab ihm den Teller. Sie weinte.

«Arme Danny.»

«Schon gut. Ich hab mich nur noch nicht daran gewöhnt.»

«Nein, natürlich nicht.»

«Ich geh nach oben.»

«Ich werd Feuer machen», sagte er. «Vielleicht kommst du ja später runter.»

«Ja, vielleicht», sagte sie. Sie war wie ihre Mutter, sie legte sich nicht fest, sie gab nichts preis. Sie hatte eine etwas vollere Figur als Nedra und einen leicht grausamen Mund, weiche, trotzige Lippen und ein unwiderstehliches verschlagenes Lächeln. Ihr Gesicht hatte die mürrische Resignation von Mädchen, die etwas studieren, worin sie keinen Sinn sehen, Mädchen, mit denen das Schicksal es nicht gut gemeint hat, die gezwungen sind, sonntags zu arbeiten, Mädchen in ausländischen Bordellen. Es war ein Gesicht, das man anbeten konnte.

2

Diesen Winter verbrachte Nedra in Davos, einem Ort, von dem man ihr fälschlicherweise erzählt hatte, daß sie ihn interessant finden würde. Selbst verschneit wirkte er bedrükkend. Die Sonne allerdings strahlte. Eine Luft, klar wie Quellwasser, erfüllte ihr Zimmer.

Eines Tages wurde ihr beim Mittagessen ein Mann namens Harry Pall vorgestellt.

«Wo wohnen Sie, in Paris?» fragte er sie.

«Ich weiß noch nicht.»

«Sie sehen nach Paris aus», sagte er. Er schenkte sich reichlich Wein in sein Glas, deutete dann mit der Flasche in ihre Richtung.

«Sehr gerne. Vielen Dank», sagte sie.

Er hatte lockiges Haar, seine Augen waren blaßblau. Er war fünfzig, hatte einen mächtigen Torso und ein Gesicht, das das Alter auseinandertrieb wie nasses Papier. Er dominierte die Tafel mit seiner Kraft und seiner Stimme, und doch hatte er etwas an sich, das sie sofort berührte. Es war die Ähnlichkeit mit Arnaud. Er war wie ein zerschlagener Überlebender derselben Familie, der ältere Bruder, der ohne Schmerzen sterben würde, heiter, witzelnd, und der für die Krankenschwester hundert Dollar hinterließ. Seine Hände waren Pranken. Er war der letzte der Bären, so schien es zumindest. Wein, Geschichten, Freunde; er war ein Mann, der voll bekleidet im Strom der Tage lag.

«Ich will nichts hinterlassen», gestand er. Seiner Exfrau zumindest auf gar keinen Fall. «Sie hat sowieso schon alles, außer der Privatnummer meines Anwalts.» Mit seinem Sohn war das etwas anderes. Seinem Sohn würde er ein paar Geliebte hinterlassen. «Wie Dumas.» Er lachte. «Sie sind sicher, daß Sie nicht aus Paris sind?»

«Warum Paris?»

«Sie sind groß, wie ein Mannequin von Dior.»

«Nein.»

«Ein Exmannequin von Dior. Es kommt die Zeit im Leben, da wird alles ex – Exsportler, Expräsident, Existentialist, Exmann.» Das Essen fiel ihm von der Gabel. Er nahm es wieder auf. Er aß in einem fort. «Wo wohnen Sie hier?»

Sie nannte das Hotel.

«In Davos?» rief er aus. «Schrecklicher Ort. Sie wissen ja, daß es der Schauplatz vom *Zauberberg* ist. Was haben Sie heute Abend vor? Ich werde Sie ins Chesa ausführen, mein liebstes Restaurant in Europa. Kennen Sie das Chesa? Ich werde Sie um sieben abholen.»

Er stand abrupt auf, beglich unter dem lauten Protest von Freunden, den er nicht beachtete, die Rechnung, winkte und ging hinaus. Sie sah, wie er sich die Skier anschnallte, sein Gesicht wurde rot von der Anstrengung. Er hatte ein außergewöhnliches Gesicht, in dem man alles lesen konnte, es war faltig, rauh, wie die Borke eines Baums. Das Glas, aus dem er getrunken hatte, war leer, seine Serviette auf den Boden gefallen. Als sie wieder aufschaute, war er verschwunden.

Sie kehrte am späten Nachmittag in ihr Hotel zurück. Es waren keine Briefe gekommen. Vereinzelte Menschen blätterten in der Stille der Hotelhalle in Zürcher und süddeutschen Zeitungen. Sie bestellte sich Tee auf ihr Zimmer. Sie nahm ein heißes Bad. Die Kälte des Tages, die Teil seiner Schönheit ausmachte, verließ sie in fiebrigen Wellen, und ein Gefühl von Wohlbehagen, von körperlicher Lust trat an ihre Stelle. Danach, wie nach jedem tiefen Genuß, war sie ein wenig erschöpft. Es war Abend. Das letzte kalte Licht war verschwunden. Eine vage Orientierungslosigkeit überkam sie, ein Gefühl, als existierte sie nicht. Mauersegler schrien über den schmutzigen Dächern von Rom. Das Meer in Amagansett brach sich krachend am schiefergrauen Strand. Graviationskräfte zogen sie an ferne Orte. Sie schien sich nicht in die Gegenwart zurückrufen zu können, in eine Stunde, die so leer war wie die vor dem Sturm.

Das Zimmer wirkte so kahl wie die Tische in geschlossenen Restaurants. Es war das Zimmer eines Invaliden, die Teppiche abgetreten, kalt. Es war ein Zimmer, in dem die Dinge in ihrer Isolation eine Absurdität auszustrahlen begannen. Ein Buch, ein Löffel, eine Zahnbürste schienen befremdend wie ein Sofa im Schnee. Sie hatte diesen kargen Ort mit ihren Kleidern geschmückt, mit Lippenstiften, Sonnenbrillen, Gürteln, Karten, auf denen die Skilifte verzeichnet waren, aber nichts hatte der Kälte etwas anhaben können. Nur am frühen Morgen, im ersten klaren Licht, fühlte sie sich sicher oder wenn es schneite.

Sie schminkte sich vor dem Spiegel die Augen. Sie untersuchte sich, drehte den Kopf langsam von einer Seite zur anderen. Sie wollte nicht alt werden. Sie las Madame de Staël. Der Mut zu leben, wenn die besten Tage vorüber sind. Ja, sie hatte den Mut, aber sie konnte immer noch nicht ohne Verwirrung darüber nachdenken. Die Zimmer in Hotels, wenn man allein ist, wenn das Telefon schweigt und Stimmen von der Straße wie Musik herauftreiben, diese Dinge würde sie nicht auf sich nehmen – das hatte sie bereits entschieden. Sie hatte noch ihre Zähne, ihre Augen. Trinke, es ist der letzte Schluck, dachte sie.

Sie trat einen Schritt zurück. Wie sollte sie die hochgewachsene junge Frau wieder zum Leben erwecken, nach deren Lachen sich die Leute umdrehten, deren blendendes Lächeln auf Gesellschaften herabfiel wie Geld auf Restauranttische, Schnee auf Landhäuser, der Morgen auf die See?

Sie hob ihr Handwerkszeug auf, Kajalstift, Gurkencreme, Glanzlippenstift ... Schließlich war sie zufrieden. In einem bestimmten Licht, mit dem richtigen Hintergrund, den richtigen Kleidern, einem schönen Mantel ... ja, und sie hatte ihr Lächeln, es war alles, was von den alten Tagen geblieben war, es gehörte ihr, sie würde es immer besitzen, so wie man das Schwimmen nie verlernte.

Er tauchte unerwartet mit einer Flasche Champagner an der Tür auf. «Der liegt schon seit Wochen bei mir auf Eis», sagte er. «Hat nur auf eine Gelegenheit gewartet.»

Der Champagner floß über seine Hand, als er ihn öffnete, und schoß schäumend auf den Boden. Er achtete nicht darauf. Er roch an den Gläsern im Badezimmer, sie waren sauber.

«Sie sind verheiratet», verkündete er.

«Nein.»

«Sie waren verheiratet.» Er reichte ihr ein Glas. «Ich

kann das sehen. Frauen trocknen aus, wenn sie alleine leben. Ich glaube nicht, daß ich das erklären muß. Es gibt genug Beispiele. Selbst wenn es keine gute Ehe ist, es bewahrt sie vorm Austrocknen. Es ist wie mit den Fruchtfliegen in Franklins Wein. Kennen Sie die Geschichte? Unglaublich. Eine der tollsten Geschichten aller Zeiten – ich meine, selbst wenn man sie kennt, ist sie immer noch erstaunlich, sie enttäuscht einen nie, sie ist wie ein Zaubertrick. Und ich glaube Franklin; er war unser letzter großer ehrlicher Mann. Gut, Walt Whitman vielleicht noch. Nein, vergessen Sie Whitman.»

Er nahm einen großen Schluck Champagner.

«Dies hier ist wie die Jugend», sagte er. «Nichts ist süßer, obwohl ich mich kaum an sie erinnere. Na ja, an manche Dinge erinnere ich mich schon. Die Häuser bestimmter Leute. Den Lateinunterricht. Ich glaub nicht, daß sie Latein überhaupt noch unterrichten. Es ist wie ein Anzug, den man zu oft gebügelt hat, außer den Flecken bleibt nichts übrig.

Die Fliegen – hören Sie zu –, die Fliegen waren in dem Wein ertrunken, sie lagen auf dem Boden der Flasche mit ein wenig Satz, dem Schmutz, der einem zeigt, daß die Dinge real sind. Das fehlt im Leben der Amerikaner, der Bodensatz. Egal. Franklin sah diese kleinen ertrunkenen Fliegen, es waren Fruchtfliegen, die, die immer über Pfirsichen und Birnen rumschweben, und er legte sie auf einen Teller in die Sonne, um sie zu trocknen. Wissen Sie, was passiert ist?«

«Nein.»

«Sie wurden wieder lebendig.»

«Wie denn das?»

«Ich hab Ihnen ja gesagt, daß es unglaublich ist. Ein Wein, der den ganzen weiten Weg aus Frankreich gekommen war. Der mindestens ein Jahr alt war. Sie können jetzt sagen, das ist die Magie französischen Weins, aber die Geschichte ist wahr. Und nun mein Plan. Wenn es bei Fliegen funktioniert, warum nicht bei Primaten?»

«Also …»

«Also was?»

«Das hat man schon öfter versucht», sagte sie.

Im Restaurant bekamen sie einen guten Tisch, er war dort eindeutig zu Hause, es gab Blumen, die Weingläser waren groß. Der junge Oberkellner mit seinem hohen Kragen und gestreiften Hosen kam auf ein paar Worte zu ihnen herüber.

«Wie geht es Ihnen, Mr. Pall?» sagte er.

«Bringen Sie uns eine Flasche Dôle», trug Pall ihm auf.

Ein prasselndes Kaminfeuer. Trockener Schweizer Wein. Er verschwand schnell in den Gläsern.

«Was sind also Ihre Pläne?» fragte er. «Sie werden doch nicht in Davos bleiben? Sie sollten zumindest hierher umziehen. Es ist sehr angenehm hier. Ich werde mit dem Besitzer reden; ich werd sehen, ob ich ein Zimmer für Sie besorgen kann.»

«Das Restaurant gefällt mir sehr gut.»

«Betrachten Sie es als erledigt. Das hier ist der richtige Ort für Sie. Mögen Sie den Wein?»

«Er ist köstlich.»

«Sie trinken nicht viel», sagte er. «Sie sind in allem sehr maßvoll. Ich bewundere das. Erzählen Sie mir von sich, von Ihrem Leben.»

«Von welchem?»

«Sie haben viele, was?»

«Nur zwei», sagte sie.

«Werden Sie den Winter hier verbringen?»

«Ich weiß nicht. Es kommt darauf an.»

«Natürlich», sagte Pall. Er trank etwas Wein. Er hatte das Essen für sie beide bestellt, ohne auf die Karte zu sehen.

«Natürlich. Wissen Sie, ich habe Freunde hier, die Sie kennenlernen müssen. Ich hatte viele, aber wenn man sich scheiden läßt, wird alles geteilt, und meine Frau hat die Hälfte von ihnen bekommen, als sie ging – unglücklicherweise ein paar der besten. Sie waren im Grunde sowieso ihre. Ich hab ihre Freunde immer sehr gemocht, ihre Freundinnen. Das war eines unserer Probleme.» Er lachte. «Eine oder zwei von ihnen mochte ich ein bißchen zu sehr.»

Er bestellte mehr Wein.

«Den besten Freund, den ich je hatte – Sie haben wahrscheinlich noch nie von ihm gehört –, war ein Schriftsteller namens Gordon Eddy. Kennen Sie ihn?»

«Nein.»

«Dacht ich mir. Ein wundervoller Mann.»

In seinen Mundwinkeln hatten sich Tröpfchen von Spucke gesammelt. Seine Bewegungen waren weich, er gestikulierte lebhaft. Kräftig, großzügig, praktisch – er war wie der Rumpf eines Schiffes; er hatte keinen Kiel. Das Steuer war klein, der Kompaß richtungslos.

«Er war der Freund meines Lebens. Sie wissen, man hat nur einen solchen Freund, zwei davon kann es nicht geben. Er hatte kein Geld – es war die Zeit kurz nach dem Krieg. Er lebte bei uns. Ich gab ihm etwas Geld, und er ging sofort los und verspielte es im Kasino. Er brachte Mädchen mit nach Hause, die dann ein oder zwei Tage blieben. Natürlich hat meine Frau ihn nicht gemocht. Die Mädchen, und dann ließ er überall seine Zigarettenasche fallen oder kam mit offener Hose nach unten. Woran sie sich von Frankreich am besten erinnert, sagt sie, war Gordons offener Hosenstall. Also sagte sie schließlich, er oder ich. Ich hätte sagen sollen: Okay, du. Damals hatte ich keine Ahnung.»

Das Essen wurde auf großen, warmen Tellern serviert: Rindergeschnetzeltes und Rösti, zum Dessert Himbeeren mit Sahne. Er leerte die zweite Flasche Wein. Draußen war es kalt, die schmalen Straßen waren dunkel, der Schnee knirschte unter den Sohlen. Seine Augen waren glasig. Er war wie ein geschlagener Boxer, der in seiner Ecke wartet. Er konnte immer noch lächeln und reden, er hielt das Leben noch immer fest umschlungen, aber er war erschöpft. Als Bekannte auf ein paar Worte zu ihnen an den Tisch kamen, erhob er sich nicht, er konnte nicht, aber er erinnerte sich an Nedras Namen.

«Wie wär's mit einem Cognac?» sagte er. Er rief die Kellnerin. «Rémy Martin. Zwei. Rémy Martin ist gut», riet er Nedra. «Martell ist gut, aber ich kenne Martell. Ich meine, persönlich. Er ist so schon reich genug.»

«Sie scheinen eine Menge Leute zu kennen. Was machen Sie?»

«Ich bin Privatier. Ich war im Bankgeschäft, aber ich hab mich zurückgezogen. Jetzt vergnüge ich mich nur noch. Ich habe keine Verpflichtungen. Ich kann alles am Telefon erledigen. Ich bin meine Probleme losgeworden.»

«Zum Beispiel?»

«Zum Beispiel alles», sagte er. «Ich denke daran, nach Indien zu gehen.»

«Ich würde gerne mal nach Indien fahren. Ich habe mit Indern studiert.»

«Ich wette, daß Sie keine Ahnung davon haben.»

«Von Indien?»

«Waren Sie jemals dort?»

«Nein.»

«Tja, das ist das Problem», sagte er. «Man studiert, aber Indien ist etwas anderes.»

«Es gibt wahrscheinlich mehr als nur ein Indien.»

«Mehr als ein Indien ... nein, es gibt nur eins. Es gibt nur ein Chesa, eine Nedra und einen Harry Pall. Ich wünschte, es gäbe zwei, mit zwei Lebern.»

«Waren Sie mal in Tunesien?»

«Lassen Sie sich nie mit Arabern ein!»

«Warum?»

«Glauben Sie mir einfach. Glauben Sie mir», murmelte er. «Sie brauchen sich keine Sorgen zu machen, Sie sind nicht mehr so jung, aber denen ist es sogar egal, wie jung man ist. Sie sind ein krankes Volk.»

«Sie sind schrecklich arm dort.»

«Die sind nicht so arm. *Ich* war arm. Sehen Sie, Sie können machen, was Sie wollen, die waren schon immer so, die werden sich nicht ändern. Man kann ihnen Schulen geben, Lehrer, Bücher, aber wie soll man sie davon abhalten, die Seiten aufzuessen?»

Er ließ sich die Rechnung kommen und unterschrieb sie mit krakeliger, unleserlicher Schrift. «Carlo», rief er.

«Ja, Mr. Pall.»

«Carlo», er erhob sich vom Stuhl. «Würden Sie dafür sorgen, daß Mrs .... Berland», endlich erinnerte er sich, «nach Davos gebracht wird.» Er wandte sich ihr zu. «Wir treffen uns morgen auf dem Gipfel», sagte er. «Zum Mittagessen. Ich bin im Augenblick zu betrunken, um Ihnen länger Gesellschaft zu leisten.»

Sein Auge fiel auf das Glas Cognac. Er stürzte ihn herunter, als wäre es Medizin. Das schien ihn zu beleben, eine plötzliche, trügerische Welle überlief ihn, er faßte sich.

«Nedra, gute Nacht», sagte er mit sehr klarer Stimme und verließ den Raum mit festem, tief konzentriertem Schritt, als übte er ihn ein. Auf den Eingangsstufen fiel er hin.

«Soll ich Ihnen ein Taxi rufen?» fragte der Ober Nedra.

«In ein paar Minuten», sagte sie.

Sie fühlte sich gut, erfüllt von einer Art heidnischen Glücks. Sie war wieder ein elegantes Wesen, allein, bewundert. An der Bar nahm sie mit seinen Freunden noch einen

Drink. Sie sollte noch viele seiner Freunde kennenlernen. Es war der Anfang des Triumphes, zu dem ihr kahles Zimmer im Bellevue sie berechtigte, wie ein Schulzimmer einen zu glanzvollen Begegnungen berechtigt, zu Liebesnächten.

3

Franca arbeitete in einem Verlag, es war ein Ferienjob. Sie saß am Telefon und sagte: «Miss Habeebs Büro.»

Sie tippte und nahm Nachrichten entgegen. Es schauten Leute bei ihr herein – das heißt Angestellte, Laufburschen aus dem Postraum, junge Lektoren, die an ihrem Schreibtisch vorbeikamen. Sie war das Mädchen, für das in gewisser Weise das ganze Haus plötzlich existierte. Sie war zwanzig. Sie hatte langes dunkles Haar, das sie in der Mitte scheitelte. Wie bei manchen schönen Frauen lag in ihren Zügen ein Anflug von etwas Männlichem. Manchmal ist man gebannt von einem Mädchen, das schnell läuft, deren Hüften so schmal sind wie die eines Farmerjungen, von ihren knabenhaften Armen. In Francas Fall waren es gerade, dunkle Augenbrauen und Hände wie die ihrer Mutter – langgliedrig, tüchtig, blaß. Ihr Gesicht war klar, fast strahlend. Sie war nicht wie die anderen. Sie lächelte, sie schloß Freundschaften, am Abend verschwand sie. Das Heilige ist immer unnahbar.

Die Straßen draußen glühten, die Luft war drückend, schwer wie Planken. Eine Stadt ohne Bäume, ohne einen einzigen grünen Brunnen, selbst die Flüsse konnte man aus ihrer Mitte nicht sehen, nicht einmal den Himmel. Sie fand sie aufregend, ihre Menschenmengen, die Stimmen, die Köpfe, die sich nach ihr umdrehten. Sie redete mit den Autoren, die ins Büro kamen, und brachte ihnen Tee. Nile war einer von ihnen.

Seine Kleidung war wie die eines Mannes, der gerade aus dem Gefängnis entlassen worden war – oder eher die von zwei Männern, da nichts zusammenpaßte. Sein Hemd war aus einem Army-Surplus-Laden, seine Krawatte saß locker. Er hatte das Selbstvertrauen, die aufgesprungenen Lippen eines Menschen, der fest entschlossen ist, ohne Geld zu leben. Er war jemand, der bei jedem Vorstellungsgespräch durchfallen würde.

«Wie haben Sie den Job hier bekommmen?» fragte er. Er hatte ein Buch aufgenommen und blätterte darin.

«Wie? Ich hab mich einfach beworben.»

«Sie haben sich beworben», sagte er. «Komisch, wenn ich mich bewerb ...» Seine Stimme verlor sich. «Sie stellen einem normalerweise eine Menge Fragen. Bei Ihnen auch?»

«Nein.»

«Natürlich nicht.»

«*Sie* können doch bestimmt alle Fragen beantworten.»

«So leicht ist das nicht», sagte er. «Ich mein, man weiß nie, worauf sie hinauswollen. Sie fragen einen: Mögen Sie Musik? Was für Musik? Also, ich mag Beethoven, Mozart. Beethoven, aha. Mozart. Und lesen, lesen Sie gerne? Was für Bücher lesen Sie? Shakespeare. Ah, Shakespeare, sagt er. Und dann notiert er – man kann es nicht sehen, der Aktendeckel ist hochgeklappt: Er redet nur von Toten.» Er blätterte in den Seiten, als suchte er etwas. «Kennen Sie die Geschichte von dem Kannibalen?»

«Nein.»

«Er sagt zu seiner Mutter: Ich mag keine Missionare. Und sie sagt: Liebling, dann iß nur dein Gemüse.» Er blätterte weiter. «Ist das eins von euern Büchern? Ich mein, verlegt ihr es?» Sie sah es sich an.

«Es ist bedeutungslos», sagte er. «Ich erzähl Ihnen mal was. Eine Unterhaltung, die ich mit einem Freund hatte, kein Witz. Wir redeten über ein Pärchen, das ein Kind bekommen hatte. Er sagte: Wie werden sie's nennen? Ich sagte: Carson. Carson, sagte er. Junge oder Mädchen? Ein Junge, sagte ich. Ach, sagte er, das ist ja interessant, sie nennen das Kid Carson ... Na ja, ich hab ja gesagt, daß es kein Witz ist. Nur eine ... Wissen Sie vielleicht, was mit mir los ist?» unterbrach er sich. «Irgendwie hab ich das Verlangen, mit Ihnen zu reden.»

Er war klug, er war hilflos. Seine Storys wurden gerade in der *Transatlantic Review* veröffentlicht. Er war der Sohn einer Frau, die als Psychologin arbeitete und seit seinem dritten Lebensjahr geschieden war. Sie machte sich keine Illusionen über ihren Sohn: Seine größte Angst war, Erfolg zu haben, aber man mußte ihn schon sehr gut kennen, um das zu verstehen. Er machte einen schwachen Eindruck, den einer selbstgewählten Schwäche wie bei bestimmten undefinierbaren Krankheiten. Aber nach einer Weile wollen diese Krankheiten anerkannt werden, sie bestehen darauf, als echtes Leiden behandelt zu werden, sie werden eins mit ihrem Besitzer.

Er wußte alles; sein Wissen war immens. Er war wie ein Student, der das Studium verachtet, aber alle Prüfungen besteht. Er hatte dunkle Augen, ein verwaschenes Braun wie bei einem Schwarzen. Seine Manschetten waren schmutzig. Viele seiner Sätze begannen mit einem Namen.

«Gödel war in Princeton», sagte er. «Er ging einen Korridor runter, offensichtlich in Gedanken, und ein Student kam ihm entgegen und sagte: ‹Guten Morgen, Dr. Gödel.› Gödel sah auf und sagte: ‹Gödel! Genau, das ist es!›»

Bei ihrem ersten gemeinsamen Essen fragte er sie in aller Ruhe aus, und sie erzählte von ihrem Haus auf dem Land. «Ah», sagte er. «Ich wußte es. Ich wußte, daß Sie so ein Haus haben.»

«Was meinen Sie damit?»

«Ich hab es mir vorgestellt. Ein großes Haus, oder? Wo genau liegt es? Nah am Fluß?»

«Ja.»

«Ziemlich nah», vermutete er.

«Ja, ziemlich.»

«So nah, wie man es von einem solchen Haus erwarten würde.»

«Ja», sagte sie. «Genau so nah.»

Er war begeistert. «Und es gibt Bäume.»

«Mit lauter Vögeln darin», sagte sie.

«Das ist bedeutungslos», rief er aus.

«Warum?»

«Ihr Leben», sagte er. «Weil es keinen Schmerz kennt. Was ist denn ein Leben ohne ein wenig Traurigkeit hin und wieder? Zeigen Sie es mir mal?» fragte er. «Fahren Sie mal mit mir dahin?»

Sie dachte an ihr Haus. Plötzlich, obwohl sie darin aufgewachsen war und es bei jedem Wetter kannte, sehnte sie sich dahin zurück, so wie man sich danach sehnt, ein bestimmtes Buch wieder in Händen zu halten, obwohl man jeden Satz darin kennt, so wie man sich nach Musik oder Freunden sehnt. In ihrem Leben, das jetzt mehr vom Zufall geprägt war, das von anderen Leben gestreift wurde wie Seetang im Meer, in der Stadt, die der große unerklärliche Stern war, auf den ihr Vorort mit seinen Dächern und ruhigen Tagen immer ausgerichtet gewesen war – tauchte dieses geliebte Haus durch die Worte eines Fremden plötzlich wieder in ihrem Gedächtnis auf. Wie alte Kirchhöfe im Herzen der Geschäftswelt wurde es auf einmal unauslöschbar.

Es hatte sich viel verändert. Ihre Mutter war fort. Das Haus existierte ohne sie, wie leere Kleider existieren, Fotos, verlegte Ringe. Es war Teil dieser Erinnerungen, es enthielt sie, gab ihnen Atem.

«Ja, ich nehm Sie mal mit», sagte sie.

Nile fuhr. Die Sonne strahlte weiß auf sein Gesicht. Sie konnte sein Profil genau betrachten, während er geradeaus sah.

«Sind wir richtig?» fragte er.

«Ja.»

Seine Haut war blaß. Sein ungekämmtes Haar spaltete sich an den Spitzen. Es wurde schon dünn, was ihr irgendwie gefiel, als wäre er krank gewesen, und sie würde sehen, daß er wieder zu Kräften kam.

Eine halbe Meile vom Haus entfernt sah sie plötzlich voller Entsetzen, daß man die Erde aufgerissen hatte. Sie errichteten Apartmenthäuser, dic Form der riesigen Fundamente war unverkennbar, es war später Nachmittag, die gelben Baumaschinen standen verlassen da.

«O mein Gott», sagte sie.

«Was?»

«Sieh doch, was sie machen.»

Die Bäume, die wenigen alten Häuser waren weggefegt, es gab nur noch kahle, zerstörte Erde. Sie weinte fast. Irgendwie hätte das nie passieren können, solange Nedra noch da war – nicht, daß sie es hätte verhindern können, aber ihre Abreise war in gewissem Sinne die Todesglocke. Ereignisse brauchen eine Einladung, Zerfall einen Anfang.

Über allem lag der Schatten der Veränderung. Ihr erster Blick aufs Haus, von einer Stelle der Straße aus, die sie gut kannte – die Schornsteine über den Bäumen, die Konturen des Dachs –, ließ in ihr ein Gefühl der Trauer aufkommen, als sei es dem Untergang geweiht. Es schien leer, es schien still. Die Kaninchen, die vor Hadji geflüchtet waren – waren sie wirklich vor ihm geflohen, sie schlugen so schnelle Haken, sie sprangen, sie lösten sich in Luft auf –, alles fort.

Sie parkten in der Auffahrt. Es war nach fünf. Niemand war da. Nile stand vor dem Haus und sah es sich an, die

Bäume, den terrassenförmig angelegten Rasen. «Hier bist du also aufgewachsen?»

«Ja.»

«Kein Wunder», sagte er.

Sie gingen zum Ponystall; es lag noch ein bißchen Stroh herum. Sie saßen im Wintergarten mit seinem Kiesboden. Die Sonne setzte die Scheiben in Brand. Sie ging etwas Wein holen.

«Wie hast du es je geschafft, dich über all das hier hinwegzusetzen?» fragte er.

«Ich weiß nicht.»

«Es ist ein Rätsel. Was für ein Leben du geführt hast. Es ist so überlegen. Ich meine, ich könnte dir ein Dutzend Dinge nennen, aber es liegt auf der Hand.» Er meinte es ernst. Er roch aus dem Mund.

«Laurence hat hier gelebt», sagte sie.

«Laurence ...»

«Ein Kaninchen.»

Das Sonnenlicht fiel glitzernd wie Zimbeln durch die Glasflächen. In der stillen Luft lag ein leichter Geruch von Wein. Die ferne Erinnerung an das Kaninchen – sein schwarzes Fell, seine langen Nagezähne – kam über sie wie ein Erröten. «Hast du schon mal mit Kaninchen zu tun gehabt?» fragte sie.

«Ab und zu», sagte er. «Sehr unregelmäßig. Einmal hab ich in einem Labor gearbeitet. Da gab es diesen großen belgischen Hasen, sie hieß Judy. Meine Güte, konnte die beißen!»

«Ja, das tun sie.»

«Ich mußte meinen Mantel anbehalten.»

«Laurence hat auch gebissen.»

«Alles und jeder tut das», sagte er. «Was ist aus Laurence geworden?»

«Er ist gestorben. Es war im Winter. Es war sehr traurig.

Du weißt, wie das ist, wenn Tiere krank sind. Man möchte so gerne etwas für sie tun. Wir haben ihn in ein Bett aus Stroh gelegt und ihn zugedeckt, aber am Morgen war er nicht mehr da.»

«Ist er weggelaufen?»

«Er lag in einer Ecke, irgendwie zur Seite gefallen. Seine Augen standen offen, aber er war schon steif geworden; als wäre er aus Draht. Wir haben ihn im Garten begraben. Er war größer, als wir dachten, wir mußten das Loch immer breiter machen. Sein Fell war noch warm. Ich hab die Erde mit bloßen Händen auf ihn geworfen. Ich hab geweint, wir beide haben geweint, und ich hab ein Gebet gesprochen: O Gott, nimm es auf, Dein Kaninchen ...»

Sie hatte im Garten geweint, in der Kälte. Sie hatten einen glatten grauen Stein gefunden und angefangen, den Namen hineinzumeißeln, aber er wurde nie fertig; er war noch immer da, versteckt unter Unkraut. LAU ...

«Deine Schwester – wie heißt sie noch?»

«Sie hat ihren Namen geändert.»

«Was meinst du damit?»

«Na ja, ihr Name ist Danny, aber jetzt heißt sie Karen.»

«Karen?»

«Es ist eine lange Geschichte. Sie ist mit jemandem zusammen, der findet, daß sie so heißen sollte.»

«Verstehe.»

«Na ja ...» Franca zuckte die Achseln. «Das ist nicht das einzige. Das ist nur eine Kleinigkeit. Sie hat sich für ihn die Ohrläppchen durchstechen lassen.»

«Verstehe.»

«Was er auch sagt ...»

Nile nickte, als verstünde er. Das Aufblitzen dieser Opferbereitschaft blendete ihn, er war beeindruckt von dem Tun dieser Schwester. Er konnte sie sich nicht vorstellen, er war verwirrt wie durch zu helles Licht. Je größer das

Verlangen, etwas zu wissen, desto schwerer ist es, danach zu fragen. Er wollte etwas sagen. In den Zimmern über ihm, den Fluren, an den Vorhängen dieser Fenster, hatten die beiden Mädchen ihre Jugend verbracht. Fragen überschwemmten ihn; was immer er wußte, es war im Vergleich zu dem hier nicht viel wert.

«Verstehe», murmelte er.

4

Tote Fliegen auf sonnigen Fensterbrettern, Unkraut an den Rändern des Gartenweges, die Küche leer. Das Haus war melancholisch, trügerisch; es war wie eine Kathedrale, in der – inmitten einer heiteren Ruhe – etwas nicht stimmt, die Heiligen sind nur Wachsfiguren, die Orgel eine Fassade. Viri war zu deprimiert, um etwas dagegen zu tun. Er lebte hilflos in dem Haus, so wie wir in unseren Körpern leben, wenn wir alt werden. Alma kam weiterhin dreimal die Woche, um zu putzen und Staub zu wischen. Er legte ihr jeden Freitag einen Umschlag mit vierzig Dollar hin, sah sie aber selten. Es war, als wäre etwas Schreckliches über ihn gekommen – Blindheit oder der Verlust eines Gliedes, etwas Unwiderrufliches. Kein noch so großes Mitgefühl konnte ihm helfen, keine Ablenkung ließ es verblassen.

Eines Abends sah er im Theater eine Inszenierung von Ibsens *Baumeister Solness.* Die Deckenlichter erloschen, die Bühne verströmte ihren Zauber. Es war wie eine Anschuldigung. Plötzlich schien sein Leben, das Leben eines Architekten wie in dem Stück, bloßgestellt. Er schämte sich, weil er so unbedeutend war, so grau, so müde. Als auf der Bühne Solness das erste Mal mit seiner jungen Geliebten und Buchhalterin sprach, als er ihr das erste Mal zuflüsterte, spürte Viri, wie ihm das Blut aus dem Gesicht wich, spürte, wie die Leute ihn anstarrten, als hätte er einen unwillkürlichen Schrei ausgestoßen.

Als Solness in jener ersten Szene, in der er endlich mit ihr allein ist, grimmig nach ihr ruft und sie ängstlich «Ja?» antwortet. Als er sagt: «Kommen Sie hierher!» Und sie kommt. Und er sagt: «Näher!» Und sie gehorcht und fragt: «Ja, was – was ist denn?» Viri war wie zerstört; sein Herz gab einen Moment lang nach, es setzte aus.

Und als Solness – und all das am Anfang, bevor er Gelegenheit hatte, sich darauf vorzubereiten, und wie sollte man sich auch vorbereiten? – sagt: «Denn ich kann nicht ohne Sie sein, nicht einen Tag. Muß Sie immer hier in meiner Nähe haben.» Und sie zitternd antwortet: «O Gott! O mein Gott!» Und niedersinkt und flüstert, wie gut er zu ihr sei, wie unglaublich gut. Ihr Name – er konnte es nicht fassen – lag gedruckt auf seinem Schoß: Kaja.

Das war nur der Anfang. Während das Stück weiterging, während Viri Akt für Akt zusah, verlor er langsam die Kraft zu widerstehen, das Stück wurde zu jenem gefährlichsten Ding überhaupt: einem unvergeßlichen Gleichnis, unvergeßlich und falsch. Gefesselt durch seine Kraft, durch Sätze, die ihn wie Pfeile durchbohrten, durch eine Geschichte, deren Ende schon geschrieben war, deren Zeilen im Gehirn der Schauspieler in genau der Reihenfolge gespeichert waren, in der sie gesprochen werden sollten – obwohl er es niemals auch nur wagen würde, sie sich vorzustellen –, war er wie ein Kind, ein kleiner Junge, der hinter einer Tür ein Gespräch mit anhört, das nicht für seine Ohren bestimmt ist, eine Aussage, die ihn für sein Leben zeichnen wird.

Er sah sich die Gesichter der anderen an, die seitlich vor ihm saßen, erhobene Gesichter, vom Schein der Bühne erhellt. Er war so vollkommen hilflos, so unfähig, eine Antwort zu geben, zu diskutieren, ja, nicht einmal fähig, sich eine Welt vorzustellen, die sich nicht gemäß der Energie bewegte, die er vor sich wahrnahm, daß es schien, als wäre er frei; er konnte zuhören, beobachten, es bedurfte keiner Anstrengung. Er reiste endlos, hundertmal weiter als das Stück, er lebte sein eigenes Leben rückwärts und vorwärts, er lebte das Leben der anderen, er hatte Phantasien über Frauen, die drei Reihen vor ihm saßen.

Danach, als alle aufbrachen, stand er am Eingang, intelligent, gefaßt, während das Publikum sich schnell verlief und in der Nacht verschwand. Es schien, als zöge mit all diesen Menschen, die ein Ziel hatten, diesen Männern und Frauen, die miteinander verheiratet, die in Langeweile und alltäglichen Katastrophen vereint waren, die Wahrheit an ihm vorbei. Er war immer einer von ihnen gewesen, obwohl er es geleugnet hatte; jetzt war er es nicht mehr.

Er ging halbverlassene Straßen entlang, beleuchtet vom Neon chinesischer Restaurants, von den Eingangstüren billiger Hotels. Er dachte an seine Frau, dachte daran, wo sie jetzt war. Er war noch nicht frei von ihr, ihrer Zustimmung, ihren Eigenarten. Plötzlich sah er zwanzig Schritte vor sich seinen Vater. Einen Moment lang konnte er es nicht glauben. Sie gingen in dieselbe Richtung. Er sah genauer hin: der Gang, die Kopfform, ja, sie waren unverkennbar. Die Wirklichkeit fiel in Schichten von ihm ab, in großen Segmenten, die schon bis in sein Inneres reichten. Ein alter Mann, der die Straße entlanggeht, den Mund leicht geöffnet, die Augen wäßrig und müde. Sie kamen auf eine Kreuzung zu, eine Ecke, an der Viri ihn deutlich sehen würde, sein Herz begann zu rasen, er wollte ihn nicht sehen, er hatte Angst. Es war, als würde sich gleich ein Sargdeckel öffnen und ein Mann, kränker denn je, hervorkommen, mit schwarzen Falten an den Mundwinkeln, nach Zigarren stinkendem Atem. Er würde Medizin und Pflege benötigen. Er wird mich um Geld bitten, dachte Viri verzweifelt. Auf seinen Wangen würde dieser graue Schatten liegen, diese Traurigkeit alter Männer, die sich nicht rasiert haben. Umarmungen derer, die uns schon verlassen haben, die Wiederholung unerträglicher Qualen. Um Himmels willen, Papa, dachte er. Aufgewühlt durch das Theaterstück, zitterte er vor Empfindung, aber er war zugleich kraftlos, wie eine Auster, die man aus ihrer Schale geschnitten hat. Komm nach Hause, dachte er, komm nach Hause und stirb!

Er starrte den Fremden unter der Straßenlaterne an, sein Gesicht war von der Stadt gezeichnet, ungesund, dunkel vor Gier. Einen Moment lang waren sie wie Männer in einem Bahnhof, allein auf dem Bahnsteig. Sie betrachteten einander kalt und wandten sich ab. Er stand an der Ecke, während der alte Mann weiterging, einmal kurz zurückblickte, mißtrauisch. Er sah kein bißchen wie Isaac Berland aus. Die leeren Ladenfronten verschluckten ihn, die dröhnenden Busse, die Nacht.

Es war spät, als er das Haus erreichte. Hadji bellte in der Küche; er war so alt, daß es sich wie eine Säge anhörte.

Das Haus hatte sich verändert; er spürte es plötzlich, als er die Tür öffnete. Er kannte dieses Haus, ihm war, als würde sich jemand darin verstecken, ein Einbrecher, den Körper flach an die Wand gedrückt – nein, seine Phantasie war überreizt. Als er von Zimmer zu Zimmer ging – sein Hund hatte nach einer Weile das Interesse verloren und sich hingelegt, er selbst war ruhig, ergeben und nahm die Gefahr hin –, da wurde ihm allmählich bewußt, daß es leer war.

«Nedra!» begann er zu rufen. «Nedra!»

Er lief, während er ihren Namen rief, durch die Räume, als gäbe es einen dringenden Telefonanruf für sie. «Nedra!»

Er zitterte, er war außer sich. Im Laufen drehte er die Lichter an, dann, im Flur, stieß er unerwartet auf seine schlaftrunkene Tochter, die verwirrt murmelte: «Was ist los, Papa? Was ist denn passiert?»

«O Gott», rief er aus.

Sie machte ihm in der Küche einen Tee. Sie war barfuß, im Bademantel, ihr Gesicht noch vom Schlaf verquollen. Als er dankbar am Tisch saß, ein wenig lächerlich, ein wenig beschämt, fiel ihm auf, daß ihr Gesicht nicht so fein war wie das von Franca. Es war menschlicher, nicht so geheimnisvoll; es hätte das eines Zimmermädchens oder einer jungen Krankenschwester sein können. Und ohne Schminke schien es sogar noch ehrlicher, offener, man konnte darin lesen wie in einer Handfläche. Er saß in der Küche, und seine Tochter machte ihm Tee. Diese einfache Handlung, die wie ein Liebesbeweis ganz ohne Falsch war, berührte ihn tief. Verwirrt wurde ihm klar, daß dies wie ein altes Möbelstück in einem Altenheim war, das für jemand anderen keinerlei Bedeutung hätte, aber in diesen schlechten Zeiten war es alles, was er hatte.

Sie saß bei ihm. In ihren fraulichen Gesten, ihren Bewegungen, ihren klaren direkten Blicken sah er ständig ihre Mutter vor sich.

«Wie war das Stück?» fragte sie.

«Offenbar war es ziemlich beeindruckend», sagte er. «Es hat mich in eine Art Verrückten verwandelt, der durchs Haus rennt und nach deiner Mutter schreit.»

«Ja. Es war seltsam. Als ich aufwachte, dachte ich einen Moment lang, sie müßte hier sein.»

Er trank seinen Tee. Er hörte das Klacken von Hadjis alten Krallen auf dem Boden. Der Hund setzte sich zu seinen Füßen, sah zu ihm hoch, hungrig wie alle Alten. Sein Hund, der im atemberaubenden Schnee gerannt war, mit kräftigen Beinen, jung, die Ohren zurückgelegt, mit scharfen Augen, seinem reinen Geruch. Ein Leben, das in einem Augenblick vorüber war.

Er sah seine Tochter an. So wie ein Spieler, der alles verloren hat, sich leicht vorstellen kann, wieder im Besitz seines Geldes zu sein, wenn er sich überlegt, wie tückisch, wie ungerecht der Hergang war, durch den er es verloren hatte, so wollte auch er manchmal nicht wahrhaben, was passiert war, oder aber er war sich sicher, daß sich seine Ehe irgendwie wiederherstellen würde. So viel von ihr war noch da.

«Wie geht's der Missus?» fragte Captain Bonner immer. Er sammelte altes Zeug von der Straße auf. Die meiste Zeit erkannte er Viri nicht. War die Frage bösartig gemeint oder einfach nur dumm? Fleckige braune Anzugjacke, eine Strickmütze, ein altes Clownsgesicht, ein gelbes Gesicht, die Zähne längst ausgefallen, lächelnd, während er an etwas denkt, an Essen oder Frauen? Er trug eine Tür die Straße hinunter; er sprang vor das Auto, als Viri auf ihn zufuhr, mit einer Hand winkend, forderte von ihm, ihn mitzunehmen.

«Ich fahr in die Stadt», erklärte er ihm. Er konnte die Tür nicht ins Auto bekommen. Er mühte sich ab. «Ich werd sie aufs Dach legen», sagte er. «Ich kann sie mit der Hand festhalten.»

Die Haut an seinen Händen war blau, dünn wie Papier, auf seinen vertrockneten Wangen standen Stoppeln. Seine Schuhe sahen wie schmutzige Pantoffeln aus, die Spitzen nach oben gebogen.

«Schönes Wetter», sagte er. Er roch nach Wein. Dann, nach einer Pause, diese beiläufige Frage nach Nedra.

«Ihr geht's gut», antwortete Viri. «Danke.»

«Ich hab sie lange nicht gesehen.»

«Sie ist in Europa.»

«Europa», sagte der alte Mann. «Ah. Da gibt's 'ne Menge schöne Orte.»

Viri beobachtete die Tür, die etwas über die Windschutzscheibe ragte. «Waren Sie schon mal da?» fragte er zerstreut.

«Nein. Nein, ich doch nicht», sagte Bonner. «Ich hab hier schon genug gesehen.» Es folgte eine Pause. «Zuviel», fügte er hinzu.

«Was meinen Sie mit zuviel?»

Der alte Mann nickte. Er lächelte vage vor sich hin, in den weißen Sonnenschein hinein. «Es ist ein Traum», sagte er.

Das Haus roch noch immer nach ihren Blätterschälchen, der Garten verwilderte allmählich. In einer Schublade eines Schreibtischs, auf den die Sonne fiel, lagen Schulhefte der Kinder aus vergangenen Jahren. Franca hatte jedes einzelne aufgehoben, ihre Schrift war so musterhaft, so ordentlich.

Das Fest war vorbei. Wie in der Geschichte, die er ihnen so viele Male vorgelesen hatte – von dem armen Paar, dem drei Wünsche gewährt wurden, die es vergeudete –, hatte er nicht genug gewollt. Er konnte es deutlich sehen. Letzten Endes hatte er sich nur eines gewünscht, und das war viel zuwenig gewesen: Er hatte sich gewünscht, sie möchten in dem allerglücklichsten Zuhause aufwachsen.

5

Eine der letzten großen Erkenntnisse ist, daß das Leben nicht so sein wird, wie man es sich erträumt hat.

Er ging zu einem Dinner bei den Daros. Es waren Leute da, die er nicht kannte. «Wie geht es Ihnen?» sagten sie. Gutaussehende Menschen, die sich wohl fühlten. Die Frau trug ein smaragdgrünes bodenlanges Kleid, eine goldene Halskette und Armbänder aus Goldgeflecht. Ihr Name war

Candis. Ihr Mann war Art director. Er arbeitete an Filmen; er entwarf Buchumschläge.

«Viri, was möchtest du trinken?» fragte Peter.

«Weißt du, ich glaub, ich hab schon so lange keinen mehr gehabt ...»

«Was immer du willst.»

«Ich glaube, ich hätt gern einen Martini», sagte Viri.

Er trank einen, eisig kalt, aus einem funkelnden Glas. Es war wie ein Wetterumschwung. Im Shaker war noch ein zweiter, stark, klar.

«Wie kriegst du sie so kalt?» fragte er.

«Na ja, du hast dir den Drink ausgesucht, an dem man den wahren Mixer erkennt. Man muß die richtigen Zutaten nehmen – und den Gin im Kühlfach aufbewahren.»

«Ah.»

«Ich wollte mal einen Artikel über die zehn besten Bars der Welt schreiben. Ich hab viel Recherche betrieben. Hat mich fast die Gesundheit gekostet.»

«Und? Welche ist die beste?» fragte der Art-director.

«Ich glaub nicht, daß man eine herauspicken kann. Es geht eher darum, welche im entscheidenden Moment in der Nähe ist. Ich mein, es gibt jeden Tag eine Stunde, wenn die Zunge ausgetrocknet ist, wenn nichts anderes hilft als ein Drink, und dann in der Nähe eines dieser Läden zu sein, das ist wie in Mohammeds Paradies.»

«Ich glaube nicht, daß man da was zu trinken kriegt», sagte Candis. «Nicht im Paradies der Moslems.»

«Richtig», sagte Peter. «Und damit ist es für mich gestorben.»

«Aber Frauen in Hülle und Fülle», sagte ihr Mann.

«Ich denke», begann Peter, «wenn die Zeit gekommen ist, daß ich ins Paradies eingehe ...», er war aufgestanden, um in die Küche zu gehen, er war derjenige, der bei Dinnereinladungen kochte, «wird meine Verbindung zu Frauen rein historischer Natur sein.»

«Niemals, Darling», widersprach Catherine, die gerade zur Tür hereinkam.

«Oder imaginär», sagte er.

«Du wirst nie dein Interesse an Frauen verlieren», sagte sie. «Hallo, Viri. Wie geht's? Du siehst gut aus.»

«Mein Interesse vielleicht nicht, aber ich fürchte, meine Fähigkeit ...»

«Die hält ewig», sagte sie.

«Also, ich weiß ja nicht, was du da drinnen getrunken hast», murmelte er, «aber dein Vertrauen rührt mich.»

«Ich denke, Frauen wissen solche Dinge, glaubst du nicht?»

«Manchmal sind sie ja in der richtigen Lage dazu», sagte Viri.

Während sie lachten, traf sein Blick den von Candis. Sie hatte eine lange Nase, ein intelligentes Gesicht. Ihre Augen waren sehr weiß und klar.

«Viri, du hast uns gefehlt», sagte Catherine.

Ein weiteres Paar traf ein. Viri unterhielt sich ungezwungen. Er beschrieb einen Theaterabend.

«Ich bin die Theaterliebhaberin in unserer Familie», sagte Candis. «Eins der ersten Stücke, die ich gesehen hab – dazu gibt's eine Geschichte –, war *Der versteinerte Wald.*»

«Aber so alt können Sie doch noch gar nicht sein», sagte Viri. Er fühlte sich ungeheuer warm und gelöst.

«Ich war damals vierzehn.»

«Es ist geschrieben worden, als Sie noch nicht auf der Welt waren», sagte er.

«Na ja, vielleicht war es nur eine Neuinszenierung. Auf jeden Fall ...»

«Wie alt sind Sie?»

«Achtundzwanzig.»

«Achtundzwanzig …»

«Als ich nach der Aufführung nach Hause kam, fragten sie mich: Und? Wie hat's dir gefallen? Und ich sagte: Es ist ein sehr komisches Stück. Zum Beispiel war da die Stelle, wo er zu dem Mädchen sagt: Wie wär's mit einem Schäferstündchen? Und ich hab gesagt, das Publikum lachte, weil es in der Wüste natürlich keine Schafe gibt.»

Der Luxus, die Behaglichkeit dieser in einer nicht sehr schicken Gegend gelegenen Wohnung. Es war ein altes Gebäude, eine Wohnung, schön wie ein Park oder wie ein wunderbarer alter Band, den man in den Stapeln eines antiquarischen Buchladens findet.

Peter kannte sich in historischen Dingen aus, er verstand etwas von Kunstgeschichte und Wein, dem zweiten und dritten Grand Cru, die so gut waren wie der erste. Er wußte von einem kleinen Städtchen, das besser war als Beaune, er kannte die Namen von Weinbergen. Er stand in der engen Küche, auf jeder freien Fläche lag frisches Gemüse, standen Teller, und hackte inmitten des Durcheinanders mit einem großen Messer Petersilie.

«In unserem nächsten Haus», erzählte er Viri, «werd ich eine Küche haben, die groß genug ist, um darin manövrieren zu können, so eine wie eure.» Er trug eine Schürze über seinem Anzug. Während er das Abendessen zubereitete, rief er immer wieder nach draußen und wollte von seiner Frau wissen, wo irgendwas war oder ob sie es gekauft hatte. «Ich möchte eine Küche haben, die groß genug ist, um darin ein Dinner zu geben – oder, wenn's sein muß, um drin zu schlafen. Weißt du, ich kann langsam mein Geschäft dichtmachen. Nicht, daß es nicht gut liefe – ganz im Gegenteil sogar –, aber das Problem ist, daß ich keine guten Stiche mehr bekomme. Ich kann einfach keine finden, und wenn ich welche auftu, muß ich so viel dafür zahlen, daß für mich nichts mehr drin ist. Ich mein, wenn ich einen Vuillard verkaufe, finde ich keinen zweiten mehr. Früher konnte man nach Europa fahren, aber jetzt nicht mehr. Die haben jetzt noch höhere Preise als wir. Es gibt reichlich Käufer, aber nichts zum Verkaufen.»

«Und was willst du machen?»

«Mehr Zeit in der Küche verbringen. Eigentlich wünsch ich mir nur zwei Dinge ...»

«Und die wären?»

«Ich wünsch mir eine richtige Küche», sagte er, «und ich möchte unterm Sternenhimmel sterben.»

Die Gäste waren ins Gespräch vertieft, die Vorhänge zugezogen, auf dem langen Buffet standen offene Weinflaschen. Peter suchte nach den Anchovis. «Sie sind in einer kleinen flachen Dose», brummte er. «Flach, aber unzerstörbar. Ehemalige Kriegsschiffsbauer entwerfen sie.» Er war bei der Marine gewesen. «Wenn die Kriegsschiffe nur halb so stabil gewesen wären – ah, da sind sie ja.»

«Was hast du mit den Anchovis vor?»

«Ich werd versuchen, sie zu öffnen», sagte er.

Die guten Gerüche, die schöne Unordnung, die aufgeschlagenen Seiten eines Kochbuchs, das Toulouse-Lautrec geschrieben hatte, ein Buch, angefüllt mit den Dinnereinladungen und Landpartien eines ganzen Lebens – all dies erzeugte in Viri eine Wärme wie die einer Liebesnacht. Es gibt Stunden, in denen man das Leben förmlich trinkt.

Er saß neben Catherine. «Der Mann, den du gerade kennengelernt hast ...», flüsterte sie.

«Welchen meinst du?» Die Bemerkung erschien ihm sehr witzig, er konnte sich ein Lachen nicht verkneifen.

«... in dem braunen Anzug», sagte sie.

«Dem braunen Anzug.» Er beugte sich zu ihr, um ihrer Eröffnung zu lauschen. Sein Blick ruhte unterdes auf ihrem Gesprächsgegenstand, einem stämmigen Mann mit Brille.

«Sehr braun», flüsterte er. «Wie heißt er noch mal?»

«Derek Berns.»

«Richtig», rief Viri.

Berns sah kurz zu ihnen herüber, als wüßte er, worüber sie sprachen. Sein Gesicht war glatt, die Gesichtszüge ein wenig zu groß, wie bei einem Kind, das einmal häßlich sein wird, und er hielt die Zigarette ganz am Ende zwischen den Fingerspitzen von Zeige- und Mittelfinger.

«Er ist ein Kollege von Peter, er hat eine wunderbare Galerie», sagte Catherine. «Er ist mit jemandem aus der Familie von Matisse befreundet. Er bekommt all ihre Sachen.»

Viri versuchte sich später mit ihm zu unterhalten. Zu dem Zeitpunkt hatte er seinen Namen vergessen und auch den von Matisse, aber er fürchtete nichts. Er hatte so viel getrunken, daß er die Worte nicht mehr klar herausbrachte, aber er schaffte es, indem er alle Konsonanten sorgfältig aussprach. Mitten im Gespräch erinnerte er sich plötzlich an den Namen und gebrauchte ihn sofort: Kenneth. Berns korrigierte ihn nicht.

Dann wurde sein Interesse wieder von Candis angezogen. Sie saß in der Nähe und redete darüber, worauf die Männer bei einer Frau als erstes achteten. Jemand sagte, es seien die Hände und Füße.

«Nicht ganz», sagte sie.

Sie waren auf einmal dabei, gemeinsam die Schallplatten durchzusehen.

«Ist da was von Neil Young dabei?» fragte sie.

«Ich weiß nicht. Sehen Sie sich das mal an!»

«O Gott.»

Es war eine Platte von Maurice Chevalier. Sie legten sie auf. «Das ist das wahre Leben», sagte Viri. «Menilmontant, Mistinguett ...»

«Und was heißt das?»

«Die dreißiger Jahre. Die beiden Weltkriege. Er hat immer gesagt, bis fünfzig habe er von der Taille abwärts und nach fünfzig von der Taille aufwärts gelebt. Ich wünschte, ich könnte Französisch sprechen.»

«Aber Sie sprechen es doch, oder?»

«Oh, nur gerade so viel, um diese Lieder zu verstehen.»

Es folgte eine Pause. «Er singt auf englisch», sagte sie.

Wie enorm komisch das war, konnte er nicht erklären. Er versuchte es, aber er konnte es ihr nicht verständlich machen.

«Haben Sie ihn mal gesehen?» fragte er.

«Nein.»

«Sie haben ihn nie gesehen?»

«Nein, nie.»

«Warten Sie», sagte Viri. «Warten Sie hier.»

Er war fünf Minuten verschwunden. Als er zurückkam, hatte er einen Strohhut von Peter aufgesetzt, und vor den erstaunten Augen aller sang er mit leidenschaftlichen Bewegungen und rauchiger imitierter Stimme das ganze «Valentine», wobei er manchmal stolperte und mit den Schultern zuckte, wenn er den Text vergaß. Noch bevor das Essen serviert wurde, war er quer durch die Küche getorkelt und mit dem Gesicht nach unten auf einem Bett im Mädchenzimmer zusammengeklappt.

«Wer ist der arme Kerl?» fragte jemand.

Am nächsten Morgen rief er in Europa an. Es war Nachmittag dort. Ihre Stimme war belegt, als hätte sie gerade geschlafen: «Hallo.»

«Hallo, Nedra.»

«Hallo, Viri», sagte sie.

«Es ist so lange her, daß wir miteinander gesprochen haben, ich wollte dich einfach nur mal anrufen.»

«Ja.»

«Ich war gestern bei Peter und Catherine. Er ist wirklich etwas Besonderes. Natürlich haben sie nach dir gefragt.»

«Wie geht es ihnen?»

«Na ja, du weißt ja, sie führen ein merkwürdiges Leben. Das ist keine große Liebe, aber sie hängen aneinander.» Er machte eine Pause. «Ich nehm an, bei uns war das so ähnlich.»

«So wie bei allen anderen auch.»

«Wie geht's dir so?»

«Oh, nicht schlecht. Und dir?»

«Ich war oft versucht – in Wirklichkeit unzählige Male –, einfach rüberzufliegen.»

«Also, Viri, ich mein, das ist eine süße Idee, es wär schön, dich wiederzusehen, aber es würde nichts ... Na ja, du weißt schon, wir haben das hinter uns.»

«Es ist schwer, mich immer wieder daran zu erinnern.»

«Das ist es wohl wirklich.»

Sie beantwortete sein Flehen mit einer Weisheit, die ihn immer wieder verblüffte. Er wollte sich an ihr festklammern, nur um zu hören, was sie sagte.

«Du weißt, daß du in ein paar Wochen vierundvierzig wirst», sagte sie.

«Ja.»

«Es tut mir leid, daß ich an deinem Geburtstag nicht dasein kann.»

«Vierundvierzig», sagte er. «Ich fürchte, ich seh langsam auch so aus.»

«Der einfache Teil ist vorbei.»

«Einfach soll das gewesen sein?»

«Wir steigen jetzt in den unterirdischen Fluß», sagte sie. «Weißt du, was ich meine?»

«Ja, ich weiß.»

«Er liegt vor uns. Alles, was ich dir sagen kann, ist, daß selbst Mut einem nicht helfen wird.»

«Liest du wieder Alma Mahler?»

«Nein.» Ihre Stimme war gelassen und wissend.

Der unterirdische Fluß. Die Decke wird niedriger, wird naß, das Wasser schießt in die Dunkelheit. Die Luft wird feucht und eisig, der Durchgang verengt sich. Das Licht verliert sich hier, die Laute; der Strom beginnt unter großen, undurchdringlichen Felsplatten zu fließen.

«Wie kommst du darauf, daß Mut einem nicht helfen wird?»

«Mut, Weisheit, nichts von alldem.»

«Nedra ...»

«Ja.»

«Ist alles in Ordnung?»

«Natürlich.»

«Nein, wirklich. Nedra, du weißt, ich bin immer ... ich bin hieb,»

«Viri, mir geht es gut.»

«Bist du glücklich?» fragte er.

Sie lachte. Glück. Sie wollte frei sein.

6

Es war Marina Troy, zu der Nedra sich hingezogen fühlte, als sie endlich zurückkehrte. Sie wohnte sogar eine Weile bei den Troys. Der Heilige des Theaters zu der Zeit war Philip Kasine. Seine Stücke wurden nicht angekündigt, die Nachricht wurde nur von Mund zu Mund weitergegeben, man mußte danach suchen wie nach einer Voodoo-Zeremonie oder einem Hahnenkampf. An den Mann selbst kam man nicht heran. Er hatte eine schmale Nase, knochig wie ein Finger, einen New Yorker Akzent, eine legendäre Ausstrahlung. Er ging nicht ans Telefon. Er hatte ein so starkes Selbstbewußtsein, daß es für Selbstlosigkeit gehalten wurde, die beiden waren ineinander übergegangen. Er war mehr eine Energiequelle als eine Person. Er gehorchte dem Newtonschen Gesetz von der größten aller Sonnen.

An dem Abend, als sie zu einer Vorstellung von ihm gingen, fand sie in einem alten Tanzlokal statt. Das Publikum mußte eine Stunde lang in einer Reihe auf der Treppe warten. Kasine tauchte nicht auf, obwohl jemand später sagte, er sei der Mann gewesen, der die Bühne gefegt habe, als alle ihre Plätze einnahmen. Schließlich gab es eine Ankündigung; der Vorstellung an dem Abend wurde ein Name gegeben. Schweigen. Ein Schauspieler kam heraus. Er hatte das Gesicht von jemandem, dem man nicht trauen kann, ein Mann, der alles versucht hat, dessen Hunger groß genug ist, um zu töten. Seine Bewegungen hatten die Intensität eines Wahnsinnigen, aber Nedra beeindruckten vor allem seine Augen. Sie erkannte ihre Kraft, ihre Verachtung; sie gehörten jemandem, der ihr Bruder war, das Selbst, das sie beneidete, aber in sich nie hatte erschaffen können.

«Wer ist das?» flüsterte sie.

«Richard Brom.»

«Er ist unglaublich.»

«Willst du ihn kennenlernen?»

Sie verstand das Stück nicht, aber es enttäuschte sie nicht. Was es auch bedeuten mochte – alles bestand aus Wiederholung, Wut, Schreien –, es nahm sie gefangen, sie wollte es noch einmal sehen. Als die Lichter angingen und das Publikum klatschte, stand sie, fast ohne es zu bemerken, auf und applaudierte mit hocherhobenen Händen. In ihrer Ungehemmtheit, ihrem Eifer, war sie sichtlich eine Bekehrte.

Hinter der Bühne war es wie in einem Laden, der durchgehend geöffnet ist. Das Licht kam von alten Leuchtstofflampen; eine Anzahl schlechtgekleideter Leute, die mit der Theatergruppe in keiner Verbindung zu stehen schienen, schlenderten da herum. Brom war nicht da.

«Kommt doch mit auf die Party», sagte jemand.

Sie fuhren mit dem Taxi. Die dunklen Straßen holperten vorbei. «Hat es dir gefallen?» fragte Marina.

«Es war so überwältigend. Nicht das Stück, sondern die Art der Darstellung. Sie scheinen nicht zu spielen – oder zumindest ist das das falsche Wort dafür.»

«Ja, es ist eine Art Zeitlupen-Wahnsinn.»

«Die Art, wie sie sich von innen nach außen zu stülpen scheinen, darin liegt eine unglaubliche Kraft. Ich war einfach überwältigt. Und ein einziger Mann bringt ihnen das bei?»

«Er hat ein Haus in Vermont, das man ihm zur Verfügung gestellt hat», sagte Marina. «Sie fahren allesamt dahin, sie arbeiten, diskutieren. Sie machen alles gemeinsam.»

«Aber ist er der Lehrer?»

«O ja. Er ist alles.»

Sie fuhren in einem knarrenden Fahrstuhl. Es waren schon Leute da. Unter ihnen auch Brom. Er trug ganz gewöhnliche Kleidung.

«Ihr Spiel», sagte Nedra, «war das Beeindruckendste, was ich je gesehen habe.»

Seine dunklen Augen starrten sie an. Er nickte bloß, noch leblos, noch entkräftet. Sie wußte nicht, was er dachte oder fühlte. Wie alle großen Schauspieler stand er in einer Art unverhohlener Erschöpfung da, wie ein Vogel, der zu weit geflogen ist. Es gab nichts zu erwidern. Man bot ihr einen Drink an. Alle waren freundlich. Sie lachten, sie redeten mit leisen Stimmen, sie hatte noch nie Menschen getroffen, die so in Einklang miteinander waren, sie akzeptierten sie. Sie hörte Geschichten über Kasine. Er habe sagenhafte Fähigkeiten. Er sei ein außergewöhnlicher

Lehrer; er wisse instinktiv, wo das Problem lag, wie ein Wunderheiler. «Ich bin zwei Monate lang jeden Tag zur selben Stunde zu ihm gegangen. Wir haben geredet, mehr nicht. Ich habe dort alles gelernt.»

«Worüber haben Sie gesprochen?» fragte Nedra.

«Also, so einfach ist das nicht.»

«Natürlich nicht. Aber nur zum Beispiel ...»

«Er hat mir immer dieselbe Frage gestellt: Was hast du heute gemacht?»

Sie waren auf eine Weise zufrieden, die sie beneidete, aber nicht ergründen konnte. Es war, als träfe man auf Mitglieder einer strenggläubigen Familie, alle verschieden, aber fest vereint.

«Ich würd gern bei ihm lernen», sagte sie. Sie rechtfertigte sich nicht, sie stellte keine Bedingungen.

Einmal hatte er einer Schauspielerin in nur vier Stunden das Sprechen beigebracht. «Was meinen Sie mit Sprechen?»

«Ihre Stimme zu benutzen. Daß die Leute zuhören.»

Sie wollte ihn kennenlernen. Sie blickte suchend umher wie die heilige Johanna; sie fragte sich, ob er sich hier unter den Leuten befand.

«Sie müssen nach Vermont kommen», sagten sie.

Die Stunden vergingen, ohne daß sie es merkte. Als sie später am Fenster stand, sah sie, daß die Nacht vorüber war. Der Ausschnitt der Stadt unter dem Fenster war still und grau. Sie sah hoch. Der Himmel war blau, ein Blau, das, noch während sie zusah, zur Erde niedersank. Die Bäume auf der Straße entfalteten ihre Blätter. Wie im Einklang damit wurden die Lampen im Zimmer ausgeschaltet. Es war die Morgendämmerung. Draußen waren ein paar Vögel, die einzigen Laute der Natur; sonst Stille. Sie war nicht müde. Sie wäre gerne noch geblieben. Ihre Hände waren kühl und unberührt, als sie zum Abschied die Hände derer neben sich drückte. Sie schlief; sie hatte noch nie so gut geschlafen.

Zehn oder zwölf Schüler im Jahr, mehr nahm er nicht. Sie lebten zusammen, sie arbeiteten zusammen. Sie wollte einer von ihnen sein, sich durch nichts mehr ablenken lassen, sich mit einer, nur mit einer einzigen Sache beschäftigen.

«Glaubst du, es macht etwas aus, daß ich keine Schauspielerin bin?»

«Du bist eine», sagte Marina.

«Sie haben eine solche Kraft, alle, ohne Ausnahme. Eine solche Natürlichkeit. Es ist, als sähe man das Leben zum ersten Mal. Komm doch mit», drängte Nedra.

«Ich würd gern. Aber ich kann nicht.»

«Gerald würde dich weglassen.»

«Nein, würde er nicht.»

Sie fragte Eve. Im Restaurant saßen sie in einer Nische, die langen Speisekarten in der Hand. «Findest du mich albern?»

«Jeder Schauspieler, den ich kenne, will dorthin.»

«Wirklich?»

«Hat Marina dich ihm vorgestellt?»

«Also, ihn hab ich noch nicht getroffen», sagte Nedra.

Eve schien erschöpft, resigniert. Arnaud war fort. Er war sowieso nie mehr derselbe gewesen. Ob es etwas Körperliches war oder nicht, wußte keiner. Sie dachte darüber nach, ihren früheren Mann wieder zu heiraten.

«Im Ernst?» fragte Nedra.

«Wir haben viel darüber gesprochen. Vielleicht sollten wir es noch mal versuchen. Letzten Endes haben wir sehr viel gemeinsam.»

Nedra antwortete nicht.

«Er macht eine Diät», sagte Eve. «Er sieht momentan sehr gut aus.»

«Sein Gewicht war nicht das Problem.»

«Er zeigt damit nur, daß er sich ändern will. Du findest es also keine gute Idee?»

«Ich weiß nicht. Mir scheint nur ...»

«Was?»

«Du hast so viel durchgemacht.»

«Du meinst, um jetzt wieder zum Anfang zurückzukehren?»

«Es ist, als würdest du aufgeben.»

«Ja, aber was soll man machen?»

«Laß uns etwas Wein trinken», sagte Nedra.

Sie fuhr zu einem Vorstellungsgespräch nach Vermont. Sie war nervös. Es gab fünfzehn oder zwanzig Mitbewerber. Sie warteten auf Bänken neben der Scheune. Kasine empfing die Kandidaten in der Küche. Manchmal dauerte es eine halbe Stunde, bevor sich die Tür öffnete, manchmal länger.

Sie wartete den Nachmittag hindurch bis in den Abend. Niemand brachte ihnen etwas zu essen oder zu trinken. Sie saßen schweigend da. Es wurde dunkel. Es war April; es wurde kalt. Schließlich war sie an der Reihe. Sie fühlte sich erschöpft. Ihre Beine waren steif. Sie betrat das Haus durch eine Tür mit Fliegengitter.

Kasine saß mit einer dunklen Brille an einem kahlen Tisch. Er trug einen kreidebeschmierten schwarzen Anzug. Am nächsten Tag sah sie ihn im Dorf in demselben abgetragenen Anzug, in der Hand eine Aktentasche wie ein Bankangestellter oder Dozent. Am Tischende, unbeteiligt, saß Richard Brom. Während des ganzen Gesprächs sagte er kein Wort.

Sie sagte ihnen, sie habe keine Erfahrung. Sie erzählte ihnen die Wahrheit: daß sie sich irgendwie, ohne es zu wissen, vorbereitet habe. Körperlich sei sie fit, kräftig. Sie habe keine Verpflichtungen, keine Bedürfnisse, sie könne sich der Sache vollständig widmen. Sie lese gerade die Schriften des heiligen Augustinus ...

«Was?»

«Die *Confessiones*», sagte sie.

«Ja. Erzählen Sie weiter.»

Es gebe da diese Passage, daß wir mit dem Rücken zum Licht stünden und unsere Augen die Dinge in diesem Licht sähen, aber nicht das Licht selbst. Das hätte sie so beeindruckt: Dinge, die vom Licht erleuchtet werden. Sie drehte sich zur Seite, um Brom anzusehen, der unbeweglich dasaß, als gehörte er nicht dazu, als träumte er.

«Wie alt sind Sie?» fragte Kasine. Er sah auf seine Hände, die gefaltet auf dem Tisch lagen.

«Dreiundvierzig», sagte sie.

Es folgte ein Schweigen, wie nach der letzten Frage, der Frage, die unbeantwortet bleibt. Sie empfand einen Moment der Hilflosigkeit, des Zorns.

«Aber das hat nichts zu bedeuten», versicherte sie ihnen.

«Wir sind eine Theatergruppe», sagte Kasine einfach. Wenn sie eine junge Schauspielerin aufnähmen, erklärte er, würde die natürlich auch älter werden ...

Ja, ja, wollte sie sagen. Sie wußte, was nun kommen würde.

«Ich denke», sagte er, «daß Sie erst mal woanders anfangen sollten, um zu sehen, was passiert. Vielleicht wird dann klarer, ob es hier eine Möglichkeit für Sie gibt oder nicht.»

Das war der Mann, der geschrieben hatte, daß, genau wie die größten Heiligen zuerst die größten Sünder gewesen seien, seine Schauspieler aus dem hoffnungslosesten, dem unwürdigsten und unwahrscheinlichsten Material seien, das er finden konnte. Aber es war immer dasselbe – eine Frau, die einen Paß beantragt, eine Arbeitserlaubnis, was auch immer; egal, was sie sagte, sie war nicht mehr jung.

«Alter ist doch kein wirkliches Kriterium», sagte sie. «Ich bin mir sicher, daß Sie nicht so willkürlich entscheiden. Ich muß mehr lernen, ja, aber ich weiß auch mehr.»

«Es tut mir leid», sagte Kasine.

Sie waren immun gegen sie. Sie konnte die Augen des Mannes, mit dem sie redete, nicht sehen, sie traute sich kaum, den anderen anzuschauen. Sie hatte ihnen alles gezeigt, ihre Aufrichtigkeit, ihre Hingabe – es war nicht genug.

«Danke, daß Sie gekommen sind», sagte er.

Draußen warteten noch vier oder fünf Leute. Sie versuchte, nichts preiszugeben, als sie an ihnen vorbeiging. Sie war wie eine Frau, die eine Kathedrale verließ, die Stufen hinunterstieg, unnahbar, mit ernstem Gesicht.

Um Mitternacht klopfte jemand an ihre Tür. Ein Mann stand da und hielt ihr etwas entgegen. Es war Brom.

«Möchtest du ein Glas Wein?» fragte er.

«Ja», sagte sie. «Komm rein.»

Das Zimmer war kalt. Es war das Zimmer eines Novizen, der Boden kahl, eine kleine Lampe brannte. Er lächelte nicht, aber er war auch nicht distanziert. Die Ausdrucksmöglichkeiten seines Mundes allein schienen unendlich, jetzt ruhten sie.

«Seid ihr fertig?» fragte sie.

«Noch nicht ganz.»

Sie hatte sich das Gesicht gewaschen. Es war nackt, die Fältchen um ihren Mund und ihre Augen waren schwach, aber unauslöschbar. Sie war eine Frau, die belesen war, die in Restaurants gespeist hatte, eine Frau, der man nichts erklären mußte.

Er war ein Mann mit einem einzigen Talent, er hatte keine minderen Interessen, keine Makel. Er war wie ein Analphabet, ein Märtyrer; für ihn gab es keine andere Möglichkeit, weder nach rechts noch nach links. Die

Strenge seines Lebens, das Spartanische, hätte in einer Grabschrift nur eine Zeile beansprucht.

Das Land vor den Fenstern, die Bäume, die dunklen Hügel lagen im Mondlicht. Der Mond selbst war zu groß, zu weiß. Er hatte eine Brust wie ein Läufer, glatt und stark wie ein Brett. Seine Arterien traten hervor wie bei einem Pferd, das galoppiert war. Seine Finger waren kräftig.

Es war, als befänden sie sich an Bord eines Schiffes: eines alten Inseldampfers, sauber und unbequem, mit dünnen Kabinentüren. Sie waren die einzigen Passagiere.

«Ich glaube, du bist entmutigt», sagte er. «Das darfst du nicht sein. Du wirst deinen Weg finden. Dein neues Leben.»

«Ich fühle mich, als finge ich gerade an zu schwimmen», sagte sie.

«Du kannst schon sehr gut schwimmen.»

«Ich entdecke gerade den Fluß.»

«Ja», sagte er. «Es geht nur darum, ob man Wasser hat.»

Das war der erste Schritt. Ein wenig später fügte sie hinzu: «Nur, daß ich jetzt fliegen möchte.»

Am Morgen gab er ihr einen kleinen silbernen Anhänger, den er um den Hals getragen hatte. Es war ein primitiver Fisch, glatt wie eine Münze. Er sagte nichts über seine Geschichte. Es war eine Art Geleitbrief; er würde sie sicher nach Hause bringen.

Sie lebte in einer kleinen Studiowohnung, die Marina gemietet hatte. Umgeben von Lastwagen und Straßen voller Abfall. Ein Paar mit einem Kind lebte im Stock über ihr, sie hörte, wie sie sich stritten. Sie kaufte eine rosabraune Bettüberdecke, Räucherstäbchen, getrocknete Blumen. Neben dem Bett lagen Bücher, eine Sammlung Vergrößerungsgläser, eine Uhr. Ihre Töchter riefen jeden Tag an. Sie beklagte sich über nichts. Sie war voller Kraft.

Unter ihrem Kleid trug sie den glänzenden Fisch und sonst nichts, wenn Brom kam. Manchmal nach seinen Auftritten aßen sie spät zu Abend. Er aß dann nur mageres Fleisch und Salat, er trank Wein, nahm danach ein wenig Obst. Im Hintergrund spielte Skrjabin, Purcell. Wenn er neben ihr schlief, war er still, regungslos. Seine Kraft verließ ihn nicht, sie lag zusammengerollt in ihm. Er war nicht muskulös, aber er war stark, wie ein Seil. Ihre Körper bewegten sich langsam, wenn sie miteinander schliefen. Er blieb still, bewegte sich fast unmerklich, schwach wie die Kiemen eines Fisches. Ihre Knie begannen zu zucken. Stöhnen kam über ihre Lippen. Fünfzehn Minuten, zwanzig, sie bebte, weinte, er hielt sie fest, ihre Arme an ihre Seite gedrückt, und begann sich in einer langsamen, bedeutungslosen Ankündigung ein wenig zur einen, dann zur anderen Seite zu wiegen. Sie zuckte wie ein geschlachtetes Tier, und dann begannen die kraftvollen Stöße, lang, ohne Ende, wie das Fällen eines Baums. Seine Hand lag über ihrem Mund, als sie aufzuschreien versuchte, er wand sich, er fiel, als wäre er aus einem Meter Entfernung erschossen worden, abrupt, unerklärlich.

Ein erschöpfter Schlaf, aus dem sie nicht erwachen konnte, der Schlaf eines Trinkers. Die Nachtluft ergoß sich über sie. Von der Straße drangen die Geräusche von Lastwagen herauf.

Ein Frühstück mit Schokolade und Orangen. Sie lasen, sanken zurück in den Schlaf. Er sprach sehr wenig. Sie lebten in einem Zustand tiefer Zufriedenheit und Fülle, jenseits der Worte. Es war wie ein Regentag.

Manchmal ging sie ins Theater, um ihn spielen zu sehen. Sie saß im Publikum, versteckt unter den anderen, sie freute sich an seinem Anblick, ihr Entzücken verstärkt durch all das, was zwischen ihnen war und von dem niemand wußte. Sie ging, um ihn endlos betrachten zu können, um ihn wie einen Schatz zu horten, sein Gesicht zu stehlen, seinen Mund, die Kraft seiner Schenkel. Wenn sie endlich befriedigt war, traf sie sich mit Eve auf einen Drink oder ging zu Kaffee und Dessert zu den Troys; sie fragten nicht, wo sie gewesen war, sie stellten sie vor, sie war willkommener als die anderen Gäste, sie war umwerfend, trunken von Leben, die Provokation stand ihr auf den Leib geschrieben. Sie war eine Frau, die beide Eheleute gleichermaßen gern sahen, sie fanden sie aufregend, sie konnten in ihrer Gegenwart reden, Dinge, die unausgesprochen geblieben wären, wurden zu etwas Einfachem, und gleichzeitig überzeugte das Rauschhafte ihres Lebens sie von dem Wert ihres eigenen. Sie lebte über ihre Kräfte, man sah es in ihrem Gesicht, in jeder ihrer Gesten; sie würde alles hergeben. Sie liebten sie, wie man den Gedanken liebt, das Leben in vollen Zügen zu trinken. Ihr Fall würde das eigene bessere Wissen, die eigene Vernunft bestätigen.

«Dein Leben», sagte Marina zu ihr, «ist das einzig wirkliche, das ich kenne.»

Nedra sagte nichts.

«Ich bedaure jetzt, daß ich nicht mitgekommen bin.»

«Er hat mich ja gar nicht angenommen.»

«Ich weiß, aber du bist eine von ihnen.»

Das Theater hatte keinen festen Ort. Eine Woche lang fand es auf einer Probebühne statt, in der nächsten im Ballsaal eines heruntergekommenen Hotels. Sie entdeckte immer wieder Neues an ihm, ob unter den Scheinwerfern oder während ruhiger Tage. Sie trafen sich in Cafés. Sie trug eine ovale Brille mit Metallfassung.

«Wofür brauchst du die?»

«Für sehr kleine Schrift.»

«Nein, deine Augen sind perfekt. Ich kann das an der Farbe erkennen, daran, wie klar sie sind.»

«Das hat nichts zu sagen.»

«Natürlich hat es das», sagte er. «Alles drückt sich über den Körper aus. Die Art, wie sich jemand bewegt, wie Leute dich ansehen – daran kannst du Welten erkennen, wenn du weißt, wonach du suchst. Alles ist sichtbar.»

«Nichts ist sichtbar.»

Ihre Beine berührten sich unter dem Tisch. «Vor allem das», fügte er hinzu.

«Das sind die wahren Stunden», sagte sie.

Der Nachmittag verblaßt. Sie zeigt ihm Fotos von ihrer Familie, von Franca, von vergessenen Tagen.

«Das ist deine Tochter?»

«Unglaublicherweise.»

Später holt er wortlos auch ein Bild hervor. Es ist ein ausgeschnittenes Foto eines van-Dongen-Gemäldes von Picassos Geliebter, der berühmten Fernande. Sie ist nackt, hingegossen wie Seide. Die Ähnlichkeit mit Nedra ist verblüffend. «Wo hast du das her?»

«Ich hab es schon lange», sagte er. «Auch wenn man nicht heiraten kann, muß man eine gewisse Vorstellung seiner Frau haben. Also trag ich sie mit mir herum. Sie ist sehr praktisch.»

Nedra spürte einen Stich von Eifersucht.

«Ich glaube nicht an die Ehe, und ich hab keine Zeit dafür», sagte er. «Es ist ein Konzept aus einer anderen Welt, eine andere Art zu leben. Wenn man tut, was man wirklich tun sollte, wird man bekommen, was man sich wünscht.»

«Das stimmt.»

«Die Bhagavadgita», sagte er.

Am frühen Abend, zu der Stunde, wenn man über kleine Vorgärten hinweg Menschen in erleuchteten Zimmern beieinandersitzen sehen kann, liegt sie, die Beine jeweils auf eine Ecke des Betts gerichtet, mit weit ausgebreiteten Armen da. Von der Straße hört man schwaches

Hupen. Ihre Augen sind geschlossen; sie ist gefangen wie ein wunderbares wildes Tier. Ihr Stöhnen, ihre Schreie erregen ihn mehr als alles andere. Es dauert lange. Danach liegt sie nackt da, ohne sich zu bewegen. Sie küßt seine Finger. Sie baden in der Stille, in dem langen dahintreibenden Traum danach. Sie weiß genau – sie ist absolut überzeugt –, daß dies ihre letzten Tage sind. Sie wird sie nie wiederfinden.

7

Dannys Hochzeit fand im Haus von Freunden statt. Es war auf dem Land, in der Nähe von Ossining, eine Hochzeit, die trotz aller jugendlichen Ungezwungenheit leicht altmodisch wirkte. Der Tag war warm. Es war wie ein dörflicher Sonntag. Ihre Mutter und ihr Vater waren natürlich da, ihre Schwester, ihr erster Liebhaber Juan. Sie heiratete seinen Bruder. Theo Prisant war größer als Juan, jünger, nicht so gut gebaut. Er studierte noch, Jura im letzten Jahr. Bevor er sie zum ersten Mal sah, hatte er seinen Bruder über sie reden hören ... die Tochter eines Architekten, neunzehn, sie sei phantastisch im Bett. Im unbestimmten Dunkel seiner Vorstellung entzündete sich etwas. Verlangen und Neid zugleich stiegen in ihm auf

«Was meinst du mit phantastisch? Was ist denn so phantastisch an ihr?»

«Sie ist unglaublich.»

Er wollte sie unbedingt kennenlernen, hatte aber auch ein wenig Angst davor. Als er sie zum ersten Mal sah, war es, als fielen ihre Kleider vor seinen Augen von ihr ab. Ihm wurde schwindlig. Er traute sich kaum, Interesse zu zeigen; er schämte sich seines Wissens. Es war ein Wissen, das sein Schicksal besiegelte, ihm vom ersten Moment an in den Ohren klang, zu seinem Blut sprach.

Bei ihrer ersten Verabredung gingen sie in die Metropolitan Opera, die Treppen hinauf, die ihr Vater einst hochgerannt war. Es war Nachmittag, ein zeitloser, heiterer Nachmittag. In der riesigen Halle konnte er sie kaum ansehen, obwohl sie neben ihm stand. Er wollte so gerne etwas sagen, er wollte mit ihr reden, als stünde nichts auf dem Spiel. Er war sich ihres Körpers bewußt, ihrer Haare, der Dinge, die sie, wie er wußte, getan hatte. Sie schien ruhig und schön. Alles spiegelte sie wider, alles suggerierte Liebe: die Torsos, die reinen marmornen Glieder, der Muskelstrang, der um die Hüfte eines griechischen Jünglings lief. Er stand ein wenig hinter ihr. Er sah, wie ihr Blick über die Schultern glitt, den Bauch, bei den Genitalien haltmachte, dem angedeuteten lockigen Haar. Es war, als verschmähte sie ihn. Sie gingen weiter; sein Mund war trocken, er konnte nicht einmal mehr einen Witz machen. Er war ihr vollkommen gleichgültig, er konnte es spüren.

Und jetzt stand er hier im dunklen Anzug und mit Strohhut, die Art, wie sie Farmer tragen, mit einem Löwenzahn im Knopfloch, endlich im Besitz der Frau, die sein Bruder gefunden und für ihn vorbereitet, ihm zugeführt hatte, ohne es zu wissen. Er hatte ein junges Gesicht, seine Hände waren von der Sonne gebräunt. Er war Viri ein paarmal begegnet, kannte ihn aber kaum, und Nedra hatte er nur einmal getroffen. Er wartete auf ihre Ankunft.

Sie waren spät dran. Sie parkten vor der Stelle, wo ein Teil der Straße unterspült worden und weggebrochen war – es waren bereits acht oder zehn Autos da –, und gingen einen schmalen Steinpfad hinauf zum Haus. Es war ein Haus im Schatten riesiger Bäume. Auf einer Anrichte im Innern glänzten Gläser, Obst, Blumen, Kuchen. Das Sonnenlicht strömte durch große Fenster. Mehrere Katzen strichen um ihre Füße.

«Schön, daß ihr da seid», begrüßte sie Theo.

«Schön, dich zu sehen.»

«Was für ein wunderbares Haus», sagte Nedra.

«Kommt, ich will euch unserem Gastgeber vorstellen.»

Sie fand ihre Töchter oben. Sie weinten zusammen, sie weinten und lächelten. Sie wischten Danny die Tränen vom Gesicht, die in gerader Linie zum Mund hinunterliefen. Als Viri zögernd an der Tür erschien, begann sie wieder von vorne.

«Warum weinst du?» fragte er.

«Wegen nichts.»

«Ich auch.»

Es war ein weiter, strahlender Tag, die Bäume seufzten, die Zimmer waren etwas zu warm. Die Zeremonie dauerte nicht lange, eine Katze rieb sich an Viris Bein. Der Hochzeitsmarsch wurde gespielt, als das Brautpaar die Diele betrat. In dem Moment, als er seine Tochter im blendendweißen Kleid sah, jetzt an der Seite eines anderen, als er sah, wie sie Abschied nahm, schon fort war, fühlte er plötzlich Bitterkeit und ein Gefühl des Verlustes in sich aufsteigen, als hätte er sich als ein Versager herausgestellt, als könnte man sein ganzes Leben mit einem Wort abtun.

Sie tranken Rotwein und öffneten die Geschenke. Sie wandten sich Viri zu, der einen Toast sprechen sollte.

«Theo und Danny», begann er. Er hob das Glas und sah es an. «Was auch kommen mag, ihr steht an der Schwelle zum wahren Glück, dem größten, das man je erfahren kann.»

Sie tranken. Aus Chicago kam ein Telegramm. MÖGE EUER LEBEN JETZT UND IMMERDAR MIT BLUMEN ÜBERSÄT SEIN. SCHICKT FOTOS. ARNAUD. Sie redeten über ihn; vielleicht wußte er, daß sie es tun würden. Sie erzählten Geschichten darüber, wie wunderbar er gewesen war. Diese Geschichten waren zu seiner wahren Existenz geworden, er war wie eine Figur aus einem Stück, die man nachahmt und bewundert. Er konnte nicht mehr scheitern oder verschwinden. Er war wie ein wunderbarer Gast, der früh geht, die Erinnerung an ihn blieb und war um so stärker, als er sich genau zum richtigen Zeitpunkt von ihnen getrennt hatte.

Das Hochzeitsauto fuhr los, abrupt, wie es schien, plötzlich winkten alle, man hörte Abschiedsrufe, es fuhr die Straße hinunter, ein Labrador rannte nebenher.

«Da fahren sie hin», sagte jemand.

«Ja», stimmte Viri zu.

In der Ferne lief der schwarze Hund der Staubfahne des Wagens nach, lief und blieb allmählich zurück. Schließlich gab er die Verfolgung auf und stand allein am Straßenrand zwischen ein paar Bäumen.

Das war im Frühling. Franca verbrachte den darauffolgenden Sommer mit ihrer Mutter am Meer. Sie wohnten in einem kleinen verwitterten Haus am Rande von Kartoffelfeldern. Das Auto parkte vor dem Eingang, ein englischer Morris, den sie dem Werkstattbesitzer abgekauft hatten, die Farbe war in Staub und Sonne kreidig weiß geworden. Es gab einen Garten, ein Badezimmer, in dem das Wasser nur spärlich aus dem Hahn tröpfelte, der Blick ging auf sich in der Ferne verlierende Dünen.

Sie hatten ausgedehnte Mittagessen. Sie fuhren ans Meer. Sie lasen Proust. Im Haus liefen sie mit nackten Beinen herum, ohne Schuhe, mit gebräunten Gliedern, den gleichen grauen Augen, weichen, blassen Lippen. Die ruhigen Tage, das Zusammensein, die Sonne zog alle Sorgen aus ihnen heraus, ließ sie zufrieden zurück. Man sah sie morgens, wenn man bei ihnen vorbeiging. Sie waren im Garten, eine schöne Frau, die die Blumen goß, ihre Tochter neben ihr, im Arm eine lange weiße Katze, die sie langsam streichelte. Oder das Haus, wenn sie fort waren: die

Fenster still, knappe Badeanzüge lagen ausgebreitet auf der Holzkiste, die Wanderdrosseln mit ihren dunklen Köpfen und rötlichbraunen Körpern hasteten über den Rasen.

Vor der Tür stand ein Holztisch, an dem sie in der Sonne saßen. Kleine gelbe Bienen ließen sich auf den Käserinden nieder. Nedras Handflächen lagen flach auf dem glatten, heißen Holz. Es war Anfang August. Das Meer sang. Über ihm hielt sich ein silbriger Nebel, der am Morgen aufgestiegen war. Ein paar Kinder riefen und spielten in den leeren Stunden nach dem Mittagessen.

Sie besuchten Peter und Catherine. Sie aßen mit ihnen abends unter den großen Bäumen. Danach saßen sie zusammen und redeten über Viri. Nedra hatte ein paar Knöpfe ihres Kleides geöffnet und rieb sich den Bauch. Das sei gut für die Verdauung, sagte sie. In der Dunkelheit zogen Flugzeuge über sie hinweg, ein schwaches anhaltendes Geräusch, ihre blinkenden Lichter wanderten langsam an den Sternen vorbei.

«Letzten Monat war ich mit ihm zum Lunch», sagte sie. «Er ist ein wenig müde ... ihr wißt schon, vom Leben. Er hatte es nicht leicht gehabt, ich weiß nicht genau, warum.»

«Oh, ich glaube, es gibt einen ganz einfachen Grund», sagte Peter.

«Man täuscht sich so oft ...»

«Ja, aber du und Viri – immer wenn sich zwei Menschen trennen, ist es, als wenn man einen Scheit Holz spaltet. Die Teile sind ungleich. Eines von beiden enthält den Kern.»

«Viri hat seine Arbeit.»

«Aber du hast das, was heilig war, mitgenommen. Du kannst leben und glücklich sein; er nicht.»

«Es geht ihm wirklich schon besser», sagte Franca.

«Wir haben ihn schon lange nicht mehr gesehen.»

«Es geht ihm viel besser», versicherte sie ihnen.

«Wohnt er noch in dem Haus?» fragte Catherine.

«O ja.»

Sie hatten von Essen und alten Freunden geredet, von Europa, Einkäufen in der Stadt, dem Meer. Wie ein Geschäftsmann, der wichtige Angelegenheiten bis zum Schluß zurückhält, fragte Peter: «Und was ist mit dir, Nedra?»

«Mit mir?»

«Ja.»

«Na ja, ich hab wunderbar gegessen, ich hab ein sehr bequemes Bett …»

«Ja …»

«Wenn ich drüber nachdenke … ich glaub, ich bin nicht gewöhnt, Antworten auf Fragen dieser Art zu geben, vor allem nicht jemandem, der mich versteht.» Sie machte eine Pause. «Was für einen Eindruck mache ich denn?»

«Peter», erklärte Catherine. «Nedra möchte nicht darüber reden.»

«Die Wahrheit ist», sagte Peter, «ich will dich ja nicht enttäuschen, aber du machst einen wunderbaren Eindruck; du scheinst dieselbe wie eh und je.»

«Dieselbe wie eh und je … Nein. Keiner von uns ist der oder die, die wir gewesen sind. Wir bewegen uns in irgendeine Richtung. Die Geschichte geht weiter, aber wir sind nicht mehr die Hauptfiguren. Und dann … vor ein paar Tagen hatte ich diese Vision. Das Ende ist nicht eins dieser holzschnittartigen Skelette mit schwarzem Umhang. Das Ende ist ein dicker Mann in einem Cadillac, einer dieser Männer mit Zigarre im Mund, man sieht sie jeden Tag. Ein neues Auto, die Fenster sind hochgekurbelt. Er hat nichts zu sagen, er ist zu beschäftigt. Du fährst mit ihm. Das war's. Hinein in die Dunkelheit. Warum red ich eigentlich so viel?» fragte sie. «Das ist der Brandy. Wir müssen los.»

Tagsüber hingegen war sie vollkommen ruhig. Ihr Leben

war wie eine einzige schöne Stunde. Sein Geheimnis lag darin, daß sie nichts bereute, daß sie kein Selbstmitleid kannte. Sie fühlte sich geläutert. Die Tage wurden aus einem Steinbruch geschlagen, der nie erschöpft sein würde. Dazu kamen Bücher, Besorgungen, die Meeresküste, hin und wieder Briefe. Sie las sie langsam und sorgfältig, im Sonnenschein sitzend, als wären es Zeitungen aus Übersee.

«Sie tut mir leid», sagte Catherine.

«Leid? Warum leid?»

«Sie ist eine unglückliche Frau.»

«Sie ist glücklicher denn je, Catherine.»

«Glaubst du?»

«Ja, weil sie von keinem Mann abhängig ist, sie ist von niemandem abhängig.»

«Ich weiß nicht, was du mit abhängig meinst. Sie hatte immer Männer.»

«Aber das heißt nicht, abhängig zu sein, oder?»

«Sie ist eine Frau, die auf das Unglück geradezu angelegt ist.»

«Findest du das nicht komisch?» sagte Peter. «Ich empfinde genau das Gegenteil.»

«Du weißt nicht viel über Frauen.»

«Ich hab neulich gesehen, wie sie Blumen arrangierte.»

«Blumen?»

«Ja.»

«Und was soll das bedeuten?»

«Nichts, außer daß ich nicht glaube, daß sie unglücklich ist.»

«Peter, ich weiß wirklich nicht, was du da gesehen hast, aber eine Frau, die ihre Familie verläßt, muß ja unglücklich werden, oder etwa nicht?»

«Na ja, Nora Helmer hat ihre Familie verlassen.»

«Ich rede vom wirklichen Leben.»
«Ich auch.»
«Was du da sagst, macht einfach keinen Sinn.»
«Catherine, du weißt ganz genau, daß es in großen Kunstwerken eine Wahrheit gibt, die über bloße Fakten hinausgeht.»
«Wenn du von Nora redest ... du meinst doch Ibsens Nora?»
«Ja.»
«Man kann ja nicht wissen, was aus ihr geworden ist. Man kann nur seine eigenen Schlüsse ziehen. Stimmt doch, oder?»
«Ich mag das, wofür Nedra steht», sagte er.
«Natürlich tust du das.»
«Das mein ich nicht. Du weißt genau, was ich meine.»
«Ja, ich denke schon.»
«Verdammt noch mal!» rief er.
«Was?»
«Ich spreche von etwas anderem, verstehst du das nicht? Einem bestimmten Mut, einer Art zu leben.»
«Ich glaube, du bildest dir da was ein.»
«Das Reich einer Frau ist ihr Zuhause, was?»
«Woher dein plötzliches Interesse für Frauen?»
«Das ist kein plötzliches Interesse.»
«Scheint aber so.»
«Das Leben von Männern langweilt mich», sagte er.

8

Als junger Mann hatte Peter Daro einmal im Hotel Alsace in Paris, in dem Oscar Wilde gestorben war, gewohnt. Sogar in demselben Zimmer. Er hatte in demselben Bett geschlafen. All das gab es nicht mehr.

Er war ein Mann mit festen Gewohnheiten, er verfügte nur über einen einzigen komischen Ausdruck: Seine Mundwinkel zogen sich in gespielter Verzweiflung tief nach unten. Es diente allen Zwecken – Verwirrung, Unglauben. Er kam Freitag abends mit dem Zug aus der Stadt, die Achsen knirschten unter den alten, allmählich zerfallenden Waggons. Stimmen an den Bahnhöfen, wenn sie im Nebel anhielten, der Übermut und die Grobheit, wenn Polizisten oder Monteure in ihren Kleinstädten ausstiegen. Dann die lange ruckelige Fahrt durch die weiten Ebenen, bis schließlich die Felder auftauchten, Restaurants, die er wiedererkannte, Geschäfte. Catherine wartete im Auto; sie fuhren unter den schweren Sommerbäumen hindurch nach Hause.

Ihr Haus lag offen, ungeschützt, scheunenähnlich da. Es wirkte hilfesuchend wie ein Reisender, der ohne Geld irgendwo gestrandet ist. Die unbefestigte Straße gabelte sich davor und bildete eine Insel, auf der sich ein Friedhof mit schiefen Grabsteinen befand, mit verblaßten Namen, Männer, die auf See gestorben waren. Der Wagen bog in eine Kieseinfahrt ein. Die Lichter im Haus waren an, Feuer brannte in den Kaminen, die fahlen Retriever bellten.

Ein Gewohnheitstier und, ja, ein Exzentriker. Er kochte das Abendessen, seine Kinder spielten oben in ihren Zimmern. Seine Frau saß im vorderen Zimmer und unterhielt sich mit Nedra. Die Bahnsteige der kleinen Stationen waren jetzt leer, die Dunkelheit brach herein, die Häuser um sie herum waren erleuchtet.

Er bewegte sich sicher in der Küche; frische Kammmuscheln und kalter weißer Graves. Er wußte, wie man Dinge zubereitete – einen Drink, ein Feuer, Dinner, was für eine Art Herd man brauchte. Von seinem Haus sah man hinaus auf weite leere Felder, in denen manchmal Möwen standen.

Seine große Leidenschaft war das Angeln. Er hatte in Irland geangelt, im Restigouche, er hatte am Frying Pan und im Esopus geangelt. «Da hab ich Catherine erobert», erinnerte er sich. «Ein Tag der Wunder. Wir sind runter zum Fluß gegangen, und sie hat am Ufer gesessen und gelesen, während ich angelte. Schließlich sagte sie: ‹Ich hab Hunger.› Und genau in dem Moment, wie auf Kommando, hab ich zwei wunderschöne Forellen rausgeholt.»

«Aber die beste Anglergeschichte, die ich kenne», sagte er, «ist einem Freund von mir passiert, der in Frankreich lebt. Sein Schwiegervater hat ein großes Landhaus mit einem Teich, und in diesem Teich lebte ein riesiger Hecht. Ein sehr listiger Fisch, sehr alt. Der Gärtner war schon jahrelang hinter ihm her, er hatte ihm den Tod geschworen. Eines Tages saß Dix am Teich und angelte, er hatte nichts Großes im Sinn, er warf beiläufig die Angel aus und erwischte den Hecht zufällig mit dem Haken am Schwanz. Ungewöhnlich, aber das kann schon mal passieren. Ein enormer Kampf. Der Hecht war einen Meter lang. Dix kämpfte und rief um Hilfe. Der Gärtner stürzte ins Haus und kam mit einer Flinte zurückgerannt, und bevor sie ihn daran hindern konnten, fing er wie verrückt an, auf den Hecht zu schießen. Überall war Blut, totales Chaos. Der Fisch bewegte sich nicht mehr, lebte aber noch. Sie setzten ihn in eine Badewanne, wo er verletzt herumtrieb. In der Nacht starb er. Man war sich nicht einig, wie er gestorben war, weil man einige Stichwunden bemerkte, aber jedenfalls war nichts mehr zu machen, sie froren ihn in einem Block Eis ein – das war im Winter –, und später wurde er nach Paris geschickt. Dix' Schwiegervater gab ein wichtiges Dinner, und der Hecht wurde zu Fischsuppe verarbeitet. Dix war auch da, alle waren da, auch der Bildungsminister, der einen Bissen vom Fisch nahm und verwirrt zum Mund griff, um ein paar Schrotkugeln herauszuholen. Der

Schwiegervater sah Dix an … aber was konnte der schon sagen? Er zuckte nur mit den Achseln.»

«Frauen haben fürs Angeln nichts übrig», sagte er nach einer Pause, «nicht wahr?»

«Natürlich haben wir dafür was übrig, Darling», sagte seine Frau.

«Sie stehen morgens nicht gerne früh auf. Um ehrlich zu sein, ich auch nicht.»

Er mochte Brandy, Kristallgläser, Wermut-Cassis im Century. Er hatte sich in seinem Leben gut eingerichtet, es war solide, vielleicht nicht glücklich, aber bequem; es gab Feste der Behaglichkeit wie die Nächte im Schlafwagen mit ihren sauberen Laken und in der Dunkelheit vorbeiziehenden Städten. Seine Kleidung wies erste Anachronismen auf, die ersten Altersflecken erschienen auf seinen Handrücken. In seinem Haus gab es selten Musik. Dafür Bücher und Unterhaltungen, Erinnerungen. Er trug blaukarierte Hemden, die vom vielen Waschen verblichen waren. Englische Schuhe, die ein wenig altmodisch wirkten. In seinem Gesicht lag eine wunderbare Wachheit, in der Iris des einen Auges stand ein kleiner dunkler Schlüssel wie ein heiliges Mal. Er war gereist, er hatte diniert, er sprach von Hotels mit einer Hingabe, die man eigentlich nur Frauen oder Tieren vorbehält. Er wußte genau, in welchem Museum ein Bild hing. Sein Französisch war ein wackeliges Gebäude, errichtet auf einem Wortschatz von Essen und Trinken. Er sprach es mit Grandezza.

Die Stunden gingen schnell vorbei. Der Nebel stieg auf, die Brandyflasche war leer.

«Mein Gott», sagte Nedra, «wie spät ist es?»

Peter sah auf die Armbanduhr. Nach kurzer Überlegung sagte er: «Ein Uhr.»

«Ich hab zuviel Brandy getrunken», sagte sie. «Ich vertrag ihn nicht mehr.»

«Macht nichts, er ist sowieso alle.»

«Er geht mir in die Beine.»

Stille. Er nickte zustimmend. «Nedra ...» sagte er schließlich.

«Was?»

«Es schadet ihnen nicht», sagte er.

Ein letztes Bild von ihm, wie er im erleuchteten Hauseingang steht, der Nebel deckt alles andere zu, das Haus, sogar die Fenster, die Hunde drängen sich hinter ihm.

«Ich bring dich nach Hause», sagte er plötzlich. «Es ist schrecklicher Nebel. Du kannst dein Auto morgen früh abholen.»

«Nein, es geht schon.»

«Ich kenn die Straßen», sagte er. Er war ernst, sprach mit schwerer Zunge. «Verdammte Hunde! Wart eine Minute!» rief er. «Du solltest nicht alleine fahren», entschied er.

Sie schafften es nur bis zum Ende der Einfahrt, wo er einen Zaunpfahl rammte.

«Ich hatte recht. Du hättest es nie geschafft», sagte er.

In jenem Herbst im November begannen seine Beine anzuschwellen. Es war etwas Unerklärliches. Es wirkte sich auf Knie und Fußgelenke aus. Er ging ins Krankenhaus, sie machten Untersuchungen, sie taten alles, aber nichts half, bis schließlich die Flüssigkeit wie von selbst verschwand und darauf, wie eine tödliche Dürre, eine schreckliche Veränderung eintrat. Seine Beine begannen steif und hart zu werden. Die Ärzte wußten jetzt, was es war.

«Es ist die Gicht», erklärte er den andern ruhig vom Bett aus. «Ich hatte das schon immer. Ab und zu flammt es wieder auf.» Es komme vom üppigen Leben, sagte er, das Schicksal der Sonnenkönige. Er hatte Schmerzen, obwohl man es nicht sehen konnte. Dieser Schmerz würde größer werden. Er würde sich ausbreiten. Die Haut und das darunterliegende Gewebe würden sich verhärten. Er wurde zu Holz.

«Was hat er?» fragten Freunde Catherine.

Es hatte keinen Namen.

«Wir wissen es nicht», sagte sie.

9

Nedra sah ihn erst im Frühling wieder. Es war an einem Sonntag. Als sie klingelte, öffnete Catherine ihr die Tür.

«Er wird sich freuen, daß du da bist», sagte sie.

«Wie geht's ihm denn?»

«Nicht besser», sagte Catherine. «Er ist nebenan.»

«Soll ich reingehen?»

«Ja, geh rein. Wir trinken gerade etwas.»

Sie konnte Stimmen hören. Durch die Tür sah sie einen Mann mit vollen Wangen, den sie nicht kannte. Als sie ins Zimmer trat und näher kam, wurde ihr plötzlich bewußt, daß dieses geschwollene Gesicht das Peters war. Sie hatte ihn nicht einmal erkannt! Was für einen riesigen Schritt auf den Tod zu hatte er in einem halben Jahr gemacht. Seine Augen lagen tiefer, seine Nase schien klein. Sogar sein Haar – war es möglich, daß er eine Perücke trug?

«Hallo, Peter», sagte sie.

Er drehte sich um und sah sie ausdruckslos an wie eine kraftlose Puppe, die man in einen Sessel gesetzt hat. Sie hätte weinen können.

«Wie geht's dir?»

«Nedra», sagte er endlich. «Na ja, unter den gegebenen Umständen nicht schlecht.»

Unter den Ärmeln seiner Jacke lagen die verkümmerten

Arme eines Gelähmten. Sein Körper war überall steif geworden, er war wie der Deckel einer Truhe, er konnte sich kaum bewegen.

«Fühl mal», sagte er. Er brachte sie dazu, sein Bein anzufassen. Ihr Herz wurde schwach. Es war das Bein einer Statue, der Arm eines Baums. Das Fleisch, das ihn einschloß, war eine Schachtel geworden. Wie ein Gefangener steckte der Mann darin.

«Das sind Sally und Brook Alexis», sagte er.

Eine junge rothaarige Frau. Ihr Mann war dünn, hockte da wie eine zusammengeklappte Heuschrecke, unscheinbar gekleidet. Ihre Kinder spielten mit denen der Daros im hinteren Teil der Wohnung.

Die Unterhaltung war harmlos. Andere Leute kamen, ein Cousin von Peter und eine alte Frau mit einem Glasauge. Sie war die Baroneß Krinsky.

«Die Ärzte», sagte sie, «die Ärzte, mein Lieber, wissen gar nichts. Als Kind war ich einmal krank, und sie brachten mich zum Arzt. Mir war übel. Ich hatte Fieber, meine Zunge war schwarz. Nun, sagte er, es kann eins von zwei Dingen sein: Entweder du hast sehr viel Blaubeermarmelade gegessen, oder es ist die Cholera. Natürlich war es keins von beidem.»

Nedra fand eine Gelegenheit, mit Catherine allein zu sprechen. «Was hat er denn nun?» fragte sie.

«Sklerodermie.»

«Davon hab ich noch nie gehört. Ist es nur an den Armen und Beinen?»

«Nein, es kann sich ausbreiten. Es kann überall hinziehen.»

«Was kann man dagegen tun?»

«Leider nicht viel», sagte Catherine.

«Es muß doch Medikamente geben.»

«Na ja, sie versuchen es mit Kortison, aber sieh dir sein

Gesicht an. Eigentlich gibt es nichts. Sie sagen alle dasselbe: Sie können nichts versprechen.»

«Hat er Schmerzen?»

«Fast ununterbrochen.»

«Du Arme.»

«Ich doch nicht. Er ist der Arme. Er wacht drei-, viermal die Nacht auf. Eigentlich schläft er gar nicht mehr richtig.»

«Catherine!» Er rief sie. «Kannst du eine Flasche Champagner aufmachen?»

«Natürlich», antwortete sie. Sie ging, um sie zu holen.

«Was hast du die letzte Zeit gemacht?» fragte der Cousin.

«Nachgedacht», sagte Peter.

«Über was?»

«Ich hab darüber nachgedacht, was meine letzten Worte sein werden», sagte er. «Weißt du, wie Voltaire gestorben ist?»

Er wurde von Catherine unterbrochen, die mit einem Tablett und Gläsern zurückkam. Sie öffnete die Flasche und begann einzuschenken.

«Nein», sagte Peter, sobald er einen Schluck genommen hatte, «da stimmt was nicht.»

«Was?»

«Das ist nicht der gute Champagner.»

«Doch, das ist er, Darling.»

«Nein.»

«Darling», widersprach sie, «es ist der, den wir immer trinken.»

Er stand in einem silbernen Kübel. Sie nahm ihn heraus, um ihm das Etikett zu zeigen.

«Warum schmeckt er so komisch?» Er wandte sich an die Baroneß. «Wie schmeckt er Ihnen?»

«Recht gut.»

«Ich verstehe. Fehlt nur noch, daß mich mein Geschmackssinn im Stich läßt. Das wäre ernst.» Er lächelte Nedra an. Er war eine Imitation seiner selbst, seltsam, mit vollem rotem Gesicht, innerlich zerfressen.

Seine Stimme war das einzig Unveränderte an ihm, seine Stimme und sein Charakter, aber der Körper, der sie umschloß, zerfiel. All das alte, merkwürdig verknüpfte Wissen – Architektur verbunden mit Zoologie und persischer Mythologie, Hasenrezepte, die Bekanntschaft mit Malern, Museen, Flüsse im Landesinnern, dunkel von Forellen –, alles wäre verloren, wenn die großen inneren Kammern versagten, wenn in einer letzten Stunde die Zimmer seines Lebens herunterstürzten wie in einem Gebäude unter der Abrißbirne. Sein Körper hatte sich gegen ihn gewandt; die Harmonie, die einmal in ihm geherrscht hatte, war verschwunden.

«Die wahren Spezialisten auf diesem Gebiet sitzen in England», sagte er. «Dr. Bywaters. Wie heißt der andere Mann noch gleich, Catherine? Im Westminster Hospital. Ich hab's vergessen. Ich hab mir überlegt, nach England zu fahren, aber warum eine so lange Reise unternehmen, wenn ich die Antwort schon weiß? Die Zeit, nach England zu fahren, war, als du und Viri dort wart. Das hätten wir machen sollen, ich bedaure wirklich, daß wir es nicht gemacht haben. Ich liebe England.»

«Wir haben im Brown's gewohnt», sagte Nedra.

«Brown's», sagte er. «Ich hab da mal Tee getrunken. Du weißt, wie eisern sie ihren Nachmittagstee einhalten – in den Kaminen brennt Feuer, es gibt Kuchen. Am Tisch neben mir saß eine Engländerin mit ihrem Sohn. Er war um die Vierzig, und sie war eine dieser Damen vom Land, die reiten, bis sie achtzig sind. Sie waren in einer Matinee gewesen, und eine Stunde lang saßen sie da und unterhielten sich über das Stück, das sie gesehen hatten, es war *Der Kirschgarten*. Ich hab natürlich zugehört, und während dieser einen Stunde haben sie ungefähr vier Sätze miteinander gewechselt. Eine wunderbare Unterhaltung. Sie begann damit, daß sie nach langem Schweigen sagte: ‹Gar nicht schlecht, das Stück.› Die nächsten fünfzehn Minuten kein Wort. Schließlich sagte er: ‹Hm, ja, nicht schlecht.› Lange, lange Pause. Dann sagte sie: ‹Diese wunderbaren stillen Momente ...› Ungefähr zehn weitere Minuten vergingen. ‹Ja, recht effektvoll›, sagte er. ‹So typisch für das slawische Temperament›, sagte sie.» Er schwieg, als hätte er etwas gesagt, das er bereute.

«Ich würde so gerne noch mal nach England fahren», sagte Nedra.

«Mm, ja. Das wirst du bestimmt.» Seine Stimme verlor sich. Am Schluß führte seine Frau ihn aus dem Zimmer. Kleine, schlurfende Schritte, als trügen sie, was von seiner Existenz übriggeblieben war.

«Er hat sich so gefreut, daß du da warst», sagte Catherine an der Tür.

Wir können uns diese Krankheiten nicht vorstellen, man nennt sie idiopathisch, sie entstehen spontan, aber wir wissen instinktiv, daß sich mehr dahinter verbergen muß, eine unsichtbare Schwäche, die sie ausnutzen. Man kann unmöglich glauben, daß sie wahllos zuschlagen, es ist unerträglich, sich das vorzustellen.

Nedra trat auf die Straße. Sie war nervös, als ob die Luft, die sie geatmet, das Glas, aus dem sie getrunken hatte, verseucht gewesen wären. Was wissen wir schon wirklich darüber, dachte sie. Sie hatte sein Bein berührt. Ihr Hals tat ihr ein wenig weh. Sie mußte aufpassen, sehen, ob sich irgendwelche ungewöhnlichen Symptome einstellten. Das ist doch albern, dachte sie, unwürdig. Schließlich lebten seine Kinder mit ihm in derselben Wohnung, seine Frau schlief mit ihm im selben Zimmer. Sie ging an vollgestellten Drugstorefenstern vorbei, hinter denen Männer in weißen Kitteln arbeiteten. Kosmetikartikel, Medikamente, Asthma-Inhalatoren – sie sah, wie sich ihr Gesicht zwischen ihnen spiegelte, den heiligen Dingen, die heilen konnten, die Glück brachten. Und irgendwo über all diesen Dingen war das Opfer, es schlief vielleicht oder versuchte es zumindest, das Opfer, für das alle Heilmittel und guten Gaben umsonst waren.

Ist Krankheit nur Zufall oder eine Art Entscheidung, so wie Liebe eine Entscheidung ist – versteckt, unwillkürlich, aber so sicher und vorbestimmt wie ein Fingerabdruck? Sterben wir durch eine Art von Willensakt, auch wenn der nicht zu verstehen ist?

«Komm ihn wieder besuchen», hatte Catherine gesagt.

Einen Monat später ging es ihm schlechter, er war wieder im Krankenhaus. Seine Familie hatte die Hoffnung aufgegeben; sie warteten auf das Ende. Es war schon heiß geworden. Tod im Sommer, in einer trostlosen Stadt, aus der jeder fliehen wollte, Tod ohne Sinn, ohne Luft.

Er hielt noch sechs Wochen durch. Er war zu kräftig, um zu sterben.

Der Arzt kam auf seiner üblichen Runde bei ihm vorbei.

«Na, wie geht's denn heute?» fragte er.

«Sie sagen, mir geht's ganz gut», bekam Peter heraus.

«Aber was sagen Sie?»

«Ich kann mich wohl schlecht gegen die ganze Welt stellen.» Der Arzt befühlte seinen Magen, seine Beine. «Liegen Sie sehr unbequem?»

«Nein.»

«Aber es tut weh?»

«Höllisch.»

«Sie sind ein zäher Bursche, Peter.»

«Ja.»

Er wollte das Krankenhaus verlassen und zu seinem Haus am Meer fahren. Sein Leben war jetzt eine Aneinanderreihung von Winzigkeiten; es hatte jeden Umfang verloren. Er habe noch einen Ehrgeiz, sagte er, ein einziges Ziel. Er konnte sich kaum bewegen, er konnte weder Arme noch Knie beugen, die Gelenke waren geschwollen wie die von Tut-ench-Amun. Er hatte sich geschworen, auf eigenen Füßen zum Meer hinunterzugehen.

«Darling, das wirst du», sagte seine Frau.

«Ich mein das im Ernst», sagte er ihr.

«Ich weiß.»

Er drehte den Kopf zur Wand.

Im September wurde er nach Amagansett gefahren. Es gibt dort keine schönere Zeit. Die Tage verströmen ihre Wärme, am Morgen liegt der Geruch von Herbst in der Luft. Das Haus war ein Sommerhaus; im Winter wurde es geschlossen. Die Wände waren dünn. Es war, als steche man mit einem zerbrechlichen Boot in See; die erste Kälte, die ersten Stürme würden es zerstören.

Er lag oben im Bett. Das Zimmer ging nach Osten auf den weiten Atlantik. Auf dem Rasen unter seinen Fenstern nahm eine Schwester in ihrer weißen Uniform ein Sonnenbad.

Sie stritten jetzt viel; jede Stunde des Tages kam etwas anderes auf. Hinter diesen Schwierigkeiten steckten tiefere Vorwürfe. Er beschuldigte seine Frau, daß sie ihn verlassen wolle, daß sie ihn schon aufgegeben habe.

«Sie war wunderbar», gestand er Nedra. «Ein Engel. Nur sehr wenige Frauen hätten das durchgestanden, aber jetzt will sie fort, sie will ein paar Tage in die Stadt fahren und sich ausruhen – jetzt, wo ich sie brauche. Ein paar Tage ... ich weiß, was das bedeutet. Wie geht es Viri?«

Er hörte der Antwort kaum zu. Er las Biographien, drei oder vier lagen neben ihm auf dem Tisch – Tolstoi, Cocteau, George Sand.

«Wie geht es Franca?» fragte er. «Wie geht es Danny?»

Er erzählte ihr Geschichten von seiner Familie, Dinge, die er nie zuvor erwähnt hatte, von seiner ersten Frau, der er immer noch hin und wieder schrieb, seiner Schwester, seinen Plänen für den Winter.

Sie aßen in seinem Zimmer. Sein Freund John Veroet, mit dem er häufig angeln gewesen war, hatte gekocht. Sie aßen an einem mit einem rosenfarbenen Tuch bedeckten Tisch. Glänzende Gläser, steife Servietten, ein Holzfeuer im Kamin, die Kühle des Abends vor den Fenstern. Peter lag im Bett, das Haar gekämmt, sein Hemd am Kragen geöffnet. Ein wunderschönes Essen, festlich, in trotziger guter Laune, wie ein Neujahrsessen in St. Moritz, bei dem der Gastgeber unglücklicherweise ein gebrochenes Bein hat.

Selber aß er nichts. Seit fast einer Woche konnte er nichts mehr zu sich nehmen; er bekam es nicht herunter. Nur ein bißchen Joghurt, etwas Tee. Aufgerichtet in seinen Kissen, unterhielt er sich mit ihnen. «Was für gute neue Stücke gibt es, John?» fragte er.

Veroet aß die mit Champignons gemischten jungen Erbsen, die er selber zubereitet hatte. Er war ein stämmiger Mann mit scharfer Zunge. Er schrieb über das Theater. Er besaß ein kleines Haus. Seine Frau und seine Geliebte waren Freundinnen.

«Es gibt keine», sagte er schließlich.

«Ach, komm schon. Es muß doch was Gutes geben.»

«Was Gutes? Es kommt darauf an, was du mit gut meinst. Es gibt eine Menge schrecklicher Stücke, die die Leute für gut halten. Mein Gott, es ist eine absolute Schande. Jedes Jahr veröffentlichen sie Stücke von Leuten wie John Whiting, Bullins, Leonard Melfi – Stücke, die sich kein Mensch angesehen hat, die von der Kritik einstimmig verrissen wurden, es ist kriminell, sie zwischen Buchdeckel zu packen, aber sie tun's, und mit der Zeit sprechen die Leute von ihnen als Meisterwerken, modernen Klassikern. Als nächstes wird man sie an der Universität von Montana oder sonstwo aufführen oder fürs Fernsehen adaptieren.» Er redete zu seinem Teller. Er sah nur selten jemanden direkt an.

«John, du sagst immer dasselbe», sagte seine Frau.

«Halt du dich da raus», sagte er.

«Die Stücke, die du magst, sieht sich auch keiner an», sagte sie.

«Die Leute haben sich ja wohl *Marat-Sade* angesehen, oder etwa nicht?»

«Das hast du aber nicht gemocht.»

«Ich hab es vielleicht nicht gemocht, aber mißfallen hat es mir auch nicht.» Er trank etwas Wein. Seine Oberlippe war feucht.

Ob er von Richard Brom gehört habe, fragte Nedra.

«Brom?»

«Was halten Sie von ihm?» sagte sie.

«Also, ich hab nicht viel gegen ihn einzuwenden. Ich hab ihn noch nicht gesehen.»

«Ich finde, er ist der erstaunlichste Schauspieler unserer Zeit.»

«Sie haben Glück gehabt. Meistens geht man zu seinen Vorstellungen und landet in irgendeiner Straße mit Trödelläden und Reinigungen, die alle geschlossen sind. Wir sind alle am Unsichtbaren interessiert, aber er treibt es ein bißchen weit.»

«Er glaubt an ein engagiertes Publikum.»

«Unbedingt, unbedingt», rief Veroet aus. «Er hat das alte Publikum satt, und ich bin es leid dazuzugehören. Aber es gibt nichts dergleichen wie ein unsichtbares Theater, das widerspricht der Idee an sich. Am Ende muß es hinaus ans Licht. Wenn es das nicht tut, ist es kein Theater, dann ist es etwas anderes, dann ist es einfach nur zitiertes Leben.»

«Wer ist dieser Mann?» fragte Peter.

Nedra begann, ihn zu beschreiben. Sie erzählte von seinen Auftritten, seiner Körperkraft, der unerschöpflichen Energie. Veroet war zur Seite gesackt und auf dem Fenstersitz eingeschlafen. «Das macht er immer», erklärte seine Frau.

«John, wach auf, hör dir das an», rief Peter. «Kein Wunder, daß du im Theater nie was Interessantes findest. Wach auf, John! Nedra, mach dir nichts draus, er ist hoffnungslos, erzähl weiter ...»

Die Veroets fuhren sie nach Hause. Es war nach elf. Was hielten sie davon, fragte sie.

«Von Peter?»

«Ja.»

«Vielleicht lebt er noch einen Monat», sagte Veroet. «Vielleicht lebt er noch fünf Jahre. Ich weiß von einer Frau in Sag Harbor, die hat das schon, solange ich denken kann – nicht so schlimm natürlich. Es hängt davon ab, ob es ein lebenswichtiges Organ befällt. Heute abend hat er sich sehr wohl gefühlt.»

«Er war großartig.»

«Es war wie in alten Zeiten», sagte Veroet.

Peter Daro ging nie zum Meer hinunter. Er starb im November. Bei seiner Beerdigung lag ein von Schminke gefärbtes Gesicht im Sarg, wie das einer unverwüstlichen alten Frau oder eines Clowns.

FÜNF

1

Wo ist es hin, dachte sie, wo ist es geblieben?

Durch das, was in ihm verlorenging, wurde ihr plötzlich die lange Strecke eines Lebens bewußt. Sie konnte sich nicht einmal mehr erinnern – sie führte kein Tagebuch –, was sie am Tag ihres ersten gemeinsamen Mittagessens zu Jivan gesagt hatte. Sie erinnerte sich nur an das Sonnenlicht, das sie verliebt stimmte, die Gewißheit, die sie in sich spürte, die Leere des Restaurants, während sie sich unterhielten. Der Rest war verwittert, er existierte nicht mehr.

Dinge, die für sie unvergänglich gewesen waren – Bilder, Gerüche, die Art, wie er seine Kleider anzog, einfache Dinge, die sie damals überwältigt hatten –, alles verblaßte jetzt, wurde unecht. Sie schrieb selten Briefe, sie hob fast keine auf.

«Man glaubt, es ist da, aber das ist es nicht. Man erinnert sich nicht einmal an Gefühle», sagte sie zu Eve. «Versuch, dich an Neil zu erinnern und was du für ihn empfunden hast.»

«Es ist jetzt schwer vorstellbar, aber ich war verrückt nach ihm.»

«Ja, du kannst es sagen, aber fühlen kannst du es nicht. Erinnerst du dich überhaupt noch, wie er ausgesehen hat?»

«Nur von Fotos.»

«Das Merkwürdige ist, nach einer Weile traust du nicht mal denen.»

«Alles ist so anders geworden.»

«Ich hab einfach immer angenommen, daß die wichtigen Dinge in einem bleiben», sagte Nedra. «Aber das tun sie nicht.»

«Ich erinner mich an meine Hochzeit», sagte Eve.

«Das glaub ich nicht.»

«O doch. Meine Mutter war da.»

«Was hat sie zu dir gesagt?»

«Sie hat die ganze Zeit nur ‹mein armes Baby› gesagt.»

«Ich war siebzehn, als ich zum ersten Mal nach New York gefahren bin.» Sie hatte Eve das nie erzählt. «Das war mit einem vierzigjährigen Mann. Er war Konzertpianist, er war durch Altoona gekommen. Als er mir schrieb und mich einlud, lag eine Rose im Umschlag. Wir wohnten in seinem Haus auf Long Island. Er lebte mit seiner Mutter zusammen, und spätnachts kam er zu mir auf mein Zimmer. Ich erinner mich nicht einmal mehr an sein Gesicht.»

Alles zog sich langsam, unmerklich von ihr zurück, wie die Ebbe, wenn man ihr den Rücken zukehrt: alle Menschen, alle Dinge, die ihr vertraut gewesen waren. Demnach wurde das ganze Leid, das Glück nicht etwa mit einem begraben, sondern verschwand vorher, bis auf ein paar verstreute Einzelheiten. Sie lebte zwischen vergessenen Episoden, unbekannten Gesichtern ohne Namen, ausgeschlossen von gerade der Welt, die sie selbst erschaffen hatte; dazu war es gekommen. Aber ich darf mir nichts anmerken lassen, dachte sie. Ihre Kinder – sie durfte es ihnen nicht zeigen.

Sie formte ihr Leben von Tag zu Tag und nahm die Leere und Panik und auch die plötzlichen, fieberhaften Anfälle von Zufriedenheit als ihr Material. Ich bin jenseits von Furcht und Einsamkeit, dachte sie, ich bin darüber hinaus.

Die Idee faszinierte sie. Ich bin darüber hinaus, und ich werde nicht untergehen.

Diese Ergebenheit, dieser Triumph gaben ihr Kraft. Es war, als ob ihr Leben, nachdem es niedrige Stufen durchlaufen hatte, endlich eine Form gefunden hätte, die seiner würdig war. Das Künstliche war fort und mit ihm törichte Hoffnungen und Erwartungen. Es gab Zeiten, da war sie glücklicher, als sie es je gewesen war, und es schien, daß dieses Glück nicht von außen kam, sondern etwas war, das sie ganz aus sich selbst gewonnen, wonach sie gesucht hatte, ohne seine endgültige Gestalt zu kennen, wofür sie alles andere aufgegeben hatte – selbst unersetzliche Dinge.

Ihr Leben gehörte ihr allein. Es war nicht mehr für andere da.

2

Als Viri das Haus verkaufte, war sie bestürzt. Das war etwas, was sie nie erwartet hätte, auf das sie nicht gefaßt war. Es beunruhigte sie. Es war entweder ein Zeichen von Krankheit oder großer Stärke bei Viri; sie wußte nicht, was ihr mehr angst machte. Es waren noch viele Dinge da, die ihr gehörten, sie hatte sich nie die Mühe gemacht, sie abzuholen, sie hätte es jederzeit tun können. Jetzt, als sie plötzlich merkte, daß sie bald verschwinden würden, war es ihr egal. Sie sagte ihren Töchtern, sie sollten sich nehmen, was sie wollten; um den Rest würde sie sich kümmern.

Viri wollte verreisen, erzählten sie ihr.

«Wohin?»

«Auf seinem Tisch liegen lauter Prospekte. Ein paar davon hat er angestrichen.»

Sie rief ihn an. «Das mit dem Haus tut mir so leid.»

«Es fiel schon auseinander», sagte er. «Na ja, nicht wirklich, aber ich konnte mich nicht darum kümmern. Man müßte seine ganze Zeit nur darauf verwenden, weißt du?»

«Ich weiß.»

«Ich hab hundertzehntausend dafür gekriegt.»

«So viel?»

«Die Hälfte gehört dir. Abzüglich Hypothek und dergleichen.»

«Ich finde, du hast einen guten Preis bekommen. So viel ist es nicht wert. Sie haben bestimmt nicht in den Keller geguckt.»

«Der Keller ist es nicht. Es ist das Dach.»

«Ja, das Dach. Aber andererseits ist es viel mehr wert als hunderzehntausend.»

«Nicht wirklich.»

«Viri, ich bin sehr froh über das Geld. Es ist nur ... na ja, wir können es nicht noch mal verkaufen.»

Er fuhr an Bord der *France* an einem lauten, traurigen Nachmittag. Nedra kam zum Abschied ans Schiff, wie eine Schwester, eine alte Freundin. Es hatte sich eine große Menschenmenge angesammelt, eine Menge, die schließlich am Ende des Piers stehen und dicht gedrängt winken würde, eine Menge wie in den zwanziger Jahren, wie nach Revolutionen in Mexiko oder wenn Krieg drohte.

Sie saßen bei einer Flasche Champagner in der Kabine.

«Möchtest du das Bad sehen?» sagte er. «Es ist sehr schön.»

«Wie lange wirst du bleiben, Viri?» fragte sie, als sie die Armaturen begutachteten, die Details, die für hohen Seegang entworfen worden waren.

«Ich weiß nicht genau.»

«Ein Jahr?»

«Oh, ja. Mindestens ein Jahr.»

Endlich kam Franca. «Was für ein Verkehr!» sagte sie.

«Möchtest du etwas Champagner?»

«Ja, bitte. Ich mußte drei Straßen vorm Hafen aus dem Taxi steigen.»

Viri machte mit ihnen einen Rundgang. Mit dem Glas in der Hand zeigte er ihnen die Salons, den Speisesaal, die leere Bühne. Die Treppen waren voller Menschen, die Gänge rochen nach Zigarettenrauch.

«Aber all die Leute fahren doch nicht mit?» fragte Franca.

«Entweder sie oder jemand, den sie kennen.»

«Es ist unglaublich.»

«Es ist ganz ausgebucht», sagte er.

Durch den Lautsprecher hörten sie die Aufforderung an die Besucher, von Bord zu gehen. Sie bahnten sich ihren Weg in Richtung Landungsbrücke. Er küßte seine Tochter und umarmte sie und auch Nedra.

«Auf Wiedersehen, Viri», sagte sie.

Sie standen am Pier. Sie konnten ihn an der Reling auf dem Deck sehen, wo sie sich getrennt hatten, sein Gesicht war sehr weiß und klein. Er winkte; sie winkten zurück. Das Schiff war riesig, auf jedem Deck standen Passagiere, die Weite der schwarzen, fleckigen Bordwand überwältigte sie. Es war, als würde man einer Bibliothek, einem Hotel Lebewohl winken. Schließlich setzte es sich in Bewegung. «Auf Wiedersehen», riefen sie ihm zu. «Auf Wiedersehen.» Das laute Heulen der Schiffssirene erfüllte die Luft.

Als sie später zu Abend aßen, merkte Nedra, wie sie an Dinge dachte, die zusammen mit dem Haus verschwunden waren – oder vielmehr wurden sie ohne ihr Zutun heraufgespült wie Teile eines Wracks weit draußen auf dem Meer. Trotzdem war vieles geblieben. Sie und ihre Tochter saßen jetzt in einem Haus – es waren eigentlich nur ein paar Zimmer –, das von dem anderen, das nicht mehr da war, übriggeblieben war. Sie tranken Wein, sie erzählten sich Geschichten. Es fehlte nur ein Kaminfeuer.

Viri ging zum zweiten Abendessen. Er nahm einen Drink an der Bar, wo die anderen Gäste den Barkeeper lautstark begrüßten. Im Gang waren Frauen um die Fünfzig, die sich zum Abendessen umgezogen hatten, Rouge auf den Wangen. Zwei von ihnen saßen in seiner Nähe. Während die eine redete, aß die andere dreieckige Schnittchen mit Butter, mit jeweils zwei Bissen waren sie verspeist. Er las das Menu und ein Gedicht von Verlaine auf der Rückseite. Die Suppe kam. Es war neun Uhr dreißig. Er war auf dem Weg nach Europa. Unter ihm, während er seinen Löffel aufnahm, glitten Fische, schwarz wie Eis, im Mitternachtsmeer. Der Kiel zog wie ein donnernder Kamm über sie hinweg.

Franca war Lektorin geworden. Sie mußte jetzt über Manuskripte nachdenken, sie behutsam ins Leben rufen. Sie arbeitete in einem kleinen Kabuff, mit Türmen von neuen Büchern, Bildern, Zeitungsausschnitten, Ablenkungen jeder Art. Sie ging zu Konferenzen, Lunches. Im Frühling fuhr sie nach Griechenland. Sie war heiter, ihr Lächeln gewinnend, sie kannte den Weg ins Glück noch nicht, aber sie wußte, daß sie eines Tages dort ankommen würde.

«Siehst du Nile noch manchmal?» fragte Nedra.

«Der arme Nile», sagte Franca.

Nedra rauchte eine Zigarre, es gab ihr einen Anstrich von Autorität, von Stärke. Sie legte Musik auf, wie ein Mann es für eine Frau hätte tun können, und zog die Füße unter sich aufs Sofa.

«Heute nachmittag auf dem Schiff hab ich gedacht, wie falsch herum alles war. Wir hätten dich verabschieden sollen», sagte sie.

«Ich würde fliegen.»

«Du mußt weiterkommen als ich», sagte Nedra. «Das weißt du.»

«Weiter?»

«Mit deinem Leben. Du mußt frei sein.»

Sie erklärte es nicht; sie konnte nicht. Es ging nicht darum, ob man allein lebte, obwohl das in ihrem Fall notwendig gewesen war. Die Freiheit, die sie meinte, bedeutete Selbstüberwindung. Es war kein natürlicher Zustand. Er war nur für jene bestimmt, die alles dafür aufs Spiel setzten, die wußten, daß das Leben ohne Selbstüberwindung nur ein Fressen war, bis einem die Zähne ausfallen.

3

Nedras Wohnung befand sich in der Nähe der Metropolitan Opera. Sie lag zu ebener Erde, ein Anbau. Sie hatte nur zwei Zimmer, aber es gab einen Garten, mehr als das, die Wand, die auf den Garten hinausging, bestand nur aus Fenstern, wie bei einem Gewächshaus. Der Garten war gestorben; er war trocken, die Ranken waren erstarrt, die Steinurnen leer. Aber den ganzen Tag lang hatte er Sonne, und drinnen, hinter der Glaswand, hatte sie viele Pflanzen, geschützt, umhegt. Sie badeten im Licht; sie verströmten Fülle und Ruhe. Die Tür zum Garten, wie die von einem Haus in Frankreich, war aus angestrichenem Eisen mit einem Glasfenster in der oberen Hälfte. Es gab einen offenen Kamin in ihrem Schlafzimmer und ein enges, verfallendes Badezimmer. Am Morgen saß sie barfuß allein an einem kleinen Tisch und ließ ihrer Vorstellung freien Lauf. Die Stille, das Sonnenlicht umschlossen sie. Sie begann – nicht ernsthaft, sagte sie sich selbst, sie war zu stolz, einen frühen Mißerfolg zu riskieren –, ein paar Kindergeschichten zu schreiben. Viri hatte eine solche Begabung dafür gehabt. Oft dachte sie an ihn, wie eine Witwe an ihren berühmten Mann denken würde. Sie sah ihn wieder, wie er morgens Tee trank, mit ungelenker Hand eine Zigarette rauchte; sein ein wenig schlechter Atem, sein schütteres Haar. Er war so abhängig, so kindlich. In Zeiten der Not oder des Umbruchs wäre er schnell zugrunde gegangen, aber er hatte Glück gehabt, er hatte immer in behüteten Zeiten gelebt, die Jahre waren ruhig gewesen. Sie sah ihn mit seinen kleinen Händen, seinem blaugestreiften Hemd, seiner Ineffizienz, seinen Launen. Wenn es aber um Geschichten ging, war er wie ein Mann, der sich in Fahrplänen auskannte, er war präzise, selbstsicher. Er begann mit wundervollen, fast witzigen Sätzen. Seine Geschichten waren leichtfüßig, aber nicht oberflächlich; sie hatten eine merkwürdige Klarheit, sie waren wie eine Stelle im Meer, an der man den Grund sehen konnte.

Sie sah sich im Spiegel. Das Licht war weich. Ein Leberfleck an ihrem Kinn war dunkler geworden. Die Falten in ihrem Gesicht waren nicht mehr bloß angedeutet. Es stand außer Frage, sie sah älter aus, sie hatte das Alter einer Frau, die bewundert, aber nicht geliebt wird. Ihre Pilgerfahrt hatte sie durch Eitelkeit geführt, durch die Seiten von Illustrierten, sogar durch Neid in eine weitere, ruhigere Welt. Wie eine Reisende konnte sie vieles erzählen, und es gab vieles, was sie nie erzählen würde.

Junge Frauen redeten gerne mit ihr, waren gern mit ihr zusammen. Sie fanden es leicht, sich ihr anzuvertrauen. Sie war so gelassen und entspannt. Eine von ihnen arbeitete mit Franca zusammen, sie hieß Mati. Ihr Mann hatte sie verlassen, und sie wirkte, als hätte sie sich schon ertränkt. Eines Nachmittags zeigte Nedra ihr, wie man sich die Augen schminkt. Innerhalb einer Stunde, so wie Kasine eine Schauspielerin verändert haben sollte, verwandelte sie ein einfaches, niedergeschlagenes Gesicht in eine Nofretete, die zu lächeln imstande war.

Sie sah das Leben von jungen Frauen wie dieser in großer Klarheit. Sie erkannte Dinge, die sie nicht sahen oder die ihnen verborgen waren. Eines Tages kam eine junge Japanerin zu ihr, schmalgliedrig, geheimnisvoll, ein Mädchen, das in St. Louis geboren, aber ganz und gar fremdartig war, aus einer völlig anderen Welt. Es war, als beobachtete man ein exotisches Tier, das auf eigene Weise ißt, sich auf eigene Art bewegt. Sie hieß Nichi. Sie kam oft zu ihr, manchmal blieb sie zwei oder drei Tage. Sie sprach das S weich, mit orientalischer Zurückhaltung. Sie war anmutig wie eine Katze, sie konnte auf Tellern laufen, ohne ein Geräusch zu machen. Sie hatte fünf Jahre lang mit einem Psychologen zusammengelebt.

«Aber das ist vorbei», sagte sie. «Er ist Psychiater, er hat keine Praxis, er arbeitet in der Forschung. Ein sehr intelligenter Mann, brillant.»

«Aber ihr habt nicht geheiratet.»

«Nein. Mir wurde mit der Zeit klar, daß ... die Antwort nicht die Psychiatrie sein kann. Weißt du, sie sind merkwürdig, sie haben sehr merkwürdige Ideen. Ich will dir das gar nicht erzählen. Er wird mal berühmt werden», sagte sie. «Er schreibt an einem Buch. Er hat lange daran gearbeitet. Es geht um unorthodoxe Heilungsmethoden. Natürlich hat es etwas mit dem Geist zu tun, der Kraft des Denkens. Weißt du, es gibt Menschen, die können so was wie Wunder bewirken. Das, was wir darunter verstehen. Es gab einen berühmten Mann in Brasilien; wir sind zu ihm gefahren. Er arbeitete als Büroangestellter in einem Krankenhaus, aber nach der Arbeit empfing er Patienten, sie kamen von überall her, Hunderte von Meilen weit. Er hat sie sogar operiert, ohne Betäubung. Sie haben nicht einmal geblutet. Das ist wahr. Wir haben einen Film darüber gemacht.«

«Ich hab nie von ihm gehört.»

«Oh, die Regierung läßt nichts nach außen dringen», sagte sie. Sie war intensiv sicher. «Die Ärzte versuchen ihn totzuschweigen.»

«Aber wie arbeitet er? Was sagt er zu seinen Patienten?»

«Na ja, ich kann kein Portugiesisch, aber er fragt sie: Was fehlt dir? Wo tut es weh? Er tastet sie wie ein Blinder ab, am ganzen Körper, und dann hält er inne und sagt: Es sitzt hier.»

«Unglaublich.»

«Dann beginnt er zu schneiden, mit einem gewöhnlichen Messer.»

«Sterilisiert er es?»

«Ein Küchenmesser. Ich hab es gesehen.»

Sie hypnotisierten sich gegenseitig mit Gesprächen und Bewunderung. Die Stunden vergingen langsam, Stunden, wenn die Stadt im Nachmittag versank, Stunden, die nur ihnen allein gehörten. In Nedra hatte sich ein Sinn für den Osten entwickelt, vielleicht durch Jivan, und jetzt, in der Gegenwart dieses schlanken Mädchens, die sagte, sie hätte neun Sinne, die darüber klagte, sie habe keinen Busen, fühlte sie sich erneut davon angezogen. Nichi hatte kleine Zähne, schreckliche Zähne, sie schwor, sie habe ihrem Zahnarzt gerade erst zweihundert Dollar gezahlt und sogar das sei ein Sonderpreis gewesen.

«Ich hab ihm gesagt, wenn ich betäubt bin, kann er mit mir machen, was er will.»

«Und?»

«Ich bin mir nicht sicher.»

Sie hatte eine vollkommene Figur. Sie war wie eine Puppe. Ihre Finger waren schlank, ihre Zehen knochig wie die Füße eines Spatzen. In ihrer Wohnung ließ sie Räucherstäbchen brennen; der Geruch hing schwach in ihren Kleidern. Sie hatte einen Universitätsabschluß in Psychologie, aber außerhalb ihres Studiums hatte sie nichts gelesen. Nedra erwähnte Uspenski. Nein, sie habe noch nie etwas von ihm gehört. Sie hatte weder Proust gelesen noch Pavese oder Lawrence Durrell.

«Was haben die geschrieben?» sagte sie.

«Und Tolstoi?»

«Tolstoi. Ich glaub, von Tolstoi hab ich mal was gelesen.»

Sie trafen sich im Garten des Museum of Modern Art, die Stadt lag stumm hinter seinen Mauern. Sie aßen zu Mittag, sie redeten. Unter dem glänzenden schwarzen Haar in der brennenden Sonne, hinter den intensiven Augen sah Nedra einen Moment lang etwas, das sie tief berührte – etwas Seltenes, die Vorstellung, noch einen Freund zu finden, wenn das Herz schon begonnen hat, sich zu schließen.

Sie war wie ein Obstbaum, dachte sie bei sich, der keine Früchte mehr trägt, aber noch stark ist, wie damals die Bäume in dem Obstgarten am Hang vor Marcel-Maas' Scheune. Sein Name hatte kürzlich in der Zeitung gestanden. Er hatte eine wichtige Ausstellung gehabt, es gab Artikel über ihn. Er wurde endlich anerkannt, alles, was er sich erträumt und gewünscht hatte, die Dinge, die er nicht sagen konnte, die Freunde, die er nie gehabt hatte, der Beifall – all das wurde jetzt Leinwänden zu Füßen gelegt, die er gemalt hatte. Er war endlich in Sicherheit. Er existierte, er konnte nicht verschwinden. Sogar seiner Exfrau gab das Halt. Sie war Teil davon, sie war vor dem letzten Akt abgetreten, aber sie würde den Rest ihres Lebens darüber reden können – bei Dinnerpartys, in Restaurants, in den großen leeren Räumen der Scheune, falls sie dort noch lebte.

Die jungen Frauen kamen sie besuchen. Telefonanrufe, Gespräche mit Freunden, hin und wieder ein Brief von Viri. Ihr wurde bewußt, daß das Leben sich aus diesen Kieseln zusammensetzte. Man muß sich ihnen überlassen, erklärte sie Nichi. «... auf ihnen gehen», sagte sie, «sich die Füße wund laufen.»

«Was meinst du mit Kieseln? Ich glaub, ich weiß schon.»

«... sich erschöpft auf sie legen. Kennst du das, wenn deine Wange ganz warm wird durch die Sonne, die sie gespeichert haben?»

«Ja.»

«Komm, ich les dir aus der Hand», sagte Nedra.

Die Hand war schmal, die Linien überraschend tief. Sie schien nackt, diese Handfläche, wie die einer älteren Frau. Sie fuhr die Hauptlinien nach. Sie spürte diese flachen Augen voll Faszination und Gläubigkeit zu ihrem eigenen Gesicht aufblicken, mit seiner Magerkeit, seiner Intelligenz, seiner Unbeweglichkeit, aber sie tat, als merkte sie es nicht.

«Deine Hand ist halb Gefühl, halb Intellekt», sagte sie, «zwischen beiden gespalten. Du kannst dich ganz kühl betrachten, selbst in Zeiten, wenn du von deinen Gefühlen beherrscht wirst, aber gleichzeitig bist du romantisch, du würdest dich gerne vollständig hingeben, ohne nachzudenken. Dein Intellekt ist stark.»

«Ich mache mir eher Sorgen um meine Gefühle.»

«Daß du nicht genug davon hast?»

«Ja.»

«Du hast genug davon. Mehr als genug. O ja.»

Sie sahen beide in die kleine bloße Handfläche.

«Aber das weißt du schon», murmelte Nedra. Sie erschuf eine Wahrheit, erfand sie. Hinter ihr die glänzenden Pflanzen, das Sonnenlicht, die Luft von Lichtbahnen durchzogen, in denen leuchtender Staub trieb. Sie antwortete nicht, wie sie es hätte tun können: «Nein, die Wahrheit ist, daß du eine Frau bist, die nie zufrieden sein wird. Du wirst danach suchen, aber du wirst es nie finden.»

Sie war Dingen nahe, die zu mächtig waren. Sie spürte ihren Einfluß auf dieses willige Mädchen, wußte, daß sie leicht zu weit gehen könnte. Plötzlich verstand sie, wie ein Nadelstich in eine Puppe jemanden töten konnte.

Sie erzählte später Eve davon, als handelte es sich um einen Unfall, der gerade noch abgewendet worden war.

«Und, was hast du gemacht?»

«Ich hab sie zum Lunch ins L'Étoile eingeladen.»

«Ins L'Étoile?»

«Ich hab mich schuldig gefühlt», sagte Nedra. «Natürlich hab ich mich schon weniger schuldig gefühlt, als die Rechnung kam. Es hat dreißig Dollar gekostet.»

«Was habt ihr denn gegessen?»

«Ich weiß nicht, warum ich immer so ein Geld ausgebe. Ich hab schon immer dagegen angekämpft.»

«Ab und zu.»

Nedra lächelte. Ihre Zähne waren immer noch weiß, die Zähne einer gepflegten Frau. «Nein, ich hab's wirklich versucht. Aus irgendeinem Grund fällt es mir sehr schwer. Ich weiß, ich werde in Armut sterben ...»

«Niemals.»

«... ohne einen Penny. Alles werd ich verkauft haben – Schmuck, Kleider. Sie werden kommen, um die letzten Möbel abzuholen.»

«Das kann ich mir nicht mal vorstellen.»

«Ich schon», sagte Nedra.

4

Viri war in Rom, er war langsam dorthin getrieben, so wie ein Fetzen Papier die Straße heruntergeweht wird. Er wohnte im Inghilterra. Seine Kleider wurden gebügelt, die Zimmermädchen brachten seine Wäsche, obenauf seine sauber gefalteten Hemden. Die Mädchen hießen Angela, Luciana, Namen von sagenhaften Heldinnen. Das Zimmer war klein, das Bad groß, auf der Schwelle ein Streifen aus stark verfärbtem Messing. Es gab darin eine schmale Wanne, einen weißen Kachelboden, einen roten Punkt für heißes Wasser, einen blauen für kaltes. Im Flur rief Angela nach Luciana. Türen wurden zugeschlagen. Ein Portier seufzte. Er hatte seine Sachen ausgepackt. Seine Schuhe standen nebeneinander unter dem Bett, auf dem Tisch mit der gläsernen Platte, der als Schreibtisch diente, standen Fotos, das Glas verstärkte das Ticken seiner Armbanduhr, die darauf lag. Er war in diesem Land der Kellner und trägen Serviererinnen ein Exilant. Er hatte keine wirkliche Arbeit. Er tat so, als wäre er Tourist, als sähe er sich endlich all die Dinge an, die er immer vernachlässigt hatte. Er las eine Biographie über Montaigne. Ein- oder zweimal sprach er davon, ein Buch zu schreiben.

Morgengrauen. Der Verkehr hatte begonnen. Der Tag war bereits erfüllt von einem flachen italienischen Licht, als würden die Türen eines Theaters am Morgen geöffnet. Er war allein. Mit der Bedächtigkeit eines Bauern brach er die gefurchten Frühstücksbrötchen, blaß und an der Unterseite mit Mehl bestäubt. Schweigend verstrich er die weichen Butterröllchen und trank den Tee. Die ferne Stadt fauchte mit Autolärm und dem schwachen anhaltenden Klopfen von Arbeiterhämmern auf Stein herüber.

In den schmalen, heruntergekommenen Gassen, durch die er gerne ging, blieb er vor den Fenstern von Antiquitätengeschäften stehen, in denen sich die Passanten spiegelten. Innen in der Kühle saßen die Händler zwischen mächtigen Stühlen und unterhielten sich, während der Morgen vorüberging. Sie gestikulierten ab und zu, ohne seinen interessierten Blick zu bemerken.

Er war siebenundvierzig. Sein Haar war dünn, als er im römischen Sonnenlicht spazierenging. Er fühlte sich in den Städten von Europa verloren, Tauben kauerten in jeder Nische, schliefen auf den Knien von Heiligen. Er war ein Mann, der darauf wartete, daß die *Tribune* an den Zeitungsständen erschien, der allein aß. Wenn er sein Gesicht in Fenstern sah, vom Licht angestrahlt, erschrak er. Es war das Gesicht von alten Politikern, von Pensionären, die Furchen darin wirkten schwarz wie Tinte. Verachte mich nicht, weil ich alt bin, bat er.

Er aß in einem Restaurant zu Mittag, nah am Fenster. Ein kalter Mittag, ein kaltes Licht. Die Bäume draußen hatten bereits ihre Blätter verloren. Es war in der Villa Borghese; die Luft des großen Parks war feucht und still, die Geräusche drangen von fern herüber wie Eisfälle. Vor ihm lag ein Stück Papier, auf dem er in den langen Pausen zwischen den Gängen schrieb, eine Liste jener Dinge, die ihn wenigstens für kurze Zeit retten konnten, das heißt Freuden, die ihm geblieben waren. *Holzfeuer*, hatte er aufgeschrieben, *Die London Times, Essen mit Freunden* …

Zeit hatte nichts Schönes mehr für Viri. Sie stank in seinen Taschen. Er hatte vage Pläne, Verabredungen, aber nichts zu tun. Seine Augen wollten auf keinem Gegenstand haften bleiben, sie glitten ab wie ein sterbendes Insekt. Er taumelte, schwankte zwischen Phasen, in denen er überhaupt keine Kraft mehr hatte, keinen Grund, keinen Willen zu kämpfen, in denen er sich danach sehnte, mit den leichten Füßen, die die Liebe verlieh, dem Tod entgegenzulaufen, wie ein fanatischer Gläubiger, in Trance, benommen. Und dann wieder, in der Stille am frühen Nachmittag, wenn er die Zeitung öffnete, war er völlig anders.

Er stand im Badezimmer zwischen dem weißen Stuhl, der Fensterbank aus grauem Marmor, den riesigen Fenstern aus Milchglas, die das Licht noch zu intensivieren schienen. Die Rundung am Innenrand des Bidets, seine Glätte, riefen in ihm plötzlich ein Gefühl tiefsten Verlangens hervor. Die Rundung entsprach dem Teil des Körpers, für den sie bestimmt war, und er wurde schwach wie bei dem Anblick eines Kleidungsstücks oder der Unterwäsche einer geliebten Frau, frisch und hauchzart, die irgendwo hingeworfen war.

Er hatte kein klares Bild von sich selbst, das war das Problem. Er wußte, er war begabt und intelligent. Er würde nicht verenden wie ein Meerestier, das an Land gespült wurde. Die ganze Vergangenheit, sagte er sich, alles, was so schwierig gewesen war, womit er gekämpft hatte wie ein Reisender mit zuviel Gepäck – Idealismus, Treue, deine Tugenden, dein Anstand –, sie alle wirst du brauchen, wenn du alt bist, sie werden dich bewahren, dich am Leben erhalten; das heißt, sie werden für jemanden von Bedeutung sein. Und dann, einen Tag später, überfiel ihn wieder die Krankheit; es war etwas, was er nicht erkannte noch verstand. Plötzlich war er nervös, ängstlich, deprimiert. Wie ein Blitz durchfuhr ihn die Erkenntnis, was ein Zusammenbruch war: der Moment, wenn das Leben außer Kontrolle gerät. Seine Brust schmerzte, seine Beine waren kalt, er mußte ständig schlucken, seine Gedanken rasten unsinnig. Er sah hinaus auf die Hinterhöfe des Winternachmittags, Höfe mit verglasten Balkonen und Treppenabsätzen. Sein einziger Kontakt mit der Außenwelt, abgesehen von dem schwachen Verkehrslärm, den Stimmen im Flur, die nie verstummten, war das schwarze Telefon, ein beängstigender Apparat, schrill wie ein Alptraum, aus dem abrupte Stimmen ertönten, deren Gemütsverfassung er nicht erraten konnte. Er hatte nicht die Kraft, nicht den Wunsch auszugehen. Der Gedanke an Menschen war ihm entsetzlich. Er wollte nicht Italienisch sprechen; es war nicht seine Sprache, nicht seine Art zu empfinden. Er wollte seine Kinder wiedersehen, nur noch einmal, vor seinem Ende.

Am nächsten Tag, im Sonnenschein, sah alles anders aus. Der Himmel war mild, Leute lächelten und waren freundlich. Es war, als könnten sie sehen, daß er ein Invalide war, der Überlebende eines Schiffsunglücks.

Er ging zum Büro zweier Architekten, mit denen er brieflich im Kontakt gestanden hatte. Sie waren jung und ernst. Einen von ihnen hatte er in New York getroffen. Das Empfangszimmer war ruhig und luxuriös, der Luxus, der durch untrüglichen Geschmack entsteht. Es sprach von Ordnung und Überblick, er fühlte sich sofort zu Hause. Das Fieber war vorüber.

Die Sekretärin sah auf. «Buon giorno.»

«Ich bin Mr. Berland.»

«Guten Morgen, Mr. Berland.» Sie sah zu ihm auf, ein kleines, intelligentes Gesicht, kurze Haare, schwarz wie der Flügel eines Vogels. «Wir haben Sie schon erwartet», sagte sie. «Mr. Cagli hat noch jemanden in seinem Büro; es wird nur ein paar Minuten dauern.»

«Das macht nichts.»

Sie sahen einander an. Es schien, als nickte sie leicht, in orientalischer Manier. «Sind Sie schon lange in Rom?» fragte sie.

«Seit ein paar Wochen.»

«Gefällt es Ihnen?»

«Es ist mir fremd; ich glaube, ich habe mich noch nicht ganz daran gewöhnt.«

«Sprechen Sie Italienisch?»

«Na ja, ich hab angefangen.»

«Bene», sagte sie einfach.

«Ich bin eine Schande für Ihre Sprache.»

«Nein, das glaub ich nicht. *Trova quale più facile, parlare o capire?*»

«Capire.»

«Sì», stimmte sie zu.

Sie lächelte. Ihr Mund war klein wie der eines Kindes. Ihr Name war Lia Cavalieri. Sie war dreiunddreißig. Sie lebte in der Nähe des protestantischen Friedhofs. War er schon einmal dort gewesen? fragte sie. Er antwortete nicht gleich. Er spürte, was sie wollte. «Nein», murmelte er.

«Keats ist dort begraben.»

«Wirklich? Hier in Rom?»

«Dann haben Sie sein Grab noch nicht gesehen? Es ist sehr bewegend. Es liegt abseits, in einer Ecke für sich. Es steht kein Name darauf, wissen Sie.»

«Kein Name?»

«Eine wunderschöne Inschrift, aber kein Name.»

Sie war offensichtlich kurz davor zu sagen: «Ich zeig es Ihnen, wenn Sie möchten», aber sie hielt sich zurück. Sie sagte es bei seinem zweiten Besuch.

An einem milden Wintertag gingen sie auf das Grab zu. Der Boden war trocken unter den Füßen. In der Ferne, neben einem Baum, konnte er die zwei Steine sehen. Danach aßen sie gemeinsam zu Mittag.

Wie Montaigne, dessen Biographie er las, hatte er auf einer Reise eine italienische Frau getroffen und sich verliebt. Es fehlten nur noch die Bäder von Lucca. Montaigne war achtundvierzig gewesen. Eine totgeglaubte Quelle war wieder aufgebrochen.

5

Lia kam aus dem Norden. Ihr Vater war in Genua mit seiner steilen Nekropolis geboren; ihre Mutter, romantischer, in Nizza. Sie erzählte ihm das alles. Er liebte die Einzelheiten ihres Lebens, sie elektrisierten ihn. Er war in das Alter gekommen, in dem sich in seinem eigenen Leben alles zu wiederholen schien, zum zweiten oder dritten Mal geschah, wie eine Darbietung auf der Bühne, deren Möglichkeiten er alle kannte. Sie ließ ihn das vergessen.

«Nizza. Gehörte das nicht mal zu Italien?»

«Alles gehörte einmal zu Italien», sagte sie.

Die Namen, die sie ihm nannte, die Geschichte, ihre Kindheitserlebnisse – das alles war neu, das alles funkelte wie die Energie im Schwarz ihres Haares. Sie war von einer resignierten Intelligenz, sie war anspruchsvoll, sie war schüchtern. Das große Unglück ihres Lebens war, daß sie nie geheiratet hatte.

Von dem Moment an, als er sie selbstbewußt und zierlich hinter ihrem Schreibtisch sitzen, sie tippen oder telefonieren sah, wurde ihm bewußt, wie fähig sie war. Aber sie hatte nie etwas gewagt, sie wartete bloß, all die Jahre hatte sie auf einen Mann gewartet. Sie war eine Art brillanter Krüppel; sie konnte sich alles vorstellen, aber sie konnte nicht gehen. Und ihm ging es nicht viel besser. Obwohl er sich von Anfang an stark zu ihr hingezogen fühlte, war er unsicher; so lange hatte er schon nicht mehr gejagt, und auch damals war er nicht besonders gut darin gewesen.

Sie gingen abends in einem Restaurant essen, das nach jener Bäckerstochter benannt war, La Fornarina, die eine Geliebte Raffaels gewesen war. Es war Winter, der Garten war geschlossen. Sie hatte mit ihm reden wollen, sobald sie ihn gesehen hatte, sagte sie. Sie hatte sich ein Bild von ihm gemacht, dadurch, wie man über ihn sprach, und durch seine Briefe, aber nichts von dem, was sie erwartet hatte, konnte das Gefühl von Nähe und Vertrautheit erklären, das sie spürte, als er zum ersten Mal ins Empfangszimmer trat.

«Du bist einer unter Tausenden», sagte sie ihm. «Ja, du bist wirklich besonders.»

Eine Wärme durchströmte ihn, ein Schwindelgefühl, als hätte er einen Kampf bestanden. Mit einem Wort, einem Blick umarmte sie ihn; sie hatte den trüben Himmel aufgerissen, das Licht strömte herab. Es ist immer ein Zufall, der uns rettet. Es ist jemand, den wir nie zuvor gesehen haben.

Sie kannte Rom, wie ein lebenslänglicher Gefangener es kennt. Sie kannte seine Geschäfte, seine sonnigen Plätze, seine Straßen mit schöner Aussicht. Sie zeigte ihm einiges. Sein Hunger erwachte, seine Sehnsüchte, seine Fähigkeit, sich zu freuen.

Sie füllte sein Glas mit Wein, nahm selbst nur wenig, trank es aber nicht. Sie sagte ihm mit großer Gelassenheit, daß sie nicht die Kraft hätte, ihm zu widerstehen.

«Ich glaube, du weißt das», sagte sie. Ihre Hände schoben sich unter seine. Die Berührung ihrer Finger nahm ihm den Atem.

Sie habe ein kleines Auto, viele Paar Schuhe, sagte sie wehmütig, etwas Geld in der Schweiz; sie sei wie ein fertig angerichtetes Mahl.

«Und du bist gekommen, um es zu essen», sagte sie. «Ja, es ist ein wunderbares Mahl, es ist ein Essen, wie man es nur einmal im Leben bekommt.»

Zuppa, carne, verdura, formaggi. Die Prozession von abgenutzten weißen Tellern auf dem Tischtuch, das grobe, einfache Brot, die Kellner in ihren leicht verschmutzten Jacken. Der Wein hatte auf ihn keine Wirkung, dazu war er zu erregt. Als sie sich zu ihm herüberlehnte, um ihm mit der Karte zu helfen, spürte er die Wärme ihres Gesichts. Sie aß sehr wenig, sie rauchte ein paar Zigaretten, sie redete. Ihr Vater war Kornhändler. Er war konservativ, klein, bitter enttäuscht von ihrem Bruder. Seine Tochter hatte er vielleicht zu sehr geliebt; es war manchmal ein wenig erdrückend gewesen, zu sinnlich. Er küßte sie immer auf den Mund, tiefe, eindeutige Küsse. Wenn ihre Mutter stürbe, würde er Lia heiraten, sagte er immer. Er machte natürlich Spaß, aber einmal hatte er im Bus ihren Busen berührt, das habe sie abgestoßen.

«Langweile ich dich?»

«Aber nein», sagte er.

«Bist du sicher?»

«Ich staune über dich. Du hast einen so verblüffenden Wortschatz. Wo hast du so gut Englisch gelernt?»

«Ich spreche es schon sehr lange», sagte sie.

«Aber warum?»

«Ich nehm an, weil ich auf dich gewartet habe, *amore.*»

Soll man den Liebesakt beschreiben, der sie vereinte, der vielleicht in dieser Nacht stattfand? Sie hatte den Schlüssel zu der Wohnung einer Freundin. Sie drehte ihn dreimal im Schloß; eine schmale, lackierte Tür, eine von zweien, sprang auf. Es gab keine Teppiche, der Boden war kalt. Er spürte kein Zögern, keine Angst. Es war, als hätte er noch nie zuvor eine Frau gesehen; der Anblick ihrer Nacktheit, die Dunkelheit seines Zentrums überwältigten ihn, sein Herz murmelte Liebesworte, seine Ohren waren voller Geflüster. Die Stadt öffnete sich wie ein Garten, die Straßen nahmen ihn auf und überschütteten ihn mit ihren Namen. Er sah Rom wie einer der Engel Gottes, von oben, von weit her, seine Lichter, seine ärmlichsten Zimmer. Er segnete es, er fiel mitten in das Herz der Stadt. Er wurde zu ihrem Apostel, er glaubte an ihre Gnade.

Sie setzte ihn vor seinem Hotel ab, und ihr kleines Auto

fuhr laut davon. Jede Einzelheit auf dem Weg zu seinem Zimmer – das Gesicht des *portiere*, der schwere Schlüssel, das Schließen der glänzenden Lifttüren, das Hinauffahren, das Schlendern durch den gewölbten Korridor, alles bestätigte sein Gefühl des Triumphs. Er lag im Bett, zufrieden, in einem so feierlichen Moment allein zu sein und ihn genießen zu können. In den Straßen der schlafenden Stadt schoß ihr Auto dahin, die kargen, modernen Alleen hinunter, über die leeren Plätze, seine Scheinwerfer sprangen über das holprige Pflaster, seine Gedanken umgaben es, beschützten es, während es dahinfuhr.

Am Morgen klingelte das Telefon. *«Ciao, amore»*, sagte sie.

«Ciao.»

«Ich wollte deine Stimme hören.»

«Ich hab geschlafen», gestand er.

«Ja, natürlich. Den Schlaf des Gerechten. Ich auch ...»

Ihre Worte weckten ihn auf. Die Zimmermädchen ließen im Flur Besen fallen.

«Ich stell mir vor, wie du daliegst ...» Endlich konnte sie frei reden. Sie hatte so viel zu sagen, so viele Dinge, die gewartet hatten. «Ich stell mir vor, wie du ein Bad nimmst. Das Wasser läuft in die Wanne und erfüllt das Zimmer mit einem luxuriösen Klang.»

«Bist du zu Hause?» fragte er.

«*Sì*. Zu Hause in meinem Bett. Es ist nur ein kleines Bett, es ist nicht wie deins.»

«Wie meins?»

«Du hast ein großes, oder? Zumindest stell ich es mir so vor.» Sie rief von ihrem Zimmer aus an, ihre Stimme war ein bißchen vorsichtig, obwohl, wie sie sagte, ihre Mutter kein Englisch sprach. Er war in Italien. Die Mädchen auf der Straße, die Mechaniker, die Jungen aus den Vororten, die im Winter auf ihren Mopeds von der Arbeit nach

Hause fuhren, die Hände in Zeitungspapier gewickelt – plötzlich glaubte er, daß er ihr Leben teilen könnte.

Sie gingen wieder zu der Wohnung mit den Holztüren. Bei Tageslicht wirkte sie verlassen. Der Boden hatte ein undefinierbares Blumenmuster, die Wände waren gelblichbraun. Die englischen Kleider der Wohnungseigentümerin hingen an die Seite geschoben im Schrank. Die Sonne fiel wie zufällig durch ein Fenster. Die Wohnung war kahl und eisig, aber von Mal zu Mal gehörte sie ihnen mehr.

Sie gingen samstags hin. Er saß am Fenster und zeichnete die gegenüberliegenden Ruinen. Es lagen Stapel eingerissener Zeitschriften neben seinem Ellbogen: *Oggi*, *Paris-Match*. Auf der Straße ab und zu Schritte, der Lärm knatternder Autos. Er schien ruhig, aber er hatte Angst. Ich werde das alles nie lernen, dachte er, die Sprache, die Stunden, das Leben. Er konzentrierte sich auf die Zeichnung, suchte nach den richtigen Farben.

Sie tauchte an seiner Seite auf. «Stört es dich, wenn ich Musik mache?»

«Überhaupt nicht.»

Sie legte eine Platte auf. Sie sah ihm beim Zeichnen zu. Am Nachmittag gingen sie ins Kino. Sie parkten drei Straßen weiter. Als er sich dem Kino näherte, fühlte er sich wie ein Schuljunge, der seine Hausaufgaben nicht gemacht hat und die Klasse betritt. Er mischte sich nervös unter die Leute. Sie saßen im Zuschauerraum, und sie flüsterte ihm im Dunkeln die wichtigsten Sätze zu.

Das Radio spielte leise. Die Abende waren kalt; ihnen war kühl. Selbst in diesen südlichen Breitengraden verblaßte das Licht. Sie hatte den Kessel aufgesetzt und stellte die Tassen auf den Tisch – schwache, vertraute Geräusche, die ihn wie Stimmen aus der Ferne trafen. Ein erster Anflug von Panik über ihre Freundlichkeit überkam ihn. Freundlichkeit war nicht, was er brauchte. Sein Leben wurde fortgespült, es fiel in Stücke, trieb wie Papier auf dem Wasser; er brauchte Stunden, die ausgefüllt waren, Arbeit, Verantwortung. Er lächelte ermattet, als sie mit den Tassen zu seinem Stuhl kam und sich neben ihn kniete. Schweigen. In der Art einer Dienerin begann sie, ihm Schuhe und Strümpfe auszuziehen. Seine Füße waren bloß. Sie zog sie zu sich.

«Ihr seid kalt», sagte sie. Sie hielt sie in den Händen. «Ich werde euch wärmen.» Sie redete mit ihnen, als wären sie Kinder. «Ja, so ist's besser, nicht? *Sì*. Ja, ihr seid nicht an den Winter gewöhnt, nicht an die Winter hier. Die sind etwas Neues. Sie können kalt sein, kälter, als ihr euch vorstellen könnt. In euren hübschen englischen Schuhen denkt jeder, daß ihr warm und zufrieden seid. Schaut nur, was für schöne Schuhe, sagen sie, so schöne Schuhe. Ja, sie denken, euch ist warm, weil ihr so hübsch ausseht; sie denken, ihr seid glücklich. Aber Glück findet man nicht so leicht, nicht wahr? Es ist sehr schwer, es zu finden. Es ist wie Geld. Es kommt nur einmal. Wenn du Glück hast, kommt es einmal, und das schlimmste ist, daß man nichts tun kann. Man kann hoffen, man kann suchen, Wut, Gebete. Nichts. Es ist angsterregend, ohne Glück zu sein, auf das Glück zu warten, geduldig, bereit, das Gesicht zu heben und zu strahlen wie ein Mädchen bei der Kommunion. Ja, sagst du dir, hier, hier, ich bin bereit.»

Ihre Wangen waren an seine Füße gedrückt. Sie schien sehr klein.

«Und nichts geschieht», sagte sie. «Es kommt zu allen anderen. Ja, denkst du, es wird auch zu mir kommen. Und jedes Jahr hast du mehr zu geben, nichts davon wird verbraucht, nichts wird genommen, man ist reich, schwer beladen. Und jedes Jahr das gleiche: nichts. Bis es schließlich kaum mehr jemand andern gibt, du stehst allein wie eine einsame Blume auf einer großen Wiese, und es ist Herbst, ja, die Tage werden kürzer, die Gräser biegen sich unter dem Wind. Und die Sonne kommt, und sie scheint immer noch auf dich herab, allein auf diesem großen Feld, die letzte Blume, sie ist schön, ja, gerade deswegen, und man sitzt da an den langen endlosen Nachmittagen und wartet und wartet ...»

Sie war eine Frau von großer Kraft. Sie war zart, aber sie besaß Willensstärke, und sie war von erschreckender Einsamkeit. Die Stadt hallte wieder von dieser Einsamkeit. Die großen Stahlgitter wurden abends geschlossen, die Straßen leerten sich, die Leute verschwanden. In dem einen oder anderen Restaurant und leeren Café gab es noch Licht, der Rest war Dunkelheit, Leere. Die Monumente schliefen, die Katzen kauerten unter parkenden Autos. Es war eine Stadt, die auf Familie und Gesetz ruhte, selbst wenn man sich lustig darüber machte, selbst wenn man es verachtete; alles andere verflüchtigte sich, war vergeblich.

«Du wirst das Glück finden», sagte er zu ihr. Sie aßen zu Mittag. Auch der Winter hatte sonnige Tage, Mittagsstunden unendlicher Ruhe. Er brach ein Stück Brot, um seine Verwirrung zu verbergen, bestürzt darüber, welche Zeitform er für sein Verb gewählt hatte.

«Glaubst du?» sagte sie kühl. Ihr entging nichts.

«Ja.»

«Sehr ermutigend.» Sie betrachtete sein Gesicht. Sie war vorsichtig, gewarnt.

Er bedauerte, was er gesagt hatte, es war, als hätte er versucht, sich aus ihrem Leben zurückzuziehen. Sein Schuldgefühl und die gesunden Gesichter der Leute an den Tischen um sie herum ließen Unruhe und Scham in ihm aufsteigen. Die langen dunklen Haare der italienischen Frauen, ihre leidenschaftlichen Gesichter – um so rührendere Gesichter, weil sie weich waren und ihre Schönheit keine zehn Jahre halten würde –, Paare, die sich unterhielten, Familien, ihr starkes Interesse aneinander, ihr Lachen, all das schien das eheliche Leben zu feiern, das mit seinen vielen Facetten reicher als sein eigenes war, reicher als seines je sein könnte. Er fürchtete die Erkenntnis, daß er mit Lia bereits in das Schweigen pflichtgemäßer Mahlzeiten geraten war, während ihrer beider Aufmerksamkeit zu anderen Tischen abschweifte, zu Leuten, die von den Kellnern an ihre Tische geleitet wurden, während sie darauf warteten, daß man die Gerichte vor sie hinstellte.

«Du bist so still», sagte sie.

«Bin ich das?»

Er wußte nicht, was er ihr sonst antworten sollte. Vor sich sah er – als wäre es schon geschehen – die Frau, die er geheiratet hatte, mit der ihm beschieden war, die restlichen Jahre seines Lebens gemeinsam am Tisch zu sitzen. Er beneidete jeden einzelnen Mann um sich herum, der eine andere geheiratet hatte und sich entspannt unterhielt. Was war auf längere Sicht schließlich wichtiger als das? Es ist das tägliche Brot der Sexualität.

Aber er wußte zugleich, daß es eine Art von Panik war, die ihn stumm machte, daß er nicht er selbst, daß er unsicher war. In dieser Frau steckten tiefe, fast unbesiegbare Sehnsüchte und Triebe. Sie würden sich nicht alle an einem Tag zeigen, sie hatten zu lange in ihr geschlafen. Sie war wie eine Verurteilte, eine Ausgestoßene, an die man glauben mußte, wenn sie nicht ganz verloren sein sollte. Sie brauchte jemanden, der sie rettete. Und diesen Mann würde sie erstaunen, den Mann, der ihr sein Leben widmete. Gedanken über den unterirdischen Fluß gingen ihm durch den Kopf, die Reise, die nur wenige Männer auf sich nahmen, bei der man alles riskierte.

«Weißt du, was ich gern machen würde, Lia ...»

«Nein, was?»

«Ich würde gerne eine kleine Reise machen. Ich würde

gerne mit dir irgendwohin fahren, weg von Rom, nur wir beide. Würde dir das gefallen?»

«Sì, amore.»

«Eine Woche oder so.»

«*Sì*. Kannst du noch ein wenig warten? Meine Eltern wollen verreisen. Das wäre ein günstiger Zeitpunkt.»

«Wohin fahren sie?»

«Nach Sizilien.»

«Wir fahren nach Norden.»

«Keine Angst, sie werden uns nicht finden.»

Er konnte seine Gedanken nicht lange genug kontrollieren, um zu verstehen, was in ihm vorging. Er war so durcheinander. Wurde er auf eine Probe gestellt? War ihm überhaupt noch etwas anderes möglich als dieses Hin und Her zwischen dem Anschein von Glück und Langeweile und Furcht? Oder vielleicht war er wie jemand, der seinen eigenen Schwächen gegenüber blind war, dabei, wiederum eine hoffnungslose Häuslichkeit zu inszenieren und gerade jene Dinge zu wiederholen, die ihn ja hierhergebracht hatten, in dies fremde Land, weit weg von zu Hause.

Manchmal schlief er in der Wohnung, unruhig, allein. Sie kam am Morgen zu ihm. Sie hatte Orangen in der Tasche, Blumen, Fotos aus ihrer Kindheit, von ihrem Vater, der sie zu sehr liebte, Fotos von Mykonos, aus London, als sie fünfundfünfzig Kilo wog – furchtbar, sie drehte sie schnell um, sie waren ihr peinlich, aber sie wollte ihm alles zeigen –, die hausbackene englische Freundin, in deren Landhaus sie ein eisiges Weihnachten verbracht hatte. Sie wollte, daß er ihr Leben teilte. Sie kniete in ihrem weißen Slip auf dem Bett und schälte eine Orange. Sie war ernst, sie sagte nichts. Die Fensterläden waren geöffnet, das Sonnenlicht strömte herein.

Sie zeigte ihm ihre Stadt, das Schlüsselloch auf der Piazza dei Cavalieri di Malta, durch das man einen versteckten

Garten sehen konnte und dahinter, in der Luft schwebend, groß wie die Sonne, die Kuppel des Petersdoms. Sie zeigte ihm Museen und die Ruinen von Ostia, San Giovanni an der Porta Latina mit dem vom Blitz getroffenen Baum, St. Agnese, wo die Barbiere von Rom die Bettler rasierten, kleine Restaurants, Gräber. In den ausgeblichenen roten Putz einer Mauer, wo, als sie noch ein Kind war, ein Verrückter in einer Höhle unter dem Gehweg gelebt hatte – sie hörten ihm immer zu und rannten weg, wenn er aufheulte –, hatte jemand etwas eingeritzt. Viri stand davor und las es. JUNGER MANN, GUTAUSSEHEND, TÜCHTIG, ZIEL: EHE. SUCHT ERNSTHAFTE UND *CARINA* FRAU. Darunter eine Telefonnummer und gewisse unanständige Bemerkungen.

«Ja», sagte Lia trocken. «Ehe.»

«Aber meint er es denn nicht ernst?»

«Wer weiß?»

Es war ein milder Tag. Der Winter war fast vorbei.

6

Im April fuhren sie in den Argentario. Die Straßen waren leer. Sie waren Stunden unterwegs, und in der Wärme der Sonne, die durch die Windschutzscheibe fiel, im weichen Federn des Wagens, war er ruhig und entspannt. Das Land, durch das sie fuhren, war nicht so, wie er es sich vorgestellt hatte. Die Küste war ein kahles Industriegebiet. Es gab keine ruhigen Städtchen, keine Bauernhöfe.

Lia saß am Steuer. Als er sie ansah, mit ihr redete, ihre kleinen Hände betrachtete, wurde ihm bewußt, daß er sich noch immer keine Meinung über sie gebildet hatte. Statt dessen fragte er sich vage, was Nedra dazu sagen würde. Es war, als wartete er nervös auf ihr Urteil. Er stellte sich jede

Antwort vor, sogar einen wegwerfenden Kommentar, er bereitete sich darauf vor, mit ihr zu streiten – eine dieser Streitereien, die ihn immer zur Weißglut brachten, bei denen er nie gewann. «Woran denkst du, *amore*?»

«Woran ich denke? Irgendwie kann ich diese Frage nie beantworten.»

«Sind es geheime Gedanken?»

«Nein, eigentlich nicht.»

«Erzähl sie mir.»

«Nichts ist geheim. Es ist nur, daß man bestimmte Dinge nicht gut ausdrücken kann.»

«Du machst mich neugierig.»

«Ich erzähl es dir heut abend beim Essen», sagte er.

Sie lächelte.

«Du glaubst mir nicht?»

«Ich will nicht aufdringlich sein.»

Das Hotel, das sie ausgesucht hatte, lag an einem Hang. Es war abseits gelegen und teuer. Sie schrieben sich in einem kleinen Rezeptionsgebäude ein, bei einem jungen Mann in gestreiften Hosen und Frack. Ihr Gepäck wurde zu einem der unteren Flügel gebracht, die Tür zu ihrem Zimmer wurde geöffnet. Wie ein Gefangener, der aus dem Verwaltungstrakt durch Korridore geführt wird und schließlich hört, wie die Stahlbolzen seine Zelle verriegeln, fühlte sich Viri in dem Moment, als sie allein waren, unsagbar deprimiert. Der Boden, auf dem er stand, war gekachelt. Das Zimmer war kühl, dunkel, das Fenster lag im Schatten anderer Mauern. Da war ein breites Bett, das aus zwei kleineren Betten bestand, die man einfach zusammengeschoben hatte. Das Bett nahm fast den ganzen Raum ein.

«Es tut mir leid», sagte er zu ihr. «Gefällt dir das Zimmer?» Sie sah sich kurz um und zuckte mit den Achseln.

Er ging die Treppen hinauf zum Büro, wo man ihnen

nach vielem Blättern im Gästebuch – obwohl das Hotel fast leer war – und langen Diskussionen zwischen dem Empfangschef und jemandem im Hinterzimmer, der unsichtbar blieb, ein anderes Zimmer gab – eine Suite.

Viri konnte sich nicht dazu bringen, Italienisch zu sprechen.

«Und der Preis, ist er derselbe?»

«Ja, derselbe Preis», sagte der Mann an der Rezeption, ohne sich die Mühe zu machen aufzusehen.

«Danke.»

«Selbstverständlich, der Herr.»

Nach dem Mittagessen gingen sie hinunter zur *cala*. Die Sonne war warm. Der Abstieg führte in Serpentinen an Villa um Villa vorbei – alle neu, alle mit frisch angelegtem Rasen. Lia sprach darüber, wo sie in Rom leben könnten, in was für einer Wohnung. Seine Gedanken schweiften ab. Die Dächer der Villen, die kleinen Auffahrten sahen alle gleich aus. Von Zeit zu Zeit gab er einen zustimmenden Laut von sich. Er versuchte, entspannt zu wirken.

Sie lagen am Strand mit seinem groben Sand. Die Bar aus Bambus und Palmwedeln war geschlossen, es war noch zu früh in der Saison.

«Erzähl mir etwas», sagte sie. «Du erzählst so wenig von dir. Mich fasziniert dein Name. Wie kommt es, daß man dir den Namen Vladimir gegeben hat?»

«Es ist ein russischer Name. Meine Familie stammt aus Rußland.»

«Aus welchem Teil?»

«Ich weiß nicht. Aus dem Süden.»

Er lag schweigend da. Ein einsamer Strandwärter harkte Seetang zusammen. Das Wasser war noch zu kalt, man konnte nicht baden. Als er an sich herunterblickte, sah er plötzlich die dünnen weißen Beine seines Vaters. Er wikkelte sich in das Badelaken. Lia, immer ein wenig ge bräunt, exotisch, fremd, hatte vom Wind eine leichte Gänsehaut. «Willst du ein Badelaken?»

«Ich mag die Sonne lieber», sagte sie.

«Wie ist es so in Sizilien?»

«Ich war noch nie in Sizilien.»

Sie gingen langsam den Hang hinauf. Es war sehr weit, er hatte auf dem Weg nach unten versucht, nicht daran zu denken. Zweimal machte sie halt, um sich auszuruhen, und er stand da und wartete, einmal direkt vor einem Müllhaufen. «Sie werfen den Abfall einfach überall hin», sagte sie. «Weißt du, sie streiken momentan, *amore.* Sie holen ihn nicht mehr ab.»

Ihm begannen die grünen Plastiksäcke aufzufallen, die längs der Straße ins Gebüsch geworfen worden waren.

«Wir hätten runterfahren sollen», sagte er.

«Sì.»

Am späten Nachmittag hing ein Geruch von Feuchtigkeit im Zimmer. Er bemerkte eine Mücke, die oben an der Wand entlangschwebte. Er lag auf einem kleinen Diwan neben der Terrassentür, Lia lag neben ihm. Ihr Morgenmantel war offen – er hatte ihn aufgemacht –, ihre Augen lagen im Schatten. Die schwarze Vertiefung ihres Nabels, das noch schwärzere Schamhaar schimmerten zu ihm herauf wie dunkle Steine auf dem Grund eines Teiches. Sie war dünn, ihr Fleisch war weich, sie bekam leicht blaue Flecken. Da war er nun zwischen ihren Beinen, sie lag unbedeckt da, ausgestreckt auf ihrem Morgenmantel. Die Mücke war nicht mehr zu sehen, war verschwunden. Sie umklammerten einander, gleichgültig, nackt, beschmutzten die zerdrückte Decke, die auf der Matratze lag.

Der Akt war beschämend, ein Akt der Langeweile und Verzweiflung, den man vollzog, weil alles andere fehlgeschlagen war. Es war schnell vorbei. Er lag an ihrer Seite und schob den Arm unter ihren Kopf, zugleich zog er den

Morgenmantel über sie, als wäre sie ein Laden, den er für die Nacht schloß – ein Laden, mit dem man sprechen mußte. Sie sagte nichts. Sie lag in der Dunkelheit, ohne sich zu bewegen.

In Porto Santo Stefano fanden sie ein Restaurant und setzten sich an einen Tisch. Nur noch ein Tisch war besetzt. «Ich glaub, wir sind ein wenig früh dran», sagte er.

«Sì.»

Er hoffte auf das Essen, vielleicht konnte es ihm etwas von der Freude zurückgeben, die von ihm gewichen war, so wie man auf Medikamente hofft oder auf ein Vergnügen. Er las die Karte, er las sie noch einmal wie ein Mann, der nach etwas sucht, das unerklärlicherweise fehlt. Der Kellner stand dicht hinter ihm.

Sie sei nicht hungrig, gestand Lia. Ihre Eröffnung entmutigte ihn. Er begann, ihr Dinge vorzuschlagen, die sie vielleicht mochte.

«Bollito misto.»

«Nein.»

«Sie haben auch Fisch.»

«Nichts, *amore.*»

Das Restaurant war leer; sogar die Straße draußen war ruhig. Er nahm sich Salz aus dem kleinen Glasschälchen, er stippte mit der Messerspitze hinein und klopfte dann mit dem Finger dagegen. Er versuchte, den Wein zu trinken. Er hatte zuviel bestellt.

Sie sah ihm beim Essen zu und sagte wenig. Sie war wie eine Fremde, der er auf einer Reise begegnet war, plötzlich wußte er nicht, ob er ihr trauen konnte. Er war sich sicher, daß sie seine Nervosität spürte. Der Kellner saß neben der Tür zur Küche; der Besitzer schien halb zu schlafen.

«Es ist, als wären wir im Exil», sagte Viri. «Die *tagliatelle* sind gut. Probier mal.»

Sie nahm einen Bissen. In dem verlassenen Raum, einem Raum, der wirkte, als würde darin gleich ein Mord geschehen, hielt seine Hand ihr die Gabel hin.

«Willst du zurück nach Rom?» fragte sie.

Er fühlte sich schuldig. Er hatte das Gefühl, daß er alles verdarb. «Ich weiß nicht. Wir können das doch morgen entscheiden», sagte er. «Ich bin ein wenig nervös, ich weiß auch nicht, warum. Ich bin mir sicher, daß es weggehen wird. Und das Hotel ... Vielleicht ist es das Wetter oder sonstwas. Gib mir ein, zwei Tage Zeit, dann kommt das schon in Ordnung.» Und später, im Bett, sah er sie näher kommen, die Arme heben und das Nachthemd ausziehen. Sogar diese Handlung machte ihm angst. Sie schlüpfte neben ihn, nackt, ohne Eile. «*Amore*, natürlich werde ich warten», sagte sie. «Du weißt das doch. Ich bin dein», sagte sie mit einer Stimme, die ohne Hoffnung war. «Mach mit mir, was du willst.»

7

Die Schrecken der Verbannung, einer unbekannten Welt. Was am Anfang neuartig und interessant ist, verhärtet sich langsam zu unabänderlichem Leben, das Lachen verblaßt, es ist wie eine schwere Schule, die niemals enden wird. Er erkannte die Ferien nicht wieder. Selbst Sonntage waren bedeutungslos, gefürchtet, alles war wie ein Buch mit sieben Siegeln.

Adorato, flüsterte sie, *amore dolce*. Verzeih dieses unerbittliche Werben. Sie habe nur noch wenig Kraft, sich zurückzuhalten, sagte sie. Sie habe Sehnsüchte, wie sie nur ein Waisenkind kenne. Sie begann, die Hoffnung aufzugeben. Irgendwie gab ihr das Kraft. Sie zog die entsetzliche, verzweifelte Sehnsucht, die sie vor ihm ausgebreitet hatte, wieder zurück. An ihre Stelle trat eine Art aristokratischer Ergebenheit. Sie fuhr mit ihren Eltern nach Mailand. Sie gingen in die Oper. Sie ließ sich die Haare schneiden. *Der Hotelbesitzer will, daß seine Tochter sich ihr Haar so wie ich schneiden läßt*, schrieb sie. Sie gingen in Ausstellungen, sie machten Einkäufe. *Selbst das kann die Einsamkeit nicht ganz töten. Ich sehne mich nach dir. Ich rauche jeden Abend eine Zigarre. Sie nennen mich Cigarello, braun und dünn.* Sie kehrte witzig und schön zurück. Ihre Augen waren kühl. Sie wolle nur ihn, sagte sie. Sie lebe eine Leidenschaft wie d'Annunzio, eine der Geduld und Verzweiflung. Ich würde gerne in deiner Hand liegen wie ein Stück Seife, das du besonders magst. Sie saßen auf einer Bank in der Villa Borghese und aßen Milchschokolade aus der Folie. Die Farbe ihrer Brustwarzen, sagte sie später. Sie mußte abends zum Essen nach Hause. *Ciao*, mein Schwan, lächelte sie.

Sie wurden an einem Sonntag getraut. Lias Mutter schenkte Viri einen emaillierten französischen Ring aus Familienbesitz. Sie glaubte an ihn. Beim Hochzeitsdiner war sie ausgelassen, ihre größte Sorge war verschwunden. Selbst der Bruder war herzlich.

Sie begannen ein zweites Leben. Sie wohnten an der Via Giulia in einer Wohnung im dritten Stock. Man stieg ein ovales Treppenhaus hinauf. Sie war nicht groß, aber sie hatte ein Arbeitszimmer. Sie hatten Morgensonne, eine kleine Küche, ein Bad. Lia war sehr glücklich. Eine intellektuelle Wohnung, sagte sie.

Sie lebten ruhig, sie hatten Frieden gefunden in Vecchia Roma, dem Teil der Stadt, den er mochte. Er begann zwischen den Geschäften, auf den Straßen spazierenzugehen, auf Wegen zur Piazza Navona, zu Sant'Eustachio. Er schlief gut. Er war schlank. Er arbeitete mit Cagli und Rova. Er wirkte jünger, er hatte weniger Falten im Gesicht, oder sie verblaßten jetzt, da sie nur aufgrund seiner Unsicherheit so tief gewesen waren. Vielleicht lag es am Licht.

Die Tür hatte zwei Schlösser. «Rom ist voller Diebe», sagte Lia.

Er stand neben ihr, wenn sie den Schlüssel zwei-, drei-, viermal im Schloß umdrehte und den Bolzen immer tiefer in den Rahmen trieb. Auch für unten gab es einen Schlüssel und zwei für das Auto. Er erinnerte sich, daß sie früher nie irgend etwas abgeschlossen hatten, außer wenn sie in die Stadt fuhren. Er erinnerte sich an den Fluß, die von der Sonne warmen trockenen Rasenflächen im Herbst. Er sehnte sich nach zu Hause.

Er erkannte den Zustand wieder, in dem er sich befand. War ich nur für so kurze Zeit frei? dachte er. Wenn er zurückblickte, schien diese Zeit von einer trügerischen Schönheit. Sein Leben war von alten Gemäuern umschlossen, von Familien, mit denen er nicht verwandt war, von Bräuchen, die sich niemals ändern würden. In den kleinen Räumen der Wohnung, in den engen Straßen schienen ihm alle Fehler Lias förmlich entgegenzuspringen, als wollten sie endlich erkannt werden: ihre Nervosität, ihr Mangel an Unabhängigkeit, ihr Bedürfnis nach Liebe. Er erkannte, daß sie sich allein nicht amüsieren konnte, daß sie ohne ihn verzweifelt war.

«Ich liebe dich», erklärte sie ihm. «Ich will bei dir sein, *amore*. Stoß mich nicht zurück, hungere mich nicht aus.»

Er konnte sie nicht davon abbringen. Er sah in ihren Augen, wie sehr sie meinte, was sie sagte. Ihre Hingabe war zu stark, sie hatte etwas Mitleiderregendes.

Sie fuhren aufs Land nach Montarozzo, einem einfachen kleinen Ort, um dort Mittag zu essen. Es war ein milder Tag, wie der erste Tag einer Rekonvaleszenz. Sie trug einen marineblauen Rock und eine ärmellose Bluse. Auf den Feldern spielten kleine Mädchen in Kommunionskleidern, weiß im Sonnenschein, während ihre Familien an Tischen saßen und aßen. Jenseits des Feldes lagen Zuggleise. Manchmal fuhr ein langer Schnellzug vorbei, der die Blicke auf sich zog.

Sie aß wie immer sehr wenig, er war daran gewöhnt. Seine Verwirrung hatte sich gelegt, er hatte verstanden. Er befand sich auf keiner Reise, er würde sein Leben hier verbringen, dieses würde sein Leben sein, dieses und kein anderes. Geduld, sagte er sich; es wird sich öffnen, sich entfalten. Das Brot war köstlich. Er tunkte Stücke davon in seinen Wein wie ein Bauer. Dies war ihr Meer, dieses Sonnenlicht, das durch die Weinblätter auf sie beide herabfiel. Sie strahlte darin. Ihr Haar war kurz und schimmernd, ihre Schüchternheit fiel von ihr ab. Die schwachen Ränder unter ihren Augen, blau, immer sichtbar, ließen sie sinnlich erscheinen. Sie war wie ein Flüchtling, eine Frau, die Armeen hatte vorbeiziehen sehen, Zerstörung, Sinnlosigkeit. Sie hatte das alles überlebt, sie war lebendig daraus hervorgegangen.

«Du bist ein sehr guter Architekt. Weißt du, sie haben großen Respekt vor dir.»

«Wirklich?»

«Sie mögen dich sehr.»

Er lächelte vage, aber er freute sich. «Es wäre doch merkwürdig, in Amerika versagt zu haben und hier etwas zu erreichen, findest du nicht?»

«Nein. Du hast eben hierherkommen müssen.»

«Wahrscheinlich.»

«Um mich zu entdecken», sagte sie.

«Dich zu entdecken ...»

«Ja, wie einen Pilz. Du hast die Blätter beiseite geschoben, und da war ich plötzlich.» Sie schien ruhig, ergeben. «Du hast die Nase eines Trüffelschweins, *amore.*»

«Meinst du?»

«Du hast Intuition», sagte sie. «Sie ist sehr stark, sehr ausgeprägt. Ich interessiere mich für diese Dinge, weißt du, ich beschäftige mich damit. Ich werde am Ende noch eine Mystikerin werden», gestand sie. «Wenn die Zeit dafür reif ist. Wenn mich die letzten Gelüste des Fleisches verlassen haben», fügte sie mit einem leisen Lächeln hinzu.

Es gab eine Hellseherin, eine Frau, die mit vielen Tieren zusammenlebte. Lia ging sie oft besuchen. Viri begleitete sie. Sie lebte in einer normalen Wohngegend, in einem Haus wie alle anderen, modern, kalt. Die Wohnung war voller Pflanzen, Vögel, bizarrer Gemälde, Aquarien. Es gab noch andere Besucher: Paare, die sich Kinder wünschten, Frauen mit kränklichen Söhnen. Signora Clara legte die Hand auf. Sie sprach zu ihnen, ihre Stimme war mühevoll, wie von fern. Das weiche Blubbern der Pumpen in den Aquarien stieg hinter ihr auf. Zu Viri sagte sie: «Kommen Sie, sehen Sie sich das an. Sprechen Sie Italienisch?»

Sie standen vor dem trüben Wasser, durch das ein perlender Strom von Bläschen aufstieg. Sie trug Pantoffeln, ihr Pullover war aufgeknöpft.

«Das sind meine Kinder», sagte sie.

Die Fische hingen im durchsichtigen Dunkel, ihre Bewegungen waren merkwürdig abrupt. Sie tippte sachte gegen das Glas.

«Kommt, Kinder, kommt», sagte sie und griff langsam in das Aquarium, zärtlich nahm sie einen in die Hand und hob ihn heraus. Er lag ruhig in ihrer feuchten Hand. «Alles Leben ist eins», sagte sie.

Sie lebte mit ihrem Dienstmädchen zusammen. Sie habe einen Mann und Familie, sagte Lia, aber sie habe sie verlassen, um sich ganz ihrer Arbeit zu widmen.

In jedem von uns gebe es zwei Keime, sagte die Frau zu

Viri: einen lebendigen und einen toten. «Sie lieben den toten.» Er wußte nicht, was sie meinte.

«Sie kann heilen», sagte Lia. «Sie weiß alles.»

«Auf mich macht sie einen kalten Eindruck», sagte Viri. «Sehr distanziert.»

«Ja, sie ist kalt. Alles zu verstehen heißt, nichts zu lieben», zitierte Lia.

Sie machte ihm Tee, sie hielt seine Kleider in Ordnung, sie ließ ihm sein Badewasser ein. Die Regale des Medizinschränkchens waren mit ihren Cremes und Lotionen vollgestellt. In dem Hof, auf den die Badezimmerfenster hinausgingen, sah es immer gleich aus. Es war Abend. Wenn er herauskam, lag sie da, nackt, mit olivfarbener Haut, gertenschlank. Er putzte sich die Zähne mit italienischer Zahnpasta, er aß italienisches Fleisch, er verschwand Tag für Tag in den alten Straßen, in der dunkelgesichtigen Menge. Er stieg in die großen grünen Busse mit den silbernen Nummernschildern und fuhr – sie immer weniger beachtend – an den alten, verwitterten Säulen vorbei, den Schwärze tränenden Statuen. Er verlor sich unter ihnen, den Passagieren, Zuschauern, Menschenmengen, er war genau wie sie zu den bescheidensten täglichen Handlungen verurteilt. Er bog um Straßenecken, die im prallen Sonnenlicht lagen, verschwand im Schatten von Markisen, auf denen TRATTORIA stand, blieb vor Buchläden stehen.

Es gab Stunden am Nachmittag, bevor es Abend wurde, in denen er sich verzweifelt nach seinen Kindern sehnte. Er schrieb ihnen wie im Fieber, Briefe, die er kaum zu Ende schreiben konnte, da ihre Gesichter vor ihm auftauchten, gemeinsam verbrachte Tage. Seine Handschrift war wie die eines Kranken. *Seid großzügig*, schrieb er, *lernt die Bedeutung von Freude, tragt meine Liebe Euer ganzes Leben lang in Euch.*

Er war sanft, gefaßt. Mahlzeit reihte sich an Mahlzeit, sie gingen von Restaurant zu Restaurant, Mahlzeiten, bei denen sie über leeren Tassen verstummten.

«Harakiri?» schlug sie mit ernster Miene vor und nahm ein Messer auf.

Er schaffte es zu lächeln. «Hab Geduld mit mir», sagte er zu ihr. Ihm fiel nichts anderes ein.

Und spätabends sprach sie zu ihm. Wenn nötig, weckte sie ihn auf, und er lag da und hörte zu.

«Ja», sagte sie, «du hast Angst, ich weiß, daß du Angst hast. Ich kenne deine Gewohnheiten, ich kenne deine Gedanken. Du hast mich nur mir zuliebe geheiratet, aber nicht deinetwegen – noch nicht. Das wird noch kommen. O ja. Es wird kommen, weil ich warten werde. Ich bin wie ein Füllhorn, ich fließe förmlich über. Ich bin nicht süß – nein, nicht so, daß man es beim ersten Mal schmeckt. Aber süße Dinge vergißt man schnell, süße Dinge sind schwach. Ich habe die Geduld zu warten, ja, so lange wie nötig. Ich werde einen Monat warten, ein Jahr, fünf Jahre, ich werde hier sitzen wie eine Witwe und eine Art *napoleone* spielen, weil ich dich langsam, ganz langsam hörig machen werde. Ich werde es tun, wenn der Moment gekommen ist, wenn ich weiß, daß die Zeit reif ist, es zu schaffen. Bis dahin werde ich an deinem Tisch sitzen, ich werde bei dir liegen wie eine Konkubine – ja, ich werde mich dir in jeder Weise hingeben, ich werde in deine Phantasien einbrechen, ich werde sie ausrauben und die einzelnen Stücke behalten, um dich mit ihnen zu hypnotisieren. Ich werde sagen: ‹Diese Dinge, von denen du träumst, ich werde sie wahr machen.› Ich werde dein arabisches Mädchen sein, ich werde dich nackt bedienen, ja, ich werde dir das Essen zwischen meinen Zähnen reichen, ich werde deine Tochter sein, ich werde deine Hure sein. Du kannst dir nicht vorstellen, was ich weiß – nein, niemals –, was ich mir ausgemalt habe. *Amore*, das Geheimnis ist, Mut zum Leben zu haben. Wenn du den hast, wird sich früher oder später alles ändern.»

Er stand auf und ging ins Bad, um ihr zu entkommen. Ihre Intensität, die Einsamkeit ihrer Stimme überwältigten ihn. Im Spiegel sah er einen Mann mit weißem Gesicht, als hätte man ihn gerade geweckt. Er schien sterblich, schwach. Er sah deutlich, daß sich etwas Unvorstellbares abzuzeichnen begann: Er wurde ein alter Mann. Er konnte es nicht glauben, er mußte es verhindern, er konnte es nicht zulassen – und doch war es zugleich der Sinn seines ganzen Lebens.

Sie klopfte an die Tür. «Ist alles in Ordnung, *amore*?»

«Ja.» Er öffnete die Tür. Sie hatte sich ihren Morgenmantel angezogen. «Ja, alles in Ordnung.»

«Komm», sagte sie. «Ich werd dir einen Tee machen.»

Seine Fortschritte waren langsam, wie das Verstreichen der Tage, aber mit der Zeit bemerkte er die Kälte der Fliesenböden nicht mehr, das schrille Klingeln des Telefons, die Hähne, aus denen das Wasser so schwach herauslief, als wäre man mitten in einer Dürreperiode. Nach endlosen Depressionen, schlaflosen Nächten, der Erkenntnis, daß das Leben, das er angenommen hatte, unglücklich und ohne Hoffnung war, hellte sich seine Stimmung langsam auf, er wurde sogar ruhig. Es war ihm möglich, zu lesen und zu denken. Die Tage zogen still herauf. Ich hab es überstanden, dachte er. Wie der Überlebende eines Schiffbruchs prüfte er, ob noch alles an ihm ganz war. Er faßte Arme und Beine an, das Gesicht, er begann mit dem lebenswichtigen Prozeß zu vergessen, was vorüber war.

Er durchlebte eine Phase des Friedens, der Zufriedenheit mit dem täglichen Leben. Er sah sich dankbar um. Es erschien ihm immer noch nicht ganz wirklich, es war eine

Art Szenerie, die er betrachtete wie jemand, der in einem Zug saß, manches davon war lebendig, wenn es vorüberzog, anderes karg.

8

Im Briefkasten lag ein Umschlag, der in der klaren Handschrift adressiert war, die er sofort wiedererkannte. Er riß ihn im Flur auf und begann mit klopfendem Herzen zu lesen. *Liebster Viri* … Wie direkt sie über die Meilen, über alles hinweg zu ihm sprach. Seine Augen eilten durch die Zeilen. Er erwartete immer, daß sie ihm sagte, sie habe sich geirrt, sie habe ihre Meinung geändert. Es gab keinen Tag, keine Stunde, in der seine unmittelbare, vorbehaltlose Reaktion nicht gewesen wäre, sich zu ergeben. Er war wie einer dieser Kriegsveteranen, lange pensioniert, die eines Tages der Ruf zu den Waffen erreicht; nichts kann sie halten, ihre Herzen leben auf, sie legen ihre Werkzeuge nieder, verlassen ihre Häuser, ihr Land und ziehen los.

Sie wollte sich zehntausend Dollar leihen; sie brauche es, sagte sie – *du weißt, wie das Leben ist.* Sie versprach, es zurückzuzahlen.

Zehntausend Dollar. Er wagte nicht, Lia davon zu erzählen; er wußte, was sie sagen würde. Der Materialismus im italienischen Leben, seine Härte durchdrang alles. Die Frau, die bei ihnen saubermachte, bekam zwanzigtausend Lire in der Woche, so viel, wie ein Paar Schuhe auf der Via Veneto kostete, nicht einmal so viel. Wie sollte er es ihr beibringen? Rom war eine südliche Stadt, eine Metropole, die sich auf den eisernen Achsen von Geld und Reichtum bewegte, die Banken sahen aus wie Leichenhallen. Sie fletschten die Zähne, wenn es um Geld ging, die Italiener, sie zeigten sie wie Hunde.

Lia las den Brief. Sie schwieg, kalt. «Nein», sagte sie, «das kannst du nicht machen. Wozu braucht sie Geld?»

«Sie hat mich nie um etwas gebeten.»

«Sie wird dich ausnehmen wie eine Gans. Für sie bedeutet Geld nichts, das hast du selber gesagt, sie wirft es zum Fenster raus. Wenn du ihr jetzt Geld gibst, wird sie in einem halben Jahr wiederkommen.»

«Sie ist nicht so.»

Er konnte es ihr nicht erklären, das war ihm klar, nicht dieser Frau, die plötzlich mißtrauisch war, wachsam. Sie war abschätzend, sie war sicher, sie kannte die Sprache, das Getriebe dieser Welt.

Beim Abendessen griff sie das Thema wieder auf. Das desolate Klirren der Gabeln hing in der Luft.

«*Amore*, ich möchte dich etwas fragen.»

Er wußte, was kommen würde.

«Ja, natürlich weißt du es», sagte sie.

Sie schien mutlos, bezwungen, als hätte sie die Gegenwart dieser anderen Frau akzeptiert.

«Schick es nicht», bat sie ihn.

«Lia, warum?»

«Schick es nicht.»

«Also gut», sagte er.

«*Amore*, glaub mir. Ich weiß, wovon ich rede.» Sie war die Hüterin einer bitteren Erkenntnis.

«Aber die Wahrheit ist», sagte er mit ruhiger Stimme, «daß du es nicht weißt.»

Es herrschte Stille. Sie trug die Teller in die Küche. Sie kam zurück. «Hast du je von Paul Malex gehört?» fragte sie.

«Nein.»

«Paul Malex ist ein Schriftsteller, er ist *die* Intelligenz in Europa. Hast du nie von ihm gehört?»

«Ich glaube nicht.»

«Glaub mir, sein Wissen, seine Einsichten – es gibt niemanden, der auch nur im mindesten an ihn herankommt. Er kann fließend Griechisch und Arabisch lesen. Er bewegt sich in den erlesensten Zirkeln Europas.»

«Was hat das damit zu tun ...»

«Malex ist unter das Plankton getaucht. Er ist unter eine bestimmte gedankliche Ebene getaucht wie unter die Meeresschicht, wo die Wale ihre Nahrung finden. Darunter gibt es nur Schwärze, Kälte, Ungeheuer mit großen Zähnen, die sich gegenseitig verschlingen, den Tod. Er ist da eingedrungen. Er tut das, wann immer er will. Er erkennt da Strukturen, die grundlegenden Strukturen des Lebens.»

Er hatte den Faden verloren. «Wovon redest du eigentlich?» fragte er.

«Ich rede davon, daß man in Europa bestimmte Dinge einfach weiß. Sie haben sich immer wieder bewahrheitet. Diese Stadt ist fast dreitausend Jahre alt. Du wirst sehen.»

Der Brief lag auf der braunen Marmorplatte der Kommode in ihrem Schlafzimmer, seine Worte unsichtbar im Dunkeln. Sie waren schnell geschrieben, wie Nedra es immer tat, lange Sätze, ohne Pause, Worte, die man wie eine Beleidigung oder ein genaues Urteil noch einmal lesen mußte, da man sich nie genau an sie erinnern konnte, sie waren wie ihre Verfasserin, instinktiv, glitzernd, wie der kurze Blick auf einen Fisch im Wasser.

... du weißt, wie wenig ich dazu neige, auf Dinge zurückzukommen, die vorbei sind, aber ich wünschte wirklich, wir hätten uns damals ein kleines Haus in der Nähe von Amagansett gekauft. Entweder ein Haus oder ein paar Hektar Land. Marina hat mir erzählt, wieviel sie jetzt für ein Stück Land verlangen, und ich konnte es kaum glauben. Ich nehme an, der Grund, warum wir es nicht getan haben, war derselbe wie immer: Wir hatten kein Geld. Ich

beschäftige mich momentan mit sehr interessanten Dingen, die ich schon immer tun wollte. Ich arbeite halbtags in einem Blumenladen, es ist ideal für mich, so als ginge ich zu Leuten, deren Haus ich besonders mag. Genaugenommen gibt es nur wenige Blumen dort. Vor allem Grünpflanzen. Es hört sich jetzt, wo ich es schreibe, nicht gerade überwältigend an – ein Blumenladen –, aber vielleicht laß ich's auch wieder sein und mache etwas anderes. Viri, es gibt da einen großen Gefallen, um den ich dich bitten möchte – ohne lange Erklärungen …

Die ganze Nacht über lagen diese Worte zusammengefaltet da. Sie kamen wie so viele andere Bittschriften in Rom an, jetzt warteten sie, sie hatten sich in die Welt all dessen begeben, was abhängig, geduldig, verzweifelt war. Und doch waren sie gefährlich. Sie lagen zwischen Kristallflaschen, zerknitterten Lirescheinen, einem Kamm, einem goldenen Kugelschreiber. Sie lagen dort, als es dämmerte.

Lia war nackt, sie kniete neben seiner Hüfte. Das Morgenlicht erfüllte das Zimmer, er war noch im Halbschlaf. Sie knöpfte die zerschlissenen weißen Knöpfe seines Pyjamas auf, ihre kühlen Finger zögerten nicht, sie war ruhig, sicher, die arabische Frau, wie sie es ihm geschworen hatte. Sein Kopf lag auf die Seite gerollt, seine Augen waren geschlossen.

«Sieh mich an», befahl sie.

Sie war dunkel, wie ein Mädchen von der Straße, die helle Morgensonne fiel hart auf eine Seite ihres Körpers.

«Sieh mich an», sagte sie. Sie war der schmale Strahl eines himmlischen Lichts; ihre Arme waren dünn, ihre Brüste wie die einer Sechzehnjährigen.

Sie zögerte. Ihre Bewegungen waren langsam wie im Traum, sie stützte sich neben ihren Schenkeln auf die Hände. Der Brief war ihr Publikum, sie gab eine Vorstellung für ihn, als hätte er Augen, als wäre er ein armes, machtloses Kind, dem sie ihre Schamlosigkeit zeigte, ihre Kraft. Ihre Stimme zitterte, als sie sich nach vorne beugte.

«Ja», flüsterte sie, «ich werde deine Hure sein.»

Sein Kopf lag zurückgebogen, wie abgetrennt zwischen den Kissen. Seine Gedanken überschlugen sich.

«Alles», schwor sie.

Danach verließ sie das Bett. Sie war zielstrebig, ohne Hast, ihre Vorstellung war noch nicht beendet. Die Tür zum Badezimmer schloß sich hinter ihr. Er lag da, während das Zimmer um ihn herum still wurde, die Wände verblaßten, die Decke, so wie silbernes Wasser sich nach dem Sprung eines großen Fisches beruhigt. Er war Zeuge dieser Szene, dieses Kampfes zwischen der Welt der Erinnerung und der des Fleisches, und seine Gedanken wandten sich unwiderstehlich dem wieder zu, was sie ihn zu vergessen anflehte: Nedra, die trotz des Briefes weiterlebte, deren Leben immer noch Stärke ausstrahlte, in deren Kielwasser er immer geschwommen war – selbst bevor sie Mann und Frau wurden, bevor, während, nachdem. Und dann dachte er an ihre Rivalin, die ihm angst machte. Diese Frauen, mit ihren Bedürfnissen und ihrer Gewißheit, ihrer blendenden Selbstsucht, ihrem Lächeln – er würde sie nie erobern, er war zu ängstlich, zu nachgiebig. Er war ihnen gegenüber hilflos; er war ihnen nahe, ja, ungeheuer nahe, sogar verwandt, aber zur selben Zeit absolut verschieden und allein, wie ein fußlahmer Rekrut in der Kaserne.

Er lag allein zwischen den Laken des noch warmen Betts. Er hatte sich die Decken bis über die Hüften gezogen, er konnte die Feuchtigkeit spüren, dicht und kalt unter seinem Bein; allein in dieser Stadt, allein auf diesem Meer. Die Tage lagen verstreut um ihn herum; er war ein Trunkener der Tage. Er hatte nichts erreicht. Er besaß sein Leben – es war nicht viel wert –, es war nicht wie ein Leben, das, auch wenn es vorbei war, wirklich etwas dargestellt hatte. Wenn ich nur Mut hätte, dachte er, wenn ich Glauben besäße. Wir retten uns über die Zeit, als wäre das von irgendeiner Bedeutung, und immer auf Kosten anderer. Wir horten uns. Wir haben Erfolg, wenn die anderen scheitern, wir sind klug, wenn sie dumm sind, und wir ziehen weiter, klammern uns fest, bis keiner mehr da ist – bis wir ohne einen einzigen Begleiter sind außer Gott. An den wir nicht glauben. Der, wie wir wissen, nicht existiert.

9

Der Tod nimmt die letzten Schritte schnell, als wäre er in Eile.

Nedra war krank. Sie gab es nicht zu, aber sie fühlte sich plötzlich in der Stadt unwohl. Sie wollte den freien Himmel, sie wollte das Unsichtbare. Wie die zur Laichzeit flußaufwärts ziehenden Wesen, die sich dabei, ohne es zu wissen, auf ihren letzten Weg machen, die irgendwie über unglaubliche Entfernungen nach Hause finden, fuhr sie – es war Frühlingsanfang – nach Amagansett und mietete sich ein kleines Haus, das früher einmal der Geräteschuppen einer Farm gewesen war. Um es herum standen Apfelbäume, die schon lange nicht mehr trugen. Die Dielen waren abgelaufen und glatt. Das Dorf und die Felder, alles war leer und still. Hier baute sie ihren Aschram, unter dem weiten Himmel, manchmal an einem Feuer, am ausgefransten Rand des Kontinents.

Sie war siebenundvierzig. Ihr Haar war voll und schön, ihre Hände kräftig. Ihr schien, daß alles, was sie gekannt und gelesen hatte, ihre Kinder, ihre Freunde, Dinge, die früher unvereinbar gewesen waren, widerstreitend, endlich zur Ruhe gekommen wären und ihren Platz in ihr gefunden hätten. Ein Gefühl der Ernte, des Überflusses erfüllte sie. Sie hatte nichts zu tun, und sie wartete.

Sie wachte in der Stille eines Schlafzimmers auf, das noch kühl und dunkel war. Sie war nicht schläfrig, sie spürte, daß die Nacht vorüber war. Die knorrigen Äste der Apfelbäume bewegten sich im lautlosen Wind. Die Sonne war noch nicht aufgegangen. Der Himmel im Westen war von tiefstem Blau, die Wolken beinahe zu leuchtend, zu dicht. Im Osten war er fast weiß. Ihr Körper und Geist waren entspannt, sie waren zur Ruhe gekommen. Sie bereiteten sich auf die letzte Verwandlung vor, die sie nur erahnte.

In Rom saß die alte Frau, die für Lia putzte, auf einem Stuhl und weinte. Sie war achtzig. Sie war langsam, aber immer noch imstande zu arbeiten. Ihre Hände waren durch das Alter fühllos geworden.

«Was haben Sie?» fragte Lia. «Was ist passiert?»

Die Frau weinte einfach nur hilflos weiter. Ihr Körper wurde geschüttelt.

«*Ma come*, Assunta?»

«Signora», schluchzte sie, «ich will nicht sterben.» Sie saß da, in der Küche, todunglücklich.

«Sterben? Sind Sie krank?»

«Nein, nein.» Ihr Gesicht war abgehärmt und flehend, das Gesicht eines uralten Kindes. «Ich bin nicht krank.»

«Aber wovon sprechen Sie dann?»

«Es ist nur, daß ich Angst habe.»

«Oje», sagte Lia sanft. «Sie dürfen sich nicht so aufregen. Das ist doch töricht.» Sie nahm die Hand der alten Frau. «Es wird alles gut werden, machen Sie sich keine Sorgen.»

«Signora ...»

«Ja?»

«Glauben Sie, es gibt etwas danach?»

«Assunta, weinen Sie doch nicht.» Wie rührend alte Menschen sind, dachte sie. Wie ehrlich, ohne jede Verstellung, ohne Stolz.

«Ich habe Angst.»

«Ich erzähl Ihnen, wie es ist», sagte Lia beruhigend. «Es ist, als wäre man müde, sehr, sehr müde, und dann schläft man einfach ein.»

«Glauben Sie?»

«Ein wunderschöner Schlaf», sagte sie. «Ein Schlaf, den nur diejenigen, die eine lange Zeit gearbeitet haben, sich verdienen und der niemals endet.»

Sie war herzlich, sie tröstete sie mit der Kraft derer, die nichts zu verlieren haben. Es war ihr vollkommen unmöglich, sich das Ende ihres Lebens vorzustellen. Vor ihr lagen noch Jahrzehnte, Reisen nach Paris im Dezember mit ihrem Mann, Abendessen in kleinen Hotels am Place Vendôme, die Lichter und der Weihnachtsschmuck draußen vor dem Fenster, Austern – ihre ersten – am kalten Nachmittag, daneben die Zitronenhälften, die kleinen eckigen Brotscheiben.

«Ein wunderbarer Schlaf», sagte sie.

Die alte Frau wischte sich die Tränen ab. Sie war jetzt ruhiger. «Ja», stimmte sie zu. «Ja, so wird es sein.»

«Natürlich.»

«Aber …», sagte sie, «wie schön ist es doch, am Morgen aufzuwachen und frischen Kaffee zu trinken …»

«Ja.»

«Der Duft ist so wunderbar.»

«Die arme Frau», sagte Viri später.

«Ich hab ihr etwas Wein gegeben», sagte Lia.

«Hat sie denn keine Familie?»

«Nein, ihre Familie gibt es nicht mehr.»

In dem Sommer kam Franca ihre Mutter noch einmal besuchen. Sie saßen unter den Bäumen. Nedra hatte Geld, sie hatte eine Flasche guten Wein gekauft. «Erinnerst du dich noch an Ursula?» fragte sie.

«Unser Pony? Ja.»

«Sie war so unmöglich. Ich wollte sie verkaufen, aber dein Vater hat das nicht zugelassen.»

«Ich weiß. Er hat sie wirklich geliebt.»

«Er hat sie von Zeit zu Zeit geliebt. Erinnerst du dich an Leslie? Leslie Dahlander?»

«Die arme Leslie.»

«Es ist merkwürdig. Ich denk in letzter Zeit oft an sie», sagte Nedra.

«Aber du hast sie doch gar nicht so gut gekannt.»

«Nein, aber die Jahre damals hab ich gekannt.»

Sie sah ihre Tochter an, ein Gefühl von Neid und Glück überschwemmte sie, ein Aufwallen wie eine Windbö. Sie sprachen von dem Haus, von längst vergangenen Tagen, die Stunden lagen neben ihnen wie ein regloser Fluß. Um sie herum erstreckte sich das weite Ackerland, das erst durch die nicht sichtbare See erregend wurde. Kaninchen suchten auf den staubigen Feldern nach Futter, über der Küste standen Seevögel in der Luft. All dies würde verschwinden, es würde Pudelbesitzern gehören, hatte Arnaud gesagt. Seine Abgelegenheit hatte es bisher geschützt, aber jetzt schmolzen die Farmen dahin wie das Eis im Frühling; sie zerbrachen, zerrannen, unwiederbringlich. Diese weite Halbinsel, diese karge Region würde es nicht mehr geben. Wir leben zu lange, dachte Nedra.

«Erinnerst du dich an Kate?» fragte Franca.

«Ja. Was ist aus ihr geworden?»

«Sie hat jetzt drei Kinder.»

«Sie war so dünn. Sie war fast wie ein Junge – ein schöner, frecher Junge.»

«Sie lebt in Poughkeepsie.»

«Im Exil.»

«Ihr Vater ist jetzt ziemlich berühmt», sagte sie. Hast du den Artikel gesehen?» Sie ging ins Haus, um nach der Ausgabe von *Harper's Bazaar* zu suchen.

«Irgendwas hab ich über ihn gelesen», erinnerte sich Nedra. Franca blätterte in den Seiten. «Hier», sagte sie. Sie zeigte es Nedra. Es war ein langer Artikel. «Er hatte eine Ausstellung im Whitney.»

«Ja, ich erinnere mich.»

Ein großes, graues Gesicht, die Poren auf Nase und Kinn deutlich zu sehen, starrte sie an. Es war, als würde sie auf eine Art Paß schauen, die einzige Art, die zählte.

«Er ist wirklich ein sehr guter Maler», sagte Franca.

«Muß er ja sein. Wenn er hier unter all den französischen Komtessen auftaucht.»

«Du machst dich lustig über ihn.»

«Nein, mach ich nicht. Nun, adieu, Robert.» Sie blätterte weiter zur nächsten Seite, zu leuchtendgrünen Bildern von den Bahamas, grün und blau, mit hochgewachsenen, braungebrannten Mädchen in Kaftanen und weißen Hüten. «Es ist nur so schwer, an Größe zu glauben», sagte sie. «Vor allem bei Freunden.»

Sie lagen in der heiligen Sonne, die sie bedeckte, die Vögel trieben über ihren Köpfen, der Sand lag warm um ihre Knöchel, unter ihren Beinen. Auch sie war wie Marcel-Maas angekommen. Sie war endlich angekommen. Die Stimme der Krankheit hatte zu ihr gesprochen. Wie die Stimme Gottes. Sie kannte ihren Ursprung nicht, sie wußte nur, was von ihr verlangt wurde, und das war, alles zu kosten, alles anzusehen mit einem langen letzten Blick. Eine Ruhe war über sie gekommen, die Ruhe am Ende einer langen Reise.

«Liest du mir was vor?» fragte sie.

Sie saß in dem hohen braunen Gras der Dünen, einem heidnischen Lager, von dem aus man das Meer sah, sie hielt ihre Knie umschlungen und hörte zu, während Franca vorlas, wie Viri es so oft getan hatte, seinen Töchtern, ihnen allen. Es war Troyats Biographie über Tolstoi, ein Buch wie die Bibel, so reich an Geschehnissen, an Trauer, an Abschieden, so erfüllt von Kämpfen, daß Kraft aus jeder Seite sprach. Die Kapitel verwandelten sich in das eigene Fleisch, das eigene Sein; die Schicksalsschläge wuschen einen rein. Warm, vor dem Wind geschützt, hörte sie zu, während Francas klare Stimme die Landschaft Rußlands beschrieb, immer weiter, bis sie schließlich müde wurde und aufhörte. Sie lagen schweigend da, wie Löwinnen im trockenen Gras, mächtig, gesättigt.

«Es ist gut, findest du nicht auch?» fragte ihre Tochter.

«Wie ich dich liebe, Franca», sagte Nedra.

Von allen war das die wahre Liebe. Von allen war das die beste. Die andere, die sinnliche Liebe, die einen trunken machte, nach der man sich sehnte, die man beneidete, an die man glaubte, diese Liebe war nicht das Leben. Sie war, wonach das Leben selbst suchte; sie war die Aufhebung von Leben. Aber einem Kind nahezustehen, für das man alles hergab, dessen Leben durch das eigene beschützt und genährt wurde, dieses Kind neben sich zu haben, in vollkommener Ruhe, war die wirkliche, die tiefste, die einzige Freude.

Barfuß nebeneinander am zischenden Strand, manchmal den anderen berührend, Hüfte an Hüfte, im schattigen Innern von Autos, Geschäfte betretend, waren Paare, die sich in der Besessenheit ihrer Liebe verloren, voller Befriedigung über ihren Besitz, reich beladen, überströmend. Sie sah sie, sie zogen bedeutungslos an ihr vorüber, so wie einem Pilger die gewöhnlichen Seelen erschienen. Sie interessierte sich nicht für sie. Sie waren kraftlos, durchscheinend wie Blütenblätter. Ihre Zeit war noch nicht gekommen. Eine Gewißheit, die sie früher für unumstößlich gehalten hatte, war vollkommen von ihr gewichen: daß der Geschmack, das Hochgefühl von Tagen, die von der Liebe erleuchtet wurden, alles sei. «Das ist eine Illusion», sagte sie.

Ihre Gedanken gingen zurück, alles verzeihend, zärtlich. Es gab Dinge, die sie fast vergessen hatte, die sie nie erzählt hatte. Sie fielen ihr unerwartet wieder ein, vielleicht zum letzten Mal.

«Dein Großvater», sagte sie, «mein Vater – er war in der Navy, wußtest du das? Er war der Boxchampion seines Schiffs. Er erzählte mir immer Geschichten darüber. Ich erinner mich, als ich noch ein kleines Mädchen war, hat er für mich alles ganz genau nachgespielt. Er hat die Fäuste hochgenommen, der Admiral war da, alle Männer. Und ihm gegenüber im Ring, mit glänzendem Gesicht und Goldzähnen – der Kubaner ...»

«Das hast du mir nie erzählt.»

«Ich hab diese Geschichten geliebt. Ich nehm an, daß er sich einen Sohn gewünscht hat. Als ich ungefähr zwölf war und es ziemlich eindeutig wurde, daß ich ein Mädchen war, hat er mit den Geschichten aufgehört. Er war ein schwieriger Mensch. Nicht einfach zu verstehen. Weißt du, es ist wirklich merkwürdig, ich hab es nur durch Zufall erfahren: Eves Mutter und meine liegen auf demselben kleinen Friedhof in Maryland begraben. Ich meine, es ist ein sehr kleiner Ort. Auf dem Land. Sie kam von dort. Sie hat meinen Vater bei einem Picknick kennengelernt. Es ist so lange her. Und jetzt sind sie beide tot. Sie stammte aus einer Familie von Ladenbesitzern. Sie kamen aus Virginia. Sie hatte zwei Schwestern und einen Bruder, aber der Bruder ist gestorben, als er noch ein kleiner Junge war. Er war der Liebling der Familie gewesen. Sein Name war Waddy.»

«Ich wünschte, ich hätte sie kennengelernt.»

«Sie hatte wunderschöne Hände. Ich glaube, sie sehnte sich nach Maryland zurück. Sie war nicht sehr stark.»

«Wie war noch mal ihr Mädchenname?»

«McRae.»

«Ja, McRae.»

«Keiner von ihnen hatte Geld», sagte Nedra. «Das ist das Traurige dabei. Ehrlich, ja, aber von Ehre kann man nicht leben.»

«Also hab ich schottisches Blut in mir.»

«Mehr russisches, glaub ich. Du bist deinem Vater sehr ähnlich.»

«Findest du wirklich?»

«Ja, und das ist gut so.»

«Warum?»

«Laß mich dich ansehen. Na ja», sagte sie, «weil du etwas Unergründliches hast.» Sie streckte die Hand aus, um Francas Wange zu berühren. «Ja», sagte sie. «Unergründlich und wunderbar.»

Franca nahm die Hand und küßte sie.

«Mama ...», begann sie. Sie war den Tränen nahe.

«Weißt du, ich bin so froh, daß du dieses Jahr kommen konntest», sagte Nedra. «Ich denke immer, daß wir hier nicht mehr lange herkommen werden, wir müssen einen anderen Ort finden. Wir sollten wirklich ein- oder zweimal essen gehen, solange du hier bist. Catherine sagt, es gibt hier ein griechisches Lokal, zwei Brüder betreiben es, das nicht schlecht sein soll. Wir könnten *moussaka* essen. Ich hab das in London gegessen. Es gibt da ein phantastisches griechisches Restaurant. Irgendwann fahren wir mal dahin.»

«Ja.»

Sie strich ihrer Tochter übers Haar.

«Das wär schön», sagte Franca.

10

Sie starb wie ihr Vater, plötzlich, im Herbst desselben Jahres. Es war, als verließe sie während einer Passage, die sie besonders mochte, das Konzert, als gäbe sie eine Stunde vor der Morgendämmerung auf. So schien es zumindest. Sie liebte den Herbst, sie war ein Wesen blauer, vollkommener Tage, die Mittagssonne heiß wie die Küste Afrikas, die Kühle der Nächte weit und klar. Als bräche sie lächelnd und eilig auf, vielleicht aufs Land oder auch nur in ein anderes Zimmer, zu einem Abend, der schöner war als der unsere.

Sie starb wie ihr Vater. Sie fühlte sich krank. Schmerzen im Unterleib. Eine Zeitlang konnten sie nichts feststellen. Die Röntgenbilder, die vielen Blutuntersuchungen zeigten nichts.

Die Blätter waren, so schien es, in einer einzigen Nacht gefallen. Die dicken Bäume der Allee in der Kleinstadt ließen sie widerstandslos fahren; sie fielen wie Regen. Sie stauten sich wie kleine Wasserläufe zu beiden Seiten der melancholischen Straße. Mit der neuen Jahreszeit würden sie wieder grün werden, diese gewaltigen Bäume. Die toten Äste würden abbrechen, die Zweige würden zum Leben erwachen und sich füllen. Sie würden zusätzlich zu ihrer Schönheit, zu dem Dach, das sie unter dem Himmel bildeten, zu dem Rauschen, den langsamen, unbestimmten Geräuschen, den Reichtümern, die sie hinunterwarfen – neben alldem würden sie wieder einen Maßstab geben, ein wahres Maß, beruhigend, weise. Wir leben nicht so lange wie sie, wir wissen nicht soviel.

Sie ließen ihre Blätter fallen, als wollten sie um sie trauern, als weinten sie um eine Königin des Waldes.

Unter den wenigen, die zur Beerdigung kamen, stand Franca allein. Sie hatte keinen Mann. Ihr Gesicht und ihre

Hände schienen bloß, wie reingewaschen. Sie wirkte wie ein höheres Wesen, blaß, ihr Gesicht war dasselbe Gesicht wie das der toten Frau, nur schöner, viel schöner, als ihre Mutter je hätte sein können. Die Gegenwart ist machtvoll. Erinnerungen verblassen.

Danny hatte ihre Kinder bei sich, zwei kleine Mädchen von zwei und vier Jahren, die ihre Großmutter kaum gekannt hatten. Ihre Großmutter! Es schien unglaublich. Sie hatten klare Gesichtszüge und ein heiteres Wesen, obwohl die ältere während des ganzen Gottesdienstes laut daherredete, als wäre sonst niemand da. Zwei Töchter, eine an jeder Seite, die, obwohl sie sich dessen nicht bewußt waren, ein anderes Jahrhundert erleben würden, das neue Jahrtausend. Vielleicht würden sie ihren Kindern laut vorlesen wie Viri während der langen Winterabende, während jener ruhigen Sommer, als es in dem Haus am Meer so schien, als würde die Familie, die er geschaffen hatte, immer bestehenbleiben. Gewiß würden sie leidenschaftlich sein, hochgewachsen, und sie würden ihren Kindern eines Tages – man kann es nicht mit Sicherheit sagen, wir stellen es uns vor, wir können nicht anders – wunderbare Geburtstage bereiten, riesige Kuchen mit vielen Kerzen, Wettkämpfe, Ratespiele, ein paar junge Gäste, sechs oder acht, ein Zimmer, das auf einen Garten hinausgeht, von fern kann man das Lachen hören, die Türen öffnen sich plötzlich, sie laufen hinaus in den langen, süßen Nachmittag.

Es gab so viele Dinge, die man sie fragen wollte. Die Antworten gab es nicht mehr. Sie wollten, daß sie auf dem kleinen Friedhof begraben wurde, für den die Straße sich gabelte, in der Nähe der Daros. Sie mochte sogar einmal abends darüber gesprochen haben, als sie getrunken hatte, aber das war nicht zu machen. Nedra selbst hätte es vielleicht geschafft, aber Franca versuchte es vergeblich. Es gebe sehr wenige Grabstellen, sagten sie ihr, es gebe einen Treuhänderausschuß, der solche Dinge entschied; lebte die Familie in der Stadt? Je schwieriger es wurde, die Genehmigung zu bekommen, desto mehr schien dies der einzig mögliche Weg. Sie wollten sie abseits der normalen Toten wissen. Sie wollten keine Gleichheit; sie hatte nie daran geglaubt, nicht einen einzigen Moment.

Eve stand bei ihnen. Unter den Ärmeln ihres Mantels sah man die Knöchel ihrer Handgelenke, sie ließen sie hager erscheinen. Ihre mageren Finger und langen Hände waren wie die einer Frau auf einer Farm, der die Zwangsvollstreckung drohte. Der Mantel war aus Tuch, der Hut aus dunklem Stroh. Wie immer hatte sie etwas abenteuerlich Vulgäres an sich. Sie war die Art von Frau, die mit ruhiger Stimme sagen konnte: «Was weißt du schon darüber?» – und ihrem Gesicht war abzulesen, ja, im Vergleich zu ihr wußte man gar nichts. Sie stand regungslos da. Als der Sarg hinabgelassen wurde, schien sie plötzlich zu husten, den Kopf nach vorne zu beugen, als bekäme sie keine Luft. Ihr Gesicht war naß von Tränen.

«Deine Kinder sind wunderschön, Danny», sagte sie, als es vorbei war. Sie wurde ihnen vorgestellt. Sie nahm einen Ring von ihrem Finger und das Armband von ihrem Handgelenk und hielt sie ihnen entgegen. «Hier. Ich hab euch nichts geschenkt, als ihr getauft wurdet. Aber wahrscheinlich seid ihr gar nicht getauft, oder?»

«Nein», antwortete Danny.

«Egal. Irgendwas solltet ihr kriegen. Es ist ein sehr schöner Ring», sagte sie zu dem größeren Kind. «Du wirst ihn doch nicht verlieren, oder? Früher einmal hätte ich alles auf der Welt für diesen Ring gegeben.»

Artis, die jüngere von beiden, hatte das Armband fallen gelassen. Danny hob es auf. «Halt es schön fest», sagte sie ihr. «Es ist alt, aus Gold», sagte Eve.

Es gab einen kleinen Empfang im Haus von Catherine Daro. Sie verabschiedeten sich von allen, sie nahmen die gemurmelten Beileidsbekundungen entgegen, sie blieben eine Weile, dann fuhren sie in einem Mietauto zurück in die Stadt. Die kleinen Mädchen schliefen. Die Sonne kam ihnen sehr warm vor. Anfangs gab es nichts zu sagen. Sie fuhren schweigend durch die menschenleere, ländliche Gegend, die letzte unnatürliche Hitze des Jahres strich über sie hinweg.

«Da ist der Laden, der so aussieht wie eine Ente», sagte Franca. «Erinnerst du dich?»

Sie sahen ihn weiter vorne, wo die Straße eine Biegung machte, die runde, fast primitive Form, in der Brust die Tür. Ein geliebtes Relikt aus der Kindheit, wie oft waren sie in der Dämmerung daran vorbeigefahren, wenn Licht aus der Tür strömte.

«Papa mochte ihn nicht», sagte Danny.

«Erinnerst du dich?»

«Weil wir ihn so geliebt haben. Wir wollten in einem Haus wohnen, das wie ein riesiges Huhn aussieht. Ich wollte ein Zimmer im Schnabel haben. Na schön, hat er gesagt. Aber es muß richtige Federn haben, sagten wir. Und dann haben wir losgeweint. Wir haben geheult und gehört, wie die andere heulte, und dann wurde das Geheul nur noch lauter.»

Franca nickte. «Warum machen wir das jetzt nicht?» murmelte sie.

«Weil es jetzt kein Spiel wäre.»

«Nein.»

Eve saß schweigend, wie für sich allein, die Tränen liefen über ihre flachen Wangen.

Das Auto mit seinen getönten Scheiben schoß über die Highways, zu beiden Seiten kahle, unbestellte Erde, die Obststände mit ihren handgemalten Schildern, die einfachen Häuser. Eine Stunde, und sie fuhren in die dicht zusammengedrängten Gebäude, noch war heißer Nachmittag, Apartments, Geschäfte, dann zügig weiter über abfallbesäte Straßen ins Zentrum des Lebens, ins Getümmel.

11

Es war Frühling, als Viri zurückkehrte. Er fuhr an einem warmen Tag von New York herauf. Er war allein gekommen. Die stille lautlose Luft, das Licht, erfüllte ihn mit einer Art Grauen, der Angst, Dinge wiederzusehen, die zu machtvoll für ihn waren. Er hielt an einer Stelle auf der Steilküste oberhalb des Flusses, stellte sich an den Hang und sah hinaus. Die Höhe machte ihn seltsam schwindlig. Er blickte hinunter. Hundert Meter weiter unten, am Fuß der senkrechten Felswand, lag Gletscherschutt. Der große, verschmutzte Fluß glänzte in der Sonne. Auf der anderen Seite des Ufers die endlosen Häuser; er konnte die stillen Zimmer darin fast riechen, konnte die Wärme der Bettwäsche, der Teppiche, des Herdes spüren. Die Radios spielten leise, die Hunde lagen in Quadraten aus Sonnenschein. Er hatte sich von alldem hier gelöst, er blickte mit einer Art Gleichgültigkeit, wenn nicht gar Haß, darauf hinunter. Wieso konnte ihn etwas so treffen, von dem er sich längst abgewandt hatte? Warum sollte er ihm überhaupt auch nur Verachtung zeigen? Er sah noch einmal hinunter, die Gedanken schwer und langsam. Die Vorstellung des Fallens war ihm schrecklich, aber in diesem Moment schien es ihm, als wäre alles, was hinter ihm lag, sein ganzes Leben, nicht viel mehr als die Zeit, die es dauern würde, durch die Luft nach unten zu stürzen.

Als er weiterfuhr, standen nur noch zwei andere Autos dort, beide leer. Er konnte nicht sehen, wo ihre Insassen hingegangen waren. Er hatte Angst, jemanden zu treffen, selbst davor, von einem Fremden angelächelt zu werden. Die Mülltonnen waren leer, der Imbißstand geschlossen.

Alles Unveränderte erschien ihm schrecklich, eine Tankstelle mit ihren Holzbauten, das Land an sich. Er wurde stumpf und teilnahmslos. Er versuchte, an nichts zu denken, die Dinge nicht wahrzunehmen. Das alles war eine Bekräftigung, daß nichts stehengeblieben war, daß ein Leben lohnend sein konnte. Sein eigenes hatte sich im Umherstreifen, in der Verzweiflung verloren.

Er ging durch den Wald hinter seinem Haus, der schon grün wurde. Er konnte es kurz zwischen den Bäumen hindurch sehen, still, fremd. Die Blätter um ihn herum waren blaß und voller Sonne. Heruntergefallene Ranken zogen an seinen Füßen.

Er trug einen grauen Anzug, den er in Rom gekauft hatte. Er ging langsam. Die Sohlen seiner Schuhe wurden von der Feuchtigkeit dunkel. Die Bäume waren groß und ohne untere Zweige. Sie waren vertrocknet und abgebrochen, während die Baumkrone das Licht suchte. Feucht, vergraben, knackten sie unter den Füßen. Er sah die verblaßte Markierung eines Landvermessungsstabes; weiter unten ein vergessenes Kinderfort. Daneben ein Hammer, verrostet, der Griff von Würmern zerfressen. Jeder Schritt prasselte von brechenden Zweigen und Ästen, dem Abfall von Jahren. Er probierte den Hammer, der Griff brach ab. Vögel riefen in der Stille. Winzige Fliegen schwebten in der Luft. Darüber, im fernen Sonnenlicht, das Dröhnen von Linienflugzeugen auf dem Weg nach Europa.

Das Fort war gefallen, die Kinder waren fort. Sie hatten sich in diesem Wald versteckt, hatten zwischen den kleinen wilden Blumen gelegen. Hadji hatte sich im Schnee gewälzt, darin gebadet, sich auf dem Rücken hin und her gedreht, dann einen Moment innegehalten, dieses duftende wilde Tier, die Augen dunkel wie Kaffee, mit lächelndem Mund.

Diese Nachmittage, die niemals verschwinden würden, sie waren vorbei. Er lebte woanders. Seine Töchter waren fort. Ein alter Mann in den Wäldern, seine Gedanken schossen so schnell in die Zukunft, wie sie zurückgegangen waren. Er ging mit langsamen, behutsamen Schritten, den Blick auf den Boden gerichtet. Da sah er etwas, gewölbt und wundersam. Er blieb ungläubig stehen. Wie sie den Autos, dem scharfen Blick von Kindern, von Hunden entkommen war, konnte er nicht verstehen, aber irgendwie war das geschehen. Es war die Schildkröte. Sie hatte ihn nicht gesehen, er sah zu, wie sie dahinkroch, wie die Blätter raschelten, während sie sich weiterschob. Er bückte sich und nahm sie auf. Das Gesicht des Reptils, gleichmütig, weise, zeigte nichts: die blassen Augen, klar wie Perlen, schienen ihn nicht ansehen zu wollen. Die kräftigen Beine stießen kreisend gegen seine Finger, aber umsonst. Schließlich zog sie sich in ihren Panzer zurück, in den, schwach wie eine verwaschene Schrift auf einer Tafel, die Initialen geritzt waren. Er konnte sie kaum erkennen. Er benetzte einen Finger und rieb; wie durch ein Wunder wurden sie klar erkennbar. Er setzte die Schildkröte auf den Boden, widerwillig. Er beobachtete sie eine Weile. Sie bewegte sich nicht.

Es schien, als atmete der Wald, als hätte er ihn erkannt, ihn sich zu eigen gemacht. Er spürte die Veränderung. Er war bewegt, als wäre er tief dankbar. Das Blut pulsierte in seinem Körper, wich aus seinem Kopf.

Er geht zum Fluß hinunter, setzt seine Schritte vorsichtig. Sein Anzug ist zu warm und eng. Er erreicht den Uferrand. Da ist der Anlegesteg, jetzt ungenutzt, mit seiner abblätternden Farbe und den morschen Brettern, die im Wasser verschwindenden Pfähle grüngetränkt. Hier an dem großen dunklen Fluß, hier an der Böschung.

Es passiert in einem Augenblick. Es ist alles ein einziger langer Tag, ein endloser Nachmittag, Freunde gehen fort, wir stehen am Ufer.

Ja, dachte er, ich bin bereit, ich war immer bereit, endlich bin ich bereit.

James Salter, geboren 1925 in New Jersey und in New York aufgewachsen, studierte in West Point und trat 1945 in die Air Force ein. Er diente zwölf Jahre im Pazifik, in den USA, Europa und Korea. Salter nahm seinen Abschied, als 1957 sein erster Roman erschien. Seitdem lebt er als freier Schriftsteller in New York und auf Long Island. Sein Werk ist mit vielen Preisen ausgezeichnet worden, darunter der Award der American Academy und der PEN/Faulkner Award. Im Rowohlt Taschenbuch Verlag liegen außerdem vor: «Dämmerung und andere Erzählungen» (22439) sowie «Ein Spiel und ein Zeitvertreib» (22440).